Alejandro Dumas

Los Tres Mosqueteros

II

Aula • Biblioteca del Estudiante

Alejandro Dumas

Los Tres Mosqueteros

II

Planeta

Diseño de cubierta: Fernando Medina.
Realización: Julián Mora.
Ilustración de cubierta: Foto Oronoz.
Depósito legal: B. 441/1983.
ISBN: 84-7551-033-7.
Printed in Spain - Impreso en España.
CAYFOSA, Ctra. de Caldas, km. 3,700.
Sta. Perpetua de Moguda (Barcelona).

Los Tres Mosqueteros

(Tercera parte)

XXIX

LA CAZA DE LOS EQUIPOS

El que más preocupado estaba de los cuatro amigos era seguramente Artagnan, pues aun cuando en su cualidad de guardia no tenía que proveerse de un equipo tan suntuoso como el de los señores mosqueteros, nuestro gascón era, según ha podido conocerse, de un carácter previsor y casi avaro, sin dejar por eso de ser presuntuoso hasta el punto de poder apostárselas con el mismo Porthos.

A este sentimiento de su vanidad reunía Artagnan entonces un sentimiento de inquietud menos egoísta.

Por más que se había afanado en adquirir noticias de madama Bonacieux, todo había sido en balde: M. de Treville había hablado del particular a la reina; pero ésta ignoraba lo que hubiese sido de su doncella, y únicamente prometió hacer diligencias para averiguar su paradero.

Esta promesa era bastante vaga para tranquilizar a Artagnan.

Athos no salía de su casa, y había resuelto no dar un paso siquiera para tener equipo.

—Aun nos faltan quince días—decía a sus amigos—; pues bien, si al cabo de este tiempo no he hallado lo que me hace falta, o mejor dicho, si la casualidad no me lo ha proporcionado, como soy harto buen católico para levantarme de un pistoletazo la tapa de los sesos, armaré camorra con cuatro guardias de su eminencia o con ocho ingleses, hasta que encuentre uno que me mate, cosa que por el número de enemigos no podrá menos de suceder. Entonces se dirá que he muerto en servicio del rey; y así habré cumplido con mi deber sin necesidad de equiparme.

Porthos continuaba paseándose, levantando y bajando la cabeza alternativamente, y con las manos a la espalda.

—Pondremos mi idea en planta—se decía a sí mismo.

Aramis, pensativo y melancólico, no hablaba ni una palabra; de manera que ya puede inferirse por estos desastrosos pormenores que la desolación reinaba en aquella pequeña sociedad.

Los lacayos, por su parte, a imitación de los nobles corceles de Hipólito, participaban de la penosa tristeza de sus amos.

Mosquetón hacía acopio de mendrugos de pan; Baucín, que se había entregado enteramente a la devoción, no salía de las iglesias; Planchet se entretenía en ver volar a las moscas, y Grimaud, a quien la miseria común no podía hacerle romper el silencio impuesto por su amo, exhalaba de vez en cuando unos suspiros capaces de enternecer hasta a las mismas piedras.

Los tres amigos—pues ya hemos dicho que Athos había jurado no dar un paso para equiparse—salían de sus casas por la mañana muy temprano, y no se retiraban hasta muy tarde, vagando de calle en calle, y mirando fijamente al suelo para ver si por casualidad los que habían pasado antes habían dejado caer algún bolsillo.

No parecía sino que iban siguiendo las huellas de alguien, según la atención que ponían por dondequiera que iban; y cuando por casualidad se encontraban en el camino, se dirigían mutuamente una mirada melancólica que quería decir: —¿Has encontrado algo?

Sin embargo, como Porthos había sido el primero que concibió una idea, y se proponía seguirla con perseverancia, fué también el primero que empezó a ponerla en ejecución. Preciso es confesar que Porthos era un hombre muy expedito.

Le vió Artagnan cierto día caminar en dirección a la iglesia de Saint-Leu, y fué siguiéndole maquinalmente.

Entró el mosquetero en el santo lugar después de haberse atusado el bigote y la perilla, lo cual indicaba siempre su intención de hacer conquistas amorosas. Como Artagnan tomaba las oportunas precauciones para ocultarse de su amigo, éste creyó que nadie le había visto; y como observase Artagnan, después de haber entrado con disimulo en la iglesia, que Porthos se recostaba contra un pilar, fué a colocarse en la propia actitud contra otro de los costados inmediatos del pilar.

Estaban casualmente predicando, por lo cual se hallaba la iglesia llena de gente: aprovechó Porthos la ocasión para atisbar y dejarse atisbar de las damas, pues, gracias a los pulcros cuidados de Mosquetón, su exterior estaba muy lejos de anunciar la miseria interior.

Estaba, en verdad, su gorra algo usada; su pluma, un tanto marchita; sus bordados, harto descoloridos, y sus encajes, sobradamente ajados; pero todos estos lunares desaparecían con la media luz que había en la iglesia. Porthos era el buen mozo de siempre.

En el banco más próximo al pilar en que Porthos y él se hallaban recostados vió Artagnan una especie de beldad antigua, un tanto amarillenta y bastante enjuta, pero muy seria y espetada bajo la toca negra que cubría su cabeza.

Los ojos de Porthos dirigían furtivas miradas a aquella dama, y después recorrían indiferentemente todo el ámbito de la iglesia.

La dama, por su parte, que de vez en cuando parecía ruborizada, lanzaba con la rapidez del relámpago una significativa mirada al voluble Porthos, que principiaba entonces a mirar a todas partes con muestras de la mayor indiferencia. Sin duda esto no era más que una táctica que mortificaba visiblemente a la dama de la negra toca, pues se mordía los labios, se rascaba la punta de la nariz, y se agitaba con inquietud sobre su asiento.

Conociendo Porthos el efecto que causaba, se atusó de nuevo el bigote, se estiró por segunda vez la perilla, y se puso a hacer señas a una hermosa dama que estaba junto al coro, y que no sólo era hermosa, sino que debía ser también de alto copete, a juzgar por el negrito que a sus espaldas tenía y que le llevaba el almohadón sobre el cual estaba arrodillada, y por la doncella que le tenía el bolso, bordado con un escudo de armas, que le servía para guardar su devocionario.

La dama de la negra toca fué siguiendo en todos sus giros la mirada de Porthos, hasta advertir que se fijaba en la señora del almohadón de terciopelo y del negrito y de la doncella.

En aquel momento Porthos maniobraba con toda la fuerza de sus baterías, y tan pronto hacía oportunos guiños, como se llevaba los dedos a los labios, o dirigía sonrisas fascinadoras que asesinaban realmente a la hermosa desdeñada.

Así es que no pudiendo ya resistir, dejó escapar en forma de *mea culpa,* y dándose un golpe de pecho, un suspiro tan tremebundo, que todos los circunstantes, hasta la dama del almohadón encarnado, se volvieron hacia el sitio de donde había salido.

Porthos, sin embargo, permaneció impasible, pues aunque comprendió perfectamente, se hizo el sordo.

La dama del almohadón de terciopelo, que era por cierto muy bella, produjo grande efecto en la de la toca negra, que vió en ella una rival temible; en Porthos, que la encontró mucho más joven y hermosa que la de la toca negra, y, por último, en Artagnan, que reconoció en ella a la dama de Meung, de Calais y de Douvres; aquella dama a quien su perseguidor, el hombre de la cicatriz, había saludado con el dictado de milady.

Sin perder de vista a la dama del almohadón encarnado, continuó Artagnan observando el manejo de Porthos, que le agradaba en extremo. Creyó comprender que la dama de la negra toca era la misma procuradora de la calle de los Osos, con razón tanto mayor cuanto que la iglesia de Saint-Leu no estaba lejos de la expresada calle.

Entonces conoció por inducción que Porthos trataba de desquitarse de la derrota de Chantilly, cuando la procuradora se había mostrado tan reacia a aflojar los cordones de su bolsa.

Pero en medio de todo reparó Artagnan que ni una sola persona correspondía a los galanteos de Porthos. Pura quimera e ilusión era todo; pero para un amor y unos celos verdaderos, ¿hay otra realidad que las quimeras e ilusiones?

Concluído el sermón, se dirigió la procuradora a la pila del agua bendita.

Adelantóse Porthos, y, en vez de mojar simplemente los dedos, metió en ella toda la mano. Se sonrió la procuradora de satisfacción, creyendo que iba a darle a ella el agua bendita; pero pronto quedó cruelmente desengañada, pues volviendo la cabeza vió a tres pasos del mosquetero a la dama del almohadón encarnado, que se acercaba seguida de su negrito y de la doncella.

Cuando la dama estuvo junto a Porthos, sacó éste la mano de la pila chorreando agua bendita, la bella devota tocó con su fina mano la áspera de Porthos, y, sonriéndose graciosamente al santiguarse, salió de la iglesia.

Esto era ya demasiado para la procuradora, la cual no dudó un momento que aquella dama y Porthos estuviesen en relaciones. A ser la procuradora mujer de elevada clase, se habría desmayado; pero, como no era más que una simple procuradora, se contentó con decir con una especie de furor reconcentrado:

—Y a mí, caballero Porthos, ¿no me ofrecéis agua bendita?

Al oír esta voz, hizo Porthos un aspaviento como el que haría un hombre que se despertara después de un sueño de cien años.

—¡Se...señora! — exclamó—: ¡qué!, ¿sois vos? ¿Cómo está vuestro esposo, el apreciable monsieur Coquenard? ¿Sigue tan avaro como siempre? Pero ¿dónde tendría yo los ojos que no os he visto en las dos horas que ha durado el sermón?

—Pues estaba a dos pasos de vos, caballero—dijo la procuradora—; pero no me habéis visto porque sólo teníais ojos para mirar a esa señora a quien acabáis de dar agua bendita.

Porthos aparentó quedarse cortado.

—¡Ah!—dijo—; reparasteis...

—Era preciso ser ciega para no repararlo.

—Sí—repuso Porthos con cierto aire de indiferencia—; es una duquesa amiga mía, a quien me es sumamente difícil ver, a causa de ser su marido un hombre atroz de celoso. Me avisó que vendría hoy, sólo por verme, a esta mezquina y apartada iglesia.

—Caballero Porthos—dijo la procuradora—, ¿tendréis la bondad de darme el brazo, aunque no sea más que por cinco minutos? Tengo que hablaros.

—¡Cómo, señora!—respondió Porthos, guiñándose a sí mismo el ojo, como un burlón que se ríe de antemano del chasco que piensa dar.

En aquel momento pasaba cerca Artagnan, que iba siguiendo a milady, y al dirigir sus ojos hacia Porthos, notó la expresión de triunfo de su mirada.

—¡Hola, hola!—se dijo a sí mismo, raciocinando de acuerdo con la moral no muy rígida que se observaba en aquella época—; mi hombre puede estar equipado para el momento preciso.

Cediendo Porthos a la presión del brazo de la procuradora como cede al timón el barco, llegó al claustro o galería de Saint-Magloire, sitio muy poco frecuentado y que cerraban en sus dos extremidades dos especies de verjas. Por lo común, de día no se veían en él más que mendigos y muchachos, comiendo los unos mientras los otros jugaban.

—¡Ah, caballero Porthos!—exclamó la procuradora cuando se hubo asegurado de que ninguna persona extraña a la gente que frecuentaba aquel sitio podía verlos ni oírles—. ¡Ah, caballero Porthos! Sois, según parece, un conquistador terrible.

—¿Yo, señora?—repuso Porthos contoneándose—. ¿Por qué me decís eso?

—¿Y aquellas señas que hacíais poco ha?; ¿y el agua bendita? Debe de ser una princesa lo menos aquella dama del negrito.

—Os equivocáis, señora; no es más que una simple duquesa.

—¿Y el lacayo que la esperaba a la puerta?; ¿y el magnífico carruaje con cochero de lujosa librea que le esperaba también?

Ni había visto Porthos el lacayo ni el carruaje; pero madama Coquenard, con sus ojos de mujer celosa, había reparado en todo.

Porthos sintió ya no haber hecho princesa a la dama del almohadón encarnado.

—¡Ah!; sois el niño mimado de las hermosas, caballero Porthos!—exclamó la procuradora dando un suspiro.

—Ya conoceréis—repuso Porthos—que, con un físico como el que me ha dado la Naturaleza, no puedo menos de ser un tanto dichoso.

—¡Dios mío, qué pronto olvidan los hombres!—exclamó la procuradora levantando los ojos al cielo.

—No tanto como las mujeres, según creo—respondió Porthos—, porque, en fin, señora, yo puedo decir que he sido víctima vuestra cuando, herido y moribundo, me veía abandonado de los cirujanos; yo, vástago de una ilustre familia; yo, que había confiado en vuestra amistad, he estado a punto de sucumbir, primero de mis heridas, y de hambre después, en una mala posada de Chantilly, sin que os hayáis dignado siquiera contestar a las amorosas cartas que os he escrito.

—Pero, caballero Porthos...—murmuró la procuradora, que a juzgar por la conducta de las grandes señoras de aquellos tiempos, conocía que había caído en falta.

—Yo, que había dejado por vos a la condesa de Peñaflor...

—Ya lo sé...

—A la baronesa de...

—Caballero Porthos, no me confundáis.

—A la condesa de...

—¡Sed generoso, caballero Porthos!

—Tenéis razón, señora; no quiero decir más.

—Pero si mi marido no quiere ni aun que se le hable de prestar dinero...

—Madama Coquenard, acordaos de la primera carta que

me habéis escrito y que conservo grabada en mi memoria.

La procuradora soltó un gemido.

—Pero la cantidad que me pedíais prestada era bastante considerable: decíais que necesitabais mil libras.

—Yo os daba en esto la preferencia, madama Coquenard. No tenía más que escribir a la duquesa de... no quiero decir su nombre, pues no me gusta comprometer a una dama; pero lo que sé es que no tenía más que escribirle para que me hubiese enviado mil quinientas.

La procuradora derramó una lágrima.

—Caballero Porthos—le dijo—, os juro que me habéis castigado terriblemente, y que si en adelante os halláis en un caso igual, no acudiréis a mí en vano.

—¡Ea, señora!—repuso Porthos con un gesto aparente de disgusto—; no hablemos de dinero, pues eso es humillante.

—¿Conque no me amáis?—dijo con triste calma la procuradora.

Porthos guardó un silencio majestuoso.

—¿Así me respondéis? ¡Ah! Ya comprendo.

—Recordad la ofensa que me habéis hecho, señora; ofensa que ha quedado grabada aquí—dijo Porthos poniéndose la mano en el pecho con mucha fuerza.

—Yo la repararé, mi querido Porthos.

—Y en resumen, ¿qué os pedía?—repuso Porthos con un movimiento de hombros lleno de honradez—; un préstamo nada más. Y no es decir que sea yo un hombre inconsiderado, pues harto sé que no sois rica, y que vuestro marido se ve obligado a apremiar a sus propios clientes para reunir algunos tristes escudos. ¡Oh! Si fuerais condesa, marquesa o duquesa, sería otra cosa; entonces no tendríais perdón.

La procuradora se manifestó resentida.

—Tened entendido, caballero Porthos—repuso—, que mi arca, aunque arca de una procuradora, quizás esté mucho mejor surtida que la de todas vuestras remilgadas, que sólo de trampas viven.

—Entonces es doble la ofensa que me habéis hecho—dijo Porthos apartando del suyo el brazo de la procuradora—, porque si sois rica, no tiene disculpa vuestra negativa.

—Cuando digo rica—repuso la procuradora, que conoció que se había puesto en descubierto—, no se ha de tomar la palabra al pie de la letra: no soy lo que se llama una mujer rica pero tengo lo bastante para pasarlo con decencia.

—En fin, señora—dijo Porthos—, no hablemos más del asunto. Me habéis jugado una mala pasada, y por consiguiente quedan cortadas entre nosotros toda clase de relaciones.

—¡Qué ingrato sois!

—La ingrata sois vos, señora—respondió Porthos.

—¡Idos, pues, con vuestra hermosa duquesa! No quiero deteneros más.

—¡Eh! No creo que seáis tan cruel.

—Vamos, Porthos, os lo pregunto por última vez: ¿me amáis aún?

—¡Ay, señora!—dijo Porthos con el aire más melancólico que pudo afectar—; cuando vamos a entrar en campaña, en una campaña en que mis presentimientos me aseguran que voy a perder la vida...

—¡Oh! No me digáis eso—exclamó la procuradora prorrumpiendo en sollozos.

—Lo presiento sin saber por qué—añadió Porthos con acento cada vez más melancólico.

—Decid más bien que tenéis otro amor.

—No, a fe mía, y os hablo con entera franqueza. Ningún nuevo objeto me llama la atención, y aun siento aquí, en el fondo de mi corazón, cierta cosa que me habla en favor vuestro. Pero dentro de quince días va a abrirse esa campaña fatal, y no sé cómo componerme para tener el equipaje necesario; sobre que necesito hacer un viaje a Bretaña, donde está mi familia, a fin de reunir la cantidad necesaria para la marcha.

Porthos advirtió que la procuradora luchaba terriblemente con el amor y la avaricia. Por eso añadió:

—Y como la duquesa que habéis visto en la iglesia tiene sus tierras casi lindantes con las mías, haremos juntos el viaje. Ya comprendéis que los viajes parecen menos largos y se hacen con mucha mayor comodidad cuando se lleva compañía.

—Según eso, ¿no tenéis amigos en París, caballero Porthos?—le preguntó la procuradora.

—Creía tenerlos—respondió Porthos con su aire melancólico—; pero veo que me engañaba.

—Los tenéis, caballero Porthos, los tenéis—exclamó la procuradora en un rapto de entusiasmo que la dejó a ella misma sorprendida—; venid mañana a mi casa. Os presentaréis como un hijo de mi tía, y, por consiguiente, como primo mío, recién llegado de Noyón, en Picardía. Diréis que tenéis muchos pleitos en París y que no conocéis a ningún procurador. ¿Recordaréis todo esto?

—Sí, señora, perfectamente.

—Pues id a la hora de comer.

—Muy bien.

—Y cuidado con que os olvidéis de vuestro papel delante de mi marido, que es hombre bastante avisado, a pesar de sus setenta y seis años.

—¡Setenta y seis años! ¡Vaya una edad!

—Así el pobrecito puede dejarme viuda de un momento a otro—continuó la procuradora, lanzando a Porthos una mirada significativa—. La fortuna es que, según nuestro contrato matrimonial, hemos convenido en heredarnos mutuamente el que de nosotros sobreviva.

—¿En todo?—dijo Porthos.

—En todo.

—Sois una mujer muy previsora, querida madama Coquenard—repuso el joven apretando suavemente la mano de la procuradora.

—Conque quedamos reconciliados, ¿no es verdad?—le preguntó ella con la mayor zalamería.

—Para siempre—contestó Porthos en el mismo tono.

—¡Pues hasta la vista, cruel!

—¡Hasta la vista, ingrata!

—¡Adiós, ángel mío!

—¡Adiós, luz de mis ojos!

XXX

MILADY

Había seguido Artagnan a milady sin que ella lo advirtiese; y viéndola subir al carruaje, oyó que daba la orden al cochero de ir a Saint-Germain.

Era inútil que Artagnan tratase de seguir a pie a un coche tirado por dos caballos briosos; así, pues, se volvió a la calle de Ferou.

En la calle del Seine halló a Planchet, que estaba parado delante de una pastelería, embobado a la vista de un apetitoso hojaldre que tenían de muestra.

Mandóle que fuese a ensillar dos caballos de los que había en la cuadra de M. de Treville, uno para él, y para Planchet el otro, encargándole, por último, que fuera a buscarle a casa de Athos. M. de Treville había puesto terminantemente sus caballos a disposición de Artagnan.

Dirigióse Planchet hacia la calle de Colombier, y Artagnan hacia la de Ferou.

Athos se hallaba en su casa vaciando tristemente una de las botellas del famoso vino de España que había traído de su viaje a Picardía; hizo seña a Grimaud de que trajese otro vaso para Artagnan, y el lacayo obedeció en silencio, como lo tenía por costumbre.

Contó entonces Artagnan a Athos todo lo ocurrido en la iglesia entre Porthos y la procuradora, de lo que deducía que probablemente su camarada se hallaba a aquella hora en estado de poder equiparse.

—En cuanto a mí—dijo Athos después de oír aquella narración—, estoy seguro de que no serán las mujeres las que hagan el gasto de mi equipo.

—Y, sin embargo, con vuestra hermosa presencia y vuestro noble porte, querido Athos, no habría princesas ni reinas que os resistiesen.

En aquel momento asomó Planchet la cabeza tímidamente por la puerta, que estaba entreabierta, anunciando a su amo que estaban ya dispuestos los dos caballos.

—¿Qué caballos?—preguntó Athos.

—Dos que me presta M. de Treville para ir de paseo: voy a dar una vuelta a Saint-Germain.

—¿Qué pensáis hacer en Saint-Germain?—le preguntó Athos.

Entonces Artagnan le refirió el encuentro que había tenido en la iglesia, en donde vió a aquella mujer que, juntamente con el caballero de la capa negra y de la cicatriz en la sien, era su eterna pesadilla.

—¿Es decir, que estáis enamorado de esa otra, como lo estabais de madama Bonacieux?—dijo Athos encogiéndose desdeñosamente de hombros, como compadeciéndose de la flaqueza humana.

—¡Yo! No tal—exclamó Artagnan—. Pero deseo aclarar el misterio de que aparece rodeada; pues, sin saber por qué, se me figura que esa dama, por desconocida que me sea, y por desconocido que yo le sea también, ha de haber tenido alguna influencia en los sucesos de mi vida.

—Casi tenéis razón—dijo Athos—, pues no conozco mujer alguna que valga la pena de que se la busque cuando se ha perdido. Si madama Bonacieux se ha perdido, tanto peor para ella: que se busque a sí misma, si quiere.

—No, Athos, no; estáis equivocado—repuso Artagnan—. Amo a mi pobre Constanza más que nunca; y si supiese dónde se halla, aunque fuera en el fin del mundo, partiría al momento a sacarla de manos de sus enemigos. Pero, por desgracia, lo ignoro, pues todas mis diligencias han sido inútiles. ¿Qué he de hacer? Es preciso distraerse.

—Sí, distraeros con milady, querido Artagnan; lo deseo de todo corazón, si eso puede serviros de consuelo.

—Escuchad, Athos: en vez de estaros aquí encerrado como en una prisión, montad a caballo y venid a pasear conmigo a Saint-Germain.

—Querido, yo acostumbro a montar mis caballos cuando los tengo, y si no, ir a pie.

—Pues bien—dijo Artagnan, sonriéndose de la misantropía de Athos, que le hubiera por cierto ofendido en otro cualquiera—; yo soy menos orgulloso que vos, y monto el primer caballo que encuentro. Conque así, hasta la vista, querido Athos.

—Hasta la vista—repuso el mosquetero haciendo seña a Grimaud de que destapara la botella que acababa de traer.

Montaron Artagnan y Planchet en sus caballos respectivos, y se dirigieron a Saint-Germain.

A medida que iba caminando nuestro joven, se presentaba en su imaginación todo lo que Athos le había dicho de madama Bonacieux. Aunque no fuese Artagnan de un carácter en extremo sentimental, con todo, la hermosa propietaria había causado en su pecho una impresión profunda, y, según decía, estaba dispuesto a ir a buscarla hasta el fin del mundo; pero como el mundo tiene muchos cabos, por lo mismo que es redondo, no sabía a cuál inclinarse.

Entretanto creía que no estaba demás el averiguar quién era milady.

Milady había hablado con el hombre de la capa negra, de modo que debía conocerle; y el hombre de la capa negra era, en sentir de Artagnan, el que había robado últimamente a madama Bonacieux, así como fué también el que la robó la vez primera. Artagnan no mentía, pues, sino a medias (lo cual es bien poco mentir) cuando decía que, haciendo diligencias en busca de milady, las hacía también en busca de Constanza.

Dominado por estos pensamientos, y metiendo de vez en cuando espuelas a su caballo, llegó por fin a Saint-Germain, pasando por delante del pabellón en que diez años después debía venir al mundo Luis XIV. Metióse por una calle desierta, mirando siempre a uno y otro lado, por si descubría algún vestigio de su bella inglesa, cuando en el piso bajo de una linda casa, que, como las de aquellos tiempos, no tenía rejas a la calle, distinguió a una persona que creyó no le era desconocida y que se paseaba por una especie de terrado todo lleno de flores.

Planchet fué el primero que la reconoció.

—¡Ah, señor!—dijo volviéndose hacia Artagnan—; ¿no recordáis el semblante de aquel papamoscas?

—No—dijo Artagnan—; y, sin embargo, estoy casi seguro de que no es ésta la vez primera que le veo.

—¡Toma!—dijo Planchet—; es aquel pobre Lubín, lacayo del conde de Wardes, a quien dejasteis tan bien acondicionado en Calais, camino de la casa de campo del gobernador.

—¡Ah, sí! Ahora me acuerdo, y le reconozco perfectamente. ¿Crees que él te reconozca a ti?

—A fe mía, señor, que estaba el pobre tan turbado, que dudo mucho que haya podido conservar de mí una idea ni medio clara siquiera.

—Pues bien, háblale—añadió Artagnan—, y procura informarte de si ha muerto su amo.

Apeóse Planchet del caballo y se acercó a Lubín, que, como era de esperar, no le reconoció.

Ambos lacayos se pusieron a conversar en la mejor armonía, mientras Artagnan dirigía las dos cabalgaduras a una callejuela inmediata a la casa y se colocaba de manera que pudiese oír el diálogo, oculto detrás de una cerca de avellanos.

A poco de hallarse en observación detrás de la cerca oyó ruido de un carruaje, y vió pararse enfrente de él el coche de milady. No le quedó ya a Artagnan la menor duda de que la dama inglesa iba dentro, y lo que hizo fué tenderse sobre el cuello del caballo para poder verlo todo sin ser visto.

Sacó milady su rubia cabeza por la portezuela, y dió sus órdenes a una doncella que la acompañaba.

Esta, que era una jovencita de veinte a veintidós años, lista y vivaracha, verdadero tipo de la criada de una dama ilustre, saltó desde el banquillo en que, según la costumbre de la época, iba sentada, y se dirigió al terrado donde Artagnan había visto a Lubín.

Siguió Artagnan a la doncella con la vista, y conoció que se encaminaba al terrado; pero por desgracia habían llamado a Lubín adentro, de modo que se quedó solo Planchet mirando hacia todas partes a fin de descubrir el camino por donde había desaparecido Artagnan.

Acercóse la doncella a Planchet tomándole por Lubín, y enseñándole un billete,

—Para vuestro amo—le dijo.

—¿Para mi amo?—exclamó asombrado Planchet.

—Sí, y con urgencia. Tomad pronto.

Dicho esto, se volvió corriendo al carruaje, que había dado la vuelta en dirección al punto por donde vino, y colocándose de nuevo en el banquillo, emprendió su marcha el carruaje.

Planchet se quedó dando mil vueltas entre sus manos al billete; pero, acostumbrado a la obediencia pasiva, saltó del terrado, y tomando una callejuela, halló a los veinte pasos a Artagnan, que lo había visto todo y le salía al encuentro.

—Para vos, señor—dijo Planchet presentando la carta al joven.

—¿Para mí?—respondió Artagnan—; ¿estás bien seguro?

—¡Vaya si estoy seguro! La doncella me ha dicho: "Para tu amo"; y yo no tengo otro amo que vos: conque... Pero, ¿sabéis que es una muchacha muy linda la tal criadita?

Abrió Artagnan la carta, y leyó lo siguiente:

"Una persona que se interesa por vos más de lo que puede deciros, desearía saber qué día podríais hallaros en situación de pasear por el Bosque. En la fonda del Champ-du-Drap-d'Or esperará mañana la respuesta un lacayo vestido de negro y encarnado."

—¡Oh! ¡Oh!—dijo para sí Artagnan—; ya esto pica un poco la curiosidad. Parece que milady y yo nos tomamos afán por una misma persona. ¡Y bien, Planchet! ¿Cómo sigue el bueno de M. de Wardes? ¿No ha muerto?

—No, señor; sigue todo lo bien que se lo permiten cuatro estocadas que tiene en el cuerpo, pues fueron cuatro las estocadas que regalasteis a aquel pobre caballero, que se halla todavía sumamente débil por la mucha sangre que perdió. Según yo me imaginaba, Lubín no me reconoció, y me ha contado desde el principio hasta el fin nuestra aventura.

—Muy bien, Planchet; eres el rey de los lacayos: sube ahora a caballo, y alcancemos al carruaje.

No tardo esto mucho en suceder, pues al cabo de unos cinco minutos descubrieron el coche, que estaba parado a un lado del camino.

Un caballero ricamente vestido estaba de pie al lado de la portezuela.

La conversación de milady con el caballero era tan animada, que Artagnan se detuvo al otro lado del carruaje sin que nadie reparase en él, a excepción de la hermosa criadita.

Era la conversación en inglés, idioma que Artagnan no comprendía; pero por el acento de la dama creyó adivinar que estaba muy enojada, y mucho más cuando la vió terminar de un modo que no le dejó la menor duda acerca de la naturaleza de la conversación, pues fué un abanicazo dado con tal fuerza, que el mueble femenino se hizo mil pedazos.

El caballero soltó una carcajada, que al parecer exasperó a milady.

Creyó Artagnan que aquél era el momento de intervenir, y, acercándose a la otra portezuela, y quitándose respetuosamente la gorra,

—Señora—dijo—, permitidme que os ofrezca mis servicios, pues presumo que ese caballero ha excitado vuestro enojo. Hablad una palabra, y me encargo de castigar su falta de cortesanía.

A las primeras palabras se volvió la dama y se quedó mirando al joven como sorprendida. Terminado su examen,

—Caballero—respondió en francés muy correcto—, con mucho gusto me pondría bajo vuestra protección si la persona que así me ha irritado no fuese hermano mío.

—Disimuladme entonces, señora—dijo Artagnan—, pues podéis conocer que ignoraba esa circunstancia.

—¿Quién da vela en este entierro a ese presumido?—exclamó bajándose a la altura de la portezuela el caballero a quien milady había designado como hermano suyo—. ¿Por qué no sigue su camino?

—El presumido seréis vos—respondió Artagnan inclinándose a su vez sobre el cuello de su caballo y respondiendo desde su sitio a través de la portezuela del coche—: no sigo mi camino porque se me antoja quedarme aquí.

El caballero cruzó con la señora algunas palabras en inglés.

—Yo os hablo en francés, caballero—repuso Artagnan—; conque tened la bondad de contestarme en el mismo idioma. Enhorabuena que seáis hermano de milady; pero afortunadamente no lo sois mío.

Cualquiera creería que milady, asustadiza como suelen serlo generalmente las mujeres, iba a terciar en este principio de provocación para procurar que se cortara la disputa y evitar sus desastrosas consecuencias; pero, en vez de eso, acomodándose en el fondo del carruaje, gritó con la mayor frialdad a su cochero:

—¡Seguid!

La hermosa criadita lanzó una mirada inquieta a Artagnan, cuya buena presencia parecía no haberle disgustado.

Hizo el caballero un movimiento en ademán de seguir al carruaje; pero el gascón, cuya cólera en vez de apaciguarse había crecido, porque reconoció en él al inglés que en Amiéns le ganó el caballo y estuvo a pique de ganarle también su diamante jugado por Athos, se abalanzó a la brida y le detuvo.

—Paréceme, caballero, que sois aún más presumido que yo, pues no reparáis en que tenemos pendiente cierto asunto.

—¡Hola!, ¡hola!—repuso el inglés—; ¿sois vos, amigo? ¿Conque no hay con vos otro arbitrio que el de jugar, sea de un modo o de otro?

—Justamente; y ahora me hacéis recordar que me debéis un desquite. Veremos, caballero, si sabéis manejar la espada con tanta destreza como el cubilete de los dados.

—Ya veis que no llevo espada—respondió el inglés—. ¿Queréis echárosla de valiente con un hombre indefenso?

—Presumo que no os faltarán armas en vuestra casa; mas, sin embargo, os prevengo que tengo dos espadas. Si gustáis, estoy dispuesto a jugaros una.

—Es inútil—dijo el inglés—, pues no carezco de semejantes utensilios.

—Muy bien, mi digno caballero; elegid la más larga y venid a enseñármela esta tarde.

—¿En dónde?

—Detrás del Luxemburgo: es un sitio excelente para paseos como el que os propongo.

—Bien; no faltaré.

—¿A qué hora?

—A las seis.

—A propósito: ¿no dejaréis de tener uno o dos amigos?

—Tengo tres, que se tendrán por muy dichosos siendo de la partida.

—¡Tres! Perfectamente: las cosas se van arreglando a las mil maravillas—repuso Artagnan.

—Tened ahora la bondad de decirme quién sois—le dijo el inglés.

—M. de Artagnan, caballero gascón, individuo de la compañía de guardias de M. Des Essarts; y vos, ¿quién sois?

—Lord Winter, barón de Scheffield.

—Pues bien; estoy a vuestras órdenes, señor barón—dijo Artagnan—, aunque lleváis unos nombres bien difíciles de guardar en la memoria.

Y metiendo espuelas al caballo, lo puso al galope y tomó el camino de París.

Según costumbre que ya había contraído, fué Artagnan a apearse directamente a casa de Athos, a quien encontró tendido en un sofá, esperando, como ya dijimos, que el equipo viniese a buscarle.

El joven guardia le contó lo que acababa de sucederle, omitiendo, sin embargo, lo concerniente a la carta dirigida a M. de Wardes.

Cuando supo Athos que iba a batirse con un inglés se mostró sumamente gozoso, pues ya hemos dicho en otra ocasión que éste era su sueño.

Enviaron sus lacayos a buscar inmediatamente a Porthos y Aramis, y se les puso al corriente de los sucesos.

Porthos sacó su espada y se puso a blandirla contra la pared, retrocediendo de vez en cuando y haciendo contorsiones como un bailarín. Aramis, que seguía trabajando en su poema, se encerró en el gabinete de Athos, suplicando que no le incomodasen hasta el momento de desenvainar la espada, y Athos pidió por señas a Grimaud que le trajese otra botella.

Artagnan, por último, se puso a madurar en su imaginación cierto plan, que más tarde veremos ejecutado, el cual le prometía alguna buena aventura, según era fácil comprender por las sonrisas que de tiempo en tiempo se dibujaban en su semblante.

XXXI

INGLESES Y FRANCESES

Llegada la hora convenida, dirigiéronse nuestros cuatro amigos, seguidos de sus lacayos, al sitio de la cita, que era un terreno destinado a pastoreo de cabras. Dió Athos una moneda al pastor para que les dejase el campo libre, y los lacayos quedaron encargados de hacer centinela.

No pasó mucho tiempo sin que se aproximara al mismo recinto una tropa silenciosa, que se reunió a los mosqueteros, verificándose en seguida la mutua declaración de nombres, según costumbre de los ingleses.

Eran éstos personas de elevada clase; y los extraños nombres de los tres mosqueteros fueron para ellos, no sólo ocasión de recelo, sino hasta de inquietud.

—A pesar de vuestras declaraciones—dijo lord Winter luego que los tres amigos dijeron sus nombres—, nos quedamos sin saber quiénes sois; y nosotros no nos batimos con quienes llevan semejantes nombres, que más que de caballeros parecen de pastores.

—En efecto, milord — le dijo Athos —; los nombres que llevamos son supuestos.

—Eso nos hace desear más el conocer los verdaderos—repuso el inglés.

—Sin embargo, el no conocernos—repuso Athos—no fué obstáculo para que dejaseis de jugar con nosotros y para que, por más señas, nos ganaseis dos caballos.

—Verdad es; pero entonces no arriesgábamos más que nuestros doblones, mientras que ahora arriesgamos nuestra sangre. Un caballero puede jugar con todo el mundo; pero sólo puede batirse con sus iguales.

—Tenéis razón—dijo Athos.

Y llevando aparte al inglés con quien debía batirse, le dijo por lo bajo su nombre, ejemplo que siguieron Porthos y Aramis.

—¿Os basta con eso—dijo Athos a su adversario—para que me hagáis el honor de cruzar conmigo vuestra espada?

—Sí, señor—respondió el inglés inclinándose.

—Pues ahora, ¿queréis que os diga una cosa?—dijo Athos con calma imperturbable.

—¿Qué?—preguntó el inglés.

—Que hubierais hecho mejor en no exigir que me diese a conocer.

—¿Por qué?

—Porque pasando yo por muerto, como paso, y teniendo mis razones para desear que no se sepa que vivo, voy a verme obligado a mataros para que mi secreto no corra peligro de revelarse.

El inglés miró a Athos creyendo que bromeaba; pero vió que hablaba con la mayor formalidad.

—Señores—dijo el mosquetero dirigiéndose a sus amigos y enemigos—, ¿estáis todos dispuestos?

—Sí—respondieron a una voz ingleses y franceses.

—¡Pues en guardia!—añadió Athos.

Y al punto las ocho espadas brillaron a los últimos rayos del sol, que se precipitaba hacia su ocaso, y dió principio el combate con un encarnizamiento muy natural entre personas que se creían enemigas por más de un título.

Athos peleaba con la misma serenidad y sangre fría que si estuviera en una sala de armas.

Corregido sin duda Porthos de su excesiva confianza por la aventura de Chantilly, empleaba una táctica sumamente diestra y previsora.

Athos fué el primero que dejó tendido en tierra a su contrario. No le dió más que una estocada; pero, según lo había dicho, fué mortal, pues le atravesó de parte a parte el corazón.

Porthos dejó en seguida al suyo fuera de combate, atravesándole un muslo; y como el inglés le entregara su espada, lo tomó en sus brazos y lo transportó a su carruaje.

Acosaba Aramis a su contrario con tal afán, que, después de haberle hecho retroceder unos cincuenta pasos, acabó por ponerle en fuga.

En cuanto a Artagnan, se había mantenido simplemente a la defensiva, hasta que, viendo ya cansado a su adversario, le hizo saltar la espada de un golpe. El barón, al verse desarmado, retrocedió dos o tres pasos; pero, resbalándosele un pie, cayó de espaldas.

Saltó al punto Artagnan sobre él, y, poniéndole al cuello la punta de su espada,

—Podría mataros, caballero—dijo al inglés—, pues ya sois mío; pero os concedo la vida en consideración a vuestra hermana.

Estaba Artagnan poseído de la mayor alegría, pues acababa de realizar el plan que se había trazado de antemano, y cuya idea hizo asomar a sus labios las sonrisas de que hemos hablado anteriormente.

Satisfecho el inglés de los nobles modales de Artagnan, dióle un abrazo, al propio tiempo que tributaba mil muestras de consideración a los tres mosqueteros; y como el adversario de Porthos se encontraba ya en su coche, y había puesto el de Aramis pies en polvorosa, sólo se pensó en el difunto.

Principiaron a desnudarle Porthos y Aramis, esperando que su herida no fuese mortal, y advirtieron que llevaba al cinto una bolsa bien provista, la cual recogió Artagnan presentándola a lord Winter.

—¿Qué diablos queréis que yo haga con eso?—dijo el inglés.

—Devolverlo a su familia—contestó Artagnan.

—Su familia no hará el menor caso de cantidad tan insignificante, pues hereda quince mil luises de renta. Guardadla para vuestros criados.

—Sí—repuso Athos, que durante este tiempo se había acercado a Artagnan—; demos esta bolsa, no a nuestros lacayos, sino a los de estos caballeros.

Athos cogió en seguida la bolsa, y arrojándola al cochero,

—Para vos y para vuestros camaradas—le gritó.

Este rasgo de nobleza en un hombre que carecía enteramente de recursos admiró al mismo Porthos, y fué grandemente elogiado por lord Winter y su amigo: hizo profunda impresión en todos, excepto en los señores Grimaud, Mosquetón, Planchet y Baucín.

—Y ahora, mi joven amigo, porque espero que me permitiréis que os dé este nombre—dijo lord Winter—, os presentaré esta misma noche, si queréis, a mi hermana lady Clarik, pues deseo que os conozca; y, como goza de algún favor en la corte, acaso no dejará de conveniros su amistad.

Artagnan sintió un vivo placer al oír esa invitación, e inclinó la cabeza en señal de asentimiento.

Lord Winter, al separarse de Artagnan, le dió las señas de la casa de su hermana, que vivía en el número 6 de la Plaza Real, barrio de la aristocracia en aquella época. Además le prometió ir a buscarle, y Artagnan le citó para las ocho en casa de Athos.

Esta presentación a milady preocupaba fuertemente la imaginación del joven gascón, que recordaba la manera extraña con que aquella mujer se había mezclado en los acontecimientos de su vida. Estaba íntimamente convencido de que era afecta al cardenal, y, sin embargo, se sentía impulsado hacia ella por uno de aquellos sentimientos cuyo origen se desconoce muchas veces. Su único temor era que milady reconociese en él al hombre de Meung y de Douvres, pues entonces sabría que era amigo de M. de Treville y, por consiguiente, partidario decidido del rey, en cuyo caso perdería la aventura toda la novedad y se hallarían los dos en terreno igual. En cuanto al principio de intriga que había descubierto entre milady y el conde de Wardes, nuestro presuntuoso joven no se apuraba mucho, a pesar de que era aquél un buen mozo, rico y protegido por el cardenal; pero en algo se había de conocer que apenas contaba veinte años y que había nacido en Tarbes.

Artagnan principió por vestirse y acicalarse con todo el esmero que le fué posible, y pasó en seguida a ver a Athos, a quien, según costumbre, le dió cuenta del suceso. Athos escuchó con la mayor atención sus proyectos, y meneando la cabeza le encargó y recomendó la prudencia con algo de acritud.

—¡Cómo!—le dijo—. ¿Acabáis de perder una mujer que decíais era buena, encantadora, perfecta, y ya corréis en pos de otra?

Artagnan conoció la fuerza de esta reconvención.

—Es que amo a madama Bonacieux con el corazón —dijo—, mientras que a milady la amo sólo con la cabeza; y al aceptar la presentación en su casa, llevo el objeto de averiguar la altura a que se halla en la corte y el papel que en ella representa.

—¡Pardiez! ¿El papel que representa? No es difícil de adivinar después de lo que habéis manifestado. El de agente del cardenal: y probablemente os armará un lazo, en que tal vez perdáis la cabeza.

—¡Diantre! Querido Athos, siempre miráis las cosas por el lado negro.

—Amigo, ¿qué queréis? Desconfío mucho de las mujeres, especialmente de las rubias, porque tengo mis motivos para ello. Milady es rubia, según habéis dicho; ¿no es verdad?

—Tiene los cabellos del rubio más hermoso que os podéis imaginar.

—¡Ah! ¡Pobre Artagnan!—exclamó Athos.

—Lo único que deseo es averiguar lo que hay; que en cuanto lo sepa, yo me libraré.

—Hacedlo enhorabuena—dijo Athos con la mayor calma.

Lord Winter acudió a la hora convenida; pero Athos, avisado ya, pasó a otro cuarto inmediato, de modo que encontró solo a Artagnan. Como eran ya cerca de las ocho, marcharon al momento.

Un elegante carruaje tirado por dos hermosos caballos los esperaba a la puerta y los condujo en poco tiempo a la Plaza Real.

Milady de Winter recibió a Artagnan de la manera más afectuosa. Su casa estaba alhajada de una manera suntuosa; y aun cuando la mayor parte de los ingleses, a consecuencia de la guerra, abandonaban o estaban a punto de abandonar a Francia, milady acababa de hacer en su casa nuevas obras, lo cual probaba que no le comprendía la disposición general que expulsaba a los ingleses del territorio francés.

—Aquí tenéis—dijo lord Winter presentando a Artagnan— a un noble joven que ha tenido mi vida en sus manos y no ha querido aprovecharse de la superioridad de ser bajo dos conceptos mi enemigo, puesto que fuí yo el que le insulté, y soy además inglés. Dadle las gracias, señora, si es que algo me apreciáis.

Milady frunció ligeramente las cejas, y en sus labios se dejó ver una sonrisa tan particular, que el joven, a quien no se le escaparon estos detalles, experimentó un ligero estremecimiento.

El hermano, sin advertir cosa alguna, se puso a jugar con el mono favorito de milady, que le tiró de la ropilla.

—Bien venido seáis, caballero—dijo milady, con una voz cuya dulzura formaba notable contraste con los síntomas de desagrado que había observado Artagnan—, pues con vuestra noble conducta habéis adquirido justísimos títulos a mi eterno agradecimiento.

El inglés refirió entonces los pormenores del desafío, sin omitir circunstancia alguna. Milady le escuchó con la mayor atención; sin embargo, se conocía, a pesar de los esfuerzos que hacía para ocultarlo, que la narración le era bastante desagradable, pues la sangre se le agolpaba al rostro y su torneado pie se agitaba con violencia debajo del vestido.

Lord Winter en nada reparó, y, luego que concluyó su relación, se aproximó a una mesa, donde había una bandeja con botellas de vino de España, y llenando dos vasos invitó a Artagnan a que bebiese.

Artagnan sabía que era muy mal visto, especialmente para un inglés, el negarse a brindar con él: así es que se acercó a la mesa y tomó el segundo vaso. El joven no había perdido de vista a milady, y observó en un espejo el cambio que sufrió su fisonomía. En efecto, creyendo que no la observaban, dejó ver en su semblante una expresión de ruda ferocidad, y, como prueba de ella, con sus hermosos dientes mordió con rabia el pañuelo.

La linda doncella, a quien Artagnan había ya observado, entró a la sazón, y habiendo dicho algunas palabras en inglés a lord Winter, éste pidió acto continuo a Artagnan permiso para retirarse, excusándose con la urgencia del negocio para que había sido llamado, y rogando a su hermana que contribuyera por su parte a que le dispensara su marcha.

Artagnan y lord Winter se dieron la mano, y después de haberse saludado se marchó el segundo, quedando Artagnan al lado de milady. El rostro de aquella mujer había vuelto a tomar con sorprendente ligereza su graciosa expresión, y sólo algunas ligeras manchas de sangre que se veían en su pañuelo indicaban que se había mordido los labios.

Sus labios eran tan hermosos que parecían de coral.

La conversación tomó un giro animado y milady se manifestaba enteramente serena. Manifestó que lord Winter no era hermano, sino cuñado, pues ella se había casado con un joven, hermano menor de aquél, que la había dejado viuda y con un niño. Su hijo sería el heredero de lord Winter si éste no se casaba. Todo esto dejaba entrever a Artagnan un misterio que no podía penetrar al primer golpe de vista.

Por lo demás, Artagnan, a la media hora de conversación, se convenció de que milady era compatriota suya, pues hablaba el francés con tal pureza y elegancia, que no permitía abrigar la menor duda sobre este punto.

Artagnan apuraba las manifestaciones galantes y las protestas de amistad, y a cada una de estas tonterías de nuestro gascón se sonreía milady con la mayor benevolencia. Por último, cuando llegó la hora de retirarse se despidió Artagnan, y salió del salón considerándose el más dichoso de los mortales.

En la escalera encontró a la hermosa doncella, que al pasar le tropezó ligeramente; pero la joven, ruborizándose en extremo, le pidió perdón con tanta gracia y con una voz tan dulce, que Artagnan se lo concedió al momento.

Al día siguiente volvió nuestro gascón, y fué recibido mejor todavía que la vez primera. Lord Winter no estaba en casa, y milady fué la que le hizo los honores de la tertulia. Aparentó tomar un grande interés por Artagnan y le preguntó de dónde era, qué amigos tenía, y si no había pensado alguna vez en entrar al servicio del cardenal.

Artagnan que, como hemos dicho, tenía demasiada prudencia para un joven de veinte años, recordó entonces sus sospechas acerca de milady, y haciendo un grande elogio del cardenal, dijo que no hubiera dejado de entrar en el Cuerpo de guardias de su eminencia si, en vez de haber venido recomendado a M. de Treville, hubiese conocido primero a M. de Cavois.

Milady mudó de conversación con la mayor naturalidad, y preguntó a Artagnan con cierto aire de indiferencia si había estado alguna vez en Inglaterra.

Artagnan contestó que había ido una vez, enviado por M. de Treville, para ajustar una remonta de caballos, y que había traído cuatro para muestra.

Milady durante la conversación se mordió más de una vez los labios, pues conoció que se las había con un joven nada tonto.

Artagnan se retiró a la misma hora que el día anterior, y en el pasillo volvió a encontrar a la linda Ketty, que así se llamaba la doncella de milady. La jovencita le miró con una expresión de misteriosa benevolencia; pero Artagnan estaba tan preocupado con el ama, que no se hallaba en disposición de reparar en nada.

Artagnan siguió concurriendo las noches sucesivas a casa de milady, la cual le recibía cada vez más cariñosamente.

Todos los días, ya fuese en la antecámara, ya en el pasillo o en la escalera, encontraba a la hermosa doncellita; pero no llamaba la atención de Artagnan aquella extraña tenacidad de la pobre Ketty.

XXXII

UNA COMIDA DE PROCURADOR

A pesar de que Porthos había desempeñado tan brillante papel en el duelo, no se había olvidado de la comida a que había sido convidado por la mujer del procurador; así es que a cosa de la una del día siguiente hizo que Mosquetón le cepillara bien, y se dirigió a la calle de los Osos.

Su corazón latía, pero no como el de Artagnan, a causa de un impaciente primer amor: un interés mucho más material le guiaba. Iba por fin a atravesar aquel misterioso umbral y a subir aquella recóndita escalera por la que habían subido uno a uno los escudos del buen Coquenard. Iba a ver, por último, cierto cofre, cuya imagen se le había presentado en sueños más de veinte veces; baúl ancho y profundo, lleno de llaves y candados, y enclavado en el suelo. Muchas veces había oído hablar de aquella arca repleta que iba a abrir a su vista el mismo procurador.

Y, después de todo, él, que era un vagabundo, hombre sin fortuna y sin familia, militar acostumbrado a las fondas y figones, a las posadas y tabernas, glotón que las más veces tenía que contentarse con los banquetes que la casualidad o su poca aprensión le proporcionaba, iba, por fin, a gustar de las comodidades de familia, de unas comidas más suculentas y reparadoras.

La perspectiva de sentarse diariamente en calidad de primo a una buena mesa, de desarrugar la amarilla frente del viejo procurador, de desplumar poco a poco a los jóvenes escribientes enseñándoles la baceta y el sacanete con todos sus primores, y ganándoles por vía de honorarios de las lecciones que les diese en una hora sus economías de un mes: todo esto se armonizaba perfectamente con las costumbres de aquella época, y lisonjeaba sobremanera los gustos de Porthos.

El mosquetero recordaba los desfavorables rumores que entonces circulaban acerca de la mezquindad de los procuradores, su tacañería y sus ayunos; pero como, a pesar de todo, y salvo algunos rasgos de economía que Porthos había encontrado muy poco adecuados, la procuradora se había mostrado bastante generosa para su clase, concibió esperanzas de hallar una casa montada bajo un pie algún tanto agradable.

Al llegar a la puerta nuestro mosquetero se quedó parado con cierto aire de duda, porque, a la verdad, la entrada de aquella casa no era lo más a propósito para inspirar la idea de pasar adelante: el portal era estrecho, la escalera recibía una luz escasísima a través de unas rejas que daban a un patio inmediato, y en el piso principal se veía una puerta baja y tachonada de enormes clavos, como la puerta principal del Grand-Châtelet.

Dió un golpe con la mano, y un escribiente pálido y demacrado, casi escondido bajo un bosque de cabellos vírgenes, salió a abrir, con el aspecto del que se ve precisado a respetar la elevada estatura, que indica la fuerza, el traje militar, que revela la profesión, y el buen semblante, que manifiesta la costumbre de vivir con toda comodidad.

Otro escribiente más pequeño apareció detrás del primero, otro mayor detrás del segundo, y un muchachillo de doce años detrás del tercero, formando así un conjunto de tres escribientes y medio; lo cual anunciaba que aquél era uno de los despachos más concurridos.

Aunque el mosquetero no debía llegar hasta la una, la procuradora estaba en acecho desde las doce, contando por su corazón los minutos, y acaso por el estómago de su amante, con el deseo de que se adelantara el momento deseado.

Así fué que madama Coquenard se presentó en la puerta de la habitación casi al mismo tiempo que su convidado llegaba por la de la escalera; aparición que sacó a Porthos de la posición embarazosa en que se hallaba, pues, teniendo los escribientes una fuerte dosis de curiosidad, y no sabiendo el mosquetero qué decir a aquella turba, se había quedado sin articular una palabra.

—¡Primo mío!—exclamó la procuradora—. Entrad, monsieur Porthos, entrad.

El nombre de Porthos produjo su efecto en los escribientes, que se echaron a reír; pero el mosquetero les echó una ojeada, y todos los semblantes recobraron al punto su gravedad.

Llegaron por fin al gabinete del procurador, después de haber atravesado la antesala y el despacho en que estaban los escribientes, o por lo menos en que debían estar. El despacho era una pieza obscura atestada de papelotes; al salir de ella se dejaba la cocina a mano derecha y se entraba en la sala de recibir.

Todas aquellas piezas de paso no inspiraron a Porthos las mejores ideas, pues las palabras debían de oírse desde cualquier punto estando abiertas las puertas, y, además, había dirigido con disimulo una investigadora mirada a la cocina, y vió con dolor que, en mengua de la procuradora, no había aquel fuego, aquella animación y aquel movimiento que en los momentos que preceden a una buena comida reinan generalmente en el santuario de la glotonería.

El procurador debía estar sin duda avisado de la visita, pues no manifestó la menor sorpresa a la vista de Porthos, el cual se adelantó hacia él con bastante desembarazo, y le saludó cortésmente.

—¿Somos primos, a lo que parece, caballero Porthos? —dijo el procurador levantándose a fuerza de brazos de un sillón de junco.

El viejo, envuelto en una ancha ropilla, en que se perdía su enjuto cuerpo, estaba tieso y acartonado; sus ojos medio grises, que brillaban como carbunclos, y su boca, con la que a cada paso hacía mil gestos, parecían las únicas partes de su rostro en que se hubiese refugiado la vida. Desgraciadamente, sus piernas se negaron a servir a aquel esqueleto ambulante, y en los cinco meses que hacía que tal debilidad se había dejado sentir, el digno procurador era casi un esclavo de su mujer.

El primo fué recibido con resignación y nada más, pues el buen Coquenard, por su parte, hubiera renunciado con placer a todo parentesco con Porthos.

—Sí, señor; somos primos—dijo Porthos sin desconcertarse, pues había contado de antemano con no ser muy bien recibido por parte del marido.

—Por mi mujer, ¿no es verdad?—dijo maliciosamente el procurador.

Porthos no conoció la fuerza de la expresión, y la creyó una simpleza, de la que se burló en sus adentros; pero madama Coquenard, que sabía que un procurador inocente era una rareza notable, se sonrió un poco y se ruborizó bastante.

Desde la llegada de Porthos no había hecho M. Coquenard más que dirigir inquietas miradas a un grande armario colocado enfrente de su mesa de pino. Porthos conoció que aquel armario, si bien no correspondía por su forma al que se había figurado en sus sueños, debía de ser el refugio del tesoro, y se alegró en extremo de que en la realidad tuviese seis pies más de altura que el soñado arcón.

El buen Coquenard no llevó más allá sus investigaciones genealógicas; pero, olvidando por un momento el armario, y fijando sus inquietas miradas en Porthos, se contentó con decir:

—Supongo que vuestro señor primo, antes de volver a su país, nos hará el obsequio de comer con nosotros. ¿No es así, madama Coquenard?

Estas palabras resonaron directamente en el estómago de Porthos, y tampoco fué, al parecer, insensible a ellas madama Coquenard, pues contestó al punto:

—Mi primo no volverá a nuestra casa si ve que le tratamos mal; pero, en el caso contrario, es muy corto el tiempo que tiene que permanecer en París para que no le pidamos que nos consagre la mayor parte de los momentos de que pueda disponer.

—¡Ay! ¡Mis piernas! ¡Mis pobres piernas!—tartamudeó M. Coquenard haciendo algunos esfuerzos para sonreirse.

Este inesperado socorro que vino en auxilio de Porthos en el momento en que se veía atacado en sus esperanzas gastronómicas inspiró al mosquetero un vivo reconocimiento hacia su procuradora.

Pronto llegó la hora de la comida, y pasaron al comedor, que estaba situado enfrente de la cocina.

Los escribientes, que, según parece, habían notado en la casa preparativos a que no estaban acostumbrados, se hallaban en sus respectivos sitios con una exactitud militar, y estaban en disposición de sentarse a la menor señal. Sus mandíbulas se movían ya anticipadamente con un placer difícil de describir.

—¡Por vida mía!—dijo Porthos entre sí, dirigiendo una mirada a los tres famélicos; pues es preciso tener entendido que el muchachillo no era aún admitido a los honores de la mesa magistral—. ¡A fe mía, si yo fuese que el primo, no consentiría a mi lado semejantes glotones! Parecen náufragos que no han comido en seis semanas.

M. Coquenard entró sobre su sillón de ruedas empujado por su esposa, en cuyo auxilio vino Porthos, para que llegara la silla hasta la mesa.

Así que entró, dió las mismas muestras de impaciencia que sus escribientes.

—¡Oh! ¡Oh! ¡He aquí una sopa que está diciendo comedme!

—¡Qué diablos tendrá de extraordinario esta bazofia!—se decía Porthos al ver un caldo amarillento, abundante, pero que no tenía más que unas cuantas cortezas, que nadaban sobre la superficie como las islas de un archipiélago.

Madama Coquenard se sonrió, y a una señal que hizo se apresuraron todos a sentarse.

M. Coquenard fué servido el primero; después, Porthos, y en seguida madama Coquenard llenó su plato, y distribuyó las cortezas entre los impacientes jóvenes, pero sin acompañarlas de caldo.

En aquel momento se abrió la puerta del comedor, y Porthos divisó a través de sus hojas medio abiertas al escribientillo que, no pudiendo tomar parte en el festín, se había situado entre la cocina y el comedor, y, disfrutando de aquel delicioso ambiente, estaba comiendo un pedazo de pan.

Después de la sopa presentó la criada una gallina cocida, esplendidez que hizo dilatar los párpados de los convidados en tales términos, que parecía que los ojos iban a salirse de sus órbitas.

—Bien se conoce que amáis a vuestra familia, madama Coquenard—dijo el procurador con una sonrisa dramática—; éste es seguramente un obsequio que hacéis a vuestro primo.

La pobre gallina estaba en los huesos; pero, a pesar de la dureza de éstos, no se había roto el curtido pellejo que los cubría; preciso era que hubiesen estado buscándola mucho tiempo antes de hallarla en el gallinero adonde se había retirado para morir de vejez.

—¡Diablo!—se dijo Porthos—. ¡He aquí una cosa bien triste! Yo respeto la vejez, pero no suelo hacer mucho caso de ella cuando la veo cocida o asada.

Y en seguida miró a su alrededor para ver si había algún otro de su opinión; pero, lejos de eso, no descubrió más que ávidos ojos que devoraban con anticipación aquella soberbia gallina, objeto de sus desprecios.

Madama Coquenard cogió el plato, separó con destreza las dos patas negras, que puso en el de su marido; cortó el pescuezo, y lo separó juntamente con la cabeza para sí; apartó un alón para Porthos, y entregó a la criada lo restante del ave, que volvió casi intacta a la cocina, y desapareció antes que el mosquetero hubiese tenido tiempo de examinar las variaciones que el disgusto produjo en los semblantes, según los caracteres y temperamentos de las personas que lo experimentaban.

Después de la gallina presentaron una fuente de habas, fuente enorme, en la que descollaban algunos huesos de carnero, que un miope hubiese creído que estaban cubiertos de carne.

Pero los escribientes no se dejaron engañar por semejante superchería, y sus semblantes lúgubres tomaron el aspecto de la resignación.

Madama Coquenard distribuyó aquel potaje entre los jóvenes con la parsimonia propia de una mujer económica.

Llególe el turno al vino. M. Coquenard tomó la botella y fué echando poquito a poco en los vasos de los jóvenes, hasta que llegó a una tercera parte del vaso; púsose en seguida en el suyo en proporción igual sobre poco más o menos, y pasó la botella al lado de Porthos y de madama Coquenard.

Los jóvenes llenaban de agua el vaso en que tenían su respectiva porción de vino, y luego que se bebían la mitad del líquido volvían otra vez a llenarlo; de lo cual resultaba que a la conclusión de la comida habían tomado una bebida que del color del rubí había ido pasando al del topacio más claro.

Porthos se comió con timidez su alón de gallina, y bebió medio vaso de aquel vino tan economizado, que reconoció por vino de Montreuil. M. de Coquenard estuvo mirando cómo bebía aquel vino puro, y exhaló un lastimero suspiro.

—¿Queréis probar estas habas, primo Porthos?—preguntó madama Coquenard con aquel tono que quiere significar: ¡no las comáis!

—Gracias, prima mía—dijo—; no quiero ya más.

A estas palabras siguió un rato de silencio. Porthos no sabía ya qué postura tomar. El procurador repitió muchas veces:

—¡Ah! Madama Coquenard, os doy por mi parte las más cumplidas gracias; vuestra comida ha sido un verdadero banquete.

Porthos creyó que estaban burlándose de él, y empezó a retorcerse el bigote y a fruncir las cejas; pero una mirada de madama Coquenard le contuvo.

En aquel momento, a una mirada del procurador se levantaron los escribientes de la mesa con suma cachaza, doblaron sus servilletas con toda calma y, después de haber saludado, se marcharon.

—Andad, jóvenes, andad a trabajar para que podáis hacer bien la digestión.

Luego que se fueron los escribientes se levantó madama Coquenard y sacó de una alacenilla un pedazo de queso, un poco de dulce de membrillo y un pastel que ella misma había hecho con miel y almendras.

M. Coquenard frunció las cejas, porque le pareció excesiva tanta diversidad de postres.

—¡Un banquete!—exclamó revolviéndose sobre su sillón—. ¡Un verdadero festín! *Epulœ epularum.* ¡Lúculo come en casa de Lúculo!

Porthos echó una mirada a la botella que estaba a su lado, creyendo que con vino, pan y queso podría comer; pero la botella estaba vacía, y los esposos Coquenard hicieron como que no reparaban en ello.

—Bien—se dijo Porthos a sí mismo—; ya lo sé para otra vez.

Luego se aplicó a los labios la cucharilla en que había cogido un poco de dulce y se embadurnó los dientes con la pasta correosa de madama Coquenard.

—Ahora—dijo—el sacrificio está consumado.

El buen Coquenard, después de tan deliciosa comida, que creía un exceso de glotonería, manifestó que iba a dormir la siesta. Porthos esperaba que lo verificaría allí mismo después de un rato de sobremesa; pero no pensaba así el procurador, y fué preciso volver a llevarle a su cuarto, sin que dejara de gritar hasta que le colocaron frente a su armario, en el cual, para mayor precaución, apoyó los pies.

La procuradora condujo a Porthos a una pieza inmediata.

—Podréis venir a comer tres veces a la semana—dijo madama Coquenard.

—Gracias—dijo Porthos—, no soy amigo de abusar, y además es preciso que haga diligencias para equiparme.

—Verdad es—dijo la procuradora gimiendo—; se trata de aquel malaventurado equipaje, ¿no es así?

—¡Ay! Sí—dijo Porthos—, del mismo.

—Pero ¿de qué se compone el equipo de vuestro regimiento, caballero Porthos?

—¡Oh! De muchas cosas, señora—dijo Porthos—; los mosqueteros, como sabéis muy bien, somos soldados escogidos y necesitamos una porción de cosas de que no tienen necesidad los guardias ni los suizos.

—Pero, vamos, ídmelo diciendo.

—Todo ello puede ascender a...—dijo Porthos, a quien agradaba más discutir en la totalidad que no por partes.

La procuradora aguardaba la cifra con ansiedad.

—¿A cuánto?—preguntó—. Supongo que no podrá pasar de...—y no sabiendo qué decir, se detuvo.

—¡Oh! No—dijo Porthos—; todo ello no pasa de dos mil quinientas libras. Aun me figuro que, si se arregla con economía, bastarían dos mil libras.

—¡Dios mío, dos mil libras!—exclamó—. Esa cantidad hace la suerte de una familia, y mi marido no se avendrá jamás a prestar semejante suma.

Porthos hizo un gesto de los más significativos, que comprendió madama Coquenard.

—Deseo saber la clase de objetos que necesitáis, porque teniendo en el comercio parientes y amigos, estoy casi segura de tomarlo todo con un ciento por ciento menos del precio en que vos lo compraríais.

—¡Ah, ah! Si es eso lo que habéis querido decir...—dijo Porthos.

—Eso únicamente, querido Porthos; conque así, lo primero que necesitáis es...

—Un caballo.

—Bien. ¿Un caballo? Cabalmente tengo ocasión de proporcionaros uno.

—¡Ah!—dijo Porthos con la mayor alegría—. Vamos muy bien en cuanto al caballo para mí; ahora necesito otro para mi lacayo, y una maleta. De las armas no tenéis que ocuparos, pues yo las tengo.

—¿Un caballo para vuestro lacayo?—repuso titubeando la procuradora—. Eso sólo lo hacen los grandes señores, amigo mío.

—¡Y qué, señora!—repuso Porthos con altivez—. ¿Me tenéis acaso por un pordiosero?

—No; sólo quería deciros que una buena mula podía hacer tan buen papel como un caballo.

—Venga enhorabuena la mula—dijo Porthos—; veo que tenéis razón, pues así como así he visto a caballeros españoles y de alto rango que llevaban en mulas a su comitiva. Pero en ese caso es preciso que la mula tenga penachos y cascabeles.

—No tengáis cuidado—dijo la procuradora.

—Falta la maleta—repuso Porthos.

—¡Oh! Por eso no os inquietéis—exclamó madama Coquenard—; mi marido tiene cinco o seis maletas, y podéis escoger la que mejor os acomode; hay una especialmente que él llevaba en sus viajes y cuyo tamaño es muy capaz para encerrar el mundo entero.

—Pero vuestra maleta ¿está vacía?—preguntó Porthos.

—Seguramente—contestó la procuradora.

—El caso es que la maleta que yo necesito es una maleta bien provista, querida.

Madama Coquenard exhaló nuevos suspiros. Molière no había escrito aún su comedia del *Avaro;* por consiguiente, madama Coquenard llevaba la delantera a Harpagón. Por último, se discutió prenda por prenda todo el equipaje, y el resultado de la conferencia fué que la procuradora pediría prestado a su marido ochenta libras en metálico y suministraría el caballo y la mula que habían de conducir a la victoria a Porthos y a Mosquetón.

Arregladas las condiciones y estipulados los intereses, así como la época de la devolución, se despidió Porthos de madama Coquenard y entró en su casa con un hambre que lo tenía de muy mal humor.

XXXIII

AMA Y CRIADA

Ya hemos dicho que Artagnan, a pesar de los gritos de su conciencia, de los prudentes consejos de Athos y del tierno recuerdo de madama Bonacieux, se iba enamorando cada vez más de milady; así es que no dejaba día alguno de hacerle la corte, esperando el osado gascón que con aquellas demostraciones tarde o temprano llegaría por fin la dama a corresponderle.

Una noche que llegaba desalado y ligero, como un hombre que espera una lluvia de oro, encontró a la linda sirviente junto a la puerta cochera; pero esta vez la hermosa Ketty no se contentó con dirigirle al paso una ligera sonrisa, sino que le tomó suavemente de la mano.

—Bien—dijo para sí Artagnan—; sin duda su ama le ha encargado algún mensaje para mí; acaso sea una cita que no se haya atrevido a darme de palabra—y se puso a mirar a la hermosa niña con el aire de un conquistador.

—Desearía deciros dos palabras, caballero—tartamudeó la doncellita.

—Habla, hija mía, habla—dijo Artagnan—, que ya te escucho.

—Aquí es imposible; lo que tengo que deciros es algo largo, y además, muy secreto.

—¡Y bien! ¿Qué he de hacer?

—Si el caballero quisiera seguirme...—dijo tímidamente Ketty.

—A donde quieras, bella niña.

—Entonces, seguidme.

Ketty, que no había soltado la mano de Artagnan, le condujo por una escalerilla sombría y tortuosa, y, después de haber subido unos quince escalones, abrió una puerta.

—Entrad, caballero; aquí estaremos solos y podremos hablar.

—¿Y de quién es este cuarto?—preguntó Artagnan.

—Es el mío, señor caballero, que comunica por esta puerta con el de mi ama; pero no tengáis cuidado, que no podrá oír nada de lo que hablemos, pues nunca se acuesta antes de las doce.

Artagnan dirigió una mirada en derredor suyo. El cuartito estaba amueblado con gusto y una decencia admirables; pero, a pesar suyo, sus ojos se detuvieron especialmente en la puerta que comunicaba con la habitación de milady.

Ketty adivinó lo que pasaba en el alma del joven, y dió un suspiro.

—¿Amáis, según veo, a mi ama, caballero?—le dijo.

—No sé si la amo en verdad; lo que sé es que estoy loco.

Ketty suspiró otra vez.

—¡Ay, señor, cuán digno sois de compasión!

—Pues ¿qué diablos ocurre?

—Que mi señora no os ama.

—¡Hola!—exclamó Artagnan—. ¿Te ha encargado que me lo anuncies?

—¡Oh, no, señor; pero yo, interesándome por vos, he tomado la determinación de decíroslo.

—Gracias, mi buena Ketty; pero sólo por la acción, porque debes suponer que lo que me dices no es muy agradable.

—Es decir, que no lo creéis, ¿no es verdad?

—Es natural que se resista uno a creerlo, aun cuando no sea sino por amor propio.

—¿Conque no me creéis?

—Confieso que hasta tanto no vea una prueba de lo que me aseguras...

—¿Qué os parece ésta?

Y Ketty sacó de su pecho un billete.

—¿Para mí?—dijo Artagnan apoderándose de la carta, y con un movimiento rápido como el pensamiento rompió la cubierta, a pesar del grito que dió Ketty al ver lo que iba a hacer, o más bien lo que estaba haciendo.

—¡Ay, Dios mío, caballero! ¿Qué habéis hecho?

—Pues qué—dijo Artagnan—, ¿no quieres que me entere de lo que me escriben?—Y leyó lo siguiente:

"No habéis contestado a mi primer billete; ¿será tal vez porque estéis enfermo o porque hayáis olvidado lo que vuestros ojos me indicaron en el baile de madama de Guisa? Tenéis la ocasión en vuestra mano, conde; no la dejéis escapar."

Artagnan perdió el color; se veía herido en su orgullo, ofendido en su amor.

—¡No es este billete para mí!—exclamó.

—No, señor, que es para otro; pero no me habéis dado tiempo para decirlo.

—¡Para otro! ¿Cuál es su nombre?—exclamó furioso Artagnan.

—El señor conde de Wardes.

El recuerdo de la escena de Saint-Germain se presentó al punto a la imaginación del presuntuoso gascón, confirmándole cuanto Ketty acababa de revelarle.

—¡Cuánto os compadezco, apreciable caballero!—dijo la jovencita con una voz llena de compasión y apretando suavemente la mano de Artagnan.

—Me compadeces, ¿no es verdad, querida niña?

—¡Oh, sí, con todo mi corazón, porque yo sé lo que es amor!

—¿Sabes tú lo que es amor?—dijo Artagnan mirándola por la vez primera con cierta atención.

—¡Ay, sí!

—Bien, pues sería mejor que, en lugar de compadecerme, me auxiliaras para vengarme de tu ama.

—¿Qué clase de venganza querríais tomar?

—Deseo suplantar a mi rival.

—Jamás os ayudaré a eso, caballero—repuso Ketty.

—¿Por qué no?—preguntó Artagnan.

—Por dos razones.

—¿Cuáles?

—La primera, porque mi ama nunca os amará.

—¿Qué sabes tú?

—La habéis herido en lo más vivo de su corazón.

—¿Cómo puedo haberla ofendido si desde que la conozco

estoy rendido a sus pies como un esclavo suyo? ¡Habla, por Dios!

—Nunca descubriré ese secreto sino al hombre... que sepa leer en el fondo de mi corazón.

Artagnan miró a Ketty por segunda vez. La tez de la jovencita era de una finura y de una suavidad tales, que más de cuatro duquesas hubiesen comprado ambas cualidades a costa de sus estados.

—Ketty, yo leeré hasta en lo más íntimo de tu alma; eso es lo de menos, hermosa niña, pero habla.

—¡Oh, no!—exclamó Ketty—. Vos no me amáis, y sí a mi señora; no hace mucho que lo habéis dicho.

—¿Y no me dirás por eso la segunda razón?

—La segunda razón, caballero—repuso Ketty animada por la expresión de los ojos del joven—es que en asuntos de amor cada cual procura por sí.

Entonces recordó Artagnan la languidez de las miradas de Ketty, sus sonrisas y suspiros comprimidos cada vez que le encontraba; pero, absorto y enajenado con el deseo de agradar a la ilustre dama, había desdeñado a la doncella: el que va a caza de águilas no se cuida de los gorriones.

Pero el gascón conoció al momento todo el partido que podía sacar de aquel amor que Ketty acababa de confesarle con tanta ingenuidad. Interceptación de cartas dirigidas al conde de Wardes, sorpresa de inteligencias secretas, entrada a todas horas por el cuarto de Ketty, contiguo al de su ama: todo esto se presentaba a la imaginación de Artagnan, que con una perfidia refinada, según puede inferirse, sacrificaba allá en su mente la pobre niña a la ilustre dama.

—¿Quieres que corresponda a tu amor?

—Sí, sí—dijo Ketty con entusiasmo.

—Pues ayúdame en mi venganza.

Entre tanto dieron las doce, y casi al propio tiempo se dejó oír la campanilla en el cuarto de milady.

—¡Dios mío! — exclamó Ketty —. La señora me llama. Marchaos al instante.

Artagnan se levantó, y tomando su sombrero, como si tratara de ejecutar lo que le mandaban, abrió con viveza la puerta de un gran armario en vez de dirigirse a la escalera, y se metió dentro, sepultándose entre los vestidos y peinadores de milady.

—¿Qué hacéis?—exclamó Ketty.

Artagnan, que de antemano se había apoderado de la llave, se encerró en el armario sin contestar una palabra.

—¡Vamos!—gritó milady con voz áspera—; ¿estáis durmiendo? ¿Por qué no venís cuando yo llamo?

Y Artagnan oyó en aquel momento abrir con violencia la puerta de comunicación.

—¡Allá voy, milady, allá voy!—exclamó Ketty saliendo al encuentro a su señora.

Ambas a dos entraron en la alcoba, y, como dejaron abierta la puerta de comunicación, pudo Artagnan oír que milady reprendía a su doncella; pero, pasado el primer ímpetu, se iba apaciguando. En seguida empezaron a hablar las dos, y la conversación recayó sobre él mientras Ketty desnudaba a su señora.

—Esta noche—dijo milady—no he visto al gascón.

—¡Cómo, señora!—dijo Ketty—: ¿no ha venido? ¿Sería capaz de ser inconstante antes de ser dichoso?

—¡Oh, no! Preciso es que le hayan tenido ocupado M. de Treville o M. de Des Essarts. Yo entiendo algo de amor, Ketty, y sé que le tengo cogido en mis redes.

—¿Y qué pensáis hacer con él, señora?

—¿Qué voy a hacer? Ya lo verás, Ketty: hay entre ese hombre y yo una rivalidad que él no conoce, pues ha faltado muy poco para que me haya hecho perder todo mi crédito con el cardenal. ¡Oh! ¡Yo me vengaré!

—Sin embargo, yo creía que le amabais.

—¿Yo amarle? Le detesto. ¡Un necio que tiene en sus manos la vida de lord Winter, y se la concede, haciéndome perder trescientas mil libras de renta!

—Verdad es—dijo Ketty—; vuestro hijo era el único heredero de su tío, y hasta su mayor edad hubierais podido gozar de su fortuna.

Artagnan se estremeció hasta la medula de los huesos al oír a aquella afable criatura echarle en cara, con la voz áspera que tanto le costaba dulcificar en su conversación, el no haber muerto a un hombre a quien prodigaba señales manifiestas de aprecio.

—Ya me habría vengado de él—continuó milady—si el cardenal, sin saber por qué, no me hubiese prohibido hacerlo.

—¡Oh, sí!; pero, en cambio, os habéis vengado en la mujer a quien amaba.

—¡Oh! ¿La tendera de la calle de Fossoyeurs? Pero ¡si ya ha olvidado que tal mujer exista! ¡Vaya una venganza!

Un sudor frío corría por la frente de Artagnan. Aquella mujer era un monstruo.

Se colocó mejor para escuchar con mayor atención; pero, desgraciadamente, había ya Ketty terminado su obra.

—Está bien—dijo milady—; márchate, y procura traerme mañana contestación a la carta que te he dado.

—¿Para M. de Wardes?—dijo Ketty.

—Sí, para M. de Wardes.

—Ved ahí un sujeto que me parece todo lo contrario del pobre M. de Artagnan.

—Márchate, Ketty—dijo milady—; sabes que no me gustan los comentarios.

Artagnan oyó el ruido que hizo la puerta al cerrarse, y el de los cerrojos que echaba milady por dentro. En seguida Ketty dió lo más suavemente que pudo una vuelta a la llave, y Artagnan salió de su escondite.

—¡Ay, Dios mío!—dijo Ketty en voz baja—; ¡qué descolorido estáis! ¿Qué tenéis?

—¡Criatura abominable!—exclamó Artagnan.

—¡Silencio, silencio! Marchaos—dijo Ketty—; sólo separa las dos habitaciones un simple tabique, y se oye en la una todo cuanto se habla en la otra.

—Bien; pero no salgo de aquí sin que me digas dónde está madama Bonacieux.

La pobre joven juró a Artagnan, por lo más sagrado, que lo ignoraba, pues milady nunca dejaba penetrar sus secretos más que a medias; no obstante, le manifestó que creía poderle asegurar que no había muerto.

Tampoco sabía Ketty qué era lo que había hecho para hacerle perder el crédito con el cardenal; mas acerca de este punto no necesitaba noticia alguna Artagnan, porque, habiéndola visto en uno de los barcos detenidos cuando él se alejaba de Inglaterra, creía firmemente que era cosa relativa a los herretes de diamantes.

Lo que veía más claro en todo aquello era que el odio profundo e inveterado de milady provenía realmente de que no hubiese muerto a su hermano político.

Artagnan volvió al día siguiente a casa de milady, y, viéndola muy incomodada, se convenció de que aun no había tenido la apetecida contestación de M. Wardes. Ketty entró, y milady la recibió con suma dureza. Una mirada que la pobre niña dirigió a Artagnan parecía decirle: "¿Veis cuánto sufro por vos?"

No obstante, a lo último de la tertulia la hermosa leona se calmó, escuchando con la sonrisa en los labios los galantes conceptos de Artagnan, y aun llegó el caso de darle su mano para que la besase.

Artagnan salió sin saber qué pensar; pero como no era tan fácil hacer que un gascón perdiera la cabeza, arregló su plan para lo sucesivo.

A la puerta encontró a Ketty, y, del mismo modo que el día anterior, subió a su cuarto para adquirir noticias. Ketty, acusada de descuido, había sufrido una fuerte reprensión. Milady no acertaba a comprender la causa del silencio del conde de Wardes, y había encargado a la doncella que pasase a su cuarto a las nueve de la mañana para recibir sus órdenes.

Artagnan exigió de Ketty la promesa de que iría a su casa a la mañana siguiente para decirle qué órdenes había recibido, y la pobre niña prometió hacer todo cuanto quiso Artagnan, pues estaba loca por él.

A las once se presentó Ketty, llevando en la mano un nuevo billete de milady. Por esta vez ni siquiera intentó la pobre joven disputárselo a Artagnan, a quien amaba ciegamente, y le dejó hacer lo que quiso.

Artagnan abrió este segundo billete, que, como los anteriores, no tenía sobre ni firma, y leyó lo siguiente:

"Esta es la tercera vez que os escribo para deciros que os amo: no deis lugar a que os escriba por cuarta vez para deciros que os aborrezco.

"Si os arrepentís de la manera tan poco galante con que os habéis conducido conmigo, la portadora de este billete os dirá el modo de obtener vuestro perdón."

Artagnan se puso encarnado y pálido sucesivamente al leer estas palabras.

—¡Oh! ¡La amáis todavía!—dijo Ketty, que no había apartado su vista ni un momento del semblante del joven.

—No, Ketty, te engañas: no la amo; pero quiero vengarme de sus desprecios.

Ketty dió un suspiro.

Artagnan tomó una pluma, y escribió lo siguiente:

"Señora: Hasta ahora había dudado que vuestros dos primeros billetes fuesen para mí: ¡tan poco digno me consideraba de semejante honor!

"Pero no puedo dudar ya ni un momento del exceso de vuestra bondad, puesto que, no sólo vuestra carta, sino vuestra doncella, me aseguran que tengo la dicha de ser amado de vos.

"Esta noche a las once iré a implorar vuestro perdón, pues el dilatar más este momento sería haceros una nueva ofensa.

"El que os dignáis hacer el más feliz de los mortales,

CONDE DE WARDES."

Este billete no podía considerarse en rigor como una traición. Era una falta de delicadeza, y, si se quiere, según nuestras costumbres actuales, una especie de infamia; pero en aquella época no se reparaba tanto en esta clase de supercherías. Además, Artagnan, que por propia confesión de milady sabía que había engañado a personas de mayor consideración, no le profesaba sino un cariño muy débil, y tenía que vengarse de la coquetería que empleaba con él y de la conducta que había observado con madama Bonacieux.

El plan de Artagnan era muy sencillo. Por el cuarto de Ketty entraría en el de milady; allí confundiría a la pérfida, amenazándola con denunciar al público estas historias secretas, y con ponerla en grave y terrible compromiso; y obtendría de ella por medio del terror todas las noticias que deseaba acerca de la suerte de Constanza. Acaso la libertad de la joven comercianta sería el resultado de aquella entrevista.

—Toma—dijo el joven, presentando a Ketty el billete cerrado—: entrega esta carta a milady; es la contestación de M. de Wardes.

La pobre Ketty se quedó tan pálida como un difunto, pues sospechaba lo que podría decir el billete.

—Escucha, querida niña—le dijo Artagnan—; debes suponer que yo deseo que esto acabe, sea de un modo o de otro. Milady puede llegar a saber que tú entregaste el primer billete a mi criado en vez de hacerlo al del conde de Wardes, y que he sido yo el que he abierto los otros, que sólo debía abrir el conde. Entonces te despedirá, y es muy fácil que no se limite a esto únicamente su venganza.

—¡Ay!—dijo Ketty—; ¿y por quién me he expuesto yo a todo eso?

—Por mí, ya lo sé, hermosa mía—dijo el joven—; y te juro que por ello te estaré eternamente agradecido.

—Pero, en fin, ¿qué contiene el billete?

—Milady te lo dirá.

—¡Ah!—exclamó Ketty—; ¡si me amarais, no me haríais tan desgraciada!

Ketty lloró mucho antes de resolverse a entregar el billete a milady; pero al fin se decidió a hacerlo, y esto era cuanto deseaba Artagnan.

XXXIV

DONDE SE TRATA DEL EQUIPO DE ARAMIS Y PORTHOS

Desde el momento en que los cuatro amigos se dedicaron a la caza de equipajes dejaron de reunirse diariamente, y comían cada cual donde le pillaba la hora, o más bien, donde podía. El servicio les robaba también una parte de aquel tiempo tan precioso, que corría con tanta rapidez. Habían convenido, sin embargo, en reunirse una vez por semana en casa de Athos, en atención a que éste, según el juramento que tenía hecho, no pasaba del umbral de su puerta para hacer ninguna diligencia: la hora destinada era la una.

Precisamente era día de reunión aquel en que Ketty había ido a buscar a Artagnan a su casa; y apenas se marchó la jovencita, dirigióse nuestro joven hacia la calle de Ferou.

Athos se hallaba filosofando con Aramis. Éste se sentía nuevamente inclinado a vestir la sotana; y Athos, según su costumbre, ni le disuadía ni le animaba, porque creía que debía dejarse a cada uno libremente la elección. Nunca daba consejos como no se los pidiesen, y para eso era preciso que se lo dijeran dos veces.

—En general—decía—, no se piden consejos sino para no seguirlos, o acaso para tener alguien a quien culpar por haberlos seguido.

Porthos llegó un momento después que Artagnan, y los cuatro amigos se hallaron reunidos.

Los cuatro semblantes expresaban cuatro sentimientos distintos; el de Porthos, tranquilidad; el de Artagnan, esperanza; el de Aramis, inquietud, y el de Athos, indiferencia.

Después de un brevísimo rato de conversación, en el que Porthos dejó entrever que una dama de alto rango se había encargado de sacarle del apuro, entró Mosquetón.

Venía a rogar a Porthos que se pasara por su casa, en donde, según decía con aire compungido, era su presencia muy urgente.

—¿Me han llevado el equipo?—preguntó Porthos.

—Sí, señor, y no, señor—respondió Mosquetón.

—¿Cómo es eso? ¿Qué quieres decir?

—Venid, señor, venid.

Porthos se levantó, y, saludando a sus amigos, siguió a Mosquetón.

Un instante después se presentó Baucín en el umbral de la puerta.

—¿Qué se os ofrece, amigo mío?—preguntó Aramis con aquella dulzura que se notaba en él siempre que sus ideas se fijaban en las cosas de iglesia.

—Un hombre os espera en casa—respondió Baucín.

—¡Un hombre! ¿Quién es?

—Un mendigo.

—Pues dale limosna, Baucín, y dile que ruegue a Dios por un pobre pecador.

—Es que ese pobre quiere hablaros precisamente, y dice que tendréis sumo placer en verle.

—¿No te ha dicho para mí nada de particular?

—Sí, señor. Si M. Aramis—añadió—duda en venir a verme, anunciadle que vengo de Tours.

—¿De Tours? Al momento voy. Caballeros, os pido mil perdones; pero sin duda ese hombre me trae las nuevas que yo esperaba.

Y levantándose inmediatamente, se alejó con precipitación.

Artagnan y Athos quedaron solos.

—Me parece que estos mancebos han encontrado ya lo que buscaban. Y a vos ¿qué se os figura?—dijo Athos.

—Ya sabía yo que Porthos estaba bastante adelantado en el asunto; y en cuanto a Aramis, a decir verdad, siempre he creído que sabría buscarse lo que le hiciera falta. Pero vos, querido Athos; vos que habéis distribuído con tanta generosidad los doblones del inglés, que eran vuestros legalmente, ¿qué pensáis hacer?

—Estoy plenamente satisfecho con haber muerto a ese bribón, ya que tuvo la necia curiosidad de querer saber mi verdadero nombre; pero si me hubiese guardado sus doblones, tendría por ello un continuo remordimiento.

—Veo, querido Athos, que tenéis delicadezas verdaderamente inconcebibles.

—No hablemos más de eso. ¿Qué querría significar M. de Treville, que me hizo ayer el honor de visitarme, hablándome de la frecuencia con que vais a ver a una familia inglesa protegida del cardenal?

—Quiso hablaros sin duda de la inglesa de quien ya tenéis noticia.

—¡Ah, sí!; ya recuerdo: de la dama rubia con cuyo motivo os di ciertos consejos, que, naturalmente, os habréis guardado muy bien de seguir.

—Ya os indiqué mis razones. He sabido positivamente que esa mujer ha tenido alguna parte en el rapto de madama Bonacieux.

—Sí; lo que veo es que para buscar a una mujer hacéis la corte a otra. El camino no será el más corto; pero, por lo menos, es el más divertido.

Dejaremos a los dos amigos, que por otra parte nada importante tenían que decirse, y seguiremos a Aramis.

Ya hemos visto la prontitud con que dejó a sus amigos en cuanto supo que el hombre que le buscaba venía de Tours. Nuestro joven siguió, o más bien se adelantó a Baucín: así es que de un salto se plantó desde la calle de Ferou en la de Vaugirard.

Al entrar en su casa vió, en efecto, a un hombre de pequeña estatura y de ojos penetrantes, todo cubierto de harapos.

—¿Sois vos el que me ha hecho llamar?—preguntó el mosquetero.

—Yo soy.

—¿Tenéis alguna cosa que entregarme?

—Sí, señor, si tenéis a bien enseñarme cierto pañuelo bordado.

—Vedlo aquí—dijo Aramis sacando del pecho una llavecita, con la que abrió en cofrecillo de ébano incrustado de nácar.

—Muy bien—dijo el mendigo—; ahora mandad que se retire vuestro lacayo.

En efecto, Baucín, deseoso de saber el motivo de que el mendigo buscase a su amo, había adelantado el paso, de manera que llegó casi al mismo tiempo que aquél; pero su ligereza no le sirvió de nada, pues a la indicación del mendigo le hizo su amo seña de que se retirase, y le fué preciso obedecer.

Así que desapareció Baucín, dirigió el mendigo una rápida mirada en torno suyo, a fin de asegurarse de que nadie podía verle ni oírle, y, abriendo su andrajoso vestido, mal ceñido por un cinturón de cuero, principió a descoser la parte superior de su ropilla, de donde sacó una carta.

Aramis dió un grito de alegría a la vista del sello, besó el sobre, y abrió con un respeto casi religioso el billete, que estaba concebido en estos términos:

"Amigo mío: La suerte quiere que estemos aún separados por algún tiempo; pero los hermosos días de la juventud no se habrán perdido sin fruto. Cumplid con vuestro deber en la guerra, que yo cumplo con el mío en otra parte. Tomad lo que el mensajero os dé; portaos en el campo de batalla como noble y buen caballero, y acordaos de mí. Adiós, hasta la vista."

El mendigo seguía descosiendo sus vestidos, de los que fué sacando una a una hasta ciento cincuenta onzas de oro españolas, que puso en montones sobre la mesa; y dirigiénse en seguida a la puerta, saludó y se marchó antes de que el joven, atónito, pudiese dirigirle una sola palabra.

Aramis volvió a leer la carta, y notó entonces que terminaba con la siguiente postdata:

"P. D.—Podéis recibir dignamente al mensajero, que es conde y grande de España."

—¡Sueños dorados!—exclamó Aramis—; sí, somos jóvenes, y aun lucirán para nosotros días felices. Sí; a ti consagro mi amor, mi sangre, mi vida...; ¡todo para ti, hermosa mía!

Y besaba la carta con pasión, sin reparar en el oro que brillaba sobre la mesa.

Baucín tocó ligeramente en la puerta, y Aramis, que no tenía ya motivo para alejarle, le permitió entrar.

Baucín, admirado a la vista de aquel oro, se olvidó de anunciar a Artagnan, que, deseoso de saber cuál era la misión del mendigo, se había dirigido a casa de Aramis así que salió de la de Athos.

Como Artagnan no guardaba ceremonia con Aramis, viendo que Baucín se olvidaba de anunciarle, determinó anunciarse él mismo.

—¡Vaya, querido Aramis!—dijo al entrar—; si son éstas las ciruelas pasas que os envían de Tours, hacedme el favor de comunicar mis finos afectos al jardinero que os las remite.

—Os equivocáis, querido—dijo Aramis con su acostumbrado disimulo—. Ha sido mi librero, que acaba de enviarme el precio de aquel poema en versos de una sílaba que principié a componer allá.

—¡Ah! ¿De veras? Pues en ese caso debo deciros que vuestro librero decididamente es muy pródigo; nada más puedo deciros.

—¡Cómo, señor!—exclamó Baucín—; ¿se vende tan caro un poema? ¡Parece increíble! Veo que sois capaz de hacer todo cuanto se os pone en la cabeza, y que llegaréis a ser otro M. Voiture u otro M. Benserade. No me disgusta, señor; me figuro que un poeta es casi casi lo mismo que un cura, y, por lo tanto, me atrevería a suplicaros que fuerais poeta.

—Amigo Baucín—dijo Aramis—, paréceme que os mezcláis en la conversación.

Baucín conoció que había cometido una falta, y bajando la cabeza se marchó.

—¡Ah!—dijo Artagnan con una ligera sonrisa—; ¿vendéis vuestras producciones a peso de oro? ¡Sois muy dichoso, amigo mío! Pero tened cuidado no se os vaya a perder esa carta que asoma por vuestra casaca, y que, sin duda, será también del librero.

Aramis se puso encarnado hasta lo blanco de los ojos, y guardándose la carta se abrochó su ropilla.

—Querido Artagnan—dijo—; si os agrada, vamos a buscar a nuestros amigos; y ya que soy rico, seguiremos desde hoy comiendo juntos hasta que vosotros lo seáis también.

—Con mucho gusto—dijo Artagnan—. Hace mucho tiempo que no tenemos una comida decente; y como esta noche tengo que llevar a cabo por cuenta propia una expedición algo aventurada, no me vendrá mal, lo confieso, el calentarme la cabeza con algunas botellas de añejo Borgoña.

—Vaya por el añejo Borgoña; que yo tampoco le hago ascos—dijo Aramis, a quien la vista del oro le había borrado como con la mano toda idea de retiro.

Y guardándose tres o cuatro doblones de a ocho para subvenir a las necesidades del momento, encerró los restantes en el cofrecillo de ébano incrustado de nácar, en donde había ya colocado el famoso pañuelo que le sirvió de talismán.

Los dos amigos se dirigieron a casa de Athos, el cual, fiel a su promesa, se encargó de hacer traer la comida a su habitación; y como era hombre sobremanera inteligente en materias gastronómicas, Artagnan y Aramis no opusieron la menor dificultad en confiarle este importante cuidado.

Dirigíanse a casa de Porthos, cuando en la esquina de la calle del Bac encontraron a Mosquetón, que, sumamente contristado, iba arreando un caballo y una mula.

Artagnan dió un grito de sorpresa, que no dejaba de ir acompañado de cierta mezcla de alegría.

—¡Ay! ¡Mi caballo amarillo!—exclamó—. Aramis, mirad ese caballo.

—¡Huy! ¡Qué rocín tan feo!—dijo Aramis.

—Pues mirad, querido—repuso Artagnan—; ése es el caballo en que vine a París.

—¡Cómo! ¿Conocéis este caballo?—dijo Mosquetón.

—Es de un color especial—añadió Aramis—; es el único que he visto de ese pelo.

—¡Ya lo creo!—dijo Artagnan—; así fué que lo vendí en tres escudos; y debió de ser a causa de su pelo, porque su esqueleto no vale seguramente dieciocho libras. Pero ¿cómo es que ahora tienes tú ese caballo, Mosquetón?

—¡Ah!—dijo el lacayo—. No me habléis de eso, señor; el marido de nuestra duquesa nos ha dado un terrible chasco.

—¿Cómo es eso, Mosquetón?

—Sí; una dama de alto rango, que nos mira con bastante buenos ojos, la duquesa de... (perdonad que calle el nombre, pues mi amo me tiene encargado el secreto) nos había obligado a aceptar como recuerdo suyo un magnífico caballo y una mula, españoles ambos, y que eran cosa digna de verse. El marido ha llegado a saberlo, y, confiscando en el camino las magníficas caballerías que nos enviaba su mujer, las ha sustituído por estos horribles animales.

—¿Y se los devuelves ahora?—dijo Artagnan.

—Exactamente—replicó Mosquetón—. Ya podéis figuraros que no nos es posible aceptar semejante cambio.

—¡No, a fe mía! Me hubiera alegrado de ver a Porthos cabalgando en mi caballo amarillo, pues así me habría formado una idea de cómo hice yo mi entrada en París. Pero no te detengas por nosotros, Mosquetón; anda a cumplir el encargo de tu amo. ¿Está en casa?

—Sí, señor—dijo Mosquetón—; y bien mustio por cierto: id a verle.

Y continuó el camino hacia el muelle de Grands-Augustins, mientras que los dos amigos se acercaron a la puerta del malaventurado Porthos. Éste los había visto atravesar el patio; pero no estaba en ánimo de abrir, y, por consiguiente, llamaron inútilmente.

Entretanto, continuaba Mosquetón su camino por el Puente Nuevo, arreando siempre a los dos matalones, hasta que llegó a la calle de los Osos. Así que llegó, y cumpliendo con las órdenes de su amo, ató el caballo y la mula al aldabón de la puerta del procurador, y, en seguida, sin inquietarse por la suerte futura de los animales, se volvió a buscar a Porthos, a quien manifestó que su comisión estaba cumplida.

A poco rato las dos bestias, que no habían probado bocado desde por la mañana, armaron tal estrépito levantando y dejando caer el aldabón, que el procurador mandó a su escribientillo que se informara en la vecindad de la persona o personas a quienes pertenecían aquel caballo y la mula.

Madama Coquenard reconoció al punto su regalo, y no comprendió en un principio el motivo de aquella restitución; pero bien pronto se lo hizo conocer la visita de Porthos. La ira que brotaba por los ojos del mosquetero, a pesar de los esfuerzos que hacía para contenerse, aterró a la sensible amante. En efecto; Mosquetón no había ocultado a su amo que había encontrado en el camino a Artagnan y a Aramis, y que Artagnan reconoció en el caballo amarillo el jaco bearnés en que vino a París, y que vendió por tres escudos.

Porthos salió, después de haber citado a la procuradora para el claustro de Saint-Magloire. El procurador, viendo que Porthos se retiraba, le convidó a comer, invitación que el mosquetero rehusó con majestuoso continente.

Madama Coquenard acudió temblando al claustro de Saint-Magloire, porque preveía las terribles reconvenciones que allí la esperaban; pero los elevados modales de Porthos la tenían fascinada.

Cuantas imprecaciones e injurias puede vomitar un hombre herido en su amor propio contra una mujer, otras tantas dejó Porthos caer sobre la cabeza encorvada de la procuradora.

—¡Ay!—dijo ésta—; yo he hecho lo que he creído mejor. Uno de nuestros clientes, que trafica en caballos, nos debía algún dinero, y se mostraba remiso en pagar; él me ha dado en pago este caballo y esta mula. Pero me había prometido dos cabalgaduras dignas de un rey.

—Pues, señora—dijo Porthos—; si os debía más de cinco escudos, es un ladrón vuestro chalán.

—No está prohibido el procurar las cosas baratas, caballero Porthos—dijo la procuradora tratando de excusarse.

—No, señora; pero los que obran de este modo por el deseo de proporcionarse las cosas baratas, deben dejar que cada uno busque amigos generosos.

Y Porthos, dando media vuelta, hizo ademán de retirarse.

—¡Caballero Porthos! ¡Caballero Porthos!—exclamó la procuradora—; he obrado mal, lo confieso, y conozco que no hubiera debido regatear cuando se trataba de un caballero como vos.

Porthos dió otro paso más en retirada sin contestar una palabra.

La procuradora se figuró ya verle en una magnífica y relumbrante corte, rodeado de duquesas y marquesas que ponían a sus pies sacos llenos de oro.

—¡Deteneos, en nombre del Cielo, caballero Porthos! —exclamó la procuradora—. Deteneos y hablemos.

—Es que el hablar con vos me causa bastante pena—dijo Porthos.

—Pero decidme, ¿qué deseáis?

—Nada, pues lo mismo fuera que os pidiese algo.

La procuradora cogió del brazo a Porthos, y en el ímpetu de su dolor exclamó:

—¡Caballero Porthos! ¡Si yo no entiendo nada de eso! ¿Sé yo acaso lo que vale un caballo, ni lo que son arneses?

—Por esta razón es preciso que lo dejéis a mi cuidado, pues yo sí entiendo de esas cosas, señora; pero vos habéis querido escatimar, y prestar, por consiguiente, con usura.

—He cometido una falta, caballero Porthos, y la repararé bajo mi palabra de honor.

—¿De qué modo?—preguntó el mosquetero.

—Escuchad. Esta noche estaré sola, porque M. Coquenard tiene que ir a casa del duque de Chaulnes, para hacerle una consulta, que durará por lo menos dos horas. Os espero para que arreglemos la cuenta, y nadie nos interrumpirá.

—Enhorabuena, quedo en hacerlo así, querida.

—¿Me perdonaréis?

—Allá veremos—dijo Porthos con su aire de majestad.

Y ambos a dos se separaron, repitiéndose: —¡Hasta la noche!

—¡Vamos!—iba diciendo Porthos conforme se alejaba—; me parece que voy aproximándome al baúl de M. Coquenard.

XXXV

DE NOCHE, TODOS LOS GATOS SON PARDOS

Llegó, por fin, aquella noche, que con tanta impaciencia esperaban Porthos y Artagnan.

Este último, según costumbre, se presentó a eso de las nueve en casa de milady, a quien halló tan placentera y afable como nunca. Nuestro gascón conoció al primer golpe de vista que el supuesto billete del conde de Wardes había sido entregado por Ketty, y producía su efecto.

Ketty entró en aquel momento con algunos sorbetes. Su ama la recibió con amabilidad, sonriéndose de la manera más graciosa: pero la pobre niña estaba tan triste con la presencia de Artagnan en casa de milady, que no advirtió la benevolencia de su ama.

Artagnan miraba una tras otra a aquellas dos mujeres, y se decía interiormente que la Naturaleza se había equivocado al formarlas, concediendo a la señora un alma venal y pérfida, y a la doncella, un corazón amante y sensible.

A las diez principió milady a inquietarse, y Artagnan adivinó al momento la causa de aquel desasosiego. No hacía más que mirar el reloj, levantarse, volverse a sentar, y dirigir a Artagnan ciertas sonrisas que indicaban claramente: —Sois ciertamente muy amable; pero lo seríais mucho más si tuvieseis la prudencia de marcharos.

Artagnan se levantó y tomó su sombrero. Milady le dió a besar su mano, y al sentir el joven que se la apretaba afectuosamente, conoció que era, no por coquetería, sino por agradecimiento a causa de su partida.

—¡Furiosamente le quiere!—se dijo a sí mismo.

Y en seguida salió.

Por esta vez no le aguardaba Ketty ni en la antecámara, ni en el pasillo, ni en la puerta. Fuéle preciso, pues, a Artagnan dirigirse por sí solo a la escalera, y entrar resueltamente en el cuarto de la doncella de milady.

Ketty estaba sentada, y, ocultando su rostro entre las manos, lloraba amargamente.

A pesar de que había oído entrar a Artagnan, no levantó siquiera la cabeza; y cuando el joven se dirigió a ella y le tomó afectuosamente las manos, prorrumpió en sollozos lastimeros.

Todo pasó como Artagnan se había figurado; pues al recibir milady la carta, que creía ser la contestación del conde de Wardes, tuvo tal acceso de alegría, que después de haber confiado todo a su doncella, le regaló un bolsillo de dinero en recompensa de lo bien que esta vez había desempeñado su comisión.

Al entrar Ketty en su cuarto había arrojado el bolsillo a un rincón, en donde quedó medio abierto, enseñando algunas monedas de oro.

A la voz de Artagnan levantó al fin la pobre niña la cabeza dejándole aterrado al observar la alteración de su semblante. La infeliz Ketty juntó sus manos en ademán de súplica, pero sin atreverse a articular una palabra.

Por muy poco sensible que fuera el corazón de Artagnan, no pudo menos de enternecerse a la vista de aquel mudo dolor; pero era hombre demasiado aferrado a sus proyectos y con especialidad al que tenía entre manos, para variar un ápice del programa que tenía irrevocablemente dispuesto y preparado. Así es que no le quedaba a Ketty la menor esperanza de hacerle revocar la temeraria empresa que se había propuesto llevar a cabo, y lo único que pudo conseguir fué conocerla bajo su verdadero aspecto, esto es, como una simple venganza contra la coquetería de milady, y como el único medio de obtener, dominándola por medio del temor a un escándalo, las noticias que deseaba acerca de madama Bonacieux.

Este plan era tanto más fácil de ejecutar, cuanto que milady, por motivos que no podían explicarse, pero que al parecer tenían una grande importancia, había encargado a Ketty que apagara todas las luces del dormitorio y hasta del cuarto de la doncella.

A pocos instantes se sintieron los pasos de milady, que entraba en su aposento, e inmediatamente corrió Artagnan a encerrarse en su armario. Apenas se había escondido cuando sonó la campanilla.

Ketty pasó al cuarto de su ama, y dejó cerrada la puerta; pero el tabique era tan delgado, que podía oírse casi todo lo que hablaran.

Milady estaba loca de alegría, y hacía repetir a Ketty hasta los más mínimos detalles de la supuesta entrevista de la criada con el conde, preguntándole en qué términos se había expresado, qué semblante había puesto y si parecía muy enamorado: y a todas estas preguntas la pobre Ketty, que se veía precisada a manifestar alegría, contestaba con una voz ahogada, cuyo acongojado acento ni siquiera echaba de ver su ama: ¡tan egoísta es la felicidad!

Por último, como se acercaba la hora de la entrevista con el conde, milady hizo apagar todas las luces que había en su cuarto, y mandó a Ketty que se fuese al suyo, e introdujese al conde de Wardes inmediatamente que se presentara.

No tuvo Ketty mucho que aguardar, pues apenas vió Artagnan por el agujero de la cerradura del armario que toda la habitación había quedado en la más completa obscuridad, salió de su escondite al tiempo mismo que Ketty cerraba la puerta de comunicación.

—¿Qué ruido es ése?—preguntó milady.

—Soy yo—dijo Artagnan a media voz—, el conde de Wardes.

—¡Oh, Dios mío!—murmuró Ketty—; ni siquiera ha querido aguardar la hora que él mismo se había fijado.

—¿Por qué—dijo milady con voz trémula—no pasáis adelante? Conde—añadió—, bien sabéis que os esperaba.

A estas palabras separó Artagnan a Ketty suavemente, y se introdujo en el cuarto de milady.

Si hay un alma atormentada por la rabia y el dolor, es sin duda la del amante que recibe bajo otro nombre protestas de amor dirigidas a su dichoso rival.

Artagnan estaba en una posición cruel, posición que no había previsto. Los celos le roían cruelmente el corazón, y sufría casi tanto como la pobre Ketty, que en aquel momento estaba deshecha en lágrimas en su cuarto.

—Sí, conde—decía milady con dulcísimo acento, tomándole una de sus manos, y apretándola tiernamente—, sí; me considero dichosa con el amor que vuestras miradas y vuestras palabras me han expresado siempre que hemos tenido ocasión de vernos: yo también os amo. Espero que mañana mismo me enviéis alguna prenda como prueba de que pensáis en mí: y para que no lo olvidéis, tomad.

Y diciendo esto, se quitó de su dedo y puso en el de Artagnan una sortija, que consistía en un magnífico zafiro guarnecido de brillantes.

Artagnan hizo un movimiento en ademán de devolvérsela; pero milady añadió:

—No, no; guardad esta sortija como recuerdo de mi amor, y estad seguro—añadió con voz conmovida—de que aceptándola me hacéis un servicio mayor de lo que os podéis imaginar.

—Todo lo que pertenece a esta mujer es misterioso—se dijo a sí mismo Artagnan.

Ya iba éste a descubrirse y a manifestar a milady quién era y el propósito de venganza que le había conducido a aquel sitio, cuando ella añadió:

—¡Pobre ángel mío, a quien ese tigre gascón quería asesinar!

El tigre determinó callarse.

—¡Oh!—continuó milady—; ¿sufrís todavía mucho de vuestras heridas?

—Sí, mucho—dijo Artagnan, que no sabía qué contestar.

—No tengáis cuidado—murmuró milady con un acento que no hizo mucha gracia a su interlocutor—; yo os vengaré, y os vengaré terriblemente.

—¡Oh!—se dijo a sí mismo Artagnan—; no ha llegado todavía el momento de las confianzas.

Nuestro joven necesitó algún tiempo para reponerse de la emoción que le había causado este corto diálogo: todas las ideas de venganza que llevaba en su imaginación se desvanecieron como el humo. Aquella mujer ejercía sobre él una influencia magnética: sentía que la odiaba y la adoraba al mismo tiempo, y no sabía cómo explicarse aquella reunión de sentimientos contrarios que abrigaba su corazón, y de la cual resultaba un amor extraño y en cierto modo diabólico.

Entretanto el reloj dió la una, y era preciso separarse. Artagnan al dejar a milady sintió un vivo pesar en alejarse de ella; y en la apasionada despedida que mutuamente se hicieron, quedaron acordes ambos en tener otra entrevista en la semana siguiente.

La pobre Ketty esperaba dirigir algunas palabras a Artagnan cuando pasara por su cuarto; pero milady fué acompañándole hasta la misma escalera, y no le fué posible a la jovencita satisfacer su deseo.

A la mañana siguiente fué Artagnan a casa de Athos, pues, como se veía envuelto y comprometido en tan singular aventura, quería pedirle consejo. Contó, pues, a su amigo lo que le pasaba, y Athos no hacía más que arrugar el entrecejo.

—Vuestra milady—le dijo—me parece una abominable criatura; pero no por eso apruebo que la engañéis de esa manera; sea de un modo o de otro, podéis contar con que os habéis granjeado una poderosa enemiga.

Y diciendo esto mirada Athos fijamente el zafiro guarnecido de brillantes que brillaba en el dedo de Artagnan, y que había reemplazado a la sortija de la reina, cuidadosamente guardada en una cajita.

—¿Miráis esta sortija?—dijo el gascón orgulloso de mostrar a los ojos de sus amigos un regalo de tanto precio.

—Sí—dijo Athos—; me recuerda una alhaja de familia.

—Es hermosa, ¿no es verdad?—dijo Artagnan.

—¡Magnífica!—repuso Athos—; no creía que existiesen dos zafiros de tan bellas aguas. ¿Lo habéis cambiado por vuestro diamante?

—No—dijo Artagnan—; es un regalo de mi bella inglesa, o por mejor dicho, de mi bella francesa; pues, aunque no se lo he preguntado, estoy seguro que ha nacido en Francia.

—¡Os ha regalado esa sortija milady!—exclamó Athos con un acento de profunda emoción.

—Ella misma me la regaló esta noche pasada.

—Permitidme que la examine—dijo Athos.

—Con mucho gusto—dijo Artagnan sacándosela del dedo.

Athos estuvo contemplando la sortija con suma atención, y se puso pálido. En seguida se la colocó en el dedo anular de su mano izquierda, y no parecía sino que la habían hecho expresamente para él.

La frente del mosquetero, ordinariamente serena y tranquila, se anubló con muestras de cólera y de venganza.

—¡Imposible es que sea la misma!—murmuró a media voz—. ¿Cómo había de hallarse aquella sortija en poder de milady Clarik? Y, sin embargo, muy difícil es que haya entre dos alhajas una semejanza tan absoluta.

—¿Conocéis esta sortija?—preguntó Artagnan.

—Me pareció reconocerla—dijo Athos—; pero, sin duda, me he engañado.

Y se la devolvió a Artagnan sin dejar de mirarla.

—Os ruego, querido Artagnan—dijo después de un momento—, que quitéis esa sortija de vuestro dedo, o volváis el zafiro hacia dentro, pues me trae a la memoria tan crueles recuerdos, que me trastornaría la cabeza en términos de no poder seguir la conversación. ¿No veníais a pedirme consejo, y a decirme que no sabíais qué hacer en vuestra embarazosa posición? Pero antes de todo enseñadme otra vez ese zafiro; pues ahora recuerdo que el otro de que os quise hablar, tenía una de sus facetas algo estropeada.

Artagnan volvió a sacarse del dedo la sortija, y se la entregó a Athos.

Este se estremeció.

—Mirad—le dijo—, ¡mirad! ¿Habéis visto cosa más extraña?

Y enseñaba a Artagnan la sortija por un lado en que, efectivamente, se notaba una ligera rozadura.

—Pero ¿de quién adquiristeis aquel zafiro, Athos?

—De mi madre, que también lo había heredado de la suya. Ya os he dicho que ésta era una alhaja antigua, que no debía salir jamás de la familia.

—¿Y la habéis... vendido?—preguntó Artagnan titubeando.

—No—repuso Athos con una sonrisa particular—; la regalé en un momento de delirio amoroso, como el que experimentaba la persona que os la entregó.

Artagnan quedó por un instante pensativo, pareciéndole

entrever en la vida de milady arcanos cuya profundidad era terrible y sombría.

—Escuchad—le dijo Athos tomándole una mano—; ya podéis haber conocido que os amo del mismo modo que si fuerais el hijo más querido de mi corazón; pues bien, creedme, huid de esa mujer. No la conozco; pero un presentimiento me dice que debe de ser una criatura perdida que lleva consigo el signo de la fatalidad.

—Tenéis razón—repuso Artagnan—: estoy resuelto a alejarme de ella, pues os confieso que me infunde miedo esa mujer.

—¿Tendréis valor para dejarla?—dijo Athos.

—Sí—respondió Artagnan—, y pronto lo veréis.

—Y haréis muy bien, hijo mío—dijo el mosquetero apretándole la mano con un afecto casi paternal—. ¡Quiera el cielo que esa mujer, que apenas ha empezado todavía a mezclarse en nuestros asuntos, no os deje algún funesto recuerdo!

Y diciendo estas palabras, hizo Athos un movimiento con la cabeza, como indicando que no le pesaría quedarse solo para entregarse libremente a sus cavilaciones.

Al entrar Artagnan en su casa encontró a Ketty, que le estaba esperando. Un mes de calentura no habría hecho más estragos en la pobre niña que los que le causaron una hora de celos y de amargura.

Su señora la enviaba a ver al conde de Wardes, porque en su exceso de amor y de alegría estaba impaciente por saber cuándo le concedería el conde una segunda entrevista.

Y la pobre Ketty aguardaba con una terrible angustia la respuesta de Artagnan.

Athos ejercía una grande influencia sobre su joven amigo: los consejos del mosquetero, unidos a los sentimientos de su propio corazón y al recuerdo de madama Bonacieux, que no se apartaba sino muy rara vez de su memoria, le habían decidido, ya que tenía su orgullo satisfecho, a no volver a ver a milady. Así es que por toda respuesta cogió la pluma, y escribió el siguiente billete, que tampoco firmó, como había hecho con el anterior:

"No contéis por ahora conmigo, señora, pues desde mi convalecencia tengo tantas citas de este género, que me ha sido preciso regularizarlas en cierto modo. Cuando os llegue vuestro turno, tendré el honor de anunciároslo, y entretanto beso vuestra mano."

Ni una palabra decía de la sortija, pues el gascón había

resuelto guardarla hasta nueva orden como un arma contra milady.

No deben juzgarse las acciones de una época desde el mismo punto de vista que pudiera hacerse en otra. Lo que en el día sería tal vez bochornoso en un joven galante, era en aquellos tiempos una cosa muy natural y sencilla.

Artagnan entregó la carta abierta a Ketty, la cual la leyó primero sin comprenderla; pero a la segunda lectura fué tal la alegría que recibió, que casi estuvo a punto de volverse loca.

Ketty no podía creer tanta felicidad; por cuya razón se vió obligado Artagnan a repetirle de palabra las seguridades que la carta le daba por escrito. Atendido el carácter irascible de milady, se exponía la pobre niña a un gran peligro entregándole el billete; mas no por eso dejó de correr a la plaza Real con todas las fuerzas que sus delicadas piernas le permitían.

El corazón de la mejor mujer del mundo es inexorable cuando se trata de martirizar a una rival.

Milady abrió la carta con una precipitación igual a la que Ketty había empleado en traerla; pero apenas leyó las primeras palabras, su rostro se puso lívido, y, estrujando el papel entre sus manos, se volvió hacia Ketty fulminando rayos por sus ojos.

—¿Qué carta es ésta?—dijo.

—¿Cuál queréis que sea sino la contestación a la vuestra?—dijo Ketty temblando.

—¡Es imposible!—exclamó milady—; es imposible que un caballero haya escrito a una dama semejante carta.

Y en seguida exclamó:

—¡Dios mío!; ¿habrá sabido...?

Y se detuvo con un estremecimiento de terror y de cólera. Sus dientes rechinaban, y su semblante tomó un color ceniciento. Quiso adelantarse hacia una ventana, con objeto de respirar un poco el aire libre; pero no pudo hacer más movimiento que el de extender los brazos, y faltándole las fuerzas, se dejó caer sobre un sillón.

Ketty creyó que se desmayaba, y se apresuró a desabrocharle los vestidos; pero milady se incorporó al punto con la mayor viveza.

—¿Qué queréis?—le dijo—; y ¿por qué os atrevéis a poner las manos en mis vestidos?

—Como me figuraba que os iba a dar un desmayo, me apresuraba a daros algún socorro—respondió la doncella, asustada de la terrible expresión que había tomado la fisonomía de su ama.

—¡Desmayarme yo!; ¿creéis acaso que soy una mujer vulgar? Cuando a mí se me insulta, no me desmayo: lo que hago sí, es vengarme; ¿lo entendéis?

Y en seguida hizo seña a Ketty para que se retirase.

XXXVI

PROYECTOS DE VENGANZA

Milady dió órdenes para que Artagnan fuese introducido inmediatamente que llegara; pero aquella noche no pareció.

Ketty volvió al día siguiente a casa del joven, y le refirió el efecto que había producido su billete. Artagnan se sonrió, pues aquella cólera celosa de milady era su venganza.

Por la noche estuvo milady todavía más impaciente que lo había estado la noche anterior; pero, aunque repitió sus órdenes relativamente al gascón, quedaron también frustradas sus esperanzas.

Al otro día se presentó Ketty en casa de Artagnan, no ya alegre y regocijada como en los días anteriores, sino triste y pensativa.

Artagnan preguntó a la pobre niña qué era lo que le pasaba; pero ésta, en vez de responderle, sacó una carta del bolsillo y se la entregó.

Esta carta estaba escrita por milady, y no iba, como las otras, dirigida al conde de Wardes, sino al mismo Artagnan.

Abrióla éste, y leyó lo que sigue:

"Apreciable caballero Artagnan: Os portáis mal olvidando a los amigos, mucho más cuando vais a dejarlos por largo tiempo. Mi hermano político y yo os hemos esperado inútilmente ayer y anteayer; ¿sucederá lo mismo esta noche?

Vuestra muy reconocida,

LADY DE WINTER."

—Esto es muy fácil de comprender—dijo Artagnan—; ya esperaba yo esta carta, pues mi crédito sube a medida que baja el del conde de Wardes.

—¿Por ventura os decidirá a presentaros?—preguntó Ketty.

—Escucha, querida niña—dijo el gascón, que trataba de disculpar a sus propios ojos la falta de cumplimiento de la promesa que había hecho a Athos—; ya conoces que sería una descortesía el no corresponder a una invitación tan terminante. Si milady ve que no parezco por su casa, sin haber motivo para esta interrupción en mis visitas, podría sospechar alguna cosa, y sabe Dios hasta dónde llegaría la venganza de una mujer de su temple.

—Sabéis presentar las cosas de una manera—dijo Ketty—, que siempre parece que tenéis razón. Pero vais otra vez a galantear a milady, y si ahora le agradaseis bajo vuestro verdadero nombre y con vuestro propio rostro, eso sería mucho peor.

El instinto hizo adivinar a la pobre Ketty una parte de lo que iba a suceder.

Artagnan procuró tranquilizarla lo mejor que supo, y le prometió ser enteramente insensible a las seducciones de milady.

También le dijo que expresara a su señora lo reconocido que se hallaba a sus bondades, y que iría a ponerse a sus órdenes; pero no se atrevió a dar su contestación por escrito, temiendo que los experimentados ojos de milady conociesen la letra, aun cuando quisiera desfigurarla.

A las nueve en punto se hallaba Artagnan en la plaza Real; y no había duda de que los criados estaban ya prevenidos, porque apenas se presentó en la antecámara, y casi antes de que preguntara si milady estaba visible, se apresuró uno de ellos a anunciarle.

—Que entre—dijo milady con una voz breve, pero tan penetrante, que Artagnan la oyó desde la antecámara.

En seguida fué el joven introducido a su presencia.

—Si viene alguien—añadió milady—, decid que no estoy en casa; ¿lo oís?

El lacayo inclinó la cabeza, y se marchó.

Artagnan dirigió a milady una mirada investigadora, y notó que su semblante estaba pálido, y sus ojos, hinchados, ya fuese de resultas de haber llorado mucho, ya también a causa del insomnio. A pesar de que se había disminuído de intento el número ordinario de luces, la hermosa dama no había podido conseguir ocultar las huellas de la calentura que la abrasaba hacía dos días.

Artagnan se acercó a ella con su acostumbrada galantería, y milady hizo entonces un esfuerzo sobrehumano para recibirle; pero una sonrisa amable desmentía el trastorno de su fisonomía.

A las preguntas que Artagnan le hizo acerca del estado de su salud:

—Malo—contestó—, muy malo.

—He cometido entonces una indiscreción—dijo Artagnan—; pues tendréis sin duda necesidad de descansar, y voy a retirarme con vuestro permiso.

—No hagáis tal—dijo milady—; antes bien, quedaos, caballero Artagnan, pues vuestra amable compañía me proporcionará un rato de distracción y de placer.

—Nunca ha estado tan encantadora—se dijo a sí mismo Artagnan—; pongámonos en guardia.

Milady tomó el aire más afectuoso que le fué posible, y procuró dar a su conversación el mayor atractivo. Al mismo tiempo, la fiebre, que la había abandonado por breves instantes, vino a restituir el brillo a sus ojos, el color a sus mejillas y el carmín a sus labios; de modo que Artagnan volvió a ver en ella la Circe que le tenía encantado con sus hechizos. Milady sonreía, y Artagnan sentía en su interior que sería quizás capaz de condenarse por obtener una de aquellas sonrisas.

Hasta hubo un momento en que experimentó una especie de remordimiento por lo que había hecho contra ella. Poco a poco fué haciéndose milady menos reservada, y le preguntó si su corazón era sensible al amor.

—¡Ay!—contestó Artagnan en el tono más sentimental—; ¡es posible que seáis tan cruel que me hagáis semejante pregunta, a mí, que desde el momento en que os vi no vivo sino para vos y por vos!

Milady se sonrió de una manera extraña.

—¿Conque es cierto que me amáis?—dijo.

—¿Tengo necesidad de confesároslo?; ¿no lo habéis conocido?

—Sí tal; pero ya lo sabéis: cuanto más orgullosos son los corazones, tanto más difíciles son de cautivar.

—¡Oh!; los obstáculos no me asustan—dijo Artagnan—; lo único que temo es lo imposible.

—Nada hay imposible para un amor verdadero—repuso milady.

—¿Nada, señora?

—Nada—contestó milady.

—¡Diantre!—dijo Artagnan para sí—; los vientos han mudado. ¿Si se enamorará ahora de mí esta caprichosa, y querrá regalarme algún otro zafiro parecido al que creyó dar al conde de Wardes?

—Vamos a ver—dijo milady—; ¿qué haríais para probarme ese amor de que me habéis hablado?

—Todo lo que me exigieseis. Mandadme alguna cosa, y estoy dispuesto...

—¿A todo?

—A todo—exclamó Artagnan, que sabía de antemano que no se comprometía mucho con semejante promesa.

—Pues bien, escuchadme—dijo milady aproximando su sillón al de Artagnan.

—Os escucho, señora—dijo este último.

Milady quedó por un momento pensativa y como indecisa; pero, como si repentinamente hubiese tomado una resolución:

—Tengo un enemigo—dijo.

—¡Vos, señora!—exclamó Artagnan aparentando sorpresa—. ¿Es eso creíble? ¡Vos, que sois tan buena, tan bella!

—Y un enemigo mortal.

—¿Qué decís?

—Un enemigo que me ha insultado de una manera tan cruel, que entre él y yo debe haber una guerra a muerte. ¿Podré contar con vos como aliado?

Artagnan comprendió al punto a donde quería venir a parar la rencorosa criatura.

—Sí que podéis, señora—contestó con mucho énfasis—: mi brazo y mi vida os pertenecen, del mismo modo que mi amor.

—Entonces, puesto que sois tan generoso como enamorado...

Y aquí se detuvo.

—Continuad—dijo Artagnan.

—¡No me habléis de que hay cosas imposibles!—añadió milady, después de un momento de silencio.

—¡Por piedad, señora; no me confundáis con tanta dicha!—exclamó Artagnan precipitándose a los pies de milady, y cubriendo de besos las manos que le dejaba abandonadas.

—¡Véngame de ese infame Wardes—se decía a sí misma milady—, que después yo sabré libertarme de ti, pobre tonto!

—Sí; dime ahora que me amas, hipócrita y peligrosa sirena, después que me has engañado—se decía también Artagnan—; que ya vendré a reirme de ti con la persona de quien quieres vengarte por mi mano.

Artagnan levantó la cabeza.

—Estoy a vuestras órdenes—dijo.

—¿Me habéis comprendido, según eso, querido Artagnan? —dijo milady.

—Lo adivino sólo con una mirada.

—¿De modo que emplearíais en mi favor ese brazo que ha adquirido tanta fama?

—Al instante.

—¿Y qué recompensa os podría dar por tan señalado servicio?

—Vuestro amor es la única recompensa que anhelo—dijo Artagnan—, y la única también que conceptúo digna de vos y de mí.

—¡Qué interesado sois!—dijo sonriéndose milady.

—¡Ah!—exclamó Artagnan, impulsado un momento por la pasión que aquella mujer inflamaba en su corazón—: ¡ah! Es que vuestro amor me parece una cosa fantástica, y el miedo de verle desaparecer como un sueño me obliga a desear con ansia oír la confesión de él de vuestros purpurinos labios.

—¿Y merecéis una confesión semejante?

—Ejecutaré lo que me mandéis.

—¿Enteramente?—repuso milady un tanto recelosa.

—Nombradme al infame que ha hecho correr lágrimas de vuestros hechiceros ojos.

—¿Quién os ha dicho que yo he llorado?—exclamó la dama.

—Me parecía...

—Las mujeres como yo jamás lloran—repuso milady.

—Bien; pero sepa yo su nombre.

—Tened entendido que ese nombre es mi único secreto.

—Sin embargo, es preciso que yo lo sepa.

—Sí, es necesario; ¡para que veáis si confío en vos!

—¡Oh! ¡Qué dichoso soy!... ¿Cómo se llama?

—Vos le conocéis.

—¿Yo?

—Sí.

—¿No será ninguno de mis amigos?—repuso Artagnan aparentando titubear, para hacer ver que ignoraba en absoluto de quién se trataba.

—¿Es decir, que si fuese un amigo vuestro vacilaríais?—exclamó milady, dejando vislumbrar en sus ojos un movimiento rápido como de amenaza.

—No; aun cuando fuera mi hermano—exclamó Artagnan completamente entusiasmado.

Nuestro gascón caminaba en sus protestas sobre seguro, pues sabía quién era aquel nombre detestado.

—Me encanta vuestra decisión—dijo milady.

—¡Ay! ¿Y es ésa la única causa de vuestro afecto?—dijo Artagnan.

—Eso ya os lo diré en otra ocasión—repuso milady tomándole una mano.

El contacto de aquella mano hizo estremecer a Artagnan, como si se le comunicase la fiebre que devoraba a milady.

—¿Llegaréis a amarme? ¡Oh; si así fuese, me volvería loco!

La alegría, en efecto, embargaba los sentidos de Artagnan: en su delirio creía en la ternura de milady y hasta en el crimen de M. de Wardes. Si en aquel momento hubiese tenido al conde ante su vista, de seguro lo habría muerto.

Milady aprovechó la ocasión.

—Se llama...—dijo a su vez.

—M. de Wardes; ya lo sé.

—Y ¿cómo lo habéis sabido?—preguntó milady cogiéndole las manos, y procurando investigar con su mirada hasta lo más íntimo del corazón del joven.

Artagnan conoció que había ido más lejos de lo que debía, y que había cometido una imprudencia.

—¡Decidme, decidme!—repetía milady—; ¿cómo lo habéis llegado a saber?

—¿Cómo lo he sabido?

—Sí.

—Lo sé porque ayer M. de Wardes en una tertulia donde yo me hallaba enseñó una sortija, que dijo le habíais regalado.

—¡Qué infame!—exclamó milady.

Esta exclamación, como puede muy bien imaginarse el lector, resonó con placer en el corazón de Artagnan.

—¡Pues bien!...—continuó la dama.

—¡Yo os vengaré de ese... infame!—repuso Artagnan con un ademán casi dramático.

—¡Gracias, valiente amigo!—exclamó milady—. ¿Y cuándo?

—Mañana, o ahora mismo; cuando mandéis.

Milady iba a decir: ¡pues ahora mismo!; pero reflexionó que semejante precipitación desagradaría tal vez a Artagnan, y se detuvo.

Además de esto, tenía que tomar mil precauciones, y dar mil consejos a su defensor para que evitase toda explicación con su enemigo delante de testigos.

—Mañana—dijo Artagnan—o quedaréis vengada, o perderé la vida.

—No—dijo la dama—: quedaré vengada, y no moriréis.

—¡Quién sabe!

—Me parece que en el encuentro que habéis tenido con él habéis sido bastante afortunado.

—La fortuna es una cortesana muy voluble, que si un día se muestra propicia, puede muy bien hacer traición al siguiente.

—¿Lo cual quiere decir que ahora dudáis?

—No vacilo. ¡Dios me libre! Pero...

—¡Silencio!—interrumpió milady—; llega mi hermano, y considero inútil el que nos encuentre reunidos.

Al decir ésto tocó la campanilla, y se presentó Ketty.

—Salid por aquí—dijo a Artagnan abriendo una puerta secreta—, y volved a las once: entonces podremos continuar nuestra conversación. Ketty os introducirá en mi cuarto.

La pobre niña estuvo a punto de caerse al escuchar las últimas palabras.

—¡Vamos, niña! ¿Qué hacéis ahí clavada como una estatua? Acompañad a este caballero, y ya habéis oído lo que tenéis que hacer esta noche.

—Según veo, todas sus citas son a las once—decía para sí Artagnan—; sin duda es una costumbre.

Milady le alargó una mano, que el joven besó con la mayor ternura.

—¡Veamos!—iba diciendo entre sí, sin responder apenas a las reconvenciones de Ketty—. ¡Veamos! Es preciso obrar con prudencia, porque seguramente esta mujer es una solemne bribona. ¡Andémonos con tiento!

XXXVII

EL SECRETO DE MILADY

Artagnan se marchó a la calle en vez de subir acto continuo al cuarto de Ketty para aguardar allí la hora de su entrevista con milady. Por dos razones obraba de este modo: primeramente, para evitar por este medio las reconvenciones y súplicas de la enamorada niña; y en segundo lugar, para reflexionar con mayor libertad, y penetrar con calma, si le era posible, el pensamiento de aquella mujer.

Lo que veía más claro en toda aquella intriga era que él se exponía quizá a enamorarse ciegamente de milady, sin que por eso lograra jamás ser correspondido. Ocurrióle por un momento la idea de que lo mejor que podía hacer era volver a su casa, y escribir una larga carta a milady, manifestándole que él y el conde de Wardes eran una sola persona, y que, por consiguiente, a menos de cometer un suicidio, no podía comprometerse a matar al conde de Wardes, de quien se mostraba tan quejosa; pero convencido de que ella le aborrecía, y de que sólo le consideraba como un vil instrumento de venganza, del cual se desharía después que le hubiese servido, se despertó en su corazón el deseo de venganza, y se propuso dominar a aquella mujer, que había herido su más puro y sincero amor contribuyendo al rapto de madama Bonacieux.

Dió cinco o seis vueltas a la plaza Real, agitado por este tropel de sentimientos contrarios, y a cada diez pasos fijaba su vista en la luz que se divisaba en el cuarto de milady a través de las ventanas. Desde luego conoció que la joven no tenía tanta prisa de entrar en su dormitorio como la vez primera.

El reloj dió las once.

Al sonido de las campanas desapareció como por encanto la irresolución de Artagnan. Viniéronsele a la memoria hasta las más insignificantes circunstancias de la entrevista que acababa de tener con milady, y por uno de aquellos cambios repentinos que tan frecuentes son en semejantes casos, entró en casa de aquélla con el corazón regocijado, y abrasada su cabeza por un fuego devorador, y se presentó en el cuarto de Ketty.

La jovencita, cuyo rostro estaba pálido como la muerte, y cuyos miembros se agitaban con un temblor convulsivo, quiso detener a Artagnan; pero milady, que le esperaba ya, oyó el ruido que hizo al entrar, y le abrió por sí misma la puerta.

—Venid—le dijo.

Artagnan perdió ya el juicio, y se creyó comprometido en una de aquellas fantásticas aventuras que sólo se ven en sueños. Así fué que se acercó a milady, cediendo a la atracción magnética que el imán ejerce sobre el acero.

Apenas entraron en la habitación, volvió a cerrarse la puerta.

Ketty aplicó inmediatamente el oído a la puerta.

Los celos, la rabia, el orgullo ofendido, todas las pasiones, en fin, que pueden disputarse el corazón de una mujer, la impulsaban a confesar la verdad; pero su pérdida era segura si confesaba haber coadyuvado a una intriga semejante; y, además, perdería también a Artagnan. Este sentimiento amoroso la hizo sufrir todavía aquel último sacrificio.

Artagnan, por su parte, se entregaba enteramente a todas las inspiraciones de su vanidad. Verdad es que una voz secreta le decía allá en lo íntimo de su corazón que era sólo un instrumento acariciado con la esperanza de que diese la muerte; pero el orgullo, el amor propio y la embriaguez de sus sentidos sofocaban enteramente aquella voz. A más de esto, nuestro gascón, con la dosis de confianza que ya le conocemos, se comparaba a M. de Wardes, y se preguntaba qué motivos había para que aquél le llevase ventaja.

Gracias a la fascinación de estas ideas, no era entonces milady a sus ojos aquella mujer de intenciones siniestras y fatales que por un momento le dejaron aterrado, sino una mujer encantadora, que prometía experimentar a su vez el amor que tan bien sabía inspirar.

No obstante, milady, que no tenía los mismos motivos que Artagnan para olvidar tan fácilmente, le sacó bien pronto de su éxtasis trayéndole a la memoria la realidad de aquella entrevista, y le preguntó si tenía bien pensados los medios de que había de valerse para preparar su desafío con el conde de Wardes.

Pero Artagnan, cuyas ideas habían tomado un giro muy diverso, se olvidó de todo como un necio, y respondió con la mayor galantería que no era a su lado ni en los momentos en que se hallaba entregado a la dicha de verla y oírla cuando podía ocuparse de duelos ni desafíos.

Esta frialdad hacia lo único que llamaba la atención de milady le asustó sobremanera, y sus preguntas fueron cada vez más apremiantes.

Entonces Artagnan, que jamás había pensado seriamente en aquel duelo imposible, quiso variar de conversación; pero no tuvo la suficiente habilidad para ello.

Milady mantuvo la plática dentro de los límites que se había propuesto, empleando para ello su talento irresistible y su voluntad de hierro.

Artagnan creyó entonces que obraría con acierto aconsejando a milady que perdonase a M. de Wardes, y que renunciara a los furiosos proyectos de venganza que había concebido.

Pero a las primeras palabras que habló en este sentido, el rostro de la joven tomó una expresión siniestra.

—¿Tendríais miedo, caballero Artagnan?—exclamó con una voz aguda y burlona, que hirió de un modo extraño los oídos del valiente joven.

—No creo que os lo habréis figurado siquiera, alma mía —respondió Artagnan—; pero, ¿y si ese pobre conde de Wardes fuese menos culpable de lo que pensáis?

—De todos modos—dijo milady con gravedad—, me ha engañado, y por consiguiente merece la muerte.

—Y morirá, puesto que habéis pronunciado su sentencia —dijo Artagnan en un tono tan resuelto que dejó a milady completamente satisfecha.

La dama le pagó con una graciosa sonrisa.

—Sí—continuó Artagnan en un rapto de involuntaria exaltación—, me hallo dispuesto a todo; pero antes quisiera estar seguro de una cosa.

—¿De cuál?—preguntó milady.

—De vuestro amor.

—Me parece que vuestra presencia en este sitio es una prueba bien terminante—dijo la joven manifestándose como cortada.

—Sí; disponed de mi brazo, pues soy vuestro en cuerpo y alma.

—Gracias, valiente defensor mío; y espero que, así como yo os demuestro mi amor recibiéndoos en mi casa, me daréis vos una prueba del vuestro cumpliendo mi deseo: ¿no es así?

—Ciertamente. Pero si me amáis en los términos que decís—repuso Artagnan—, ¿no abrigáis temor alguno respecto de mí?

—Y ¿qué temor puedo abrigar?

—El de que sea herido gravemente, o tal vez muerto.

—¡Vos!, ¡imposible!—dijo milady—. ¡Sois tan valiente y tan afortunado!

—Pero ¿no preferiríais un medio que os facilitara la venganza e hiciera inútil el combate?

Milady miró al joven silenciosamente con una expresión siniestra.

—¡Vaya!—dijo—. Me parece que no os resolvéis.

—No, señora; no vacilo; pero os confieso francamente que ese pobre conde de Wardes me da lástima desde que habéis dejado de amarle, porque creo que la pérdida de vuestro amor es el mayor castigo que puede imponerse a un hombre.

—Y ¿quién os ha dicho que yo le he amado?—dijo milady.

—Al menos, me parece que no será demasiada presunción mía el creer ahora que amáis a otro—dijo el joven en tono galante—; y, os lo repito, me inspira algún interés el conde.

—¿A vos?—preguntó milady.

—Sí, a mí.

—Y ¿por qué?

—Porque yo solo sé...

—¿El qué?

—Que está muy lejos de ser, o más bien de haber sido, tan culpable como creéis.

—¿De veras?—dijo milady con algún sobresalto—. Explicaos, porque ignoro ciertamente lo que queréis decir.

Y diciendo esto miraba a Artagnan de un modo cada vez más sombrío.

—Sí, soy un caballero—dijo Artagnan decidido por fin a terminar—; y desde que me habéis confesado vuestro amor, desde que estoy seguro de poseerle..., ¿no es verdad?

—Todo entero; continuad.

—Pues bien; un secreto pesa sobre mi corazón, y tengo que haceros una revelación.

—¿Una revelación?

—Si dudara de vuestro amor no me atrevería a hacerla; pero ¿no es cierto que me amáis?

—Sin duda alguna.

—Entonces, si por un exceso de amor hacia vos me hubiese hecho culpable, ¿me perdonaríais?

—Tal vez. Pero esa confesión—continuó perdiendo el color—¿cuál es?

—El jueves último habíais citado al conde de Wardes en este mismo cuarto, ¿no es verdad?

—¿Yo? ¡No por cierto!—dijo milady con tanta seguridad y con tan impasible semblante, que si Artagnan no estuviese plenamente convencido de lo contrario, habría quedado satisfecho con su respuesta.

—No ocultéis la verdad, ángel mío—dijo Artagnan esforzándose por sonreír—, porque es inútil.

—¿Cómo inútil? ¡Hablad por Dios, pues me estáis martirizando cruelmente!

—¡Oh! Tranquilizaos: no sois de modo alguno culpable con respecto a mí, y por mi parte os perdono completamente.

—¡Pero, vamos, acabad!

—Monsieur de Wardes no puede alabarse de nada.

—¿Cómo así? Pues os había oído decir que la sortija...

—Aquella sortija está en mi poder. El caballero Wardes del jueves y el Artagnan de hoy son una misma persona.

El imprudente joven esperaba ver en milady una manifestación de sorpresa mezclada de cierto pudor, una pequeña borrasca que terminara por una escena sentimental; pero se engañaba terriblemente, y no tardó mucho en conocer su error.

Milady se levantó furiosa como una leona, y, empujando

a Artagnan, que estaba a su lado, con un violento golpe en el pecho, quiso alejarse de él.

Artagnan la cogió por el vestido para detenerla e implorar su perdón; pero la joven, con un movimiento rápido y resuelto trató de escapar. Entonces se desgarró el vestido por la espalda, y sobre uno de sus hermosos hombros, que quedó descubierto, vió Artagnan, con un sentimiento inexplicable de terror, estampada una flor de lis, sello indeleble que imprime la mano infamante del verdugo.

—¡Gran Dios!—exclamó soltando el vestido y quedándose mudo, inmóvil y como clavado en su sitio.

Pero milady conoció por la exclamación de Artagnan que había sido descubierta. El joven lo había visto todo y se había hecho dueño de su secreto, secreto terrible que todo el mundo ignoraba.

Volvióse entonces, no como una mujer furiosa, sino como una pantera herida.

—¡Miserable!—le gritó—; me has vendido cobardemente, y te has apoderado de mi secreto. ¡Ah; morirás!

Y dirigiéndose a un cofrecito incrustado de maderas finas, lo abrió con mano trémula y febril, sacó un puñal con mango de oro, cuya hoja era en extremo delgada y aguda, y se volvió en seguida a Artagnan, que permanecía sentado.

Aun cuando el joven era valiente, se asustó no obstante al ver aquel semblante horriblemente trastornado, aquellas pupilas dilatadas de una manera espantosa, aquellas mejillas lívidas y aquellos labios destilando sangre, que anunciaban el último grado de furor en una mujer. Así fué que, levantándose de su asiento, retrocedió como si se abalanzara hacia él una serpiente, y llevando instintivamente la mano al puño de su espada la sacó de la vaina.

Pero milady, sin asustarse a la vista del acero desenvainado, continuó avanzando hacia Artagnan con ánimo de asesinarle, y no se detuvo sino cuando sintió la aguda punta sobre su pecho.

Entonces trató de coger la espada con sus manos; pero el joven, esquivando sus esfuerzos, y presentándosela tan pronto a los ojos como al pecho, pero cuidando de no herirla, fué retrocediendo hacia la puerta que comunicaba con el cuarto de Ketty.

En todo este tiempo, milady, fuera de sí, acometía con furiosos ademanes y rugiendo de una manera feroz.

No obstante, como aquella escena iba ya asemejándose a un duelo, Artagnan se serenó poco a poco.

—¡Bien, hermosa dama, bien!—le decía—. Pero calmaos, por Dios, si no queréis que os estampe una nueva flor de lis sobre el otro hombro.

—¡Infame, infame!—gritaba milady.

Pero Artagnan, procurando mantenerse siempre a la defensiva, continuaba dirigiéndose hacia la puerta.

Al ruido que ambos hacían derribando al suelo los muebles, ella por alcanzar al joven y éste por defenderse de milady, abrió Ketty la puerta. Artagnan, cuyos esfuerzos se dirigían únicamente a ganar la salida, no se hallaba ya sino a tres pasos de ella, y de un salto se puso en el cuarto de la doncella; cerró en seguida la puerta con la mayor presteza y, mientras apoyaba contra ella todo el peso de su cuerpo, echó Ketty los cerrojos.

Entonces milady, en su desesperación, dió fuertes golpes en la puerta, haciendo esfuerzos superiores a los de una mujer; pero conociendo que era vano su intento, principió a dar terribles puñaladas, algunas de las cuales llegaron a atravesar la madera.

Cada golpe iba acompañado de una horrible imprecación.

—Pronto, Ketty, pronto—dijo Artagnan a media voz luego que quedaron corridos los cerrojos—; condúceme fuera de aquí, pues si le damos tiempo va a hacerme asesinar por los criados. No tardes, pues no me va en ello más que la vida.

Ketty lo comprendió inmediatamente, y fué guiándole por la escalera en medio de la mayor obscuridad. Aun era tiempo. Milady había tirado fuertemente de la campanilla y despertó a toda la gente de la casa; el portero, a la voz de Ketty, tiró del cordón para que saliera Artagnan, al mismo tiempo que milady gritaba: "¡No abráis!"

El joven huía, mientras que la dama, hecha una furia, le amenazaba con un gesto de rabiosa impotencia; pero en el momento en que le perdió de vista cayó en su cuarto desmayada.

XXXVIII

CÓMO ATHOS HALLÓ SU EQUIPO SIN NECESIDAD DE INCOMODARSE

Artagnan iba tan trastornado, que sin acordarse del peligro en que dejaba a Ketty, atravesó la mitad de París sin dejar de correr, y no se detuvo hasta llegar a la puerta de Athos. El extravío de su razón, el terror que le aguijoneaba y los gritos de algunas patrullas que trataron de perseguirle, sólo sirvieron para que precipitara más su carrera.

Atravesó el patio con ligereza, subió volando la escalera y, llegando al piso segundo, llamó con furia a la puerta.

Grimaud salió a abrir con los ojos hinchados por el sueño, y Artagnan se lanzó con tal fuerza en la antecámara, que por poco le derriba al entrar.

A pesar del silencio habitual de Grimaud, recobró esta vez el uso de la palabra, y al ver la espada que todavía llevaba Artagnan desnuda en la mano, creyó el pobre mozo que era algún asesino.

—¡Socorro!—gritó—. ¡Socorro!

—¡Calla, desdichado!—dijo el joven—. Soy Artagnan. ¿No me conoces? ¿Dónde está tu amo?

—¡Vos el caballero Artagnan!—exclamó Grimaud asustado—. ¡No puede ser!

—Grimaud—dijo Athos saliendo en bata de su cuarto—, veo que os permitís hablar...

—¡Ah, señor! Es que...

—¡Silencio!

Grimaud se contentó entonces con indicar con el dedo que se hallaba allí su amo.

Athos, a pesar de su calma habitual, no pudo menos de soltar una carcajada, bastante justificada por el aire asustado de su joven camarada.

—No os riáis, amigo mío—exclamó Artagnan—, no os riáis, porque, por vida mía, el caso no es para ello.

Y pronunció estas palabras con un acento tan solemne y con tan verdadero terror, que Athos le tomó al punto las manos exclamando:

—¿Estáis acaso herido, amigo mío? ¡Habéis perdido el color!

—No, pero acaba de sucederme un lance terrible. ¿Estáis solo, Athos?

—¡Pardiez! ¿Quién queréis que esté conmigo a estas horas?

—Bien, bien.

Y Artagnan se precipitó en el cuarto de Athos.

—¡Vamos, hablad!—dijo éste cerrando la puerta y corriendo el cerrojo para que nadie los incomodara—. ¿Ha muerto el rey? ¿Habéis matado al cardenal? Estáis muy asustado. Hablad, por Dios, pues me tenéis con suma inquietud.

—Athos—repuso Artagnan—, preparaos a oír una cosa increíble.

—Ya os escucho—dijo Athos.

—Pues bien—continuó Artagnan acercando sus labios al

oído de Athos y bajando la voz—, ¡milady tiene una flor de lis en el hombro!

—¡Ah!—gritó el mosquetero, como si le hubiesen dado una puñalada en el corazón.

—Veamos—dijo Artagnan—: ¿estáis bien seguro de que *la otra* haya muerto?

—*¿La otra?*—repitió Athos con voz baja que apenas pudo oírlo Artagnan.

—Sí; aquélla de quien me hablasteis una vez en Amiéns.

Athos dejó escapar un gemido, y recostó la cabeza sobre sus manos.

—Esta—continuó Artagnan—es una mujer de veintiséis a veintiocho años.

—¿Rubia?—dijo Athos.

—Sí.

—¿De ojos azules bastante claros, y de pestañas y cejas negras?

—Sí.

—¿Alta y bien formada, pero con un diente de menos junto al colmillo izquierdo?

—Sí.

—¿La flor de lis es pequeña, de color rojo, y está como medio borrada por una especie de pasta con que procura ocultarla?

—Sí.

—¿Y, sin embargo, decís que es inglesa?

—Así lo dicen; pero, a pesar de eso, puede muy bien ser francesa. Lord Winter sólo es cuñado suyo.

—¡Quiero verla, Artagnan!

—Mirad lo que hacéis, Athos, mirad lo que hacéis; habéis querido matarla, y es mujer muy capaz de pagaros en la misma moneda; creed que no errará el golpe.

—No se atreverá a hablar una palabra, pues sería denunciarse a sí misma.

—Es capaz de todo. ¿La habéis visto furiosa alguna vez?

—Nunca—dijo Athos.

—Pues es un tigre, una pantera. ¡Ah, querido Athos! ¡Mucho me temo haber atraído sobre nosotros dos una terrible venganza!

Artagnan dió cuenta entonces a Athos de la cólera insensata de milady y de sus amenazas de muerte.

—Tenéis razón, y, sin embargo, os juro que daría mi vida por uno solo de sus cabellos—dijo el mosquetero—. Por fortuna dejamos a París pasado mañana para trasladarnos a la Rochela, y una vez lejos de aquí...

—Os perseguirá hasta el cabo del mundo, Athos, si llega a reconoceros. Dejad que desahogue conmigo sólo su rabia.

—Y ¿qué importa, querido, que esa mujer me mate?—dijo Athos—. ¿Creéis que aprecio tanto la vida?

—Algún horrible misterio se encierra en todo esto, Athos, y estoy seguro de que milady es espía del cardenal.

—En ese caso, cuidad de vos mismo. Si no habéis causado al cardenal grande admiración por el negocio de Londres, estad seguro de que os profesa un odio inextinguible; pero como en último resultado no puede acusaros ostensiblemente, y es preciso que su odio quede satisfecho, siendo sobre todo un odio de cardenal, ¡mirad bien lo que hacéis! Si salís, no vayáis solo nunca; si coméis, tomad vuestras precauciones; desconfiad de todo, en fin, ¡hasta de vuestra sombra!

—Afortunadamente—dijo Artagnan—no durará mucho este estado violento, pues pasado mañana saldremos de aquí, y, una vez en el ejército, espero que sólo tendremos que habérnoslas con hombres.

—Entretanto—dijo Athos—, renuncio a mis proyectos de retiro y quiero acompañaros a todas partes; de consiguiente, si vais a la calle de Fossoyeurs, iremos juntos.

—Bien, querido Athos; pero, ante todo, permitidme que os restituya la sortija que he recibido de esa mujer. Este zafiro os pertenece, puesto que me habéis dicho que era una alhaja de familia.

—Sí; según he oído, costó en un principio dos mil escudos, y mi madre lo usó como una alhaja de gran precio. Luego me la dió, y yo, ¡loco de mí!, en vez de guardarla como una reliquia santa, se la entregué a esa miserable.

—Pues bien, recobrad vuestra sortija, que no dudo apreciaréis.

—¡Yo tomar esa sortija después que ha estado en las manos de esa infame! Jamás. Esa sortija está profanada, Artagnan.

—Entonces podéis venderla o empeñarla, y no dudo que os darán sobre ella mil escudos. Con esa suma os será fácil salir de todos los apuros, y después, con el primer dinero que adquiráis, podréis recobrarla limpia de toda mancha, pues habrá pasado por las manos de los usureros.

Athos se sonrió.

—Sois un buen camarada, querido Artagnan—le dijo—, y con vuestro humor alegre consoláis a los tristes en sus aflicciones. ¡Vaya pues! Empeñemos esta sortija, que me pertenece; pero con una condición.

—¿Cuál?

—Que distribuiremos los mil escudos entre los dos.

—No penséis en tal cosa, Athos. Yo, por mi cualidad de guardia, no necesito ni la cuarta parte de equipo que vos, y vendiendo mi silla, fácil será que me procure la suma necesaria. ¿Qué me hace falta? Un caballo para Planchet, y nada más, y para eso olvidáis que también tengo otra sortija.

—Y que se me figura que tenéis más empeño en conservarla que yo la mía.

—Sí; porque en último resultado, puede sacarnos, no sólo de un apuro, sino también de algún gran peligro. No es un diamante, sino un talismán encantado.

—No lo entiendo; pero creo cuanto decís. Volviendo, pues, a mi sortija, o más bien a la nuestra, espero que aceptéis la mitad de la suma que nos presten sobre ella, o de lo contrario la tiro al Sena; y no será fácil que se encuentre un pez tan complaciente que se tome el trabajo de devolvérmela, como aconteció a Polycrato.

—Pues bien; acepto—dijo Artagnan.

En aquel momento entró Grimaud acompañado de Planchet, pues éste, inquieto por la tardanza de su amo, venía a saber si le había sucedido alguna aventura.

Athos se vistió y cuando estuvo en disposición de salir hizo a Grimaud una seña, como quien apunta con una escopeta. El criado descolgó entonces su mosquete y se preparó a seguir a su amo.

Artagnan y Athos, seguidos de sus lacayos, llegaron sin contratiempo a la calle de Fossoyeurs. Monsieur Bonacieux estaba a la puerta y miró a Artagnan de una manera burlona.

—¡Hola, mi querido inquilino!—le dijo—. Daos prisa, que os espera en vuestro cuarto una hermosa jovencita, y ya sabéis que las mujeres no son muy amigas de que las hagan aguardar.

—¡Tal vez sea Ketty! — exclamó Artagnan, dirigiéndose precipitadamente hacia su cuarto.

En efecto, encontró en su habitación a la pobre niña, trémula y recostada contra la puerta. En cuanto le divisó,

—Me habéis prometido vuestra protección, y que me ampararíais contra el enojo de milady—exclamó—. Acordaos de que sois vos la causa de mi perdición.

—Tranquilízate, hija mía — dijo Artagnan —; bien lo sé. Pero ¿qué ha sucedido después que salí?

—¿Lo sé yo acaso?—dijo Ketty—. A los gritos que dió mi señora, acudieron los criados; estaba hecha una furia. y vomitó contra vos cuantas imprecaciones podéis imaginar. Entonces me ocurrió que se acordaría de que habíais entrado en su cuarto por el mío, y conocería que yo había sido vuestra cómplice; y lo que hice fué recoger precipitadamente el poco dinero que tenía y las prendas de algún valor, con lo cual me puse en salvo...

—¡Pobre niña! Pero ¿qué quieres que haga por ti, si pasado mañana me marcho?

—Lo que mejor os parezca, caballero. Estoy dispuesta a abandonar a París y aunque sea a Francia.

—Pero es imposible que vayas conmigo al sitio de la Rochela—dijo Artagnan.

—Sí; pero podéis colocarme en una provincia, en casa de alguna señora conocida vuestra. En vuestro país, por ejemplo.

—¡Ya! Pero es el caso que las señoras de mi país no tienen doncellas. Pero aguarda, que ahora me ocurre una idea. Planchet, ve a buscar a Aramis, y dile que venga inmediatamente, que tenemos que hablarle de un asunto importante.

—Comprendo—dijo Athos—. Pero ¿por qué no avisar a Porthos? Me parece que su marquesa...

—La marquesa de Porthos, antes que tener una doncella, creo que se dejaría vestir por los escribientes de su marido—dijo riéndose Artagnan—. Y además, Ketty no querría vivir en la calle de los Osos, ¿no es verdad?

—Yo viviré en cualquier parte—respondió Ketty—, con tal que pueda ocultarme, y no se sepa dónde estoy.

—Ahora, Ketty, que vamos a separarnos, y que, por consiguiente, no estarás celosa de mí...

—Caballero, estéis lejos o cerca—dijo Ketty—, nunca dejaré de amaros.

—¡Vaya dónde ha ido a refugiarse la constancia!—murmuró Athos.

—Yo también—dijo Artagnan—te amaré siempre; no debes dudarlo. Pero vamos, contéstame, y repara que es de suma importancia la pregunta que voy a hacerte. ¿No has oído hablar nunca de una joven a quien robaron en cierta noche?

—¡Ya!— Pero, ¡oh Dios mío! ¿Amáis todavía a esa joven, caballero?

—No; es un amigo mío llamado Athos, a quien tienes en tu presencia.

—¡Yo!—exclamó Athos con el acento de un hombre que ha pisado una víbora.

—No hay duda que eres tú—dijo Artagnan apretándole la mano—. Ya sabes el interés que todos nos tomamos por la pobre Bonacieux. Además, que Ketty no dirá una palabra. ¿No es verdad, Ketty? Figúrate, hija mía—continuó Artagnan—, que es la mujer de ese estafermo que has visto a la puerta de esta casa.

—¡Oh, Dios mío!—exclamó Ketty—. ¡Ahora me hacéis caer en la cuenta! ¡Con tal que no me haya conocido!...

—¿Cómo conocido? Pues ¿acaso has visto a ese hombre alguna vez?

—Dos veces ha estado en casa de milady.

—Eso es otra cosa. ¿Recuerdas cuándo?

—Hará unos quince a dieciocho días.

—¡Precisamente!

—Y también anoche estuvo.

—¿Anoche?

—Sí; un momento antes de que vos llegarais.

—Querido Athos, estamos rodeados de un millón de espías.

—Y ¿crees que te ha conocido, Ketty?

—Yo me bajé la toca en cuanto le vi; pero me parece que ya me había visto.

—Bajad, Athos, pues de vos no desconfiará, y ved si está todavía a la puerta.

Athos bajó y subió al momento.

—Se ha marchado—dijo—, y la casa está cerrada.

—Habrá ido a dar cuenta de que nos ha visto, y a decir que todas las palomas están en el palomar.

—Pues ¿a qué aguardamos? Vámonos—dijo Athos—y que quede solamente Planchet para decirnos lo que ocurra.

—¡Aguardad un momento! ¿Y Aramis, a quien hemos enviado a llamar?

—Tenéis razón—dijo Athos—; aguardemos a Aramis.

En aquel momento entró Aramis.

Manifestáronle el motivo que los había obligado a llamarle, y le hicieron presente que era indispensable que entre sus muchos y buenos conocimientos tratase de acomodar a Ketty.

Aramis reflexionó un rato, y dijo al fin, algún tanto cortado:

—¿Os haré un favor con eso, Artagnan?

—Un favor que no olvidaré en toda mi vida.

—Pues bien; madama de Bois-Tracy me ha pedido para una amiga suya, que vive, a lo que creo, en una provincia, una doncella de toda confianza; y si vos, querido Artagnan, respondéis de esa jovencita...

—¡Oh, señor!—exclamó Ketty—. Estad seguro de que viviré eternamente reconocida a la persona que me facilite los medios de salir de París.

—Entonces—dijo Aramis—, no hay más que hablar.

Y en seguida se acercó a una mesa, y después de escribir cuatro palabras en un papel, que cerró y selló con una sortija, se lo entregó a Ketty.

—Ahora, hija mía—dijo Artagnan—, ya sabes que aquí no hay nadie seguro; conque así, separémonos, que ya nos volveremos a encontrar en tiempos mejores.

—Cualesquiera que sean los tiempos y el lugar en que nos volvamos a encontrar—dijo Ketty—, os amaré siempre como os amo ahora.

—Promesa de jugador—dijo Athos, mientras que Artagnan fué acompañando a Ketty por la escalera.

Un instante después se separaron los tres jóvenes, citándose para las cuatro en casa de Athos, y dejando a Planchet para que guardase la casa.

Aramis se fué a la suya, y Athos y Artagnan se ocuparon en agenciarse dinero con la sortija.

Según lo había previsto nuestro gascón, se encontró fácilmente quien diese trescientos doblones, y les dijo el judío a quien se dirigieron que si querían vendérsela para hacer un magnífico pendiente daría por ella hasta quinientos doblones.

Athos y Artagnan, con la actividad de dos militares y la práctica de dos inteligentes, emplearon apenas tres horas en comprar todo lo necesario para el equipo del mosquetero. Además, Athos era hombre que se arreglaba fácilmente, y mostraba sus aristocráticos modales hasta en las cosas más pequeñas. Así es que cuando una cosa le convenía, pagaba lo que le pedían, sin tratar siquiera de regatear. Artagnan quería a veces hacer algunas observaciones; pero Athos, sonriéndose, le ponía la mano sobre el hombro, y Artagnan comprendía que el regatear era bueno para un pobre caballero gascón, pero no para un hombre que tenía todo el aspecto de un príncipe.

El mosquetero encontró un soberbio caballo andaluz, negro como el azabache, fogoso, de elegantes y delgadas piernas, y que entraba apenas en los seis años. Examinólo atentamente y no le halló defecto alguno. Pidiéronle por él mil libras, y acaso lo hubiera sacado por menos; pero mientras Artagnan trataba sobre el precio con el chalán, Athos ponía en la mesa la suma pedida.

Para Grimaud buscaron un caballo fuerte y vigoroso, que costó trescientas libras.

Compraron también los arneses para el caballo del escudero y las armas que éste necesitaba, y no quedó ni un sueldo de los ciento cincuenta doblones que correspondieron a Athos. Entonces Artagnan ofreció a su amigo una parte de lo que a él le había tocado en calidad de reintegro a la primera ocasión.

Pero Athos, por toda respuesta, se contentó con encogerse de hombros.

—¿En cuánto compraba el judío el zafiro?—preguntó.

—En quinientos doblones.

—Es decir, doscientos doblones más; ciento para vos y ciento para mí. Esa es una fortuna real y positiva. Amigo mío, volved a casa del judío.

—¡Cómo! ¿Queréis?...

—Esa sortija me traería siempre a la memoria tristes recuerdos, y, además, como será muy probable que jamás nos hallemos en estado de devolver trescientos doblones, perderíamos en el trato los doscientos restantes. Id a decirle que la sortija es suya, Artagnan, y volved con los doscientos restantes.

—Mirad lo que hacéis, Athos.

—El dinero contante es cosa rara en estos tiempos, y es preciso hacer sacrificios. Andad, Artagnan, andad, y Grimaud os acompañará con su mosquete.

Media hora después volvió Artagnan con los doscientos doblones, sin que le ocurriera ningún contratiempo; y así fué como Athos encontró sin salir de casa recursos con los cuales no contaba.

XXXIX

UNA VISIÓN

A la hora convenida se hallaban los cuatro amigos reunidos en casa de Athos. Sus preocupaciones respecto al equipo habían desaparecido completamente, y los respectivos semblantes no conservaban otra expresión que la de las secretas inquietudes de cada uno; porque detrás de toda felicidad presente se oculta un temor para lo futuro.

De repente se presentó Planchet con dos cartas dirigidas a Artagnan.

Una de ellas era un billetito elegantemente doblado a lo largo, cerrado con un bonito sello de lacre verde, en el que se veía estampada una paloma que llevaba en el pico una rama de oliva.

La otra era una gran carta de figura cuadrada, en la que brillaban las armas de su eminencia el cardenal-duque.

A la vista del primer billete, el corazón de Artagnan se conmovió, pues nuestro joven creyó reconocer la letra, y aun cuando no la había visto más que una sola vez, se le había quedado impresa de un modo indeleble en la memoria.

Con la mayor precipitación rompió el sobre del billete.

"Recorred—le decía—el miércoles próximo, de seis a siete de la tarde, el camino de Chaillot, y mirad con cuidado los carruajes que por allí pasen. Pero si apreciáis vuestra vida y la de las personas que os aman, no habléis una palabra ni hagáis movimiento alguno que inspire la más mínima sospecha de que habéis reconocido a la que se expone a todo por tener la dicha de veros un momento."

Iba sin firma ni rúbrica.

—Es un lazo—dijo Athos—; no vayáis, Artagnan.

—Sin embargo—dijo éste—, me parece que conozco bien la letra.

—Tal vez la hayan falsificado—repuso Athos—. De seis a siete, en este tiempo, suele estar enteramente solo el camino de Chaillot, y lo mismo sería que fuerais a pasear al bosque de Bondy.

—Pero ¿y si fuésemos todos? ¡Qué diablos! No nos comerán a los cuatro; ítem más, nuestros cuatro lacayos, nuestros caballos y armas. ¡No tendrían mala indigestión!

—Y se nos presenta ocasión de lucir nuestros uniformes —dijo Porthos.

—Pero si es una mujer la que escribe—dijo Aramis—y desea que no la vean, considerad el compromiso en que la ponéis, Artagnan, y que no es justo que obre así un caballero.

—Permaneceremos algún tanto separados, y él solo se adelantará—dijo Porthos.

—Sí; pero un pistoletazo se tira muy fácilmente desde un carruaje que va corriendo.

—¡Bah!—dijo Artagnan—. No es posible que me acierten; y lo que entonces haríamos sería alcanzar el carruaje y acabar con cuantos hubiese dentro. Quiere decir que otros tantos enemigos menos tendríamos.

—¡Tiene razón!—dijo Porthos—. ¡Haya refriega! Es preciso además que probemos nuestras armas.

—Por mi parte, no hay inconveniente—dijo Aramis con sus modales negligentes y afables.

—Como queráis—dijo Athos.

—Señores—dijo Artagnan—, son las cuatro y media; no sobrará mucho tiempo si hemos de estar a las seis en el camino de Chaillot.

—Y si salimos demasiado tarde—dijo Porthos—, no seremos vistos, lo cual sería una lástima. Conque vamos, señores, disponeos.

—Pero no os acordáis de la segunda carta—dijo Athos—, y, sin embargo, me parece que, a juzgar por el sello, merece la pena de abrirse. Por mi parte, os aseguro, querido Artagnan, que me tiene con más cuidado que esa monería de billete que con tanto cuidado y disimulo acabáis de poner ahora sobre vuestro corazón.

Artagnan se ruborizó.

—¡Pues bien!—dijo el joven—, veamos lo que quiere su eminencia.

Artagnan abrió la carta y leyó:

"Se espera a M. de Artagnan, guardia del rey en la compañía de M. Des Essarts, en el palacio del cardenal, esta noche a las ocho.

La Oudinière,
Capitán de guardias."

—¡Diablo!—exclamó Athos—. He aquí una cita que puede dar más cuidado que la primera.

—Iré a la segunda al salir de la primera—dijo Artagnan—; la una es a las siete, y la otra, a las ocho. Tiempo habrá para todo.

—¡Hum! Yo no iría—dijo Aramis—; un caballero galante no debe faltar a una cita dada por una señora; pero un hombre prudente muy bien puede excusarse de ir a casa de su eminencia, sobre todo cuando puede sospechar que no tratan de hacerle cumplidos.

—Soy del mismo parecer—dijo Porthos.

—Señores—repuso Artagnan—, ya he recibido igual invitación de su eminencia por M. de Cavois y la desprecié. Pues al día siguiente me sucedió una terrible desgracia: Constanza desapareció. Iré, suceda lo que quiera.

—Si es cosa resuelta, haced lo que queráis.

—Pero ¿y la Bastilla?—dijo Aramis.

—¡Bah! Ya me sacaréis de ella—dijo Artagnan.

—Sin duda—replicaron Aramis y Porthos con un tono de seguridad admirable y como si fuese la cosa más sencilla del mundo—, sin duda que os sacaríamos; pero, como marchamos pasado mañana, sería mejor que evitaseis entrar en la Bastilla.

—Hagamos otra cosa—dijo Athos—; no le perdamos de vista en toda la noche y esperémosle cada uno con tres mosqueteros más en cada una de las puertas del palacio. Si vemos salir algún carruaje con la portezuela cubierta y de apariencia sospechosa, caeremos sobre él. Hace tiempo que no hemos tenido encuentro alguno con los guardias del cardenal, y M. de Treville creerá que hemos muerto.

—Decididamente, Athos—dijo Aramis—, habéis nacido para general. ¿Qué os parece del plan, señores?

—¡Admirable!—contestaron en coro los demás.

—¡Pues bien!—dijo Porthos—, voy al cuartel a avisar a nuestros camaradas, a fin de que estén prontos para las ocho; la cita será en la plaza del palacio del cardenal, y vos, Artagnan, podéis hacer que ensillen entretanto los caballos.

—Yo no tengo caballos; pero mandaré que me dispongan uno de los de M. de Treville.

—Es inútil—dijo Aramis—; podéis tomar uno de los míos.

—Pues ¿cuántos tenéis?—preguntó Artagnan.

—Tres—respondió sonriéndose Aramis.

—Ya se puede apostar, querido—dijo Athos—, que sois el poeta de Francia y de Navarra que tiene mejor caballeriza.

—No sabréis qué hacer con tres caballos, ¿no es verdad, Aramis? Y dudo que los hayáis comprado todos.

—No he comprado más que dos—dijo Aramis.

—Y el tercero, ¿os ha caído del cielo?

—No; esta misma mañana me lo presentó un criado sin librea, que no ha querido decirme a quién servía, sino solamente que había recibido orden de su amo...

—O de su ama—interrumpió Artagnan.

—Lo mismo da—dijo ruborizándose Aramis—; decía, pues, el criado que tenía orden de su amo o de su ama para traer el caballo a mi cuadra, sin decirme el nombre de la persona que le mandaba.

—¡Sólo a los poetas les suceden cosas semejantes!—dijo Athos con gravedad.

—¡Pues bien! En ese caso, hagamos una cosa—dijo Artagnan—: ¿qué caballo pensáis montar? ¿El que habéis comprado o el que os han regalado?

—No hay que dudarlo, el que me han regalado. ¿Cómo queríais, Artagnan, que hiciese semejante desprecio...?

—Al incógnito donante, ¿no es verdad?—dijo Artagnan.

—O a la donante misteriosa—repuso Athos.

—¿De modo que el que habéis comprado os es, por consiguiente, inútil?

—Casi, casi.

—¿Lo habéis elegido vos mismo?

—Y con el mayor esmero. Ya sabéis que la seguridad del jinete depende casi siempre de su caballo.

—Pues bien, cedédmelo en el precio que os ha costado.

—Iba a ofrecéroslo, querido Artagnan, dándoos todo el tiempo que necesitarais para pagarme esa bagatela.

—¿Cuánto os ha costado?

—Ochocientas libras.

—Aquí las tenéis en oro—dijo Artagnan sacando el dinero del bolsillo—; ya sé que es ésta la clase de monedas en que os pagan vuestros poemas.

—¿Conque estáis rico?—dijo Aramis.

—¿Rico? ¡Riquísimo, amigo mío!

Y Artagnan hizo sonar en su bolsillo el dinero restante.

—Enviad la montura al cuartel de mosqueteros y os llevarán el caballo inmediatamente.

—Muy bien; pero démonos prisa, pues bien pronto serán las cinco.

Un cuarto de hora después asomaba Porthos por el extremo de la calle de Ferou sobre un magnífico caballo, y detrás le seguía Mosquetón sobre otro de Auvernia, pequeño, pero fuerte.

El rostro de Porthos estaba radiante de orgullo y de alegría.

Casi al mismo tiempo se presentó Aramis por el otro extremo de la calle, montado sobre un soberbio caballo inglés. Seguíale Baucín sobre otro ruanés, llevando del diestro un vigoroso mecklemburgués, que era la cabalgadura de nuestro gascón.

Los dos mosqueteros se encontraron en la puerta; Athos y Artagnan los miraban desde la ventana.

—¡Diantre!—exclamó Aramis—. ¡Tenéis un soberbio corcel, querido!

—Sí—repuso Porthos—, es el mismo que debieron enviarme al principio; pero una chanza pesada que quiso jugarme el marido hizo que me lo cambiasen. ¡Oh! Bien caro le ha costado al pobre hombre, y mi satisfacción ha sido completa.

Apareció a su vez Grimaud trayendo de la mano la cabalgadura de su amo. Artagnan y Athos bajaron y, después de colocarse al lado de sus compañeros, se dirigieron los cuatro al muelle: Athos, sobre el caballo que debía a su mujer; Aramis, sobre el que le había regalado su amante; Porthos, sobre el que su procuradora le había proporcionado, y Artagnan, sobre el que le deparó su buena fortuna, que es la mejor querida de todas.

Los criados iban detrás.

Conforme se había imaginado Porthos, la cabalgata hizo su efecto; y si madama Coquenard hubiese encontrado a Porthos en el camino, de seguro, al ver el aspecto aristocrático que tenía, no habría sentido la sangría que había tenido necesidad de hacer al arcón de su marido.

Cerca del Louvre encontraron los cuatro amigos a M. de Treville, el cual venía de Saint-Germain. Detúvose a darles la enhorabuena por su equipo, y esta detención atrajo una multitud de curiosos.

Artagnan aprovechó la ocasión para hablar a M. de Treville de la carta sellada con las armas del cardenal-duque, pues de la otra ya es de suponer que no diría una palabra.

M. de Treville aprobó la determinación que había tomado, y le aseguró que si al día siguiente no le veía, ya sabría buscarle dondequiera que estuviese.

En aquel instante el reloj de la Samaritana dió las seis.

Los cuatro amigos se excusaron con que tenían que asistir a una cita, y se despidieron de M. de Treville.

De un galope se pusieron en el camino de Chaillot, a tiempo que empezaba a obscurecer. Artagnan, escoltado a cierta distancia por sus amigos, dirigía sus miradas hasta el fondo de los muchos carruajes que pasaban, y no veía a ninguna persona conocida.

Por fin, después de un cuarto de hora de espera, y cuando era ya enteramente de noche, divisó un carruaje que venía a todo escape por el camino de Sèvres y un presentimiento le hizo conocer que en él iba la persona que le había dado la cita. El joven sentía latir con violencia su corazón, y no tardó mucho en ver una cabeza de mujer que asomaba por la portezuela, con un dedo sobre los labios como una señal para recomendarle el silencio o quizás para enviarle un beso. Artagnan dejó escapar una ligera exclamación de alegría.

Aquella mujer, o más bien aquella fantasma, pues el carruaje había pasado con suma velocidad, era madama Bonacieux.

Por un movimiento involuntario, y a pesar de la recomendación que le había hecho, sacó Artagnan su caballo a galope y alcanzó en breve rato al carruaje; pero las cortinillas estaban corridas y la visión había desaparecido.

Entonces recordó el joven la advertencia que se le hacía en la carta de que, si estimaba en algo su vida y la de las personas que le amaban, permaneciese inmóvil como si nada hubiera visto; y se quedó clavado en aquel sitio, temiendo, no por él, sino por la pobre mujer, que evidentemente se había expuesto a un gran peligro al darle aquella cita.

El carruaje continuó su camino con la misma celeridad, y entrando en París, desapareció.

Artagnan seguía inmóvil en su puesto, sin saber qué pensar. Si era efectivamente madama Bonacieux que volvía a París, ¿qué significaban aquella cita fugitiva, aquel cambio de miradas y aquel beso perdido? Por otra parte, si no era ella, lo que era muy posible, porque la escasa luz a que la había visto hacía fácil una equivocación, ¿no sería éste un lazo dirigido contra él con el incentivo de una mujer a quien se sabía que amaba?

Los tres camaradas se acercaron a Artagnan; todos habían visto la cabeza de mujer que se había asomado a la portezuela, pero ninguno, a excepción de Athos, conocía a madama Bonacieux. Athos convenía en que era ella; pero, menos preocupado que Artagnan con aquel bello semblante, había creído distinguir en lo interior del carruaje una segunda cabeza, y cabeza de hombre.

—Sí, así es—dijo Artagnan—; la llevan sin duda de una prisión a otra. Pero ¿qué querrán hacer con esa pobre criatura y cómo podré reunirme a ella?

—Acordaos, amigo—dijo Athos con gravedad—, de que los muertos son los únicos a quienes no nos hemos de encontrar en la tierra. Ya sabéis algo de eso, ¿no es verdad? Ahora bien: si vuestra amada no ha muerto, y es ella la que hemos visto poco hace, ya la volveréis a encontrar un día u otro, y acaso, acaso—añadió con el acento de misántropo que le era peculiar—, más pronto de lo que quisierais.

Dieron en aquel momento las siete y media, pues el carruaje se había retrasado unos veinte minutos de la hora señalada. Los amigos de Artagnan le recordaron que tenía que hacer todavía una visita, haciéndole observar, sin embargo, que aun era tiempo de arrepentirse.

Pero Artagnan era a la vez curioso y obstinado, y se le puso en la cabeza que había de ir al palacio del cardenal y saber lo que quería decirle su eminencia. No fué posible hacerle variar de resolución.

Dirigiéronse por la calle de Saint-Honoré a la plaza del palacio del cardenal, en donde encontraron ya a los doce mosqueteros convocados, los cuales se estaban paseando ínterin llegaban sus camaradas. Allí fué donde les explicaron el negocio de que se trataba.

Artagnan era muy conocido en el distinguido Cuerpo de mosqueteros del rey, en donde se sabía que debía entrar un día; así es que le miraban ya como un camarada suyo. De aquí provino que todos aceptasen con el mayor placer la misión que se les confiaba, y con tanto más motivo, cuanto que se trataba, según toda probabilidad, de jugar alguna mala pasada al cardenal y a su gente, y para esta clase de expediciones se hallaban siempre dispuestos aquellos dignos caballeros.

Athos dividió la pequeña fuerza en tres grupos, poniéndose a la cabeza de uno de ellos, y dando el mando de otro a Aramis, y el del tercero a Porthos, fué después cada grupo a emboscarse enfrente de cada una de las salidas del palacio.

Artagnan entró por la puerta principal con el ademán más resuelto del mundo.

Aunque nuestro joven sabía que tenía bien guardadas las espaldas, no las llevaba todas consigo al subir lentamente las gradas de la escalera. Su conducta con milady tenía todos los visos de una traición, y sospechaba las relaciones políticas que mediaban entre aquella mujer y el cardenal. Además, M. de Wardes, a quien dejó tan malparado, era uno de los fieles servidores de su eminencia, y Artagnan sabía que si el cardenal era terrible con sus enemigos, era apasionado por sus amigos.

—Si el conde de Wardes ha contado nuestra aventura al cardenal, lo que es muy probable, y ahora me ha reconocido, como es de creer, debo considerarme casi como un hombre ya sentenciado—se decía Artagnan meneando a uno y otro lado la cabeza—. Pero ¿por qué habrá esperado hasta hoy? La cosa es muy sencilla. Milady habrá ido a quejarse contra mí con aquel dolor hipócrita que la hace tan interesante, y este último crimen habrá llenado la medida.

—Afortunadamente—añadía—, tengo abajo a mis buenos amigos, que no me dejarán sin defensa. Sin embargo, la compañía de mosqueteros de M. de Treville no puede por sí sola hacer la guerra al cardenal, que dispone de todo el ejército de Francia, y ante quien la reina carece de poder, y el rey, de voluntad. ¡Artagnan, amigo, ten cuidado! Eres valiente, tienes prudencia y otras cualidades eminentes. ¡Pero las mujeres van a ser tu ruina!

Deduciendo iba tan triste consecuencia cuando entraba por la antecámara; entregó su carta al portero que estaba de servicio, y éste le hizo entrar en una sala, donde quedó esperando ínterin otro pasaba recado a su eminencia.

Había en aquella sala unos cinco o seis guardias del cardenal, quienes, reconociendo a Artagnan, y sabiendo que era él el que había herido a Jussac, se sonrieron de una manera singular.

Aquella sonrisa le pareció al gascón de muy mal agüero; pero, como no era muy fácil de intimidar, o más bien, como gracias al orgullo propio de su país, no dejaba adivinar lo que pasaba en su interior cuando se asemejaba al miedo, se cuadró altivamente delante de los guardias con la mano sobre la cadera, en una actitud que no carecía de majestad.

Volvió el portero e hizo señas a Artagnan de que le siguiese. Entonces le pareció al joven que los guardias al verle salir cuchicheaban entre sí.

Siguió a lo largo de un pasillo, y, atravesando un gran salón, entró en una especie de biblioteca, donde se halló frente a frente con un hombre que estaba escribiendo sentado delante de una mesa.

El portero que le había acompañado se retiró sin hablar una palabra, y Artagnan se puso a examinar el aspecto de aquel hombre.

En un principio creyó hallarse en presencia de algún juez que estaba examinando su causa; pero al momento advirtió que el hombre del despacho escribía, o más bien corregía unas líneas cortas y largas, midiendo las palabras por los dedos; de lo que coligió que estaba enfrente de un poeta. Muy en breve el poeta cerró el manuscrito, sobre cuya cubierta se leía: "*Miramo*, tragedia en cinco actos", y levantó la cabeza.

Artagnan reconoció al cardenal.

XL

EL CARDENAL

Richelieu, apoyando el codo sobre su manuscrito, y la mejilla sobre su mano, miró un instante a Artagnan. Nadie tenía la mirada más profundamente escrutadora que el cardenal, y el joven sintió que aquella mirada corría por sus venas como la fiebre.

Sin embargo, conservó su marcial continente, y con su gorra en la mano estuvo esperando a que su eminencia hablara, no con excesivo orgullo, pero tampoco con demasiada humildad.

—Caballero—le dijo el cardenal—, ¿sois un tal Artagnan, del Bearne?

—Sí, monseñor.

—Muchas ramas hay de Artagnanes en Tarbes: ¿a cuál de ellas pertenecéis?

—Soy hijo del que hizo las guerras de religión con el gran rey Enrique, padre de nuestro augusto soberano.

—Muy bien. ¿Sois vos el que hará cosa de siete a ocho meses salió de su país para venir a buscar fortuna en la capital?

—Sí, monseñor.

—Y vinisteis por Meung, donde os sucedió una aventura...; no recuerdo a punto fijo cuál, pero, en fin, una aventura.

—Monseñor, lo que me sucedió fué...

—Es inútil, enteramente inútil, que os molestéis—replicó el cardenal con una sonrisa que indicaba saber la historia tan bien como el que trataba de contarla—. Veníais recomendado a M. de Treville, ¿no es verdad?

—Sí, monseñor; pero justamente en aquel desgraciado encuentro de Meung...

—Se perdió la carta de recomendación—continuó su eminencia—; sí, ya lo sé. Pero M. de Treville es un hábil fisonomista, que conoce a las personas al primer golpe de vista, y os ha colocado en la compañía de guardias de su cuñado M. Des Essarts, prometiéndoos que un día u otro entraréis en la de los mosqueteros.

—Vuestra eminencia está perfectamente enterado.

—En todo ese tiempo os han sucedido muchas cosas. Un día fuisteis a pasearos junto al convento de los Carmelitas Descalzos, y hubiera valido más que os hubieseis ido a cualquier otra parte. También habéis hecho con vuestros amigos un viaje a las aguas de Forges; pero ellos quedaron en el camino mientras que vos continuasteis el vuestro. ¡Ya se ve, teníais negocios que evacuar en Inglaterra!

—Monseñor—dijo enteramente cortado Artagnan—, yo iba...

—A cazar en Windsor o en cualquiera otra parte; a nadie le importa. Sé todos esos pormenores porque tengo precisión de saberlo todo. Sé también que a vuestro regreso habéis sido recibido por una augusta persona, y veo con placer que habéis conservado el regalo que tuvo la bondad de haceros.

Artagnan se llevó la mano al diamante que había recibido de la reina y le dió con presteza una vuelta hacia dentro; pero ya era tarde.

—Al día siguiente en que os hicieron ese regalo—continuó el cardenal—os visitó M. de Cavois, que fué a rogaros os presentarais en mi palacio. Pero no accedisteis a ello, y en verdad que hicisteis mal.

—Monseñor, temía haber incurrido en desgracia con vuestra eminencia.

—¿Y por qué, caballero? ¿Por haber cumplido las órdenes de vuestros superiores con mayor valor e inteligencia que lo hubiera hecho cualquiera otro? ¡Incurrir en mi desgracia cuando tan digno sois de elogio! A la gente que no obedece es a la que yo castigo, y no a los que como vos cumplen... con tan escrupulosa exactitud... Si queréis una prueba, recordad el día que os envié a llamar, y repasad en vuestra memoria lo que sucedió aquella misma noche.

Aquella noche había tenido lugar, en efecto, el rapto de madama Bonacieux. Artagnan se estremeció al considerar que media hora antes había pasado la pobre mujer al lado suyo, arrebatada sin duda por el mismo poder que la hacía desaparecer.

—Por último—continuó el cardenal—, como ya hacía algún tiempo que no oía hablar de vos, quise saber lo que hacíais. Por otra parte, me debéis también algún agradecimiento: ya habéis visto cómo habéis salido salvo de todos aquellos peligros.

Artagnan inclinó respetuosamente la cabeza.

—Todo eso era consecuencia—añadió el cardenal—, no sólo de un sentimiento natural de equidad, sino también de un plan que yo me había trazado acerca de vuestra persona.

La admiración de Artagnan iba en aumento.

—Pensaba — continuó el cardenal — haberos manifestado

este plan el día en que recibisteis mi primera invitación; pero no tuvisteis a bien venir. Afortunadamente, nada se ha perdido con ese retraso, y vais a oírlo ahora mismo. Sentaos enfrente de mí, caballero Artagnan, pues sois persona bastante distinguida para que escuchéis de pie.

Y el cardenal señaló con el dedo una silla al joven, el cual estaba tan aturdido con lo que pasaba, que aguardó para obedecer a que su interlocutor le hiciese una nueva indicación.

—Sois valiente, caballero Artagnan—continuó su eminencia—, y sois prudente, cualidad que estimo mucho más. A mí me gustan los hombres de cabeza y de corazón. No os alarméis—dijo sonriéndose—: entiendo por hombres de corazón los hombres de valor; pero, a pesar de vuestros pocos años y de que apenas habéis entrado, como quien dice, en la vida, tenéis enemigos muy poderosos. Si no camináis con cuidado os arruinarán irremisiblemente.

—¡Ay, monseñor! Muy fácilmente podrán hacerlo si quieren, porque ellos son fuertes y están seguros, en tanto que yo estoy aislado.

—Sí, es cierto; pero aun cuando sois solo, habéis hecho ya mucho, y no dudo que todavía haréis más. Sin embargo, creo que tenéis necesidad de que os enseñen el camino en la aventurada carrera que habéis emprendido, pues, si no me engaño, habéis venido a París con la ambiciosa idea de hacer fortuna.

—Estoy en la edad de las esperanzas aventuradas, monseñor—dijo Artagnan.

—No hay esperanzas locas más que para los tontos, caballero, y vos sois hombre de talento. Vamos a ver: ¿qué os parecería una plaza de abanderado en mi compañía de guardias y el mando de una compañía al finalizarse la guerra?

—¡Ah, monseñor!...

—Aceptáis, ¿no es verdad?

—¡Monseñor!—repuso Artagnan sin saber qué decir.

—¡Cómo! ¿Rehusáis?—exclamó con admiración el cardenal.

—Sirvo actualmente en la compañía de guardias de su majestad, y no tengo motivo para estar descontento.

—Pero me parece—dijo su eminencia—que mis guardias son también guardias de S. M., y que sirviendo en un cuerpo nacional se sirve igualmente al rey.

—Monseñor, vuestra eminencia ha comprendido mal lo que quiero decir.

—Necesitáis un pretexto, ¿no es verdad? Pues bien, ese pretexto lo tenéis a mano. Los ascensos, la campaña que va a abrirse, la ocasión que yo os ofrezco, he aquí lo que podéis alegar a los ojos del mundo; a los vuestros, la necesidad de una protección segura. Porque es bueno que sepáis, caballero Artagnan, que he recibido quejas muy graves contra vos, y sé que no consagráis exclusivamente los días y las noches al servicio del rey.

Artagnan se ruborizó.

—Por lo demás—continuó el cardenal poniendo su mano sobre un legajo de papeles—, tengo aquí todo un expediente que hace referencia a vuestra persona; pero antes de leerlo me ha parecido conveniente hablaros. Os tengo por hombre resuelto, y vuestros servicios, con una buena dirección, en vez de produciros males, podrán serviros de mucha utilidad. Vamos, reflexionadlo bien y tomad vuestro partido.

—Tanta bondad me confunde, monseñor—repuso Artagnan—, y reconozco en vuestra eminencia una grandeza de alma que me hace tan pequeño como un gusano; pero, en fin, ya que monseñor me permite hablar con toda franqueza...

Artagnan se detuvo.

—Sí, continuad.

—Pues bien: diré entonces a vuestra eminencia que todos mis amigos pertenecen a los mosqueteros y a los guardias del rey, mientras que mis enemigos, por una fatalidad inconcebible, pertenecen todos a vuestra eminencia; de consiguiente, si aceptara vuestras ofertas sería aquí muy mal recibido, y allá me mirarían con malos ojos.

—¿Abrigaríais quizás la orgullosa idea de que no os ofrezco todo lo que merecéis, caballero?—dijo el cardenal con desdeñosa sonrisa.

—Monseñor, vuestra eminencia tiene conmigo excesiva bondad, y creo, por el contrario, que todavía no he hecho lo bastante para merecer esa muestra de aprecio. El sitio de la Rochela va a empezar, monseñor, y serviré en él a la vista de vuestra eminencia. Si tengo la dicha de portarme de modo que merezca vuestra aprobación, tendré entonces a mi favor algún mérito que pueda justificar la protección con que se digne honrarme. Cada cosa a su tiempo. Acaso más adelante haya adquirido derecho a un favor, que en la actualidad tendría todo el aspecto de una venta.

—Eso es decir que os negáis a servirme, caballero, ¿no es verdad?—dijo el cardenal con un tono de despecho en que se traslucía, sin embargo, una especie de admiración—. Permaneced, pues, en libertad, y guardad vuestros odios y vuestras simpatías.

—Monseñor...

—Bien, bien—dijo el cardenal—: no os quiero mal por eso; pero ya reflexionaréis. Cada uno cumple con defender y recompensar a los amigos, y nada debe a los enemigos. A pesar de todo, quiero daros un consejo. Andad con cuidado, caballero Artagnan, porque desde el momento en que yo separe de encima de vuestra cabeza mi mano protectora, no doy por vuestra vida un óbolo.

—Ya lo procuraré hacer, monseñor—repuso el gascón con humilde seguridad.

—Acordaos más adelante en cierto caso, si os sucede alguna desgracia—dijo Richelieu con marcada intención—, que he sido yo el que os he buscado, y que he hecho todo lo posible por evitaros esa desgracia.

—Yo conservaré de todos modos—dijo Artagnan inclinándose y poniendo su mano sobre el pecho—un eterno agradecimiento por la distinción con que me honráis en este momento.

—Pues bien; como habéis dicho poco ha, caballero Artagnan, nos volveremos a ver después de la campaña. No os perderé de vista, porque me hallaré en ella con aquel traje —continuó el cardenal, señalando una magnífica armadura que le estaba destinada—. Y a nuestro regreso, hablaremos.

—¡Ah, monseñor!—exclamó Artagnan—; no me anonadéis con el peso de vuestro disfavor, y permaneced neutral si veis que me porto como un digno caballero.

—Joven—dijo Richelieu—, si algún día tengo ocasión de repetir lo que acabo de deciros, os prometo que así lo haré.

Estas últimas palabras de Richelieu dejaban una duda terrible, y consternaron a Artagnan más que si hubieran sido una amenaza, pues contenían una advertencia. ¿Trataba el cardenal de preservarle de algún nuevo peligro que le amenazara? Iba ya a abrir la boca para contestar, cuando el cardenal le despidió con un ademán altivo.

Artagnan se retiró; pero al llegar a la puerta no sabía qué hacer. No obstante, la grave y severa imagen de Athos se presentó entonces a su imaginación, y reflexionó que si aceptaba las ofertas del cardenal, Athos no le daría ya la mano y le despreciaría.

Esta consideración fué la que le animó; porque tal es la influencia que ejerce un carácter verdaderamente heroico sobre todo lo que le rodea.

Artagnan bajó por la misma escalera que había subido, y encontró delante de la puerta a Athos y a los cuatro mosqueteros que aguardaban su regreso y que comenzaban ya a inquietarse. Artagnan los tranquilizó con una palabra, y Planchet fué a avisar a los demás de que era inútil que prolongasen por más tiempo su estancia en aquel punto, pues su amo había salido sano y salvo del palacio del cardenal.

Apenas entraron en casa de Athos, Aramis y Porthos quisieron saber los motivos de aquella extraña cita; pero Artagnan se contentó con decirles simplemente que el cardenal le había hecho llamar para proponerle entrar en su compañía de guardias con el grado de abanderado, lo que desde luego había rehusado.

—¡Y habéis hecho muy bien!—exclamaron a la vez Porthos y Aramis.

Athos quedó profundamente distraído y no habló una palabra. Pero cuando se halló solo con Artagnan,

—Habéis hecho lo que debíais—le dijo—; pero acaso hayáis obrado desacertadamente.

Artagnan exhaló un suspiro, porque aquella voz respondía a otra voz secreta que le anunciaba terribles desgracias.

El día siguiente se invirtió todo en los preparativos de marcha.

Artagnan fué a despedirse de M. de Treville, aun cuando se creía que la separación de los guardias y de los mosqueteros sería por muy poco tiempo, porque el rey tenía reunido en aquel mismo día el Parlamento, y debía marchar al siguiente. Así es que M. de Treville se contentó con preguntar a Artagnan si necesitaba alguna cosa, a lo que el gascón contestó orgullosamente que tenía todo lo preciso.

La noche reunió a todos los camaradas de la compañía de guardias de M. Des Essarts y de la de los mosqueteros de M. de Treville, que eran amigos. Separábanse para volverse a ver cuando Dios quisiera, y estas mutuas despedidas, como es de suponer, los tuvieron en movimiento toda la noche, porque en semejante caso no puede combatirse una extremada preocupación sino con una extremada indiferencia.

Al día siguiente el primer toque de las trompetas hizo separarse a los amigos: los mosqueteros marcharon al palacio de M. de Treville, y los guardias al de M. Des Essarts. Los capitanes condujeron a sus respectivas compañías al Louvre, donde el rey pasaba la revista.

El rey estaba triste y parecía que estaba enfermo, lo cual disminuía en apariencia su elevada estatura. En efecto; el día anterior tuvo un acceso de fiebre en medio del Parlamento mientras se ocupaba de la administración de justicia. Estaba, sin embargo, decidido a marchar aquella misma tarde, y, a pesar de las observaciones que le hicieron, se obstinó en pasar la revista, esperando con aquel primer esfuerzo llegar a dominar la enfermedad que comenzaba a apoderarse de él.

Terminada la revista, pusiéronse en camino sólo los guardias, porque los mosqueteros debían acompañar al rey, con cuyo motivo pudo Porthos dar un paseo con su soberbio equipo por la calle de los Osos.

La procuradora le vió pasar con su nuevo uniforme sobre su hermoso alazán. La pobre señora amaba demasiado a Porthos para dejarle marchar sin hablarle; así es que le hizo señas de que subiese. Porthos estaba sobremanera gallardo: sus espuelas hacían un ruido armonioso; su coraza resplandecía con un brillo deslumbrador, y su espada le golpeaba acompasadamente las piernas. Esta vez no se rieron los escribientes al verle, pues Porthos tenía todo el aire de un valentón.

Fué introducido el mosquetero en el cuarto donde se hallaba M. Coquenard, cuyo ojos grises se inflamaron de cólera al ver tan arrogante a su primo postizo; sin embargo, una cosa le consolaba interiormente, y era que debiendo ser, según la opinión pública, muy terrible y encarnizada la campaña que iba a empezar, esperaba con la mayor satisfacción de su alma que Porthos no saliese de ella con vida.

Este saludó al buen Coquenard, despidiéndose en seguida de él, y el procurador le deseó toda suerte de felicidades. La pobre madama Coquenard estaba que podía ahogársela con un hilo, y derramaba amargas lágrimas; pero su dolor ninguna sospecha infundió, pues se sabía el extremado amor que profesaba a sus parientes, lo que le había ocasionado fuertes disputas con su marido.

En todo el tiempo que la procuradora pudo seguir con la vista a su galante primo no cesó de agitar su pañuelo, sacando el cuerpo fuera de la ventana en términos que parecía que iba a arrojarse a la calle. Porthos recibió aquellas muestras de cariño como hombre acostumbrado a demostraciones iguales, y lo único que hizo al dar la vuelta a la esquina de la calle fué quitarse su gorra y moverla en señal de despedida.

Aramis, por su parte, estaba escribiendo una larga carta, pero nadie sabía a quién la dirigía. Ketty, que debía marchar a Tours aquella misma tarde, estaba en el cuarto inmediato esperando la carta misteriosa.

Athos estaba apurando a pequeños tragos la última botella de su vino de España.

Entretanto, Artagnan iba desfilando con su compañía. Al pasar por el arrabal de Saint-Antoine, se volvió para mirar alegremente a la Bastilla, de cuya morada había tenido hasta entonces la dicha de librarse. Como sólo se ocupaba en contemplar la Bastilla, no distinguió a milady, que, montada en un caballo castaño, le señalaba con el dedo a dos hombres de bastante mala facha, los cuales se aproximaron inmediatamente a las filas con el fin de reconocerle. A la pregunta que hicieron ambos con la mirada contestó por señas milady que era él efectivamente; y segura ya de que no había motivo para que dejaran de cumplirse sus órdenes, picó al caballo y desapareció.

Los dos hombres siguieron a los guardias, y a la salida del arrabal de Saint-Antoine montaron en dos caballos que tenía de la brida un criado sin librea que los estaba allí aguardando.

XLI

EL SITIO DE LA ROCHELA

El sitio de la Rochela fué uno de los acontecimientos más importantes del reinado de Luis XIII.

Las miras políticas que tuvo el cardenal al emprender este sitio eran bastante elevadas. De las plazas importantes que Enrique IV había entregado como garantía a los hugonotes, no les quedaba ya más que la Rochela, y el cardenal quería destruir aquel último baluarte del calvinismo.

La Rochela, que había adquirido mayor importancia con la pérdida de las demás ciudades calvinistas, era además la única puerta que había quedado abierta a los ingleses en Francia, y cerrándola el cardenal a la nación émula constante de su patria, completaba la obra de Juana de Arco y del duque de Guisa.

Bassompierre, que era protestante y católico a la par, protestante de corazón, y católico, como comendador de la Orden del Espíritu Santo; Bassompierre, que era alemán de nacimiento y francés por sus ideas; Bassompierre, en fin, que tenía un mando especial en el sitio de la Rochela, decía atacando al frente de otros muchos caballeros, también protestantes:

—Veréis, señores, como somos bastante imbéciles para apoderarnos de la Rochela.

Bassompierre tenía razón. El cañoneo de la isla de Rhe le hacía presagiar la persecución de las Cevennes; la toma de la Rochela era el preludio del edicto de Nantes (1).

Pero a la par de las miras generales de aquel ministro nivelador, que pertenecen a la Historia, se ve precisado el cronista a reconocer los fines particulares del hombre enamorado y del rival celoso.

Richelieu, como todo el mundo sabe, había amado a la reina; ahora bien: ¿tenía este amor un objeto puramente político, o era naturalmente una de aquellas grandes pasiones que Ana de Austria solía inspirar a los que la rodeaban? Esta es una cuestión que no nos atrevemos a resolver; pero, en todo caso, ya hemos visto al principio de esta historia que Buckingham le había aventajado, y que en dos o tres ocasiones, y especialmente en la de los herretes, gracias al celo de los tres mosqueteros y al valor de Artagnan, le había burlado cruelmente.

El objeto, pues, de Richelieu era, no sólo libertar a Francia de un enemigo, sino también vengarse de un rival. Por lo demás, la venganza debía ser grande y ruidosa, digna de todo un hombre que tenía en su mano por espada el ejército de un reino entero.

Richelieu sabía que combatiendo contra Inglaterra, combatía contra Buckingham; que triunfando de Inglaterra, triunfaba de Buckingham; y que humillando a Inglaterra a los ojos de la Europa, humillaba a Buckingham a los ojos de la reina.

Por su parte, Buckingham, poniendo siempre por delante el honor de Inglaterra, obraba por intereses semejantes absolutamente a los del cardenal, y también tenía su venganza particular. Buckingham no había podido bajo ningún pretexto volver a Francia en calidad de embajador, y quería entrar en ella como conquistador.

Resultaba de aquí que el verdadero móvil de la partida que jugaban ambas potencias para satisfacer el capricho de dos enamorados era una mirada de Ana de Austria.

La primera ventaja había sido del duque de Buckingham. Presentándose repentinamente a la vista de la isla de Rhe con noventa embarcaciones y cerca de veinte mil hombres,

(1) Hay aquí seguramente una errata, porque el edicto de Nantes fué dado por Enrique IV, padre de Luis XIII, y regía hacía ya muchos años. Sin duda el autor no quiso decir *preludio* del edicto de Nantes, sino *preludio de su próxima derogación*.

había sorprendido al conde de Toiras, que mandaba en la isla a nombre del rey, y pudo conseguir el desembarco.

Diremos de paso que en aquel combate pereció el barón de Chantal, dejando huérfana a una nieta de dieciocho meses.

Esta joven fué después madama de Sevigné.

El conde de Toiras se retiró con la guarnición a la ciudadela de Saint-Martin, y colocó unos cien hombres en un pequeño fuerte que se llamaba el fuerte de la Prée.

Este acontecimiento apresuró la ejecución de los proyectos del cardenal, el cual, entretanto que el rey iba a tomar el mando del sitio de la Rochela como estaba ya resuelto, había hecho marchar al hermano del rey para dirigir las primeras operaciones, y que se dirigieran al teatro de la guerra todas las tropas de que había podido disponer.

Nuestro amigo Artagnan formaba parte del destacamento que se enviaba de vanguardia.

El rey—según hemos dicho—debía seguirlos en cuanto se celebrase su audiencia de justicia; y al levantarse de ella el 28 de junio, fué cuando le acometió la calentura. No por eso se retrajo de emprender su marcha; pero, empeorándose cada vez más su estado, se vió precisado a detenerse en Villeroy.

Era consiguiente que donde el rey se detuviese, allí tenían también que detenerse los mosqueteros; y como Artagnan no era todavía más que un simple guardia, resultaba que, aunque fuera por poco tiempo, tenía que estar separado de sus buenos amigos Athos, Porthos y Aramis. Esta separación, que no era a sus ojos más que un simple disgusto, le hubiera causado una inquietud profunda si hubiese podido adivinar los peligros ocultos de que se hallaba rodeado.

A pesar de esto, llegó sin contratiempo al campamento establecido al frente de la Rochela.

Todo continuaba en el mismo estado: el duque de Buckingham y sus ingleses, dueños de las isla de Rhe, seguían sitiando, pero sin resultados, la ciudadela de Saint-Martin y el fuerte de la Prée; y hacía dos o tres días que habían principiado las hostilidades contra la Rochela, con motivo del fuerte que el duque de Angulema acababa de hacer construir en la inmediación de la ciudad.

Los guardias que estaban al mando de M. Des Essarts tenían su alojamiento en los Mínimos.

Pero, como ya es sabido, Artagnan, ambicionando entrar en el Cuerpo de mosqueteros, no había entablado relaciones muy íntimas con sus camaradas; de modo que se encontraba aislado y entregado a sus propias reflexiones.

No eran éstas muy risueñas en el año que hacía que estaba en París mezclado en los negocios públicos; de manera que sus intereses particulares no habían medrado gran cosa ni en punto a amores, ni en punto a fortuna.

En punto a amores, la única mujer a quien había amado verdaderamente era madama Bonacieux, y ésta había desaparecido sin haber podido averiguar dónde se hallaba.

En punto a fortuna, lo que había conseguido era hacerse enemigo del cardenal, es decir, de un hombre en cuya presencia temblaban las personas más poderosas del reino, empezando por el mismo rey. Este hombre podía haberle aniquilado; pero no lo había hecho, y para un talento tan perspicaz como el de Artagnan era una prueba de suerte futura.

Además, se había granjeado otro enemigo menos temible, en su sentir, pero que sin embargo conocía que no debía despreciar, y éste era milady.

En cambio de todo eso, podía contar con la protección y la benevolencia de la reina; pero ésta en los tiempos que corrían era un motivo más de persecución, y su protección ya se ha visto que no era muy eficaz: testigos, Chalais y madama Bonacieux.

Lo que había sacado en limpio de todo era el diamante de valor de cinco a seis mil libras que llevaba en su dedo y aquel diamante, que Artagnan en sus sueños ambiciosos creía que debía conservar para demostrar un día que había sido fiel servidor de la reina, no tenía en aquella ocasión más valor que las piedras que pisaba, puesto que no podía venderle.

Decimos que las piedras que pisaba, porque Artagnan iba pensando en todo esto cuando se paseaba solo por una pintoresca vereda que conducía desde el campamento a una aldea inmediata. Sus reflexiones le hicieron olvidar dónde estaba, y anduvo más de lo que creía; el sol estaba a punto de llegar a su ocaso, y al reflejo de uno de sus últimos rayos le pareció ver brillar detrás de una cerca el cañón de un mosquete.

Artagnan tenía una vista de lince y la imaginación muy viva; de modo que al punto se le ocurrió que el mosquete no se habría puesto allí por sí solo, y que el que lo tenía no debía ocultarse detrás de una cerca con muy sanas intenciones. Resolvió, pues, esquivar el bulto, a tiempo que en el otro lado del camino, y detrás de una piedra, divisó otro mosquete.

No había duda de que aquello era una emboscada.

El joven dirigió una mirada hacia el primer mosquete y vió, no sin cierto sobresalto, que se iba inclinando hacia él; pero apenas advirtió que la boca del cañón permanecía inmóvil, se echó al suelo al mismo tiempo casi que salió el tiro, y oyó el silbido de la bala, que pasó por encima de su cabeza.

No había tiempo que perder: Artagnan se levantó de un salto, a tiempo de que la bala despedida por el otro mosquete hizo volar los guijarros del sitio en que se había colocado boca abajo.

Artagnan no era de aquellos valentones que buscan una muerte ridícula porque no se diga que han retrocedido un paso siquiera; y, además, tampoco era aquél momento oportuno para manifestar valor, pues había caído en una emboscada.

—Al tercero—se dijo a sí mismo—soy hombre muerto.

Y sin pensar en más, echó a correr en dirección al campamento, con aquella agilidad propia de la gente de su país, tan célebre por esta circunstancia; pero por mucha que fuese la velocidad de su carrera, no impidió que el primero que había tirado cargase de nuevo su mosquete, y le dirigiese otro segundo tiro, con tal acierto, que le atravesó la gorra haciéndola volar a alguna distancia.

Como Artagnan no tenía otra, la recogió sin dejar de correr, y llegando sin fuerzas y sumamente descolorido a su alojamiento, se sentó y se puso a reflexionar.

Aquel suceso podía provenir de tres causas.

La primera y más natural que se le ocurría era que fuese alguna emboscada de los rocheleses, los cuales hubieran tenido una satisfacción en matar a un guardia de S. M., porque al fin tendrían un enemigo menos, y este enemigo podría llevar una bolsa bien provista.

Artagnan tomó su gorra, y, examinando el agujero que había hecho la bala, meneó a uno y otro lado la cabeza. La bala no era de mosquete, sino de arcabuz, y lo certero del tiro le había hecho ya presumir que había sido disparado con un arma especial. No era, pues, aquello una emboscada militar, pues la bala no era de calibre.

Podía ser también un recuerdo del cardenal. Ya se tendrá presente que en el momento mismo en que, gracias al benéfico rayo de sol, divisó el cañón del arma fatal, iba pensando en la longanimidad de su eminencia respecto a él.

Pero Artagnan meneó la cabeza con aire de duda. Para

las personas con quienes el cardenal no tenía más que extender su mano para anonadarlas, rara vez empleaba semejantes medios.

Podía ser también una venganza de milady.

Esta conjetura no era la más probable.

En vano trató de recordar las facciones o el traje de los asesinos, pues se había alejado de ellos con tal rapidez, que no tuvo tiempo de examinar cosa alguna.

—¡Ah, queridos amigos míos! — murmuró Artagnan—; ¿dónde os halláis? ¡Cuánta falta me hacéis!

Artagnan pasó muy mala noche, pues por tres o cuatro veces se despertó sobresaltado, figurándose que veía al lado de su cama un hombre que le daba de puñaladas. Sin embargo, el día llegó sin que le sucediera el menor accidente.

Pero Artagnan conocía muy bien que no por haberse diferido el lance dejaría de tener efecto; así fué que permaneció durante todo el día en su alojamiento, tratando de excusarse a sus propios ojos con lo malo que estaba el tiempo.

A las nueve de la mañana siguiente se tocó llamada con motivo de visitar los puestos el duque de Orleáns. Corrieron los guardias a las armas, y Artagnan ocupó su sitio en medio de sus camaradas.

Pasó el duque por delante de la tropa formada en batalla, y en seguida se le presentaron todos los jefes superiores para rendirle sus homenajes. M. Des Essarts, capitán de guardias, se acercó también como los demás.

A poco rato le pareció a Artagnan que M. Des Essarts le hacía señas de que fuese a su lado; pero, temiendo equivocarse, aguardó a que repitiera la señal, como así sucedió: en vista de esto, se separó de las filas para ir a tomar la orden.

—El duque va a pedir unos cuantos hombres dispuestos para una comisión peligrosa, pero que honrará a los que sepan cumplirla, y os he llamado para deciros que estéis pronto.

—Gracias, mi capitán—respondió Artagnan, que deseaba ardientemente distinguirse a los ojos del teniente general.

Efectivamente; los rocheleses habían hecho una salida durante la noche y recuperado un baluarte de que el ejército realista se había apoderado dos días antes. Tratábase de hacer con disimulo un reconocimiento, para averiguar el modo y fuerza con que se guardaba aquel baluarte.

Transcurridos muy pocos instantes, levantó el duque la voz, y dijo:

—Necesito para esta empresa tres o cuatro voluntarios, y que sean capitaneados por otro de entera confianza.

—En cuanto al hombre de confianza, monseñor—dijo M. Des Essarts señalando a Artagnan—, le tengo a la vista: por lo que hace a los demás, no tenéis más que dar a conocer vuestra voluntad, y no faltarán seguramente.

—¡Cuatro hombres resueltos que quieran dejarse matar conmigo!—gritó Artagnan levantando su espada.

Dos guardias, camaradas suyos, se lanzaron al oír esta invitación; y habiéndoseles reunido otros dos soldados, se halló completo el número necesario. Artagnan rehusó los que después vinieron, no queriendo agraviar a los que se habían presentado primero.

Ignorábase si después de la toma del baluarte lo habían evacuado los rocheleses, o habían dejado en él guarnición; por consiguiente, era preciso examinar desde bastante cerca el punto indicado, para adquirir una noticia exacta de lo que deseaba saber.

Artagnan marchó con sus cuatro compañeros y siguió la dirección de la trinchera, caminando dos guardias en la misma línea que él, y detrás los soldados.

Cubiertos así por la muralla, llegaron a unos cien pasos del baluarte, y volviéndose entonces Artagnan, advirtió que los dos soldados habían desaparecido.

Imaginóse que habían tenido miedo y que se habrían quedado atrás, y continuó avanzando hasta que, al dar vuelta a la contraescarpa, se hallaron él y sus dos compañeros a unos sesenta pasos del baluarte.

No se veía en él persona alguna, y parecía que estaba abandonado. Los tres aventureros deliberaban si avanzarían más adelante, a tiempo que una nube de humo rodeó el gigante de piedra, y una docena de balas vinieron a silbar alrededor de Artagnan y de sus compañeros.

Sabían ya lo que iban a averiguar, pues no cabía duda de que el baluarte estaba guardado: una permanencia más larga en un sitio tan peligroso hubiera sido una imprudencia inútil; por consiguiente, Artagnan y los dos guardias volvieron las espaldas y emprendieron una retirada que se asemejaba mucho a una fuga.

Al llegar al ángulo saliente de la trinchera que iba a servirles de baluarte cayó en tierra uno de los guardias con el pecho atravesado por una bala; el otro, que había salido sano y salvo del peligro, continuó su carrera hacia el campamento.

Artagnan no quiso abandonar allí a su camarada, y se inclinó hacia él para levantarle y ayudarle, a fin de que pudiese volver a la línea; pero en aquel momento oyó dos tiros, viniendo una bala a dar en la cabeza del herido, y la otra, a estrellarse contra la roca, después de haber pasado al lado de Artagnan a distancia de dos pulgadas.

El joven se volvió con viveza, pues semejante ataque no podía venir del baluarte, que estaba oculto por el ángulo de la trinchera. Ocurrióle entonces la idea de los soldados que le habían abandonado, y recordó también los asesinos de la antevíspera; y resolviendo averiguar a punto fijo aquel misterio, se dejó caer sobre su camarada como si estuviese muerto.

Vió a poco rato levantarse dos cabezas por encima de una obra abandonada que había a treinta pasos de aquel sitio: eran las de los dos soldados. Artagnan no se había equivocado, pues aquellos hombres sólo habían huido con ánimo de asesinarle, esperando que se creería que eran los enemigos los que habían muerto al joven.

Sin embargo, como éste podía estar herido solamente, y denunciar su crimen, se acercaron para acabarle de matar; pero, afortunadamente, engañados por la acción de Artagnan, no tuvieron cuidado de volver a cargar las armas. Cuando estuvieron a diez pasos del joven, éste, que al caer había tenido buen cuidado de no soltar su espada, se levantó de repente, y de un salto se puso al lado de los asesinos.

Conocieron ellos que si huían hacia el campamento sin dejarle muerto, serían acusados por él, y su primera idea fué la de pasarse al enemigo. Uno de ellos cogió su arcabuz por el cañón, y, sirviéndose de él como de una maza, quiso dar un golpe a Artagnan, el cual lo evitó retirándose con presteza; pero con este movimiento abrió paso al malvado, que se lanzó inmediatamente hacia el baluarte. Como los rocheleses que lo custodiaban no podían saber las intenciones con que aquel hombre venía, hicieron fuego sobre él y cayó herido de una bala que le rompió la clavícula.

Entretanto Artagnan, cayendo velozmente sobre el otro asesino, le atacó con su espada; pero la lucha no fué larga, pues el miserable no tenía para defenderse más que su arcabuz vacío. La espada del guardia resbaló por el cañón del arma, y fué a atravesar directamente el muslo del asesino, el cual cayó en tierra inmediatamente.

Artagnan entonces le puso la punta de su acero sobre la garganta.

—¡Oh, no me matéis!—exclamó el herido—. ¡Perdón, perdón, mi oficial, y yo os lo diré todo!

—¿Y vale tu secreto la pena de que te perdone la vida? —preguntó el joven.

—Sí, si juzgáis que la existencia vale algo cuando se tienen veintidós años, como vos tenéis, y esperanzas de alcanzar mucho cuando es uno buen mozo y valiente, como vos lo sois también.

—¡Miserable—exclamó Artagnan—, habla pronto! ¿Quién te ha encargado que me asesines?

—Una mujer a quien no conozco, pero a quien llaman milady.

—Pero si no conoces a esa mujer, ¿cómo sabes su nombre?

—Mi camarada la conocía y la nombraba así, pues con él era con quien se había entendido, y no conmigo. En su bolsillo tiene una carta de aquella señora, y debe de ser de suma importancia para vos, a lo que he podido entender.

—Pero ¿cómo te encuentras enredado en esa intriga?

—Porque el otro me propuso que diésemos el golpe entre los dos, y accedí a ello.

—¿Y cuánto os ha dado por tan hermosa expedición?

—Cien luises.

—¡Vamos, sea enhorabuena!—dijo el joven riéndose—; al menos, juzga que valgo alguna cosa. Cien luises es una gran cantidad para dos miserables como vosotros. Ahora comprendo muy bien que hayas aceptado; pero si te perdono, ha de ser con una condición.

—¿Cuál?—preguntó el soldado con inquietud, viendo que no estaba enteramente decidido.

—La de que vayas a buscar la carta que tiene tu camarada en el bolsillo.

—¡Ah, señor!—exclamó el bandido—: eso es matarme de otra manera. ¿Cómo queréis que vaya a buscar esa carta bajo los fuegos del baluarte?

—Pues es preciso que vayas a buscarla, o de lo contrario, morirás a mis manos.

—¡Perdón, señor, perdón! En nombre de la joven a quien amáis, que acaso juzgáis muerta, y que no lo está—exclamó el bandido poniéndose de rodillas, y apoyado sobre una mano, pues empezaba a perder las fuerzas con la pérdida de sangre.

—¿Y por dónde sabes que existe una joven a quien amo, y a quien debo suponer muerta?—preguntó Artagnan.

—Por la carta que mi camarada tiene en el bolsillo.

—Ya ves que necesito tener esa carta en mi poder—dijo Artagnan—; conque así, no más dudas ni tardanzas, o, a pesar de mi repugnancia en empapar por segunda vez mi espada en la sangre de un miserable como tú, te juro a fe de quien soy...

Y a estas palabras hizo Artagnan un gesto tan amenazador, que el herido se levantó.

—¡Deteneos, deteneos!—exclamó recobrando ánimo en fuerza del terror—; yo iré..., yo iré...

Artagnan tomó el arcabuz del soldado, y, haciéndole pasar delante, le empujó hacia su compañero, pinchándole por detrás con la punta de su espada.

Era espantoso ver a aquel desgraciado, que iba dejando en pos de sí un largo rastro de sangre, y que, pálido y desencajado por el temor de una muerte próxima, procuraba arrastrarse sin ser visto hasta el cuerpo de su cómplice, que yacía a veinte pasos de allí.

De tal modo se veía pintado el terror en su rostro, cubierto de un sudor frío, que tuvo lástima el mismo Artagnan, y mirándole con desprecio,

—¡Infame!—le dijo—; para que veas la diferencia que hay entre un hombre de corazón y un cobarde como tú, quédate, que yo iré.

Y con paso ágil, fijos sus ojos perspicaces en los movimientos del enemigo, y ocultándose por entre las quebraduras del terreno, llegó Artagnan hasta donde estaba el segundo soldado.

Dos medios se le presentaban para conseguir su objeto: el de registrarle en el mismo sitio, o el de llevárselo haciendo servir su cuerpo de escudo, y registrarle después en la trinchera.

Artagnan prefirió el segundo medio, y se cargó el asesino sobre su espalda en el momento que hacía fuego el enemigo.

Un ligero sacudimiento, un grito postrero de agonía hicieron conocer a Artagnan que el que había querido asesinarle acababa de salvarle la vida.

Artagnan ganó la trinchera y arrojó el cadáver junto al herido, que estaba tan pálido como el muerto.

Inmediatamente principió su inventario. Una cartera de cuero, una bolsa, que contenía evidentemente parte de la suma que el asesino había recibido, y un cubilete con dados componían toda la herencia del difunto.

Artagnan dejó el cubilete y los dados en donde habían caído, arrojó la bolsa al herido, y abrió con avidez la cartera:

Entre otros papeles sin importancia, halló la carta siguiente, que era la misma que fué a buscar con peligro de su vida:

"Puesto que habéis perdido las huellas de aquella mujer, que se halla ahora en completa seguridad en el convento adonde nunca debisteis haberla dejado llegar, cuidad al menos de que no se os escape el hombre, pues de lo contrario, ya sabéis que puedo mucho, y os haré pagar caros los cien luises que os he dado."

No tenía firma: sin embargo, era evidente que la carta venía de milady; guardóla, por lo tanto, Artagnan como un documento de prueba, y considerándose en seguridad detrás del ángulo de la trinchera, se puso a interrogar al herido. Este confesó que se había encargado, juntamente con su camarada, que acababa de expirar, de robar una joven que debía salir de París por la puerta de la Villette; pero, que habiéndose detenido a beber en una taberna, pasó el coche entretanto, y no pudieron dar el golpe por haberse retrasado unos diez minutos.

—¿Y qué debíais hacer con esa mujer?—preguntó Artagnan con angustia.

—Conducirla a una casa de la Plaza Real—dijo el herido.

—Sí, sí—murmuró Artagnan—; es la misma: en casa de milady.

Entonces comprendió el joven, estremeciéndose, la terrible sed de venganza que impulsaba a aquella mujer a perderle a él, así como a las personas que le amaban, y lo bien enterada que se hallaba de los asuntos de la corte, puesto que todo lo había descubierto. Sin duda el cardenal le había facilitado todos aquellos datos.

Pero, en cambio, comprendió también, con un sentimiento de verdadera alegría, que la reina había llegado a saber por fin la prisión en que la pobre madama Bonacieux expiaba su adhesión, y que había conseguido ponerla en libertad. Entonces vió claramente lo que significaba la carta que le escribió la joven, y su paso por el camino de Chaillot, paso semejante al de una aparición.

Entonces conoció también, como Athos lo había dicho, que era muy probable que volviera a encontrar a madama Bonacieux, y que un convento no era inexpugnable.

Esta idea acabó de inclinarle a la clemencia, y volviéndose al herido, que seguía con una cruel ansiedad los diversos movimientos de su rostro, y dándole la mano, le dijo:

—Vamos, no quiero abandonarte en ese estado. Apóyate en mí, y volvamos al campamento.

—Sí—dijo el herido, que apenas podía creer tanta bondad—; pero ¿será para ahorcarme?

—No, a fe mía—le dijo—; por segunda vez te concederé la vida.

El herido se dejó caer de rodillas, y besó de nuevo los pies de su salvador; pero Artagnan, que no tenía ya motivo alguno para permanecer tan cerca del enemigo, hizo que concluyeran aquellos testimonios de gratitud.

El guardia que escapó a la primera descarga de los rocheleses había anunciado la muerte de sus cuatro compañeros; de modo que quedaron agradablemente sorprendidos en el regimiento cuando le vieron llegar sano y salvo.

Artagnan explicó la herida de su compañero por una salida de los enemigos que allí mismo improvisó, y refirió la muerte del otro soldado y los peligros que habían arrostrado. Esta narración fué para él un verdadero triunfo: en todo el ejército no se habló de otra cosa en aquel día, y el hermano del rey mandó que le dieran las gracias.

Por lo demás, como toda buena acción lleva en sí misma su recompensa, la de Artagnan tuvo por resultado devolverle la tranquilidad que había perdido. En efecto, el joven creía que ya podía estar tranquilo, pues de sus dos enemigos, el uno había muerto, y el otro estaba enteramente a sus órdenes.

Semejante tranquilidad probaba una cosa, y era que Artagnan no conocía aún a milady.

XLII

EL VINO DE ANJOU

Después de las desesperantes noticias que habían corrido acerca de la salud del rey, principió a circular en el campamento el rumor de su convalecencia, y como tenía grandes deseos de asistir en persona al sitio, se decía que inmediatamente que pudiera montar a caballo se pondría en camino.

Durante este tiempo, su hermano, que sabía que de un día a otro iba a ser reemplazado en el mando, ya por el duque de Angulema, ya por Bassompierre o por Schomberg, que se disputaban el mando, perdía el tiempo en tentativas, y no se atrevía a arriesgar ninguna grande empresa para arrojar a los ingleses de la isla de Rhe, en donde tenían puesto sitio a la ciudadela de Saint-Martín, y al fuerte de la Preé, mientras que por su parte los franceses sitiaban la Rochela.

Artagnan, según hemos dicho, había recobrado su tranquilidad, como sucede siempre que ha pasado un peligro, y no se teme su reproducción. Sólo le inquietaba una cosa, y era no recibir noticias de sus amigos.

Pero una mañana lo halló todo explicado en la siguiente carta que recibió fechada en Villeroy:

"Caballero Artagnan.

"Los señores Athos, Porthos y Aramis, después de una buena partida en mi casa y de haberse divertido grandemente han armado tal escándalo, que el preboste del castillo, hombre sobremanera rígido, los ha mandado arrestar por algunos días. Tengo un placer en cumplir las órdenes que me han dado remitiéndoos una docena de botellas de mi vino de Anjou, del que han hecho gran gasto, pues quieren que bebáis a su salud, y que brindéis con su vino favorito.

"Así lo hago, y queda con el mayor respeto vuestro humilde y atento servidor,

GODEAU,
Aposentador de los mosqueteros."

—¡Sea enhorabuena!—dijo Artagnan—; no se olvidan de mí en sus ratos de placer, así como yo me acuerdo de ellos en mis ratos de fastidio. Seguramente que beberé a su salud, y con el mayor placer; pero quiero beber en buena compañía.

Y Artagnan corrió a casa de dos guardias con quienes tenía más amistad que con los demás, a fin de convidarles a que fuesen a beber con él el delicioso vino de Anjou que acababan de enviarle de Villeroy.

Uno de los guardias estaba de servicio aquella misma tarde, y el otro, al día siguiente, de modo que se difirió la reunión hasta pasados dos días.

Artagnan envió sus doce botellas de vino a la despensa de los guardias, encargando que se las conservasen con el mayor cuidado. El día del convite, que se había fijado para las doce, envió a Planchet a las nueve para que lo tuviese todo dispuesto.

Orgulloso Planchet de verse elevado a la dignidad de mayordomo, trató de cumplir su encargo como hombre inteligente. Hízose auxiliar al efecto por el criado de uno de los convidados de su amo, llamado Fourreau, y además, por Brisemont, aquel supuesto soldado que quiso matar a nuestro héroe, y que, no perteneciendo a Cuerpo alguno, había entrado al servicio de Artagnan, o más bien al de Planchet, desde que Artagnan le salvó la vida.

Llegada la hora del banquete, se presentaron los dos convidados, ocuparon su sitio, y principiaron a servirse los platos en la mesa. Planchet asistía con la servilleta al brazo; Fourreau destapaba las botellas, y Brisemont, el convaleciente, trasvasaba en cangilones de vidrio el vino, que parecía haber formado algún poso por efecto del traqueteo del camino. El vino que contenía la primera botella estaba algo turbio; y habiendo llenado un vaso Brisemont, Artagnan le permitió que lo bebiera, porque el pobre hombre estaba aún bastante débil.

Concluída la sopa, iban los convidados a llevarse el primer vaso a los labios a tiempo que se oyeron cañonazos en el fuerte de Luis y en el Nuevo. Al punto los guardias, temiendo que fuese un ataque imprevisto de parte de los sitiados o de los ingleses, tomaron precipitadamente las armas, e imitándolos Artagnan, salieron corriendo los tres para colocarse en sus respectivos puestos.

Pero apenas se hallaron fuera de la casa, pudieron reconocer fácilmente el motivo de aquella alarma. Los gritos de "¡viva el rey!, ¡viva el cardenal!", resonaban por todas partes, y los tambores iban tocando en todas direcciones.

En efecto; el rey, en su impaciencia, había venido a marchas dobles, y acababa de llegar en aquel mismo instante con todo su acompañamiento y un refuerzo de diez mil hombres. Iba precedido y seguido de sus mosqueteros, y Artagnan, que formaba con su compañía, saludó con un gesto expresivo a sus amigos y a M. de Treville, a quienes reconoció inmediatamente.

Terminada la ceremonia del recibimiento se vieron los cuatro amigos prontamente reunidos.

—¡Pardiez!—exclamó Artagnan—; no podíais llegar en mejor ocasión, pues los manjares casi no han tenido tiempo todavía de enfriarse. ¿No es verdad, caballeros?—añadió dirigiéndose a los dos guardias, que presentó a sus amigos.

—¡Hola! ¡Hola! ¿Parece que estábamos de banquete? —dijo Porthos.

—Espero—dijo Aramis—que no habrá mujeres en el festín.

—¿Tenéis por ventura en el campamento vino potable? —preguntó Athos.

—¡Pardiez! Tengo aquí el vuestro, querido amigo—contestó Artagnan.

—¿Nuestro vino?—exclamó Athos sorprendido.

—Sí, el que me habéis enviado.

—¿Os hemos enviado vino?

—De las tierras de Anjou; ya sabéis.

—Sí, ya sé el vino de que queréis hablar.

—El que preferís...

—A falta del Champaña y del Chambertin.

—Pues bien, a falta del Champaña y del Chambertin, os contentaréis con éste.

—¿Conque hemos hecho traer vino de Anjou como buenos bebedores?—dijo Porthos.

—Pero si es el vino que me han enviado por orden vuestra.

—¡Por orden nuestra!—exclamaron los mosqueteros.

—¿Sois vos, Aramis—repuso Athos—, quien ha enviado el vino?

—Yo no; ¿y vos, Porthos?

—Tampoco; ¿y vos, Athos?

—Menos.

—Pues, si no sois vosotros—dijo Artagnan—, ha sido vuestro aposentador.

—Sí, vuestro aposentador: Godeau, el aposentador de los mosqueteros.

—¡Por vida mía! Venga de quien venga, ¿qué nos importa?—dijo Porthos—; probémosle, y si es bueno, no le hagamos ascos.

—No tal—dijo Athos—; no bebamos vino cuya procedencia nos es desconocida.

—Tenéis razón, Athos—dijo Artagnan—. Pero ¿ninguno de vosotros ha encargado al fondista Godeau que me enviara vino?

—Nadie; ¿y sin embargo os lo han enviado de orden nuestra?

—Aquí tenéis la carta—dijo Artagnan presentando el billete a sus camaradas.

—No es ésa su letra—dijo Athos—: la conozco muy bien por haber sido yo el que ha formado las cuentas del Cuerpo antes de partir.

—La carta dice una mentira—dijo Porthos—, pues no hemos sido arrestados.

—¡Artagnan!—dijo Aramis en tono de reconvención—; ¿cómo habéis podido creer que hayamos armado escándalo?

Artagnan perdió el color, y sintió un temblor convulsivo.

—¡Tú me asustas!—dijo Athos, que no le tuteaba sino en las ocasiones solemnes—; ¿qué te ha sucedido?

—¡Corramos, amigos míos, corramos! Una horrible sospecha ha cruzado por mi mente: ¿sería esta otra venganza de aquella rencorosa mujer?

Athos perdió a su vez el color.

Artagnan se dirigió presuroso a la despensa, y los tres mosqueteros y los dos guardias lo siguieron.

El primer objeto que se presentó a la vista de Artagnan al entrar en el comedor fué Brisemont tendido en tierra y revolcándose entre las más atroces convulsiones.

Planchet y Fourreau, pálidos como difuntos, procuraban suministrarle algunos socorros; pero era un trabajo inútil, pues las facciones del moribundo se hallaban crispadas por la agonía.

—¡Ah!—exclamó al ver a Artagnan—. ¡Ah!; ¡qué crueldad! ¡Aparentáis concederme el perdón para envenenarme después!

—¡Yo!—exclamó Artagnan—: ¡yo, desventurado! Pero ¿qué estás diciendo?

—Digo que sois vos el que me ha dado aquel vino; que sois el que me lo ha hecho beber; que habéis querido vengaros de mí, y que esa es una horrible crueldad.

—No lo creáis, Brisemont, no lo creáis; os juro que...

—¡Oh!; pero Dios lo ve, y Dios os castigará. ¡Permita el Cielo que sufráis algún día lo que yo estoy sufriendo en este momento!

—¡Os juro por el Evangelio—exclamó Artagnan precipitándose hacia el moribundo—que ignoraba que ese vino estuviese envenenado, y que iba a beberlo yo también!

—No os creo—dijo el soldado. Y expiró en medio de los tormentos más espantosos.

—¡Qué suceso tan terrible!—murmuraba Athos, mientras que Porthos rompía las botellas y Aramis daba sus órdenes, un poco tardías a la verdad, para que buscaran un confesor.

—¡Oh, amigos míos!—dijo Artagnan—. Acabáis de salvarme nuevamente la vida, y no sólo a mí sino también a estos caballeros. Señores—añadió dirigiéndose a los guardias—, os suplico que guardéis el mayor silencio acerca de esta aventura: acaso tengan participación en este asunto personajes de muy elevada categoría, y las consecuencias pesarían fatalmente sobre nosotros.

—¡Ah, señor!—tartamudeaba Planchet, más muerto que vivo—; ¡de buena me he librado!

—¡Cómo, tunante! ¿Ibas a beberte mi vino?

—Iba a beberme un vaso a la salud del rey, señor, si Fourreau no me hubiera advertido que me llamaban.

—¡Ay!—decía Fourreau, cuyos dientes castañeteaban de miedo—; ¡y yo que traté de alejarlo de aquí para beber yo solo!

—Caballeros—dijo Artagnan dirigiéndose a los guardias—, ya conoceréis que nuestro banquete no sería nada alegre; dispensadme después de lo que acaba de suceder, y aplacémoslo para otro día, si os parece.

Los guardias aceptaron con la mayor delicadeza las excusas de Artagnan, y, conociendo que los cuatro amigos deseaban estar solos, se despidieron.

Luego que Artagnan y los tres mosqueteros quedaron sin testigos, se miraron unos a otros con un aire que indicaba que todos comprendían la gravedad de la situación.

—En primer lugar—dijo Athos—, salgamos de este cuarto; que no es en verdad muy agradable la compañía de un muerto.

—Planchet—dijo Artagnan—, os encargo que cuidéis de que ese cadáver sea enterrado en sagrado, pues si bien Brisemont había sido criminal, también es cierto que se ha arrepentido después sinceramente.

Y los cuatro amigos dejaron la habitación, encargando a Planchet y a Fourreau el cuidado de tributar los honores fúnebres al difunto.

Diéronles otro cuarto, en el cual les sirvieron huevos cocidos, y Athos bebió yendo por el agua a la misma fuente cuando tuvo sed. En pocas palabras se pusieron Porthos y Aramis al corriente de los sucesos.

—Ya lo veis, querido amigo—dijo Artagnan a Athos—; ésta es una guerra a muerte.

Athos meneó la cabeza.

—Sí, sí, bien lo veo; pero ¿creéis que sea ella?

—No me cabe duda.

—A pesar de todo, os confieso que yo sí dudo.

—Pero aquella flor de lis sobre el hombro...

—Puede muy bien ser una inglesa que haya cometido algún crimen en Francia, y a quien hayan marcado en castigo.

—Athos, os digo que es vuestra mujer—repuso Artagnan—: ¿no os acordáis de lo bien que convenían entre sí todas las señas?

—Hubiera creído, sin embargo, que estaba muerta; ¡me pareció que la había dejado tan bien ahorcada!

Artagnan meneó a su vez la cabeza.

—Pero en fin, ¿qué hemos de hacer?—preguntó el joven.

—Es imposible vivir así con una espada continuamente suspendida sobre nuestra cabeza—dijo Athos—; y es preciso que veamos cómo se sale.

—¿Y cómo?

—Escuchad: lo que se debe hacer es que procuréis tener con ella una explicación. Proponedle claramente la paz o la guerra, y dadle palabra de honor de no decir ni hacer nada en contra suya; pero exigid por vuestra parte un solemne juramento de que se abstendrá de perseguiros, amenazándola con delatarla al canciller, al rey, a la corte entera, a fin de que sepan todos que es una mujer marcada con el sello de la infamia. Decidle que vais a demandarla ante los tribunales, y que si por cualquier evento saliese absuelta, la asesinaréis dondequiera que la halléis, como quien mata un perro rabioso.

—No me parece mal ese medio—dijo Artagnan—; pero ¿cómo podré verla?

—Dejadlo al tiempo, querido amigo, que el tiempo os proporcionará la ocasión: la ocasión es el desquite del hombre, y cuanto más se ha aventurado, más se gana si se sabe esperar.

—Sí; pero esperar amenazado del puñal y del veneno...

—¡Bah! Dios nos ha librado hasta ahora, y espero que seguirá protegiéndonos en adelante.

—Sí; eso está bien para nosotros, que somos hombres, y en último caso nuestra profesión exige que arriesguemos la vida; pero ella...—añadió bajando la voz.

—¿Quién es ella?—preguntó Athos.

—¡Constanza!

—¿Madama Bonacieux? ¡Ah!; tenéis razón—dijo Athos—. ¡Pobre amigo!; no me acordaba de que estabais enamorado.

—Pero bien—dijo Aramis—; ¿no habéis sabido por la carta que tenía aquel miserable asesino que esa mujer estaba en un convento? En ninguna parte se está mejor que en esos santos lugares; y por mi parte os prometo que en cuanto se termine el sitio de la Rochela...

—Bien—dijo Athos—, bien. Ya sabemos, querido Aramis, que vuestra inclinación os conduce al estado eclesiástico.

—No soy mosquetero más que interinamente—repuso Aramis con humildad.

—Sin duda hace mucho tiempo que no ha tenido noticias

de su amada—dijo Athos por lo bajo—; pero no hagáis caso, que yo le conozco.

—Me parece—dijo Porthos—que tenemos un medio bastante expedito.

—¿Cuál?—preguntó Artagnan.

—¿No decís que se halla en un convento?—preguntó Porthos.

—Sí.

—Pues bien; en cuanto se concluya el sitio, la robamos de donde esté.

—Ya; pero el caso es que no sabemos dónde se halla.

—Es verdad—dijo Porthos.

—Se me ocurre una idea—dijo Athos—; ¿no decís, querido Artagnan, que ha sido la reina quien ha elegido el convento?

—Yo así lo creo.

—Pues bien; entonces, Porthos podrá servirnos de mucho.

—¿Cómo?

—Por medio de vuestra marquesa o duquesa o princesa, que tendrá mucho valimento en la corte.

—¡Chsst!—dijo Porthos poniéndose un dedo sobre los labios—; la tengo por cardenalista, y no debe saber una palabra.

—Entonces—dijo Aramis—, yo me encargo de adquirir noticias.

—¿Vos, Aramis?—exclamaron los tres amigos—: ¿y cómo?

—Por el limosnero de la reina, con el cual tengo relaciones bastante íntimas—dijo Aramis ruborizándose.

Y con esta seguridad, habiendo los cuatro amigos terminado su modesta comida, se separaron, prometiendo volver a reunirse aquella misma noche. Artagnan regresó a los Mínimos, y los tres mosqueteros se fueron al cuartel real, a fin de preparar su alojamiento.

XLIII

LA VENTA DEL PALOMAR ROJO

Apenas llegó el rey al campamento, su deseo de atacar al enemigo cuanto antes, y el odio que profesaba a Buckingham, lo mismo que el cardenal, le impulsaron a dictar las medidas convenientes para que fuesen echados los ingleses de la isla de Rhe, y en seguida, para que se hiciesen los preparativos del sitio de la Rochela; pero a su pesar, se vió contrariado por las disensiones que estallaron entre Bassompierre y Schomberg por una parte, y el duque de Angulema por otra.

Bassompierre y Schomberg eran mariscales de Francia, y reclamaban el derecho de mandar el ejército; pero, temiendo el cardenal que Bassompierre, hugonote en el fondo de su corazón, atacase débilmente a los ingleses y rocheleses, correligionarios suyos, favorecía al duque de Angulema, a quien el rey, a instigación suya, había nombrado teniente general. De aquí provino que, por temor a que Bassompierre y Schomberg abandonasen el ejército, fuese preciso dar a cada uno un mando especial. Bassompierre fijó sus reales al Norte de la ciudad, desde La Leu a Dompierre; el duque de Angulema colocó los suyos al Este, desde Dompierre a Perigny; y Schomberg, al Mediodía, desde Perigny a Angoutin.

El hermano del rey tenía su alojamiento en Dompierre.

El rey tan pronto se hallaba en Etré, como en la Jarrie.

Por último, el alojamiento del cardenal estaba situado en el puente de la Pierre, en una simple casa sin fortificación de ninguna clase.

De este modo, el hermano del rey vigilaba a Bassompierre; el rey, al duque de Angulema, y el cardenal, al mariscal Schomberg.

Establecidas así las posiciones, se principió por echar a los ingleses de la isla.

La ocasión era favorable. Los ingleses, que necesitan sobre todo de buenos víveres para ser buenos soldados, no pudiendo comer sino manjares salados y malos bizcochos, padecían en su campamento una multitud de enfermedades; además, el mar, sumamente peligroso en las costas del Oeste en aquella época del año, hacía zozobrar todos los días alguna pequeña embarcación, y la playa, desde la punta del Aiguillón hasta la trinchera, se cubría en cada marea de barcos, pinazas y falúas destrozadas; de modo que, aun cuando las tropas del rey se mantuviesen en su campamento, era evidente que Buckingham, que no permanecía en la isla de Rhe sino por tenacidad, se vería al fin precisado a levantar el sitio.

Pero como M. de Toirac anunció que se hacían preparativos en el campo enemigo para dar un nuevo asalto, juzgó el rey que era preciso que aquello concluyera de un modo o de otro, y dió las órdenes convenientes para una acción decisiva.

No siendo nuestro ánimo formar un diario de las operaciones del sitio, sino referir únicamente los hechos que tengan relación con la historia que escribimos, nos contentaremos con decir en dos palabras que la empresa tuvo un éxito brillante, y que se concluyó, con gran satisfacción del rey y no menor gloria del cardenal. Los ingleses, rechazados palmo a palmo, derrotados en todos los encuentros, y estrechados en la isla, tuvieron que volver a embarcarse, dejando en el campo de batalla dos mil hombres, entre los cuales se contaban cinco coroneles, tres tenientes coroneles, doscientos cincuenta capitanes y veinte caballeros de distinción; y además, cuatro piezas de artillería y sesenta banderas, que fueron llevadas a París por Claudio Saint-Simón, y colgadas con gran pompa en las naves de Nuestra Señora.

Cantáronse en el campo solemnes *Te Deum,* y en seguida se entonaron en toda Francia.

Quedó, pues, el cardenal dueño de continuar el sitio, sin miedo, al menos por entonces, de que los ingleses le molestaran.

Pero, como decimos, este reposo era sólo momentáneo.

Cogieron un enviado del duque de Buckingham, llamado Montaigu, que tenía en su poder las pruebas de una liga entre el Imperio, España, Inglaterra y Lorena.

Esta liga era contra Francia.

Además, en el alojamiento de Buckingham, que había tenido que abandonar precipitadamente, se habían encontrado papeles que comprobaban la existencia de esa liga, según asegura el cardenal en sus Memorias, documentos que comprometían en alto grado a madama de Chevreuse, y, por consiguiente, a la reina.

Sobre el cardenal era sobre quien pesaba toda la responsabilidad, que no por ser ministro de un Gobierno absoluto dejaba de ser responsable; así es que agotaba todos los medios que le sugería su vasto genio para acechar el menor movimiento de uno de los más grandes reinos de Europa.

El cardenal conocía la actividad, y más que todo, el odio de Buckingham, y sabía que si la liga que amenazaba a Francia triunfaba, quedaba destruída su influencia. La política española y austríaca tenían sus representantes en el Gabinete del Louvre, donde contaban con algunos partidarios. Richelieu, el ministro francés, el ministro nacional por excelencia, se veía muy apurado; el rey, obedeciéndole como un niño a su ayo, le dejaba abandonado a la venganza de su hermano y de la reina. Considerábase perdido, y quizás Francia entera le acompañaría en su pérdida; de consiguiente, tenía que hacer frente a todo. Así es que los correos, que a cada instante iban en aumento, entraban continuamente en aquella casita del puente de la Pierre, donde el cardenal había fijado su residencia.

Unas veces eran monjes que llevaban tan mal la cogulla, que descubrían desde luego estar afiliados en la iglesia militante; otras, mujeres no muy acostumbradas a sus disfraces de pajes, y que a pesar de sus anchos bombachos, no podían disimular enteramente la morbidez de sus formas; o en fin, aldeanos de manos ennegrecidas, pero de elegantes piernas, y que a la legua descubrían ser personas de distinción.

También debía de haber visitas menos agradables, pues por dos o tres veces corrió la voz de que el cardenal había estado a punto de ser asesinado.

Verdad es que los enemigos de su eminencia decían que era él mismo quien se valía de asesinos poco diestros, a fin de tener cuando le acomodara el derecho de represalias; pero ni debemos atenernos a lo que dicen los ministros, ni tampoco a lo que refieren sus enemigos.

A pesar de todo, el cardenal, a quien sus más encarnizados detractores no han podido menos de reconocer valor personal, hacía muchas expediciones nocturnas; ya para comunicar al duque de Angulema órdenes importantes, ya para ponerse de acuerdo con el rey, ya también para conferenciar con algún mensajero que no creía que debiera penetrar en su alojamiento.

Los mosqueteros, que no tenían gran cosa que hacer en el sitio, no sufrían una severa vigilancia, y pasaban la vida alegremente. Esto era muy fácil, especialmente a nuestros tres camaradas, que siendo amigos de M. de Treville, conseguían sin dificultad que les diera permiso de retrasarse algún tanto, y estar ausentes después de cerrado el campo.

Un día en que estando Artagnan en la trinchera no pudo acompañar a sus amigos, Athos, Porthos y Aramis, montados sobre sus caballos de batalla, y envueltos en sus capas de campaña, regresaban, puesta su mano en el puño de las pistolas, de una casuca que Athos había descubierto dos días antes en el camino de la Jarrie, y que llamaban del Palomar Rojo. Seguían en dirección al campamento con el mayor cuidado, según hemos dicho, por temor de una emboscada, cuando a cosa de un cuarto de legua de la aldea de Boinar les pareció oír un ruido de caballos que se acercaban. Detuviéronse al punto los tres mosqueteros, y se agruparon, quedando en esta posición en medio del camino. A poco rato, y a tiempo que la luna salía de entre una nube, vieron aparecer por la revuelta de una encrucijada dos caballeros, que se detuvieron a su vez, dudosos al parecer de si deberían continuar su camino o volver atrás. Esta vacilación infundió algunas sospechas a nuestros tres amigos, y Athos, adelantándose unos cuantos pasos, gritó con voz firme:

—¿Quién vive?

—Quién vive os preguntamos nosotros—dijo uno de los caballeros.

—Esa no es respuesta—dijo Athos—. ¿Quién vive? Responded, o acometemos.

—Cuidado con lo que hacéis, caballeros—dijo entonces una voz chillona que parecía acostumbrada al mando.

—Sin duda es algún jefe que hace su ronda nocturna —dijo Athos volviéndose hacia sus amigos—: ¿qué debemos hacer?

—¿Quién sois?—dijo la misma voz con el propio tono de superioridad—; responded, o, de lo contrario, tal vez os arrepentiréis de vuestra desobediencia.

—¡Mosquetero del rey!—dijo Athos, cada vez más convencido de que el que así preguntaba tenía derecho para hacerlo.

—¿De qué compañía?

—Compañía de Treville.

—Adelante a dar la contraseña, y a decir lo que hacéis aquí a estas horas.

Los tres camaradas se adelantaron con las orejas bajas, pues todos estaban persuadidos de que se las habían con jefes superiores. Athos quedó encargado de hablar en nombre de todos.

Uno de los caballeros, el que había tomado la palabra por segunda vez, estaba a unos diez pasos de su compañero. Athos hizo señas a Porthos y a Aramis de que se quedaran a alguna distancia detrás de él, y avanzó solo.

—Perdonad, mi oficial—dijo Athos—; pero ignorábamos quién fueseis, y ya podéis conocer que debimos estar prevenidos.

—¿Vuestro nombre?—dijo el oficial, que tenía cubierta parte del rostro con la capa.

—Pero vos, caballero—dijo Athos, que principiaba a impacientarse con tantas exigencias—, tendréis la bondad de darme alguna prueba de que tenéis derecho a preguntarme.

—¿Vuestro nombre?—repuso por segunda vez el oficial,

dejando caer el embozo de su capa de manera que quedase el rostro descubierto.

—¡Monseñor cardenal!—exclamó Athos sorprendido.

—¡Vuestro nombre!—replicó su eminencia por tercera vez y con mayor firmeza.

—Athos—dijo el mosquetero.

A una señal del cardenal, se acercó su escudero.

—Estos tres mosqueteros deberán seguirnos—le dijo en voz baja—, pues, como no quiero que se sepa que he salido del campamento, el medio mejor y más seguro de que no lo digan es que nos sigan.

—A caballeros como nosotros, monseñor—repuso Athos—, no hay más que exigirles su palabra: nada temáis. A Dios gracias, sabemos guardar bien un secreto.

El cardenal fijó su penetrante mirada en aquel atrevido interlocutor.

—Tenéis un oído muy fino, caballero Athos—le dijo el cardenal—; pero escuchadme; no os digo que me sigáis porque desconfíe de vosotros, sino por mi propia seguridad. Sin duda vuestros dos camaradas serán los caballeros Porthos y Aramis.

—Sí, eminencia—contestó Athos, en tanto que los otros dos mosqueteros, que se habían quedado atrás, se acercaban con la gorra en la mano.

—Os conozco, caballeros, os conozco—dijo el cardenal—, y sé que no me sois muy adictos, lo cual siento en el alma; pero también me consta que sois personas leales y valientes, de quienes puede uno fiarse con entera seguridad. Caballero Athos, hacedme el obsequio de acompañarme con vuestros dos amigos, y llevaré una escolta capaz de dar envidia a Su Majestad, si por casualidad le encontrásemos.

Los tres mosqueteros se inclinaron hasta poner su cabeza a nivel del cuello de sus caballos.

—Pues a fe mía—dijo Athos—que vuestra eminencia hace bien en admitir nuestra escolta, pues hemos encontrado en el camino hombres de muy mal aspecto; y aun también hemos tenido una contienda con cuatro de ellos en el Palomar Rojo.

—¡Una contienda! ¿Y por qué, caballeros?—dijo el cardenal—. ¿Sabéis que no me gustan las personas quimeristas?

—Precisamente por eso es por lo que me he apresurado a referir a vuestra eminencia lo que acaba de suceder, pues podrían informarle otras personas, y creer en virtud de su informe que habíamos cometido una gran falta.

—¿Y cuáles han sido los resultados de esa contienda?—preguntó el cardenal frunciendo el entrecejo.

—Mi amigo Aramis, a quien tenéis presente, ha recibido un arañazo en el brazo, lo cual no le impedirá, como vuestra eminencia podrá verlo, acometer mañana de los primeros, si se manda dar el asalto.

—Pero no os tengo por hombres que os dejéis dar estocadas así tan fácilmente—dijo el cardenal—. Veamos, sed francos, caballeros, pues no dudo que por vuestra parte habréis dado algunas. Confesadlo ingenuamente, porque ya sabéis que tengo facultad de absolveros.

—Yo, monseñor—dijo Athos—, no tuve que echar mano a la espada, sino que cogí entre mis brazos al que me cupo en suerte, y le arrojé por una ventana. Y se me figura—continúó Athos como titubeando—que en la caída se ha roto una pierna.

—¡Ah, ah!—exclamó el cardenal—; ¿y vos, caballero Porthos?

—Yo, monseñor, sabiendo que el duelo está prohibido, cogí el primer banco que se me vino a la mano, y sacudí tal golpe a uno de aquellos tunantes, que creo que le he roto un hombro.

—Bien—dijo el cardenal—; ¿y vos, caballero Aramis?

—Yo, monseñor, como mi carácter es pacífico, y además, cosa que vuestra eminencia ignorará tal vez, estoy muy próximo a recibir las Ordenes sagradas, quise separar a mis compañeros; pero uno de aquellos miserables me asestó traidoramente una estocada en el brazo izquierdo. Entonces perdí la paciencia, y, sacando la espada, sentí que al aproximarse otra vez hacia mí el agresor, quedó atravesado de parte a parte, lo que sí puedo asegurar es que cayó en tierra, y me pareció ver que se lo llevaban juntamente con los otros dos compañeros.

—¡Diantre, caballeros!—exclamó el cardenal—; ¡tres hombres fuera de combate por una disputa de taberna! ¿Y cuál fué el motivo de la disputa?

—Aquellos miserables estaban borrachos—dijo Athos—; y, habiendo sabido que había dentro una mujer, que llegó esta misma noche a la venta, querían romper la puerta.

—Y esa mujer ¿era joven y bonita?—preguntó el cardenal con señales marcadas de agitación.

—No la hemos visto, monseñor—repuso Athos.

—¡Ah! ¿No la habéis visto? ¡Bien!—replicó el cardenal con viveza—. Hicisteis perfectamente en defender el honor de una mujer; y como vamos directamente a la venta del Palomar Rojo, sabré si me habéis dicho la verdad.

—Monseñor—dijo Athos con altivez—, somos caballeros y, aun cuando nos costara la cabeza, nunca diríamos una mentira.

—¡Oh! No he dudado un momento de lo que me decís, caballero Athos; pero—añadió mudando de conversación—esa dama ¿estaba sola, según eso?

—Esa dama estaba encerrada con un caballero; pero como, a pesar del ruido, no se ha dejado ver este señor, es de presumir que sería un cobarde.

—No juzguéis temerariamente, dice el Evangelio—replicó el cardenal.

Aramis bajó la cabeza.

—Ahora, caballeros—continuó su eminencia—, quedo satisfecho, pues ya sé lo que deseaba saber; seguidme.

Los tres mosqueteros se colocaron detrás del cardenal, el cual se embozó de nuevo, y picando a su caballo, tomó unos ocho o diez pasos de delantera a sus cuatro acompañantes.

No tardaron mucho en llegar a la solitaria y silenciosa venta, cuyo dueño, sabiendo sin duda que iba a llegar tan ilustre huésped, había despedido a los importunos.

Diez pasos antes de llegar a la puerta hizo seña el cardenal a su escudero y a los tres mosqueteros de que hicieran alto. A la ventana estaba atado un caballo, y el cardenal dió tres golpes de una manera particular.

Salió al punto un hombre embozado en su capa, y cambiando con rapidez algunas palabras con el cardenal, montó a caballo y partió en dirección de Surgéres, que era también la de París.

—¡Adelante, caballeros!—dijo el cardenal—. Me habéis dicho, en efecto, la verdad—añadió dirigiéndose a los tres mosqueteros—, y no será culpa mía si el habernos encontrado esta noche no os aprovecha. Entretanto, seguidme.

El cardenal echó pie a tierra, y los mosqueteros hicieron otro tanto. Su eminencia arrojó las bridas de su caballo en manos de su escudero, y los otros ataron las de los suyos a las puertas y ventanas.

El ventero se quedó de pie en el umbral de la puerta, pues para él no era su eminencia más que un oficial que venía a visitar a una dama.

—¿Tenéis algún cuarto en el piso bajo donde puedan esperarme estos caballeros junto a un buen fuego?—preguntó el cardenal.

El ventero abrió la puerta de un vasto salón, donde casualmente acababan de reemplazar una mala estufa por una grande y excelente chimenea.

—Tengo ésta—dijo.

—Muy bien—dijo el cardenal—; entrad aquí, caballeros, y tened la bondad de esperarme una media hora que será lo más que tarde.

Y mientras que los tres mosqueteros entraban en el salón del piso bajo, el cardenal subió la escalera como hombre que no necesitaba que le indicasen el camino.

XLIV

UTILIDAD DE LOS CAÑONES DE ESTUFA

No había la menor duda de que los tres mosqueteros, impulsados únicamente por su espíritu caballeresco y aventurero, acababan de prestar un servicio a alguna persona a quien el cardenal honraba con su particular protección.

¿Quién sería aquella persona? Esta fué la pregunta que desde luego se hicieron los tres; pero viendo que ninguna de las respuestas que imaginaban era satisfactoria, llamó Porthos al ventero y le pidió que les trajese unos dados.

Porthos y Aramis se pusieron a jugar en una mesa, mientras que Athos se paseaba reflexionando.

Conforme iba paseándose y reflexionando, pasó Athos varias veces por delante del cañón de la estufa, roto por la mitad, y cuya extremidad superior daba precisamente al cuarto de arriba; y cada vez que pasaba advertía un murmullo, que concluyó por llamarle la atención. Acercóse Athos y percibió algunas expresiones que debieron parecerle de tanto interés, que, haciendo señas a sus compañeros para que callasen, se inclinó algún tanto, aplicando su oído al cañón de la chimenea.

—Escuchad, milady—decía el cardenal—, el asunto es de suma importancia; tomad asiento y hablaremos.

—¡Milady!—murmuró Athos.

—Ya escucho a vuestra eminencia con la mayor atención —repuso una voz de mujer, que hizo estremecerse al mosquetero.

—Una pequeña embarcación con tripulación inglesa, y cuyo capitán es un fiel servidor mío, os espera en la embocadura del Charente, en el fuerte de la Pointe, y deberá darse a la vela mañana por la mañana.

—Entonces es preciso que vaya allí esta misma noche.

—Ahora mismo, es decir, cuando os haya dado mis instrucciones. Dos hombres que encontraréis a la puerta os escoltarán. Yo saldré primero, y media hora después podréis hacerlo vos.

—Bien, monseñor. Ahora volvamos al encargo que tenéis a bien confiarme; y como estoy resuelta a continuar mereciendo el favor que vuestra eminencia me dispensa, espero que tendréis la bondad de explicarlo en términos claros y precisos, a fin de no incurrir en ninguna equivocación.

Hubo un momento de silencio entre ambos interlocutores, durante el cual era evidente que el cardenal meditaba de antemano los términos en que pensaba hablar, y milady recogía todas sus facultades intelectuales para comprender las instrucciones que iba a oír y grabarlas profundamente en su memoria.

Athos aprovechó aquel momento para decir a sus compañeros que cerrasen la puerta por dentro y se acercaran también a escuchar.

Los dos mosqueteros, a quienes agradaba en sumo grado la comodidad, trajeron una silla para cada uno y otra para Athos, y sentándose en seguida los tres, aplicaron sus oídos a la boca del cañón de la estufa.

—Marcharéis a Londres—repuso el cardenal—, y así que lleguéis a dicha ciudad, iréis a ver a Buckingham.

—Me atreveré a indicar a vuestra eminencia—dijo milady—que desde el asunto de los diamantes, en que siempre sospechó de mí, su gracia no me manifiesta la mayor confianza.

—Por esa razón esta vez—dijo el cardenal—no se trata de merecer su confianza, sino de que os presentéis franca y lealmente como negociadora.

—¿Franca y lealmente?—repitió milady con una expresión marcada de malignidad.

—Sí, franca y lealmente—repuso el cardenal en el mismo tono—; todo este negocio debe hacerse a cara descubierta.

—Seguiré al pie de la letra las instrucciones de su eminencia, y espero que se digne indicármelas.

—Iréis a ver a Buckingham de mi parte, y le diréis que sé todos los preparativos que está haciendo; pero que no me inspiran ningún cuidado, porque al menor movimiento que aventure pierde irremisiblemente a la reina.

—Y ¿creerá que su eminencia se halla en disposición de poder cumplir la amenaza que le dirige?

—Sí, porque se hallan en mi poder las pruebas.

—Es preciso que yo pueda decirle cuáles son, a fin de que fije su atención en ellas.

—Es positivo, y, por lo tanto, le diréis que publicaré la relación de Bois Robert y del marqués de Beautru acerca de la entrevista que el duque tuvo con la reina en casa de la esposa del condestable la noche en que hubo un baile de máscaras; y añadiréis, a fin de que no tenga la menor duda de la exactitud de todo esto, que él asistió con el traje de Gran Mogol, que debía llevar el caballero de Guisa, y que compró a éste en tres mil doblones.

—Bien, monseñor.

—Conozco muy bien los pormenores de su estancia en el Louvre la noche en que se introdujo disfrazado de adivino italiano, y añadiréis, para que se persuada de que estoy bien enterado, que llevaba bajo la capa un vestido blanco pintado de motas negras, de calaveras y de huesos en cruz, porque en caso de sorpresa debía hacer el papel de fantasma de la dama blanca, que, como es sabido, se presenta en el Louvre siempre que va a suceder algún gran acontecimiento.

—¿Nada más, monseñor?

—Podéis añadir que sé también todos los detalles de la aventura de Amiéns, y que es muy fácil mandar publicar una novelita sembrada de ingeniosas alusiones, con un plano del jardín y los retratos de los principales actores de aquella nocturna escena.

—Cumpliré vuestro mandato.

—También será oportuno que le digáis que tengo en mi poder a Montaigu, encerrado en la Bastilla, y que, aun cuando no se le ha encontrado papel ni documento alguno, puede muy bien el tormento hacerle decir todo lo que sabe, y acaso, acaso... hasta lo que no sabe.

—Perfectamente.

—Por último, al abandonar su gracia la isla de Ré, con la precipitación, dejó olvidada en su alojamiento cierta carta de madama de Chevreuse, que compromete muy especialmente a la reina, en cuanto prueba que S. M. no sólo puede amar a los enemigos del rey, sino que conspira también con los de Francia. Espero que no olvidaréis nada de cuanto os he dicho, ¿no es verdad?

—Vuestra eminencia va a juzgarlo por sí mismo; el baile en casa del condestable, la noche del Louvre, la de Amiéns, el arresto de Montaigu y la carta de madama de Chevreuse.

—Exactamente—dijo el cardenal—, muy bien; tenéis una memoria muy feliz, milady.

—Pero—repuso la dama a quien el cardenal acababa de dirigir aquel cumplido—¿y si, a pesar de todas esas razones, el duque no cede y continúa en su propósito de amenazar a la Francia?

—El duque está enamorado como un loco, o mejor dicho, como un necio—repuso Richelieu con profunda amargura—. A imitación de los antiguos paladines, no ha emprendido esta guerra sino con el exclusivo objeto de obtener una mirada de su dama; y si llega a saber que con la guerra peligra el honor, y acaso la libertad a la señora de sus pensamientos, como él dice, yo os respondo de que vacilará.

—Sin embargo—dijo milady con una resistencia que indicaba el interés que tenía en conocer en toda su extensión el objeto de la comisión de que estaba encargada—, sin embargo, ¿y si todavía insistiese?

—¿Si todavía insistiese?...—dijo el cardenal—. ¡Bah! No es probable.

—Pero es posible—repuso milady.

—¿Si insiste?—Su eminencia calló y después de un momento, dijo: —¡Pues bien! Si insiste, confiaré en uno de aquellos acontecimientos que cambian la faz de las naciones.

—Si su eminencia se dignara citarme alguno de esos acontecimientos—dijo milady—, acaso conseguiría que yo tuviera la misma confianza en el porvenir.

—Por ejemplo—dijo Richelieu—: cuando en 1610, por un motivo casi idéntico al que ahora impulsa al duque, el rey Enrique IV, de gloriosa memoria, se preparaba a invadir a la vez Flandes e Italia, para herir al Austria por ambos lados, ¿no ocurrió un suceso que salvó al imperio? ¿Por qué el rey de Francia no ha de tener la misma suerte que tuvo el emperador?

—¿Vuestra eminencia quiere sin duda hablar de la puñalada de la calle de Ferronnerie?

—Justamente—dijo el cardenal.

—¿Vuestra eminencia no teme que el suplicio de Ravaillac asuste y haga retroceder a los que abriguen por un momento la idea de imitarle?

—En todos tiempos y en todos los países, principalmente si éstos se hallan divididos por causas de religión, nunca faltan fanáticos, cuyo más ardiente deseo es el que se les proporcione la ocasión de alcanzar el martirio. ¡Y a propósito! Me acuerdo en este momento de que los puritanos están furiosos contra el duque de Buckingham, y que sus predicadores le designan como el Anticristo.

—¿Y qué?—exclamó milady.

—Una cosa muy sencilla—continuó el cardenal aparentando la mayor indiferencia—; sólo es preciso, por de pronto, buscar una mujer hermosa, joven, astuta, y que tuviese que vengar algún agravio del duque. Semejante mujer se puede encontrar muy fácilmente. El duque es hombre de tal cual fortuna; y si ha sabido inspirar muchos amores con sus promesas de eterna constancia, también debe haber suscitado muchos odios con sus continuas infidelidades.

—Sin duda—dijo fríamente milady—que puede hallarse semejante mujer.

—Pues bien; eso es lo único que hace falta: una mujer que pusiese el puñal de Jacobo Clement o de Ravaillac en manos de un fanático salvaría a la Francia.

—Sí; pero se haría cómplice de un asesinato.

—¿Se han conocido nunca los cómplices de Ravaillac ni de Jacobo Clement?

—No, porque estaban quizás colocados en puestos demasiado elevados para que se atreviera nadie a buscarlos. Es bien cierto que no se quemaría para todos el palacio de la justicia, monseñor.

—¿No creéis, por lo visto, que el incendio del palacio de la Justicia fuera casual?—preguntó Richelieu con el mismo tono que si hablara de la cosa más indiferente.

—Yo, monseñor—replicó milady—, nada creo, y no hago más que citar un hecho. Lo que sí diré es que, si por casualidad me llamara la señorita de Montpensier o la reina María de Médicis, tomaría menos precauciones que las que ahora creo que debo tomar llamándome lady Winter.

—Tenéis razón—dijo Richelieu—; pero vamos a ver, ¿qué necesitáis?

—Una orden aprobando desde luego todo lo que yo creyese que debo hacer para mejor servicio de Francia.

—Pero antes era preciso que encontrásemos la mujer de que os he hablado, una mujer que tuviera que vengarse del duque.

—Ya está corriente ese extremo—dijo milady.

—Además, sería necesario encontrar el miserable fanático que deba servir de instrumento a la justicia de Dios.

—Ya se encontrará.

—Pues bien—dijo el duque—; entonces será cuando pueda

pedirse oportunamente la orden que me exigíais hace poco.

—Vuestra eminencia tiene razón—repuso milady—, y he sido muy torpe al ver en la comisión que habéis tenido a bien confiarme más de lo que realmente es en sí, es decir, anunciar a su gracia de parte de vuestra eminencia que se tiene noticia de los diferentes difraces de que se ha valido para hablar a la reina en el baile dado por la mujer del condestable; que tenéis en vuestro poder las pruebas de la entrevista concedida por S. M. en el Louvre a cierto astrólogo, que no era otro que el duque de Buckingham; que se está escribiendo una picante novelita sobre cierta aventura de Amiéns, con el plano de jardín y los retratos de los actores que en ella figuraron; que Montaigu está en la Bastilla, y el tormento puede hacerle declarar las cosas de que se acuerde, y aun las de que no haga memoria; y en fin, que tenéis muy bien guardada cierta carta de madama de Chevreuse, hallada en el alojamiento de su gracia, que compromete particularmente no sólo a la persona que la ha escrito, sino a aquella en cuyo nombre ha sido escrita. Si después de todo insiste, como mi comisión no se extiende a más, no deberé hacer sino rogar a Dios que haga un milagro para salvar a Francia. ¿No es esto, monseñor? ¿No se reduce a eso sólo mi encargo?

—Así es—repuso con sequedad el cardenal.

—Ahora—añadió milady sin aparentar que advertía la mudanza del tono del duque—, ya que he recibido las instrucciones de su eminencia respecto de sus enemigos, ¿me permitirá que le diga dos palabras acerca de los míos?

—¿También tenéis vos enemigos?—preguntó Richelieu.

—Sí, monseñor, y enemigos contra los cuales debéis auxiliarme, porque me los he granjeado por servir a su eminencia.

—¿Y quiénes son?—repuso el cardenal.

—Uno de ellos es una intrigante llamada Bonacieux.

—Esa se halla en la prisión de Nantes.

—Diréis que se hallaba—repuso milady—, pues la reina ha logrado una orden del rey, y la ha hecho trasladar a un convento.

—¿A un convento?—dijo el duque.

—Sí; a un convento.

—¿Y a cuál?

—Lo ignoro; se ha guardado el mayor secreto.

—No importa; yo lo averiguaré.

—¿Y su eminencia me avisará diciéndome el convento donde se halla?

—No hay ningún inconveniente—dijo el cardenal.

—Bien; pero aún hay otro enemigo mucho más temible que esa joven.

—¿Cuál?

—Su amante.

—¿Cómo se llama?

—¡Oh! Su eminencia le conoce muy bien—exclamó milady entusiasmada por la cólera—; es el genio del mal que nos persigue a los dos; es el que en una disputa con los guardias de vuestra eminencia decidió la victoria en favor de los mosqueteros del rey; el que dió tres estocadas a M. Wardes, vuestro emisario; el que frustró el asunto de los diamantes, y, por último, el que, habiendo sabido que fuí yo quien le arrebaté a madama Bonacieux, ha jurado mi muerte.

—¡Ah, ah!—dijo el cardenal—. Ya sé de quién habláis.

—Hablo de ese miserable Artagnan.

—Es un valiente campeón—dijo el cardenal.

—Por lo mismo que es un osado campeón, es todavía mucho más temible.

—Sería preciso—dijo el duque—conseguir una prueba de sus relaciones con Buckingham.

—¿Una prueba? — exclamó milady —. ¡Yo os presentaré diez!

—Entonces, no hay que molestarse; traedme esas pruebas, y le envío inmediatamente a la Bastilla.

—Bien, monseñor. ¿Y después?

—Cuando uno entra en la Bastilla, no hay después que valga—repuso el cardenal —. ¡Ah, pardiez! — continuó —. ¡Ojalá me fuera tan fácil deshacerme de mi enemigo como libraros del vuestro! ¡Y si por la desaparición de semejantes personas me pidieseis la impunidad!

—Monseñor—replicó milady—, vida por vida y hombre por hombre; dadme el mío y yo os entrego el vuestro.

—No os comprendo—repuso el cardenal—, y ni aun lo pretendo; pero deseo serviros, y no veo inconveniente alguno en acceder a lo que me pedís respecto de una persona tan despreciable, que, según decís, es además libertino, camorrista y traidor.

—¡Es un infame, monseñor, es un infame!

—Pues dadme papel, tintero y pluma—dijo el cardenal.

—Aquí lo tenéis, monseñor.

—Bien.

Hubo un momento de silencio, durante el cual tal vez se ocupaba el cardenal en meditar los términos en que debía estar concebida la orden, o acaso en escribirla. Athos, que no había perdido una palabra de la conversación, cogió a sus compañeros de la mano y los llevó al otro extremo de la sala.

—¿Qué quieres? ¿Por qué no nos dejas oír el final de la conversación?

—¡Psst!—dijo Athos en voz baja—. Ya hemos oído cuanto necesitábamos, y no trato de impedir que oigáis lo restante; pero es preciso que yo salga.

—¿Es preciso que tú salgas?—dijo Porthos—. ¿Y qué hemos de responder al cardenal si pregunta por ti?

—No aguardaréis a que os pregunte, sino que le diréis desde luego que he salido en descubierta, porque ciertas palabras del ventero me han hecho creer que no había seguridad en el camino. Yo diré sobre esto mismo algunas palabras al escudero del cardenal, y lo demás corre de mi cuenta; no tengáis cuidado.

—¡Prudencia, Athos, prudencia!—dijo Aramis.

—Tranquilizaos—repuso Athos—; ya sabéis que tengo bastante sangre fría.

Porthos y Aramis volvieron a ocupar su puesto junto al cañón de la estufa.

Athos salió sin ningún misterio, y tomando su caballo, que estaba atado con los de sus camaradas, convenció en dos palabras al escudero del cardenal de la necesidad de hacer una descubierta; examinó con mucho cuidado el cebo de las pistolas, tiró de su espada y emprendió a todo correr el camino del campamento.

XLV

ESCENA CONYUGAL

Según lo había previsto Athos, el cardenal no tardó en bajar. Abrió la puerta del cuarto en que se hallaban los mosqueteros, y halló a Porthos y Aramis jugando una partida de dados. Echó una rápida ojeada, registró todos los rincones de la sala y vió que faltaba uno de los caballeros.

—¿Y M. Athos?—preguntó.

—Monseñor—repuso Porthos—, ha salido en descubierta, porque habiendo oído ciertas expresiones al ventero, creyó que no estaba seguro el camino.

—¿Y qué habéis hecho vos, caballero Porthos?

—He ganado cinco doblones a Aramis.

—¿Podríais acompañarme ahora?

—Estamos a las órdenes de su eminencia.

—Pues a caballo, señores, que se hace tarde.

El escudero estaba a la puerta cuidando del caballo del cardenal. Un poco más lejos se distinguía un grupo de dos hombres montados, los cuales tenían de la brida otro caballo; éstos eran los que debían acompañar a milady al fuerte de la Pointe y dejarla embarcada.

El escudero confirmó al cardenal cuanto habían dicho los dos mosqueteros respecto de Athos; hizo su eminencia un gesto de aprobación y emprendió el regreso usando siempre de las mismas precauciones.

Dejémosle seguir su camino escoltado por su escudero y por los dos mosqueteros, y volvamos a Athos.

Había continuado éste por espacio de unos cien pasos la carrera que tomó en un principio; pero cuando creyó que le habían perdido de vista, dirigió su caballo hacia la derecha, y dando un rodeo se colocó en un matorral a unos veinte pasos de la venta, desde donde podía ver el paso de la cabalgata. No tardó ésta en llegar, y habiendo reconocido las gorras bordadas de sus compañeros y la franja de oro de la capa del cardenal, esperó a que diesen la vuelta a un recodo que hacía el camino, y así que se alejaron se dirigió otra vez a la venta, la cual le abrieron sin dificultad.

El ventero le reconoció al momento.

—Mi jefe—dijo Athos—ha olvidado hacer a la dama que está arriba un encargo de importancia, y me envía a fin de reparar su olvido.

—Subid—dijo el ventero—, pues aun está en su cuarto.

Athos se aprovechó del permiso que le daban, y subiendo la escalera con toda la celeridad que le fué posible, llegó al descansillo, desde donde columbró por un resquicio de la puerta, no enteramente cerrada, a milady, que estaba poniéndose el sombrero.

Entró al punto en la habitación y cerró tras sí la puerta.

Athos, embozado hasta los ojos y encasquetada la gorra hasta las cejas, se colocó en pie delante de la dama.

Al ver milady aquella figura inmóvil y silenciosa se asustó.

—¿Quién sois y qué queréis?—exclamó.

—No hay duda, ella es—murmuró Athos.

Y bajándose el embozo y levantando su gorra de modo que quedara el rostro descubierto, se adelantó hacia milady.

—¿Me conocéis?—le dijo.

Milady dió un paso hacia adelante, y retrocedió al punto como si sintiera la picadura de una serpiente.

—Bien, señora—continuó Athos—; veo que me habéis reconocido.

—¡El conde de la Fére!—tartamudeó milady, perdiendo el color y retrocediendo hasta tocar en la pared.

—Sí, milady—repuso Athos—; el conde de la Fére en persona, que viene del otro mundo sólo para tener el gusto de veros. Sentémonos, pues, y hablemos, como dice el cardenal.

Milady, dominada por un terror inexplicable, se sentó sin proferir una palabra.

—Sois un demonio enviado sobre la tierra—dijo Athos—; vuestro poder es grande, lo sé; pero también debéis saber que, con la ayuda de Dios, los hombres han vencido muchas veces a los demonios más terribles. Ya en otro tiempo os encontré en mi camino, y creía haberos hecho desaparecer para siempre, señora; pero o me he engañado o el infierno os ha vuelto a la vida.

A estas palabras, que despertaban recuerdos espantosos, bajó milady la cabeza, exhalando un sordo gemido.

—Sí—continuó Athos—; el infierno os ha resucitado; el infierno os ha dado poder; el infierno os ha concedido otro nombre, y el infierno ha mudado casi también vuestro semblante, pero no ha podido borrar ni las manchas de vuestra alma ni la marca de vuestro cuerpo.

Milady se levantó como impulsada por un resorte; sus ojos despedían rayos. Athos permaneció sentado.

—Me creíais muerto, ¿no es verdad?, así como yo os suponía muerta también. El nombre de Athos ha ocultado al conde de la Fére, como el de milady de Winter ha encubierto el nombre de Ana de Breuil. ¿No era así como os llamabais cuando vuestro honrado hermano nos unió? Nuestra posición es por cierto bien extraña—continuó sonriendo—, pues uno y otro hemos vivido hasta ahora porque mutuamente nos creíamos muertos; un recuerdo no suele causar tanto daño como una persona, por más que sea aquél muchas veces un suplicio inaguantable.

—Pero, en fin—dijo milady con voz apagada—, ¿para qué me buscáis? ¿Qué queréis de mí?

—Quiero deciros que, sin embargo de haber permanecido invisible a vuestros ojos, no por eso os he perdido un momento de vista.

—¿Conocéis acaso los acontecimientos de mi vida?

—Puedo contaros día por día todas vuestras acciones desde que entrasteis al servicio del cardenal hasta ahora.

Milady dejó entrever una sonrisa de incredulidad.

—Escuchad. Vos habéis sido la que cortó los dos herretes de diamantes del duque de Buckingham; vos habéis sido la que hizo encerrar a madama Bonacieux; vos, enamorada del conde de Wardes, y creyendo recibirle en vuestro cuarto, abristeis la puerta al caballero Artagnan, y creyéndoos engañada por el conde, quisisteis hacerle matar por medio de su rival; vos habéis sido la que, habiendo este rival descubierto vuestro infame secreto, tratasteis de quitarle la vida por medio de dos asesinos que enviasteis en seguimiento suyo; vos la que, viendo que el golpe salió fallido, enviasteis cierto vino envenenado acompañado de una carta supuesta, a fin de hacer creer a vuestra víctima que era un regalo de sus amigos; y vos sois, por último, la que en esta misma silla en que estoy sentado acabáis de comprometeros con el cardenal Richelieu a hacer asesinar al duque de Buckingham, en cambio de la promesa que aquél os ha hecho de permitiros asesinar al caballero Artagnan.

El rostro de milady estaba enteramente lívido.

—Pero ¿vos sois el mismo Satanás en persona?—exclamó.

—Puede ser—dijo Athos—; pero, de todos modos, escuchad lo que voy a deciros: que asesinéis o hagáis asesinar al duque de Buckingham, poco me importa, pues no lo conozco, y es, además, el enemigo de Francia; pero ¡cuidado con que toquéis a un solo cabello del caballero Artagnan, que es un fiel amigo a quien entrañablemente aprecio, o de lo contrario, os juro por el alma de mi padre que el crimen que tratéis de cometer o hayáis cometido será el último de vuestros crímenes!

—El caballero Artagnan me ha ofendido cruelmente—dijo con sorda voz milady—, y el caballero Artagnan morirá.

—Pero ¿es posible que nadie os ofenda?—repuso Athos con desdeñosa sonrisa—. ¿Conque os ha ofendido y habéis resuelto que muera?

—¡Sí, morirá!—replicó milady—. ¡Ella primero, y después, él!

Un vértigo fatal se apoderó de Athos a la vista de aquella criatura, que le traía a la memoria recuerdos terribles, entre otros, el de aquella ocasión no menos crítica que la en que se hallaba, y en que había querido sacrificarla a su honor. Un súbito deseo de sangre le acometió en toda su fuerza como una fiebre ardiente, y, levantándose maquinalmente, sacó de su cintura una pistola y la amartilló.

Milady, pálida como un cadáver, quiso gritar; pero su lengua se quedó pegada al paladar, y sólo pudo articular un sonido ronco que en nada se asemejaba a una voz humana, y que más bien parecía el aullido de una fiera. Clavada contra la pared, representaba con la mayor viveza la espantosa imagen del terror.

Athos levantó con lentitud la pistola, y extendió su brazo de manera que la boca del arma tocaba casi la frente de milady. En seguida, con una voz tanto más terrible cuanto que en ella se manifestaba la calma aterradora de una resolución inflexible,

—Señora—le dijo—, vais a entregarme ahora mismo el papel que os ha firmado el cardenal, u os juro por mi alma que os hago saltar la tapa de los sesos.

Con cualquiera otro hombre hubiera podido milady conservar todavía alguna esperanza; pero conocía muy bien a Athos. A pesar de eso, permaneció inmóvil.

—Un instante tenéis para decidiros—le dijo el mosquetero.

Milady conoció en la contracción de su rostro que iba a dejar escapar el tiro, y sacando con velocidad del pecho un papel, se lo alargó a Athos.

—¡Tomad—le dijo—, y que el infierno os confunda!

Athos tomó el papel, colocó otra vez su pistola en la cintura y acercándose a la luz para aseguarse de que era el mismo que buscaba, le desdobló y leyó lo siguiente:

"Por orden mía y para bien del Estado, ha hecho el portador de la presente lo que ha hecho.

"3 agosto de 1628.

"*Richelieu.*"

—Ahora—dijo Athos volviendo a tomar su capa y encasquetándose la gorra—, ahora que te arranco los dientes, muerde si puedes, ¡víbora maligna!

Y diciendo esto salió del cuarto sin mirar siquiera tras de sí.

A la puerta de la venta encontró a los dos hombres que tenían el caballo de la mano.

—Señores—les dijo—, ya sabéis que la orden de monseñor es conducir sin pérdida de tiempo esta mujer al fuerte de la Pointe, y no abandonarla hasta dejarla embarcada.

Como estas palabras se hallaban enteramente acordes con

la orden que habían recibido, inclinaron la cabeza en señal de asentimiento.

Inmediatamente montó a caballo y partió al galope; sólo que en vez de seguir el camino recto, atravesó los campos, parándose de tiempo en tiempo para escuchar si oía algún ruido.

En una de estas paradas, oyó en el camino un ruido como de caballos, y no dudó que fuesen el cardenal y su escolta. Corrió al punto a tomar la delantera, cubierto por los matorrales y esperuras, y fué a colocarse en medio del camino a unos doscientos pasos del campamento.

—¿Quién vive?—gritó cuando divisó la cabalgata.

—Creo que sea nuestro valiente mosquetero—dijo el cardenal.

—Sí, monseñor—repuso Athos—; el mismo soy.

—Caballero Athos—dijo Richelieu—, os doy las más expresivas gracias por la vigilancia que habéis tenido. Caballeros, hemos llegado. Dirigíos a la puerta de la izquierda. La contraseña es *Rey y Ré*.

Dichas estas palabras, saludó el cardenal con una inclinación de cabeza a los tres amigos, y torció a mano derecha seguido de su escudero, porque aquella noche dormía en el campamento.

—¿Qué hay?—dijeron Porthos y Aramis luego que se hallaron a distancia en que no podían ser oídos—. ¿Ha firmado el cardenal el papel que ella le pedía?

—Sí—repuso tranquilamente Athos—, puesto que lo tengo en mi poder.

Y los tres amigos no hablaron más palabra hasta llegar al cuartel real, excepto para dar la contraseña a los centinelas.

Enviaron al punto a Mosquetón para avisar a Artagnan, a fin de que en concluyendo su servicio de trinchera fuese inmediatamente al alojamiento de los mosqueteros.

Por otra parte, como Athos lo había previsto, al hallar milady a la puerta a los dos hombres que la esperaban, no tuvo dificultad en seguirlos. Ocurrióle al pronto dirigirse a donde estaba el cardenal y contarle lo que había pasado; pero su revelación produciría otra de Athos, y aun cuando dijera que la había hecho ahorcar, el otro descubriría que estaba marcada. Imaginó, pues, que era mejor callar, y marchar discretamente a cumplir con su habilidad acostumbrada la difícil comisión de que se había encargado, reservándose para después de evacuada ésta a satisfacción del cardenal el reclamar entonces su venganza.

De consiguiente, después de haber caminado toda la noche, llegó a las siete al fuerte de la Pointe. A las ocho entró en la embarcación que la esperaba, y a las nueve se hacía a la vela con dirección a Inglaterra.

XLVI

EL BALUARTE DE SAN GERVASIO

Cuando llegó Artagnan al alojamiento de los tres amigos, los halló reunidos en un mismo cuarto. Athos estaba entregado a sus meditaciones; Porthos se atusaba el bigote; Aramis leía sus oraciones en un primoroso librito con cubiertas de terciopelo azul.

—¡Pardiez, señores!—exclamó—. Confío en que lo que tenéis que decirme es de suma importancia, pues de lo contrario, nunca os perdonaría el que me hayáis hecho desmantelar yo solo un baluarte. ¡Que no hubieseis estado allí, señores! ¡Qué calor!

—Tampoco estábamos nosotros en parte donde hiciera frío—repuso Porthos, dando a su bigote una dirección que le era enteramente peculiar.

—¡Psst!—repuso Athos.

—¡Hola, hola! — dijo Artagnan comprendiendo el ligero fruncimiento de cejas del mosquetero—; parece que hay alguna novedad.

—Aramis—dijo Athos—, creo que antes de ayer estuvisteis a almorzar en la posada del Parpaillot, ¿no es verdad?

—Sí.

—¿Y qué tal está aquello?

—Lo que es a mí, me sirvieron bastante mal: antes de ayer era día de viernes, y no tenían más que carne.

—¡Cómo!—dijo Athos—. ¡En puerto de mar no haber pescados!

—Dicen—replicó Aramis volviendo a su piadosa lectura—que el dique que está haciendo construir el cardenal los arroja lejos de la costa.

—Pero no es eso lo que yo preguntaba, Aramis; lo que quería saber era si estuvisteis en absoluta libertad, sin que nadie os incomodara.

—En cuanto a eso, me hallé bastante libre de importunos. Ciertamente que para lo que decís ningún sitio es más a propósito que la posada del Parpaillot.

Artagnan, que estaba acostumbrado al carácter de su amigo, y que adivinaba al punto en una palabra, en un gesto, en una señal de éste la gravedad de las circunstancias, tomó el brazo de Athos y salió con él sin hablar una palabra. Porthos los siguió, entablando conversación con Aramis.

En el camino se encontraron a Grimaud, a quien Athos hizo seña de que le siguiese; Grimaud, según su costumbre, obedeció en silencio, pues el pobre mozo había concluído por olvidar casi hasta el habla.

Cuando llegaron a la posada del Parpaillot serían las siete de la mañana, hora en que el día empezaba a despuntar. Los cuatro amigos pidieron un almuerzo, y se entraron en un cuarto donde, al decir del posadero, nadie los incomodaría.

Desgraciadamente, la hora que habían escogido era la menos a propósito para un conciliábulo, pues acababan de tocar a diana, y para acabar de librarse del sueño, y contrarrestar el aire húmedo de la mañana, iba una porción de gente a la posada del Parpaillot a beber el aguardiente. Dragones, suizos, guardias, mosqueteros y soldados de caballería ligera se sucedían unos a otros con tal rapidez, que debían producir mucha alegría al posadero, pero contrariaba fuertemente los deseos de los cuatro amigos. Así es que éstos correspondían de muy mala gana a los saludos, brindis y ademanes de sus compañeros.

—Vamos—dijo Athos—, ahora va a suscitarse aquí alguna contienda, y no es esta la ocasión más oportuna. Artagnan, contadnos cómo habéis pasado la noche, que después os contaremos cómo la hemos pasado nosotros.

—En efecto—dijo un soldado de ligeros que se estaba balanceando sobre su silla, y tenía en la mano un vasito de aguardiente, que iba gustando a pequeños tragos—; en efecto, vosotros los guardias habéis estado de trinchera, y creo que habéis tenido escaramuza con los rocheleses.

Artagnan miró a Athos como para consultarle si debería contestar al intruso que así se mezclaba en la conversación.

—Vamos—dijo Athos—, ¿no oyes al caballero Busiñy, que te dirige la palabra? Cuenta lo que ha pasado esta noche, pues estos caballeros desean saberlo.

—¿No haber tomado vosotros un baluarte?—preguntó un suizo que estaba echándose a pechos grandes tragos de ron en un vaso de cerveza.

—Sí, señor—respondió Artagnan inclinando la cabeza—, hemos tenido ese honor; logramos colocar, como acaso habréis oído, debajo de uno de sus ángulos un barril de pólvora, que al estallar ha abierto una buena brecha; y esto sin contar que, como el baluarte no era de ayer, toda la fortificación ha padecido bastante.

—¿Qué baluarte ha sido?—preguntó un dragón que traía ensartado en su sable un pato, a fin de que se lo guisaran.

—El baluarte de San Gervasio—respondió Artagnan—, en el que estaban parapetados los rocheleses e incomodaban a nuestros trabajadores.

—¿Ha sido viva la escaramuza?

—Bastante; hemos perdido en ella cinco hombres, y los rocheleses, ocho o diez.

—¡Canario!—exclamó el suizo acompañando esta palabra con un juramento francés, pues a pesar de la rica colección de ellos que posee la lengua alemana, se había acostumbrado a los de aquel idioma.

—Pero es probable—dijo el soldado de ligeros—que envíen hoy por la mañana algunos peones para reparar el baluarte.

—Señores—dijo Athos—, vaya una apuesta.

—¡Ah! Sí, una apuesta—dijo el suizo.

—¿Cuál?—preguntó el de ligeros.

—Esperad—dijo el dragón colocando su sable a manera de asador sobre los dos morrillos de hierro que sostenían la lumbre de la chimenea—, soy uno de tantos. Posadero o diablo, venga pronto una cazuela, que no quiero perder una sola gota de la grasa de esta riquísima ave.

—Vos decir pien—dijo el suizo—; la grasa del pato estar muy puena con confites.

—Ya—dijo el dragón—. Ahora vamos a ver qué apuesta es ésa, caballero Athos.

—Sí, la apuesta—dijo el de ligeros.

—Pues bien, caballero Busiñy—dijo Athos—, apuesto con vos a que mis tres compañeros, Porthos, Aramis, Artagnan y yo, vamos a almorzar al baluarte de San Gervasio y estamos en él una hora con reloj en mano, haga lo que quiera el enemigo para desalojarnos del sitio.

Porthos y Aramis cambiaron una mirada, pues empezaban a comprender.

—Pero vas a hacer que nos asesinen sin remedio—dijo Artagnan acercándose al oído de Athos.

—Más pronto nos matarán si no vamos—le contestó Athos.

—A fe mía, caballeros—dijo Porthos zarandeándose en su silla y retorciéndose el bigote—, que es una bonita apuesta.

—La acepto al momento—dijo Busiñy—. Veamos lo que ha de apostarse.

—Caballeros—dijo Athos—, vosotros sois cuatro, y nosotros, otros cuatro. Vaya una comida a discreción para los ocho. ¿Os conviene?

—Convenido—repuso Busiñy.

—Perfectamente—dijo el dragón.

—Estar conforme—añadió el suizo.

El cuarto oyente, que en toda la conversación no había despegado sus labios, hizo un movimiento de cabeza indicando que aceptaba la proposición.

—El almuerzo está dispuesto—dijo el posadero.

—Pues que venga al punto—dijo Athos.

El posadero obedeció, y llamando Athos a Grimaud, le mostró una gran cesta que había en un rincón, haciéndole en seguida señas de que colocara en ella los manjares que acababan de traer.

Grimaud comprendió al instante que se trataba de un desayuno a campo raso, y empaquetando en la cesta las viandas y las botellas de vino, se la echó al hombro.

—Pero ¿adónde vais a almorzar?—preguntó el posadero.

—¿Qué os importa—dijo Athos—, con tal que os paguen? Y arrojó con dignidad dos doblones sobre la mesa.

—¿Queréis la vuelta, mi oficial?—dijo el posadero.

—No; añade dos botellas de vino de Champaña, y lo demás irá por las servilletas.

El posadero no hacía tan buen negocio como creyó al principio; pero se desquitó en cierto modo dando dos botellas de vino de Anjou en vez de las dos de Champaña.

—Caballero Busiñy—dijo Athos—, ¿queréis arreglar vuestro reloj por el mío, o preferís más bien que arregle yo el mío por el vuestro?

—No hay necesidad, caballero—dijo el de ligeros sacando de su bolsillo un hermoso reloj guarnecido de diamantes—; tengo las siete y media en punto. ¿Y vos?

—Yo, las siete y treinta y cinco minutos—dijo Athos—; ya sabemos que mi reloj va cinco minutos adelantado al vuestro.

Y saludando a los absortos concurrentes, emprendieron los cuatro jóvenes el camino del baluarte de San Gervasio, seguidos de Grimaud, que llevaba la cesta sin saber adónde, ni ocurrírsele tampoco preguntarlo, pues tenía contraído completamente el hábito de una obediencia pasiva.

Mientras se hallaron los cuatro amigos dentro del recinto

del campamento no hablaron una palabra, porque iban seguidos de una multitud de curiosos, que habiendo tenido noticia de la apuesta, querían saber cómo saldrían de ella; pero así que estuvieron fuera de la línea de circunvalación y se vieron a sus anchas, Artagnan, que ignoraba completamente de lo que se trataba, creyó que era ya tiempo de pedir una explicación.

—Y ahora, querido Athos, ¿tenéis la bondad de decirme dónde vamos?

—Ya lo veis—repuso Athos—: al baluarte.

—Y ¿qué vamos a hacer allí?

—Ya lo sabéis: almorzar.

—Y ¿por qué no hemos almorzado en la posada?

—Porque tenemos cosas importantes que comunicarnos, y era imposible hablar en aquella posada con tanto importuno como andaba yendo y viniendo a nuestro alrededor. Aquí al menos—añadió Athos señalando el baluarte—nadie vendrá a incomodarnos.

—Me parece—dijo Artagnan, con aquella prudencia que sabía unir tan bien y tan naturalmente a su extremado valor—, me parece que hubiéramos podido hallar algún otro sitio apartado, como por ejemplo, las rocas o la orilla del mar.

—En donde nos hubieran visto conferenciar a los cuatro reunidos; de suerte que al cuarto de hora avisarían al cardenal de que nos hallábamos en sesión.

—Sí—dijo Aramis—, Athos tiene razón: *Animadvertuntur in desertis.*

—Un desierto hubiera sido muy a propósito—dijo Porthos—; pero el caso es que aquí no le hay.

—No hay desierto en que un pájaro no pueda pasar por encima de nuestra cabeza, o un pez saltar sobre el agua, o un conejo salir de su madriguera; y yo creo que el pájaro, el pez y el conejo son otros tantos espías del cardenal. Más vale dar cima a nuestra empresa, en la cual no podemos ya retroceder sin bochorno, puesto que hay de por medio una apuesta, apuesta que nadie podía prever, y cuya verdadera causa desafío a cualquiera a que la adivine. Tenemos para ganarla que permanecer una hora en el baluarte. Ahora bien, o nos atacan o no; en este último caso, tendremos todo el tiempo necesario para hablar a nuestro placer sin temor de que nadie nos oiga, porque yo respondo de que las paredes de ese baluarte no tienen oídos; si, por el contrario, nos acometen, hablaremos entonces de nuestros asuntos de la misma manera, y defendiéndonos valerosamente nos cubriremos de gloria; conque ya veis que de todos modos el hecho redundará siempre en beneficio nuestro.

—Sí—dijo Artagnan—; pero, a no dudarlo, será a costa de algún balazo.

—¡Ay, querido!—dijo Athos—. Ya sabéis que las balas más temibles no son las del enemigo.

—Pero me parece—dijo Porthos—que para una expedición de esta clase hubiéramos debido traer al menos nuestros mosquetes.

—Sois muy simple, amigo Porthos. ¿Para qué querríais que viniésemos cargados con ese peso inútil?

—No encuentro yo que al frente del enemigo sea inútil tener un mosquete de buen calibre, con una docena de cartuchos y su correspondiente pólvora.

—Pero—dijo Athos—¿no habéis oído lo que ha dicho Artagnan?

—¿Qué ha dicho Artagnan?—preguntó Porthos.

—Artagnan ha dicho que en el ataque de esta noche habían perecido ocho o diez franceses y otros tantos rocheleses.

—¿Y qué?

—No han tenido tiempo de despojarlos, puesto que por entonces había otra cosa más urgente que hacer, ¿no es verdad?

—¿Y qué?

—Pues bien, ahora encontraremos sus mosquetes, sus frascos de pólvora y sus cartuchos, y en vez de cuatro mosquetes y doce balas, tendremos más de quince armas de fuego y más de cien tiros disponibles.

—¡Athos!—dijo Aramis—, no hay duda de que eres hombre de talento.

Porthos inclinó la cabeza en señal de asentimiento.

Sólo Artagnan era el que no se mostraba tan plenamente convencido, y probablemente Grimaud debía de tener la misma idea, porque viendo que continuaban marchando hacia el baluarte, cosa que hasta entonces no había creído, tiró de la capa de su amo.

—¿A dónde vamos?—le preguntó por medio de un gesto.

Athos le señaló el baluarte.

—Pero vamos a perder la cabeza—repuso en el mismo dialecto el silencioso Grimaud.

Athos levantó los ojos y el dedo en dirección al cielo.

Grimaud puso la cesta en el suelo y se sentó meneando la cabeza.

Athos sacó una pistola de su cinturón, miró si tenía cebo, y amartillándola en seguida, acercó la boca del cañón al oído de Grimaud.

Este dió un brinco y se puso en pie.

Athos le hizo seña entonces de que tomara la cesta y fuese delante, mandato mudo, pero expresivo, que fué obedecido al momento.

Lo que ganó el pobre mozo con aquella pantomima instantánea fué el ir a vanguardia, en vez de caminar como antes a retaguardia.

Al llegar al baluarte volvieron nuestros cuatro amigos la vista, y vieron a más de trescientos soldados de todas armas en la línea del campamento; en grupo separado se divisaba al caballero Busiñy, al dragón, al suizo y al otro que había tomado parte en la apuesta.

Athos se quitó la gorra y poniéndola en la punta de su espada la agitó en el aire, saludo a que correspondieron todos los espectadores, haciendo además una exclamación de entusiasmo, que llegó hasta los oídos de nuestros aventureros.

Y en seguida desaparecieron todos cuatro en el baluarte, adonde los había precedido Grimaud.

XLVII

CONFERENCIA DE LOS MOSQUETEROS

Según Athos lo había presumido, no se hallaba ocupado el baluarte sino por una docena de cadáveres, entre franceses y rocheleses.

—Señores—dijo Athos, que había tomado el mando de la expedición—; mientras que Grimaud pone la mesa, procuraremos recoger las armas y municiones, lo cual no impedirá que podamos hablar, pues estos señores—añadió señalando a los muertos—no escucharán la conversación.

—¿No sería mejor arrojarlos al foso, después de habernos asegurado de que nada hay en sus bolsillos?—dijo Porthos.

—Sí—repuso Athos—; pero eso corresponde a Grimaud.

—¡Pues bien!—dijo Artagnan—. Que Grimaud los registre y los arroje por cima de la muralla.

—No—dijo Athos—, que tal vez podrán servirnos.

—¡Servirnos esos cadáveres!—dijo Porthos—. Vamos, te has vuelto loco, querido.

—No juzguéis temerariamente, dicen el Evangelio y el

cardenal—replicó Athos—. ¿Cuántos fusiles hay?

—Doce—respondió Aramis.

—¿Y cuántos tiros?

—Unos ciento.

—Son suficientes; carguemos las armas.

Hiciéronlo así nuestros caballeros, y al acabar de cargar el último fusil, Grimaud hizo señal de que estaba el almuerzo servido.

Athos respondió, también por señas, que estaba bien, e indicó a Grimaud una especie de tronera, en la cual comprendió aquél que debía ponerse de centinela. Sin embargo, para compensar lo incómodo de la guardia, le permitió Athos que se llevase un pan, dos chuletas y una botella de vino.

—Y ahora ¡a almorzar!—dijo Athos.

Los cuatro amigos se sentaron en el suelo, con las piernas cruzadas a guisa de turcos o de sastres.

—¡Vamos!—dijo Artagnan—. Puesto que ya no hay temor de que nos oigan, espero que me comuniques tu secreto.

—Y pienso procuraros a la vez satisfacción y gloria, caballeros—dijo Athos—. Os he hecho dar un paseo delicioso; tenéis delante un almuerzo de los más suculentos, y allá abajo, como podéis verlo por entre las almenas, unas quinientas personas, que nos toman sin duda por locos o por héroes, dos clases de necios que tienen entre sí muchos puntos de contacto.

—Pero ¿y el secreto?—dijo Artagnan.

—El secreto es—dijo Athos—que anoche he visto a milady.

Artagnan se llevaba el vaso a los labios, pero al oír el nombre de milady le tembló la mano en tales términos, que volvió a ponerlo en el suelo para que no se derramase el líquido que contenía.

—Has visto a tu mu...

—¡Siencio!—interrumpió Athos. ¿Olvidáis, querido, que estos caballeros no están iniciados en el secreto de mis asuntos domésticos? He visto a milady.

—¿Y en dónde?—preguntó Artagnan.

—A unas dos leguas de aquí, en la venta del Palomar Rojo.

—¡En ese caso, soy perdido!—dijo Artagnan.

—Todavía no—repuso Athos—, porque a estas horas debe de haber abandonado ya las costas de Francia.

Artagnan respiró.

—Pero sepamos—preguntó Porthos—, ¿quién es esa milady?

—Una mujer encantadora—dijo Athos, acercándose a los labios un vaso de espumoso vino—. ¡Pícaro ventero! ¿Pues no nos ha dado vino de Anjou en vez de Champaña? ¡Si creería el gran tunante que no íbamos a conocerlo! Pues sí —continuó—, una mujer encantadora, a quien nuestro amigo Artagnan ha jugado no sé qué mala pasada, de la cual intentó vengarse, primero, por medio de los asesinos que le dispararon los mosquetes; después, con el veneno, y ayer, por último, pidiendo su cabeza al cardenal.

—¡Cómo! ¿Pidiendo mi cabeza al cardenal?—exclamó Artagnan perdiendo el color.

—Así es—dijo Porthos—; y es tan cierto como hay Dios, pues lo he escuchado yo mismo con estos propios oídos.

—Y yo también—dijo Aramis.

—Entonces—dijo Artagnan dejando caer los brazos con el mayor abatimiento—, es inútil que trate de luchar por más tiempo; mejor era pegarme un tiro y todo quedaba concluido.

—Esa es la última necedad que debe hacerse—dijo Athos—en atención a que es la única que no tiene remedio.

—Pero ¿cómo podré librarme de tantos y tan poderosos enemigos? En primer lugar, mi desconocido de Meung; después, el conde de Wardes, a quien di tres estocadas; luego, milady, cuyo secreto he sorprendido, y por último, el cardenal, a quien pude burlar en sus proyectos de venganza.

—¡Y bien!—dijo Athos—; en resumen, no son más que cuatro enemigos, y nosotros somos otros tantos... ¡Hola!; si no me engañan las señas de Grimaud, me parece que tendremos que habérnoslas ahora con un número mucho mayor. ¿Qué hay, Grimaud? En atención a la gravedad de las circunstancias, os permito hablar, amigo mío; pero cuidado, que seas lacónico. ¡Vamos! ¿Qué veis?

—Una tropa.

—¿En qué número?

—De veinte hombres.

—¿De qué clase?

—Dieciséis peones y cuatro caballos.

—¿A qué distancia se hallan?

—A quinientos pasos.

—Bien; aún tenemos tiempo para acabar con esta ave, y beber un vaso de vino. ¡A tu salud, Artagnan!

—¡A tu salud!—repitieron Porthos y Aramis.

—¡Vaya a mi salud, a pesar de que me figuro que no servirán de mucho vuestros buenos deseos!

—¡Bah!—exclamó Athos—; Dios es grande, como dicen los sectarios de Mahoma, y el porvenir está en sus manos.

Y bebiéndose de un trago un vaso, que dejó en seguida a su lado, se levantó con la mayor indiferencia. Cogió después el primer fusil que se le vino a las manos, y se acercó a una tronera.

Porthos, Aramis y Artagnan hicieron otro tanto, y Grimaud recibió orden de colocarse detrás de los cuatro amigos a fin de ir cargando las armas.

A muy poco tiempo vieron aparecer un pelotón de gente, que seguía un ramal de trinchera que establecía la comunicación entre el baluarte y la ciudad.

—¡Pardiez!—exclamó Athos—; no vale la pena de que nos hayamos incomodado por esos veinte miserables armados de palas, picos y azadones. Casi estoy por apostar a que si Grimaud les hubiese hecho señas de que se marcharan, nos hubieran dejado tranquilos.

—Lo dudo—dijo Artagnan—, porque se adelantan con mucha resolución hacia este lado.

Juntamente con los operarios venían cuatro soldados y un brigada armados de mosquetes.

—Será porque no nos han visto—dijo Athos.

—Confieso a fe mía—dijo Aramis—que siento en el alma tirar sobre esos pobres aldeanos.

—¡Mal cura—dijo Porthos—el que tiene compasión de los herejes!

—En verdad—dijo Athos—que Aramis tiene razón, y voy a avisarles de que estamos aquí.

—¿Qué diablos vais a hacer?—dijo Artagnan—. Os exponéis a que os fusilen, querido.

Pero Athos, sin hacer caso de la advertencia, subió a la brecha con su fusil en una mano y la gorra en la otra.

—Señores—gritó, saludando al mismo tiempo a los soldados y operarios, que, asombrados de aquella aparición, se detuvieron a unos cincuenta pasos del baluarte—; señores, unos cuantos amigos y yo estamos almorzando en esta fortaleza, y como ya podéis figuraros lo desagradable que es el incomodar a cualquiera en semejante ocupación, os rogamos que si tenéis que hacer aquí alguna cosa de precisión, la suspendáis hasta tanto que concluyamos, o volváis más tarde, a no ser que os dé el feliz pensamiento de abandonar el partido de la rebelión y venir a beber con nosotros a la salud del rey de Francia.

—Ten cuidado, Athos—dijo Artagnan—. ¿No ves que apuntan hacia ti?

—Sí, sí, ya lo veo—repuso Athos—; pero son gentes del campo que tiran bastante mal y no me acertarán.

En efecto, casi al mismo tiempo dispararon cuatro tiros, cuyas balas vinieron a estrellarse cerca de Athos, pero sin que le tocara ninguna.

Fueron contestados por otros cuatro tiros; pero iban mejor dirigidos que los de los agresores, pues cayeron muertos tres soldados, y uno de los operarios quedó herido.

—Venga otro mosquete, Grimaud—exclamó Athos, siempre sobre la brecha.

Grimaud obedeció; y habiendo los tres amigos vuelto a cargar sus armas, dispararon por segunda vez, dejando muertos al brigada y a dos peones. La demás gente emprendió la fuga.

—Vamos, señores, una salida—exclamó Athos.

Y saliendo los cuatro amigos de la fortaleza, avanzaron hasta el campo de batalla, recogieron los cuatro mosquetes de los soldados y la media pica del brigada, y convencidos de que los fugitivos no pararían hasta llegar a la ciudad, regresaron al baluarte cargados con los trofeos de su victoria.

—Volved a cargar las armas, Grimaud—dijo Athos—; y nosotros, señores, podemos continuar nuestro almuerzo y nuestra conversación. ¿En que estábamos?

—Cuando, después de haber pedido milady mi cabeza al cardenal, abandonó las costas de Francia. ¿A dónde se dirige? —continuó Artagnan, a quien parecía interesar sobremanera el itinerario que debía seguir milady.

—A Inglaterra—respondió Athos.

—¿Y qué va a hacer allí?

—Va con el objeto de asesinar o hacer asesinar a Buckingham.

Artagnan no pudo menos de dejar escapar una exclamación de indignación y de sorpresa.

—¡Pero eso es una infamia!—exclamó.

—¡Oh! Por lo que a eso toca, podéis creer que me da bien poco cuidado. Ya que habéis concluído, Grimaud—continuó Athos—, atad a la media pica del brigada una servilleta, y ponedla en lo más alto de nuestro baluarte: que vean los rebeldes rocheleses que tienen que habérselas con leales y valientes defensores del rey.

Grimaud obedeció sin replicar una palabra, y un instante después ondeaba la bandera blanca por cima de la cabeza de nuestros cuatro amigos. Un grito de alegría y un diluvio de aplausos saludaron su aparición, pues la mitad del campamento se hallaba en la línea.

—¡Cómo!—exclamó Artagnan—; ¿tan poco cuidado te da que milady mate o haga matar a Buckingham? Pues el duque es nuestro amigo.

—El duque es inglés, y nos hace la guerra: así es que tanto me cuido de él como de una botella vacía.

Y Athos arrojó a distancia de quince pasos una botella que tenía en la mano, después de haber vaciado en el vaso hasta su última gota.

—Digas lo que quieras—repuso Artagnan—, yo no puedo abandonar a Buckingham de ese modo: nunca olvidaré que nos regaló cuatro excelentes caballos.

—Y sobre todo, unas magníficas sillas—dijo Porthos, en cuya cubierta brillaba el galón de la suya.

—Y, además, debe tenerse presente—dijo Aramis—que Dios quiere la conversión y no la muerte del pecador.

—*Amén*—dijo Athos—; ya hablaremos luego de eso, si así lo queréis; pero lo que por entonces me llamaba más la atención, y esto, Artagnan, lo comprenderás muy fácilmente, era sacar a milady una especie de carta blanca que había logrado arrancar al cardenal, y con cuyo auxilio pensaba deshacerse impunemente de ti, y acaso de nosotros.

—Pero esa criatura es un demonio—dijo Porthos acercando su plato a Aramis, que en aquel momento estaba trinchando un ave.

—Y esa especie de carta blanca—dijo Artagnan—, ¿la conserva ella?

—No, la tengo yo; y no diré que la conseguí sin trabajo, porque entonces mentiría.

—Querido Athos—dijo Artagnan—, no sé ya cuántas veces os debo la vida.

—Entonces, ¿te separaste de nosotros para ir a buscar a esa mujer?—preguntó Aramis.

—Justamente.

—¿Y tienes la carta del cardenal?—dijo Artagnan.

—Mírala—dijo Athos, sacando del bolsillo de la casaca aquel precioso documento.

Artagnan lo desdobló con mano trémula, y leyó a su vez:

"Por orden mía y para bien del Estado, ha hecho el portador de la presente lo que ha hecho.

3 de agosto de 1628.

RICHELIEU."

—En efecto—dijo Aramis—, es una absolución en toda regla.

—Es preciso quemar este papel—dijo Artagnan, que creía ver en él su sentencia de muerte.

—Al contrario—dijo Athos—; es preciso conservarlo con el mayor cuidado, y no lo entregaría aun cuando me pesaran a oro.

—¿Y qué hará ahora milady?—preguntó el joven.

—¿Qué ha de hacer?—exclamó Athos con indiferencia—: escribirá probablemente al cardenal que un maldito mosquetero llamado Athos le arrancó violentamente el salvoconducto, y le aconsejará al mismo tiempo que procure deshacerse de él y de sus amigos Porthos y Aramis. El cardenal recordará entonces que estos mismos nombres son los que siempre le han andado a los alcances, y una mañana que se levante de malhumor hace arrestar a Artagnan, y nos envía a los demás a hacerle compañía en la Bastilla, a fin de que no se fastidie en la soledad.

—¡Vaya—dijo Porthos—, que gastas unas chanzas de muy mal género, querido!

—Es que no me chanceo—dijo Athos.

—¿Sabes—dijo Porthos—que el quitar de en medio a esa maldita milady sería un pecado mucho menor que el retorcer el pescuezo a esos pobres diablos de hugonotes, que no han cometido otro delito que el de cantar en francés los salmos que nosotros cantamos en latín?

—¿Qué dice a eso el clérigo?—preguntó tranquilamente Athos.

—Que opino lo mismo que Porthos—contestó Aramis.

—Y yo también.

—Fortuna es que esté lejos—dijo Porthos—, porque os confieso que aquí me incomodaría en extremo.

—Es que a mí me incomoda en Inglaterra tanto como en Francia—dijo Athos.

—Y a mí, en todas partes—dijo Artagnan.

—Pero, ya que la tenías en tu poder—dijo Porthos—, ¿por qué no la has ahogado o la has hecho ahorcar? Los muertos son los únicos que no vuelven a aparecer.

—¿Lo creéis así, Porthos?—repuso el mosquetero con una forzada sonrisa, cuya causa sólo comprendió Artagnan.

—Una idea me ocurre—dijo éste.

—Veamos—añadieron los mosqueteros.

—¡A las armas!—gritó Grimaud.

Los jóvenes se levantaron al punto, y cogieron sus fusiles. Un pequeño destacamento, compuesto de veinte a veinticinco hombres, se adelantaba hacia el baluarte; pero esta vez no eran operarios, sino soldados de la guarnición.

—¿No sería mejor que volviésemos al campamento?—dijo Porthos—; me parece que no es igual la partida.

—Es imposible, por tres razones—replicó Athos—: la primera, porque no hemos acabado todavía de almorzar; la segunda, porque aun tenemos muchas cosas importantes que decir, y la tercera, porque faltan diez minutos todavía para el término señalado en la apuesta.

—Pero ante todo—dijo Aramis—es necesario disponer un plan de ataque.

—Es cosa muy sencilla—dijo Athos—; en cuanto el enemigo se halle cerca, hacemos fuego; si continúa avanzando, seguimos redoblando el fuego mientras tengamos fusiles cargados; si los que queden vivos se empeñan todavía en dar un asalto, los dejamos llegar hasta el foso, y entonces desplomamos sobre sus cabezas este trozo de muralla, que parece estar en pie por un milagro de equilibrio.

—¡Bravo!—dijo Porthos—; seguramente, Athos, que tú habías nacido para general en jefe, y el cardenal, que se cree hombre eminente en materias de estrategia, es a tu lado un chiquillo.

—Señores—dijo Athos—, nada de adulaciones, y que cada cual se contente con acertar al suyo.

—Ya tengo el mío—dijo Artagnan.

—Y yo, el mío—dijo Porthos.

—Y yo, ídem—dijo Aramis.

—Pues ¡fuego!—gritó Athos.

Los cuatro tiros no hicieron más que una sola detonación, y cuatro soldados cayeron en tierra.

Entonces se siguieron una porción de tiros sin ninguna regularidad, pero con certera puntería; mas, no obstante, como si los rocheleses hubieran conocido lo corto que era el número de los enemigos, continuaron avanzando a paso de carga.

De otros tres tiros quitaron de en medio a dos soldados;

pero no por eso los que quedaron ilesos desistieron un punto de su marcha.

Cuando llegaron los enemigos al pie del baluarte, eran todavía doce o quince, y aunque fueron recibidos con una última descarga, no se detuvieron por eso; antes bien, saltando al foso, se prepararon a escalar la brecha.

—¡Vamos, amigos míos!—exclamó Athos—. ¡Acabemos de una vez! ¡A la muralla! ¡A la muralla!

Y los cuatro camaradas, auxiliados por Grimaud, se pusieron a empujar con el cañón de sus mosquetes un enorme trozo de muralla, que, perdiendo el equilibrio, cayó al foso con terrible estruendo. Dejóse oír inmediatamente un profundo alarido, y una nube de polvo se elevó por los aires. Todo se había acabado.

—¡Si no habrá quedado ninguno para contarlo!—exclamó Athos.

—¡A fe mía que así me lo parece!—dijo Artagnan.

—No—dijo Porthos—; mirad allí dos o tres que huyen cojeando.

En efecto, tres o cuatro de aquellos desgraciados, cubiertos de sangre y lodo, corrían por el ramal de trinchera en dirección a la ciudad. Aquéllos eran los únicos supervivientes que habían quedado del destacamento.

Athos miró su reloj.

—Señores—dijo—, hace una hora que estamos en el baluarte, y por consiguiente hemos ganado la apuesta; pero es necesario que nos portemos como buenos jugadores; así como así, todavía no nos ha comunicado Artagnan su idea.

Y el mosquetero, con su acostumbrada sangre fría, fué a sentarse delante de los restos del almuerzo.

—¿Queréis saber mi plan?—dijo Artagnan a sus tres amigos cuando, después de la escaramuza que acababa de tener tan fatal resultado para el destacamento de rocheleses, volvieron a sentarse.

—Sí—replicó Athos—; veamos qué idea se os ha ocurrido.

—Creo que es lo mejor que yo pase a Inglaterra por segunda vez, vea al duque de Buckingham, y le advierta del peligro en que está.

—No haréis tal, Artagnan—dijo Athos, con frialdad.

—¿Por qué no? ¿No he ido allá otra vez?

—Sí; pero entonces no estábamos en guerra con los ingleses, y el duque de Buckingham era un aliado, no un enemigo; si ahora fuerais, indudablemente os acusarían como traidor.

Artagnan comprendió el peligro a que se exponía, y se calló.

—Pues, señores—dijo Porthos—; yo también tengo mi plan.

—Oigamos al caballero Porthos—dijo Aramis.

—Pido una licencia a M. de Treville bajo un pretexto cualquiera, que vosotros me diréis, pues en esto de pretextos no soy muy diestro. Milady no me conoce: procuro aproximarme a ella, y a la primera ocasión la quito de en medio.

—¡Eh!—dijo Athos—; no me parece del todo mal la idea, amigo Porthos.

—¡Dejaos de eso!—dijo Aramis—; ¡matar a una mujer! ¡Eso sería vergonzoso! Escuchad otra idea, que tal vez convenga más.

—Vamos a ver, Aramis—dijo Athos, que mostraba siempre una deferencia hacia el joven mosquetero.

—Sería preciso avisar a la reina,

—¡Ah! ¡Eso es!—exclamaron casi a un tiempo Porthos y Artagnan—; ése es el verdadero camino.

—¿Avisar a la reina?—dijo Athos—; ¿y de qué modo? ¿Tenemos acaso relaciones en la corte? ¿Podemos enviar a alguna persona a París sin que inmediatamente se sepa en el campamento? De aquí a París hay ciento cuarenta leguas, y no habría llegado todavía nuestra carta a Angers cuando ya estaríamos todos en un calabozo.

—Yo me encargo de hacer llegar con seguridad una carta a manos de la reina—dijo Aramis ruborizándose—, pues conozco en Tours cierta persona, que podría muy bien...

Aramis se detuvo viendo sonreír a Athos.

—¿Y qué, no es bueno ese medio, Athos?—dijo Artagnan.

—No es malo—repuso Athos—; pero debo advertir a Aramis que él no puede abandonar el campamento; que cualquiera que no sea uno de nosotros no es persona de confianza; que dos horas después que el mensajero haya partido, todos los capuchinos, alguaciles y birretes negros del cardenal sabrán de memoria vuestra carta, y os arrestarán juntamente con la persona de quien os fiéis.

—Sin contar—añadió Porthos—con que la reina podrá salvar a M. de Buckingham; pero a nosotros, me parece que no.

—Señores—dijo Artagnan—, lo que dice Porthos es muy exacto.

—¡Calla!; ¿qué sucederá en la ciudad?—dijo Athos.

—¡Tocan a generala!

Los cuatro amigos se pusieron a escuchar, y el ruido del tambor llegó efectivamente a sus oídos.

—Veréis cómo nos mandan un regimiento entero—dijo Athos.

—¿Supongo que no trataréis de batiros con todo un regimiento?—dijo Porthos.

—¿Y por qué no?—repuso el mosquetero—: me hallo en disposición de hacer frente a todo un ejército; y lo estaría más todavía si se nos hubiera ocurrido tomar una docena de botellas más.

—Si no me engaño, el tambor se va acercando.

—Dejadlo que se acerque—dijo Athos—; un cuarto de hora hay de aquí a la ciudad, y, por consiguiente, de la ciudad aquí; tiempo más que suficiente para preparar nuestro plan. No es posible que encontremos sitio más cómodo... A propósito; me ocurre una excelente idea.

—¿Cuál es?

—Dejadme que dé antes a Grimaud ciertas órdenes indispensables.

Athos hizo señas a su criado de que se acercase.

—Grimaud—dijo Athos señalándole los cadáveres que yacían esparcidos por el suelo—, levanta a esos caballeros, y colócalos en pie contra la muralla. Ten cuidado de ponerles su gorra en la cabeza, y el fusil en la mano.

—¡Oh, genio fecundo!; ya te comprendo—exclamó Artagnan.

—¿Lo comprendéis?—dijo Porthos.

—Y tú, Grimaud, ¿me comprendes?—dijo Athos.

Grimaud contestó por señas que sí.

—Pues es todo lo que necesito—dijo Athos—. Ahora volvamos a mi idea.

—Mucho me alegraría de comprender lo que esto significa—dijo Porthos.

—Es inútil.

—¡Sí, sí, la idea de Athos!—dijeron a un tiempo Artagnan y Aramis.

—Esa milady, esa mujer, o demonio, tiene un cuñado, según habéis dicho, ¿no es verdad, Artagnan?

—Así es, y le conozco mucho; por más señas, creo que no son muy amigos.

—No veo gran mal en eso; y si la detestara, sería mucho mejor.

—Pues en ese caso, todo nos sale a pedir de boca.

—Pero ante todo, señores—dijo Porthos—, quisiera saber qué significa lo que está haciendo Grimaud.

—¡Silencio, Porthos!—dijo Aramis.

—¿Cómo se llama el cuñado de milady?

—Lord Winter.

—¿Dónde estará ahora?

—Regresó a Londres al primer rumor de guerra.

—Pues bien: ése es cabalmente el hombre que necesitamos, y a quien debemos avisar. Le haremos saber que su cuñada está encargada de preparar un asesinato, y le rogamos que no la pierda de vista. No faltará en Londres algún establecimiento por el estido del de la Magdalena o Arrepentidas, y si logra poner en él a su cuñada, quedaremos tranquilos por ese lado.

—Sí—dijo Artagnan—, hasta que consiga escaparse.

—Sois demasiado exigente, Artagnan—dijo Athos—, y os confieso que por ahora no se me ocurre ninguna otra cosa.

—Y es lo mejor que podemos hacer—dijo Aramis—; avisar a un tiempo a la reina y a lord Winter.

—Sí; ¿pero de quien hemos de valernos para enviar las cartas a Tours y a Londres?

—Yo respondo de Baucin—dijo Aramis.

—Y yo, de Planchet—dijo Artagnan.

—Efectivamente—dijo Porthos—; si nosotros no podemos abandonar el campamento, no sucede lo mismo a nuestros criados.

—Así es—dijo Aramis—; y lo que debemos hacer es escribir hoy mismo las cartas, darles dinero, y hacer que marchen inmediatamente.

—¿Darles dinero?—repuso Athos—: ¿conque eso es decir que lo tenéis...

Los cuatro amigos se miraron mutuamente, y sus frentes, tan serenas poco antes, se fueron anublando poco a poco.

—¡Alerta!—gritó Artagnan—; que desde aquí distingo unos puntos negros que se mueven allá abajo. ¿Decíais un regimiento, Athos? Es un ejército completo.

—A fe mía—dijo Athos—: ¡helos ahí! Mirad los tunos cómo han ido acercándose sin meter ruido. ¡Hola, Grimaud! ¿Has concluído?

Grimaud hizo una señal afirmativa, y enseñó una docena de muertos que había colocado en las actitudes más pintorescas: unos, con el arma al hombro, otros, en disposición de apuntar, y otros, con espada en mano.

—¡Bravo!—dijo Athos—; he aquí una disposición que honra a tu fantasía.

—Sí, le honrará—dijo Porthos—; pero lo que yo quisiera es comprenderla.

—Escurramos el bulto por de pronto—dijo Artagnan—, que ya lo comprenderás después.

—Un instante, señores, un instante: demos tiempo a Grimaud para que recoja los restos del almuerzo.

—Los puntos negros y encarnados—dijo Aramis—van engrandeciendo notablemente y soy del parecer de Artagnan. Creo que no tenemos tiempo que perder para volver al campamento.

—Convengo en la retirada—dijo Porthos—. La apuesta ha sido por una hora, y hace una y media que estamos aquí. Nada podrán decir: conque en marcha, señores.

Grimaud había tomado ya la delantera con la cesta y los postres. Los cuatro amigos le siguieron, y anduvieron como unos diez pasos.

—¿Pero en qué estamos pensando, señores?—exclamó Athos.

—¿Has olvidado alguna cosa?—preguntó Aramis.

—¿Y la bandera? No debemos dejarla en poder del enemigo, aunque no sea más que una servilleta.

Y lanzándose Athos en el baluarte, subió a la plataforma, y arrancó la bandera: pero como los rocheleses estaban ya a tiro de fusil, hicieron un fuego terrible sobre aquel hombre, que parecía se regocijaba en buscar el peligro.

Nadie diría sino que Athos tenía un talismán que guardaba su persona, pues las balas pasaron silbando a su lado, y ni una sola le tocó.

Athos agitó su bandera volviendo la espalda a los de la ciudad, y saludando a los del campamento. De ambos lados partieron ruidosos gritos, de cólera en los unos y de entusiasmo en los otros.

Una segunda descarga siguió a la primera, y tres balas que atravesaron la servilleta hicieron de ella una verdadera bandera.

En todo el campamento se oían las voces de: ¡bajad, bajad!

Athos bajó, en efecto, y sus camaradas, que le aguardaban con la mayor ansiedad, se llenaron de júblio al verle.

—Vamos, Athos, vamos—dijo Artagnan—, alejémonos de aquí, ya que todo lo hemos hallado, a excepción del dinero: sería una estupidez el dejarnos matar.

Pero Athos siguió caminando con mucha calma; de suerte

que, viendo sus compañeros que toda observación era inútil, procuraron arreglar sus pasos a los del mosquetero. Grimaud y su cesta se hallaban ya fuera del alcance de las balas.

A poco rato se oyó un fuego de fusilería bastante vivo.

—¿Qué significa esto?—preguntó Porthos—; ¿a quién tiran? No oigo silbar las balas, ni veo a nadie.

—Tiran contra la guarnición que hemos dejado—respondió Athos.

—Pues de seguro que la guarnición no les contestará.

—Cierto es: por eso creerán que les tienen preparada alguna emboscada, y consultarán sobre lo que hayan de hacer. Enviarán un parlamentario, y cuando conozcan la superchería ya habremos tenido tiempo nosotros para ponernos fuera de tiro. He aquí la razón de que no juzgue necesario que echemos a correr y nos expongamos a coger una enfermedad.

—¡Ah, ya comprendo!—exclamó Porthos maravillado.

—¡No es poca fortuna!—dijo Athos encogiéndose de hombros.

Los franceses, viendo venir a los cuatro amigos al paso, prorrumpieron en gritos de entusiasmo.

En fin, se oyó otra nueva descarga, y esta vez las balas fueron a estrellarse contra las piedras inmediatas a los atrevidos aventureros, silbando lúgubremente en derredor de sus oídos.

Los rocheleses se habían apoderado del baluarte.

—¡Vaya una gente torpe!—exclamó Athos.

—¿Cuántos les hemos muerto?

—Doce o quince.

—¿Cuántos hemos aplastado?

—Ocho o diez.

—Y, en cambio, nosotros no tenemos ni siquiera un arañazo... ¡Ah, sí! ¿Qué tenéis en la mano, Artagnan?

—Me parece que veo sangre.

—No, nada—dijo Artagnan.

—¿Alguna bala perdida?

—Ni aun eso.

—Pues vamos, ¿qué es?

Ya hemos dicho que Athos quería a Artagnan como si fuera su hijo; y el mosquetero, a pesar de su carácter sombrío e inflexible, manifestaba a veces hacia aquel joven un interés casi paternal.

—Que me he despellejado un poco el dedo—repuso Artagnan—; me lo cogí entre dos piedras, la de la muralla y ésta de la sortija, lo cual ocasionó que se me rozara un poco el pellejo.

—Eso es lo que tiene llevar diamantes, señor mío—dijo Athos con desdén.

—¡Pues es verdad—exclamó Porthos—que tenemos un diamante! ¡Y nos quejábamos hace poco de que nos faltaba dinero!

—Tienes razón—dijo Aramis.

—Sea enhorabuena, Porthos; al menos por esta vez se os ha ocurrido una cosa buena.

—Sin duda alguna—dijo Porthos enorgulleciéndose del cumplido de Athos—; puesto que tenemos un diamante, le podemos vender.

—Pero es el diamante de la reina—dijo Artagnan.

—Razón de más para venderle—replicó Athos—. La reina salva a su amante M. de Buckingham; nada más justo. La reina nos salva a nosotros que somos sus amigos; nada más conforme a la moral. Conque vendamos el diamante. ¿Qué opina el señor cura? No pregunto el parecer de Porthos, porque ya lo ha dicho.

—Yo creo—dijo Aramis ruborizándose—que, no habiendo recibido Artagnan esa sortija de manos de una amante, y no siendo, por consiguiente, una prenda de amor, bien puede venderla.

—Querido, habláis como pudiera hacerlo la misma teología personificada. ¿Conque vuestra opinión es?...

—Que se venda el diamante.

—Pues bien—dijo alegremente Artagnan—, que se venda, y no hablemos más del asunto.

El fuego continuaba con fuerza; pero nuestros amigos estaban ya fuera de su alcance, y los rocheleses sólo tiraban por tirar.

—A fe mía que le ocurrió a Porthos muy a tiempo su feliz idea, pues nos hallamos ya en el campamento. Ahora, señores, ni una palabra más sobre el asunto. Todo el mundo nos observa; van a salir a recibirnos, y seremos probablemente llevados en triunfo.

Efectivamente; según hemos dicho, todo el campamento estaba en conmoción. Más de dos mil personas habían asistido, como si fuese a un espectáculo, a la arriesgada aventura de los cuatro amigos, valentía cuyo verdadero objeto estaban todos muy lejos de sospechar. No se oían más que gritos de: ¡¡Vivan los guardias!! ¡¡Vivan los mosqueteros!! Y el mismo Busiñy fué el primero que se adelantó a coger la mano a Athos, confesando que había perdido la apuesta. El dragón, el suizo y todos los demás siguieron su ejemplo. Todo se volvía felicitaciones, apretones de manos, abrazos, risas prolongadas al hablar de los rocheleses, y, por último, un tumulto tan grande, que el cardenal, llegando a creer que había algún motín, envió a La Houdinière, su capitán de guardias, para que se informase de lo que ocurría.

Contáronle el suceso al mensajero con toda la efervescencia que puede inspirar el entusiasmo.

—¡Y bien! ¿Qué hay?—preguntó el cardenal en cuanto volvió La Houdinière.

—Nada, monseñor, tres mosqueteros y un guardia que han hecho con M. de Busiñy la apuesta de ir a almorzar al baluarte de San Gervasio, y mientras almorzaban han sostenido por dos horas un ataque contra los rocheleses, matándoles no sé cuántos hombres.

—¿Os habéis informado del nombre de esos tres mosqueteros?

—Sí, monseñor.

—¿Cómo se llaman?

—Athos, Porthos y Aramis.

—¡Siempre los mismos!—murmuró el cardenal—. ¿Y el guardia?

—Artagnan.

—¡Mi joven picaruelo! ¡Vamos!; es preciso que los cuatro sean míos a cualquier precio.

Aquella misma noche habló el cardenal a M. de Treville de la aventura de por la mañana, que era el objeto de la conversación general. M. de Treville, que la había oído de la boca de los mismos héroes, la contó con todos sus pormenores a su eminencia, sin olvidar el episodio de la servilleta.

—Muy bien, M. de Treville—dijo el cardenal—; haced el favor de enviarme esa servilleta, porque voy a mandar bordar en ella tres flores de lis de oro, y darla para bandera de vuestra compañía.

—Monseñor—dijo M. de Treville—, sería cometer una injusticia con respecto a los guardias. M. de Artagnan no es mosquetero de los míos, sino de los guardias de M. Des Essarts.

—Pues bien, que entre en vuestra compañía—dijo el cardenal—. No es justo que, estimándose esos cuatro valientes militares en tan alto grado, no pertenezcan a un mismo Cuerpo.

Aquella misma noche fué M. de Treville a anunciar esta buena noticia a los tres mosqueteros y a Artagnan, invitando a los cuatro a almorzar con él en la mañana siguiente.

Artagnan estaba loco de contento, pues sabido es que el sueño de toda su vida había sido y era entrar en la compañía de mosqueteros.

Los tres amigos estaban también por su parte sumamente gozosos.

—A fe mía—dijo Artagnan a Athos—que has tenido una felicísima idea; conforme lo imaginabas, nos hemos cubierto de gloria, y hemos tenido ocasión al propio tiempo de conversar detenidamente sobre cosas del mayor interés.

—Lo cual podemos seguir haciendo ahora sin infundir sospechas, pues, con la ayuda de Dios, vamos a pasar de aquí en adelante por cardenalistas.

Artagnan fué en seguida a presentarse a M. Des Essarts, y, después de darle las debidas gracias, le hizo saber el ascenso que acababa de obtener.

M. Des Essarts, que quería en extremo a Artagnan, le ofreció lo que necesitara, pues el cambio de Cuerpo traía consigo gastos en cuanto al equipo.

Rehusólo Artagnan; pero pareciéndole propicia la ocasión, le rogó que hiciese tasar el diamante que puso en sus manos, y del cual quería deshacerse.

A las ocho de la mañana siguiente el criado de M. Des Essarts entró en el alojamiento de Artagnan, y le entregó un saco con siete mil libras de oro.

Este era el precio del diamante de la reina.

FIN DE LA TERCERA PARTE

Los Tres Mosqueteros

(Cuarta parte)

XLVIII

UN ASUNTO DE FAMILIA

Athos había encontrado la palabra más adecuada: era preciso hacer del asunto de Buckingham un *asunto de familia.* Un asunto de familia no se hallaba sometido a la investigación del cardenal, pues no tenía interés general. Delante de todo el mundo se podía hablar con franqueza de un asunto de familia.

Aramis había discurrido una cosa buena: los lacayos.

Porthos había encontrado los recursos: el diamante.

Sólo a Artagnan no se le había ocurrido cosa alguna, sin embargo de que poseía el espíritu de invención en más alto grado. Pero es preciso añadir que el nombre sólo de milady enervaba sus potencias... ¡Ah!; nos hemos equivocado, pues había encontrado un comprador para su diamante.

En el almuerzo que se verificó en casa de M. de Treville reinó la alegría más completa. Artagnan vestía ya su nuevo uniforme. Nuestro joven era, sobre poco más o menos, de la misma estatura que Aramis; y como éste había sido remunerado con esplendidez, según podrá recordarse, por el librero que le compró su poema, se había mandado hacer prendas dobles, y cedió a su amigo un uniforme completo.

Artagnan hubiera quedado plenamente satisfecho si no divisara a milady como una sombría nube que aparecía por el horizonte.

Después del almuerzo convinieron los cuatro amigos en reunirse por la noche en el alojamiento de Athos, donde concluirían la importante conversación que habían empezado.

Artagnan pasó el resto del día en lucir su uniforme por todo el campamento.

Por la noche, y a la hora convenida, se reunieron los cuatro en el punto designado.

Sólo tres cosas les faltaba que decidir.

Lo que debía escribirse al cuñado de milady.

Lo que escribirían a la persona de Tours.

Y, por último, los lacayos de que habían de valerse para llevar las cartas a su destino.

Cada cual ofrecía el suyo; Athos elogiaba la discreción de Grimaud, que no hablaba una palabra hasta que su amo le descosía los labios; Porthos ponderaba la fuerza de Mosquetón, que era capaz de vencer a cuatro hombres de regular fuerza; Aramis, fundándose en la destreza de Baucin, hacía pomposos elogios de su candidato; y Artagnan, que tenía plena confianza en el valor de Planchet, recordaba, por último, cómo se había conducido en el espinoso asunto de Boulogne.

Estas cuatro virtudes dieron ocasión a largos debates, y a que se pronunciaran magníficos discursos, de que no daremos cuenta a nuestros lectores, temerosos de dilatar demasiado nuestra narración.

—Desgraciadamente—dijo Athos—, se necesita que el elegido reúna esas cuatro cualidades.

—¿Y será fácil encontrar un lacayo semejante?

—Es imposible—dijo Athos—, lo conozco; conque valeos de Grimaud.

—Elegid a Mosquetón.

—Escoged a Baucin.

—Nombrad a Planchet. Planchet es diestro y valiente, y éstas son ya dos de las cuatro cualidades necesarias.

—Señores—dijo Aramis—, lo principal no es que averigüemos cuál de nuestros lacayos es más discreto, ni más fuerte, ni más diestro, ni más valiente, sino saber cuál de ellos aprecia más el dinero.

—Tiene razón Aramis—repuso Athos—: es preciso investigar los defectos de las personas antes que sus virtudes. Señor cura, sois un profundo moralista.

—No cabe duda—replicó Aramis—, porque tenemos necesidad de ser bien servidos, no sólo para salir bien con nuestra empresa, sino para no dar un golpe en vago, pues no arriesgamos más que la cabeza; y no lo digo por el lacayo...

—Más bajo, Aramis—dijo Athos.

—Tenéis razón: y no lo digo por el lacayo—continuó Aramis—, sino por el amo, y aun por los amos. ¿Podemos confiar en la adhesión de los criados lo bastante para creer que arriesguen su vida por nosotros? De ningún modo.

—A fe mía—dijo Artagnan—, que me atrevería a responder de Planchet.

—Pues bien, querido; añadid al afecto que naturalmente os profesa una buena cantidad que le proporcione algunas comodidades, y entonces responderéis de él con doble motivo.

—Pues, señor, yo creo que os engañaríais, a pesar de eso—dijo Athos, que era optimista cuando se trataba de cosas, y pesimista, cuando de personas—: prometerán todo lo que se quiera para conseguir el dinero; pero luego el miedo les impedirá cumplir sus ofertas, y estoy seguro de que, si los cogen y los apremian, cantarán de plano. ¡Qué diablos!; ¡no somos tan niños! Para ir a Inglaterra (aquí bajó Athos la voz) es preciso atravesar toda Francia, sembrada por todas partes de espías y de hechuras del cardenal; es preciso conseguir un pase para embarcarse; es preciso saber inglés para informarse del camino de Londres... Vamos; veo que es asunto sumamente difícil.

—No tal—repuso Artagnan, que demostraba gran interés en que se llevase a cabo el proyecto—; por el contrario, lo creo muy fácil. Claro está que si se escriben a lord Winter cosas de grave compromiso, vituperios del cardenal...

—Más bajo—dijo Athos.

—O intrigas y secretos de Estado—continuó Artagnan conformándose con la prevención de Athos—, nos apalearán; pero, ¡por Dios!, no debéis olvidar que, según vos mismo habéis dicho, no le escribimos más que para un asunto de familia, y con el exclusivo objeto de que prive a milady desde el momento en que llegue de los medios de poder perjudicarnos. Por mi parte, le escribiría una carta concebida sobre poco más o menos en estos términos:

—Veamos—dijo Aramis, manifestándose desde luego inclinado a criticar.

"Querido amigo y señor..."

—¡Bien, muy bien! ¿Querido amigo a un inglés?—interrumpió Athos—. ¡Buen principio, Artagnan! Eso sólo bastaría para que os descuartizaran, en vez de apalearos.

—Pues bien; pondré simplemente "señor".

—Mejor estaría que dijeseis "milord"—repuso Athos, que gustaba mucho de la exactitud en los términos.

"Milord, ¿os acordáis del pequeño soto en que pastaban las cabras del Luxemburgo?"

—¡Bueno! ¡Salir ahora con el Luxemburgo! ¡Van a creer que es una alusión a la reina madre, y la idea no deja de ser ingeniosa!—replicó Athos.

—Pues pondremos sencillamente:

"Milord, ¿os acordáis de cierto soto en que os salvaron la vida?"

—Querido Artagnan—dijo Athos—, desengañaos; siempre seréis un pésimo redactor. "¡En que os salvaron la vida!" ¡Eso es muy poco noble! Semejantes servicios jamás se recuerdan a un caballero. El echar en cara un beneficio es hacer una ofensa.

—¡Ah, querido!—dijo Artagnan—; sois insufrible. Si he de escribir con tanta censura, desde ahora renuncio a ello de todo corazón.

—Y hacéis muy bien. Manejad el mosquete y la espada, querido; que en ambos ejercicios no tenéis rival; pero dejad la pluma a nuestro clérigo, que esto a él únicamente le compete.

—Sí, efectivamente—dijo Porthos—; dejad la pluma a Aramis, que escribe muy bien en latín.

—Bien, sea enhorabuena—dijo Artagnan—, escribid esa nota, Aramis; pero, ¡por vuestro Santo Padre!, andad con tiento, porque os prevengo que no pienso perdonaros ni una sola coma.

—Ese es mi deseo—dijo Aramis con aquella ingenua confianza que todo poeta tiene en sí mismo—; pero es preciso que se me entere a fondo del asunto. Yo sí he oído decir en varias ocasiones que esa milady era una bribona, y aun he adquirido la prueba de ello por la conversación que sostuvo con el cardenal.

—¡Más bajo, voto a cribas!—dijo Athos.

—Pero—continuó Aramis—no estoy enterado de los pormenores.

—Ni yo tampoco—dijo Porthos.

Artagnan y Athos se miraron por un momento en silencio, hasta que al fin Athos, después de una rápida reflexión, y poniéndose más pálido que de costumbre, hizo un signo afirmativo. Artagnan comprendió que podía hablar con plena libertad.

—¡Pues bien! He aquí lo que se trata de decir: "Milord: Vuestra cuñada es una malvada criatura que ha querido asesinaros por recoger vuestra herencia; pero nunca ha podido ser esposa de vuestro hermano, porque se hallaba casada en Francia, y había sido..."—Artagnan se detuvo mirando a Athos, como si tratara de buscar la expresión apropiada.

"—Arrojada ignominiosamente por su marido"—dijo Athos.

"—Porque estaba marcada con el sello de la infamia" —continuó Artagnan.

—¡Bah!—exclamó Porthos—; ¡eso no puede ser! ¿Ha querido asesinar a su cuñado?

—Sí.

—¿Y estaba casada?—preguntó Aramis.

—Sí.

—¿Y su marido advirtió que tenía la flor de lis sobre el hombro?—exclamó Porthos.

—Sí.

Estos tres *síes* habían sido pronunciados por Athos con una entonación cada vez más sombría.

—¿Quién ha visto esa flor de lis?—preguntó Aramis.

—Artagnan y yo, o más bien, siguiendo el orden cronológico, yo y Artagnan—contestó Athos.

—Y el marido de esa vil criatura ¿existe?—preguntó Aramis.

—Todavía vive.

—¿Estáis seguro de ello?

—A no dudarlo.

Hubo un momento de silencio, durante el que cada cual se sintió afectado según su diversa naturaleza.

—Esta vez—dijo Athos interrumpiendo el primero el silencio—nos ha dado Artagnan un programa excelente de lo que indispensablemente debemos escribir.

—¡Diantre!—exclamó Aramis—; ahora veo que teníais razón, Athos, y que la coordinación de esas ideas es bastante espinosa. El mismo canciller se vería apurado para redactar una carta de esta naturaleza, y sin embargo, redacta con mucho desembarazo un proceso verbal. No obstante, callad, que voy a poner manos a la obra.

Aramis tomó la pluma, y reflexionando por algunos instantes, escribió unas ocho o diez líneas en letra sumamente pequeña y pulcra como la de una mujer. En seguida, con un tono de voz dulce y muy despacio, como si midiese escrupulosamente cada palabra, leyó lo que sigue:

"Milord:

"La persona que os dirige estas líneas ha tenido el honor de medir su espada con la vuestra en cierto sitio de la calle de Enfer. Como después os habéis dignado dar a esta persona el título de amigo, se encuentra en la obligación de manifestaros su reconocimiento por esa amistad dándoos un aviso importante. Por dos veces habéis estado a punto de ser víctima de la perfidia de una pariente próxima, a quien nombraréis heredera vuestra porque ignoráis que antes de contraer matrimonio en Inglaterra se hallaba casada en Francia. La tercera vez que atenta a vuestra vida es la presente, y podríais quizás sucumbir; vuestra pariente ha salido de la Rochela con dirección a Inglaterra; espiad su llegada, y vigiladla, porque lleva grandes y terribles proyectos. Si queréis absolutamente conocer de lo que será capaz esa mujer, leed su vida pasada sobre su hombro izquierdo."

—Muy bien—dijo Athos—; he aquí una carta perfectamente redactada. Tenéis una pluma que ni la de un secretario de Estado, querido Aramis. Lord Winter no vivirá descuidado si llega a sus manos el aviso; y aun cuando esta carta cayera en manos de su eminencia, no nos produciría ningún compromiso. Pero como el criado que la lleve pudiera hacernos creer que había estado en Londres sin haber pasado de Chatellerault, no le daremos más que la mitad del dinero, prometiéndole la otra mitad para cuando nos traiga la respuesta. ¿Tenéis ahí el diamante?—continuó Athos.

—Tengo otra cosa mejor, que es su precio—dijo Artagnan.

Y arrojó el saco sobre la mesa. Al sonido del oro Aramis levantó los ojos, Porthos se estremeció de sorpresa, pero Athos permaneció impasible.

—¿Cuánto hay en ese saco?—preguntó.

—Siete mil libras en luises de doce francos.

—¡Siete mil libras!—exclamó Porthos—; ¡ese mal diamante valía siete mil libras!

—Así parece—dijo Athos—, puesto que están ahí; no me figuro que nuestro amigo Artagnan haya puesto nada de su bolsillo.

—Pero, señores, en medio de todo—dijo Artagnan—, nos olvidamos enteramente de la reina: miremos algún tanto por la vida de su querido Buckingham, pues esto es lo menos que podemos hacer por él.

—Tenéis razón—dijo Athos—; pero eso corresponde a Aramis.

—Y bien—dijo éste ruborizándose—; ¿qué tengo que hacer?

—Una cosa muy sencilla—replicó Athos—: escribir otra carta a esa persona que habita en Tours.

Aramis volvió a tomar la pluma, y, después de reflexionar por segunda vez, escribió las siguientes líneas, que sometió al punto a la aprobación de sus amigos:

"Querida prima."

—¡Ah! ¡Ah! ¿Se trata de una pariente vuestra?

—Prima hermana—contestó Aramis.

—¡Vaya con la prima!

Aramis continuó:

"Querida prima: Su eminencia el cardenal, que Dios guarde para felicidad de Francia y confusión de los enemigos del reino, está muy próximo a concluir con los herejes rebeldes de la Rochela, y es muy probable que el socorro de la flota inglesa no llegue ni siquiera a vista de la plaza. Casi me atrevería a decir que estoy seguro de que M. de Buckingham se hallará imposibilitado de partir, a causa de algún grave acontecimiento. Su eminencia es el político más hábil de los tiempos pasados y presentes, y probablemente de los venideros. Comunicad estas venturosas nuevas a vuestra hermana, querida prima. He soñado que ese maldito inglés había muerto, no recuerdo si por medio del puñal o del veneno; pero de lo que sí estoy cierto es de que había muerto, y ya sabéis que mis sueños no me engañan nunca. Confiad, pues, en que pronto nos volveremos a ver."

—¡Perfectamente!—exclamó Athos—; sois el rey de los poetas, querido Aramis; habláis como el Apocalipsis, y decís la verdad como el Evangelio. No falta más que el sobre.

—Es cosa bien fácil—dijo Aramis.

Y, doblando con mucha elegancia la carta, escribió sobre ella:

"A mademoiselle Michon, costurera en Tours."

Los tres amigos se miraron y se sonrieron, pues habían quedado burladas sus esperanzas.

—Ahora, señores—continuó Aramis—; ya comprenderéis que Baucín es el único que puede llevar esta carta a Tours. Mi prima no conoce a otro que a Baucín, y en éste es en quien tiene entera confianza. Cualquiera otra persona descompondría el negocio, y Baucín es, además, inteligente y ambicioso; Baucín ha leído la Historia, señores, y sabe que Sixto V llegó a ser Papa después de haber estado guardando puercos en su infancia; y como piensa entrar en la Iglesia al mismo tiempo que yo, no desespera de ser algún día Papa, o por lo menos, cardenal. Ya podéis figuraros que un hombre que abriga miras tan elevadas no se dejará coger tan fácilmente; y si por una desgracia llegase esto a suceder, antes será mártir que confesor.

—Muy bien—dijo Artagnan—: con la mejor voluntad os

concedo que vaya Baucin; pero dejadme a mí enviar a Planchet. Milady le hizo poner cierto día a la puerta, y le hizo dar una buena felpa. Planchet tiene muy buena memoria; y yo os respondo de que, si se figura que ha llegado la ocasión de vengarse, se dejará más bien apalear que renunciar a ella. Si os encargáis de lo relativo a Tours, Aramis, lo de Londres corre de mi cuenta. Ruego, pues, que se elija a Planchet, el cual ha estado además en Londres conmigo, y sabe decir muy correctamente. *London, sir, if you please* y *my master, lord d'Artagnan*. Con esto no tengáis cuidado, que irá y volverá sin perderse.

—En ese caso, Planchet recibirá setecientas libras al marchar, y otras tantas a su regreso; y Baucin trescientas cuando se encargue de la comisión, e igual suma a su vuelta; lo cual reducirá la suma a la cantidad de cinco mil libras. Nos repartiremos entre todos otras mil libras, para que haga cada cual de su parte el uso que más le acomode, y con las mil restantes se hará un fondo de reserva que estará a cargo del clérigo para los casos extraordinarios o las necesidades que ocurran. ¿Qué os parece?

—Querido Athos, habláis como Néstor, que era, como todo el mundo sabe, el más sabio de los griegos.

—Pues bien, convenidos—repuso Athos—; Planchet y Baucin serán los que marchen. Así como así, no me pesa el conservar a mi lado a Grimaud; ya le tengo acostumbrado a mis maneras, y si el día de ayer le ha causado alguna impresión, estoy seguro de que el viaje acabaría de anonadarle.

Hicieron venir a Planchet para darle sus instrucciones. Artagnan le había ya prevenido, anunciándole primero la gloria que podía adquirir, después el dinero que podía ganar, y por último, el peligro que podía correr.

—Llevaré la carta en las vueltas de mi casaca—dijo Planchet—, y si me cogen, me la tragaré.

—Si llega ese caso no podrás cumplir tu comisión—dijo Artagnan.

—Dadme esta noche una copia de la carta, que mañana ya la sabré de memoria.

Artagnan miró a sus amigos como queriendo decirles:

—¿Qué tal? ¿Qué os había yo dicho?

—Ahora—continuó, dirigiéndose a Planchet—, se te conceden ocho días para ir a ver a lord Winter y otros ocho días para volver, los cuales hacen en junto dieciséis días. Si a las ocho de la noche del décimosexto no estás aquí de vuelta, no cuentes con el dinero, aun cuando llegases a las ocho y cinco minutos.

—Entonces, señor—dijo Planchet—, compradme un reloj.

—Toma éste—dijo Athos, dándole el suyo con un franco desprendimiento—, y cuidado como te portas: ten presente que si hablas, si te entretienes y gastas el tiempo inútilmente, pierdes a tu amo, que tiene en tu fidelidad tal confianza, que nos ha respondido de ti. Pero advierte también que si por culpa tuya le sucede alguna desgracia a Artagnan, cuando te encuentre, que sí te encontraré, es el último día de tu vida.

—¡Oh, señor!—dijo Planchet humillado con semejante sospecha, y asustado más que de todo por el aire tranquilo del mosquetero.

—Y yo—dijo Porthos, mirándole con torvo ceño—, te desuello vivo.

—¡Ah, señor!

—Y yo—dijo Aramis con su voz dulce y melodiosa—te quemaré a fuego lento como a un cafre.

—¡Ah, señor!

Y Planchet se echó a llorar, no sabemos si asustado por las amenazas que le hacían, o conmovido por ver a los cuatro amigos tan estrechamente unidos en ideas y sentimientos.

Artagnan le cogió la mano.

—Vamos, Planchet—le dijo—, estos señores hablan así por el afecto que me profesan; pero te aprecian de veras.

—¡Ah, señor!—dijo Planchet—: o desempeñaré fielmente mi comisión, o me harán pedazos; y aun en este caso, podéis estar seguro de que no hablaré la menor palabra.

Decidióse que Planchet partiese a las ocho de la mañana siguiente, a fin de que, según había dicho, pudiera aprenderse la carta de memoria. Doce horas justas ganaba con este arreglo, pues debía volver a las ocho de la noche del día décimosexto.

A la mañana siguiente, en el momento en que iba a montar a caballo, Artagnan, que sentía particular inclinación hacia el duque de Buckingham, llamó aparte a Planchet.

—Escucha—le dijo—; cuando hayas entregado la carta a lord Winter, y él la haya leído, le dirás: "Velad por la vida de su gracia lord Buckingham, pues tratan de asesinarle." Pero esto, Planchet, es de tal gravedad e importancia, que, como has visto, ni aun he querido decir a mis amigos que iba a confiarte este secreto, el cual no me atrevería a escribírtelo ni aunque me dieran el grado de capitán.

—No tengáis cuidado, señor—dijo Planchet—, que ya veréis si puede contarse conmigo.

Y montando Planchet sobre un excelente caballo que debía dejar a veinte leguas del punto de partida para tomar la posta, marchó al galope con el corazón un tanto oprimido por la triste promesa que le habían hecho los mosqueteros; pero, por lo demás, con las mejores disposiciones del mundo.

Baucín partió a la mañana siguiente para Tours, y se le concedieron ocho días para evacuar su comisión.

Durante estas dos ausencias tenían los cuatro amigos, como puede imaginarse, sus ojos en acecho, y sus oídos, atentos al más ligero rumor. Pasaban los días escuchando lo que se decía, acechando los pasos del cardenal, y atisbando los correos que llegaban. Si alguna vez los llamaban para algún servicio extraordinario, sentían un temor inexplicable; bien que no sin fundamento, pues milady era un fantasma que, cuando se dejaba ver una vez a las personas, no las dejaba ya dormir tranquilamente.

En la mañana del octavo día, Baucín, con su fresco semblante y acostumbrada calma, entraba en la taberna del Parpaillot a tiempo que los cuatro amigos se disponían a almorzar; y, dirigiéndose a su amo, según estaba ya convenido:

—Señor—le dijo—, aquí tenéis la contestación de vuestra prima.

Los cuatro amigos cambiaron entre sí una mirada de alegría, pues la mitad de la empresa se había llevado a cabo, si bien es verdad que era la parte más breve y la menos arriesgada.

Aramis, ruborizándose a su pesar, tomó la carta, escrita con mala letra y peor ortografía.

—¡Buen Dios!—exclamó riéndose—; esto es para desesperar a cualquiera. Nunca llegará la pobre Michon a escribir como M. Voiture.

—¿Qué querer decir popre Michon?—preguntó el suizo, que quería tomar parte en la conversación de los cuatro amigos cuando llegó la carta.

—Nada, amigo, nada—replicó Aramis—; es una linda costurera a quien he amado bastante, y a quien pedí algunas líneas de su mano como recuerdo suyo.

—¡Canario!—dijo el suizo—; si ella ser tan grande señora como su letra, vos estar en grande, gamarada.

Aramis leyó la carta, y la pasó a Athos.

—Ved lo que me escribe, Athos—le dijo.

Athos revisó rápidamente la carta, y para quitar toda sospecha leyó en alta voz:

"Primo mío, mi hermana y yo adivinamos perfectamente los sueños, y nos asustan terriblemente; pero confío en que del vuestro podrá decirse que un sueño es una mentira. Adiós: conservaos bueno, y haced que de vez en cuando tengamos noticias vuestras.

MARÍA MICHON."

—¿De qué sueño habla?—preguntó el dragón, que se había acercado durante la lectura.

—Sí, ¿de qué sueño?—dijo el suizo.

—¡Pardiez!—dijo Aramis—; no es dudoso: de un sueño que he tenido, y que yo he contado a mi prima.

—¡Ah!; sí; ser cosa muy sencilla contar un sueño; pero yo no soñar nunca.

—¡Pues, amigo—dijo Athos levantándose—, sois feliz, y me alegrara poder decir de mí otro tanto!

—Nunca—repitió el suizo, encantado de que un hombre como Athos le envidiara alguna cosa—. Nunca, nunca.

Viendo Artagnan que Athos se levantaba, hizo lo mismo, y tomando su brazo, se retiró con él.

Porthos y Aramis se quedaron para contestar a los dichos y ocurrencias del dragón y del suizo.

Baucín, por su parte, se tumbó sobre un montón de paja; y, como tenía una imaginación más viva que la del suizo, soñó que su amo era Papa, y que le cubría con el capelo de cardenal.

Pero, según dijimos, el feliz regreso de Baucin no había calmado sino a medias la inquietud y sobresalto en que vivían los cuatro amigos. Cuando se espera alguna cosa, parece que los días son interminables, y Artagnan principalmente habría jurado que tenía cuarenta y ocho horas cada uno. Olvidaba las detenciones forzosas de una navegación, se pintaba con los más vivos colores el poder de milady, y veía allá en su imaginación a esta mujer, que le parecía un demonio, rodeada de espíritus infernales que la auxiliaban: al menor ruido se le figuraba que venían a arrestarle, y que le presentaban a Planchet, para carearle con él y sus amigos: hasta la confianza tan grande que tenía en su emisario iba disminuyendo de día en día. Por último, su inquietud era tan fuerte, que había contagiado a Porthos y a Aramis, y sólo Athos permanecía impasible, como si no se viera amenazado de peligro alguno, y respirara en su atmósfera acostumbrada.

Especialmente el día en que debía volver el emisario eran tan visibles estas señales de agitación en Artagnan y en sus dos amigos, que no podían estar quietos en sitio alguno, y andaban errantes como sombras por el camino que debía traer Planchet.

—Verdaderamente—les decía Athos—no parecéis hombres, sino niños, cuando una mujer os infunde tanto miedo. ¿Qué puede sucedernos en último resultado? ¿Que nos prendan? ¡Enhorabuena! No faltará quien nos liberte, como han libertado a madama Bonacieux. ¿Que nos cortan la cabeza? Pues ¿no nos exponemos todos los días en la trinchera alegremente tal vez a otra cosa peor, puesto que pueden rompernos una pierna, y estoy seguro de que el cirujano al cortarla nos haría sufrir mucho más que el verdugo cortándonos la cabeza? Tranquilizaos, pues, almas débiles, que dentro de dos, o cuatro, o seis horas a más tardar, tendremos aquí a Planchet. Así lo ha prometido, y tengo gran fe en las promesas de Planchet, que me parece un mozo honrado y valiente.

—Pero ¿y si no viene?—dijo Artagnan.

—Y bien; si no viene, será porque le habrá sucedido algún contratiempo. Puede que se haya caído del caballo, o que haya hecho alguna cabriola del puente abajo; o puede haber corrido con tanta velocidad, que le haya dado algún ataque al pecho. Es preciso tomar en cuenta todo lo que puede ocurrir, señores. La vida no es más que un rosario de miserias, que el filósofo va pasando con la risa de la indiferencia. Sed filósofos como yo, sentaos a la mesa, y bebamos. El porvenir parece menos desconsolador cuando se mira a través de un vaso de buen chambertin.

—Todo eso está muy bien—replicaba Artagnan—; pero tengo ya sobrados motivos para no temer, al echarme a pechos un vaso, que venga el vino de las bodegas de milady.

—¡Qué irreductible sois!—dijo Athos—. ¡Una mujer tan hermosa!

—¡Una mujer notable, o por mejor decir, señalada!—añadió Porthos riendo fuertemente.

Athos se estremeció, y, pasando la mano por la frente para enjugarse el sudor, se levantó con un movimiento convulsivo que no pudo reprimir.

Pasó el día no obstante, y llegó la noche, como era consiguiente. Las tabernas se llenaron de parroquianos: Athos, que se había embolsado su parte del precio del diamante, no salía de la del Parpaillot, y había encontrado además en

M. de Busiñy, que les había dado una opípara comida, un digno compañero de juego. Hallábanse, pues, jugando, como de costumbre, cuando el reloj dió las siete, y se oyó el ruido de los piquetes que iban a doblar los puestos. A las siete y media tocaron la retreta.

—¡Somos perdidos!—dijo Artagnan acercándose al oído de Athos.

—Decid que hemos perdido—repuso tranquilamente Athos sacando del bolsillo diez luises, y echándolos sobre la mesa—. Vamos, señores—continuó—, que tocan la retreta; vamos a recogernos.

Y Athos salió de la taberna del Parpaillot seguido de Artagnan. Aramis iba detrás dando el brazo a Porthos, y rumiando unos versos, mientras que su camarada iba tirándose de los pelos del bigote en señal de desesperación.

Pero súbitamente se dibuja en la obscuridad una sombra, cuya forma era bien conocida de Artagnan, y una voz que le era muy familiar le dice:

—Señor, aquí os traigo la capa, porque la noche está muy fría.

—¡Planchet!—exclamó Artagnan fuera de sí.

—Bien, sí, Planchet—dijo Athos—: ¿qué tiene eso de particular? Había prometido estar de vuelta a las ocho, y las ocho están dando en este momento. ¡Bien, Planchet! Sois un mozo de provecho, y si alguna vez os separaseis de vuestro amo, podéis contar con una plaza al servicio mío.

—¡Oh, no!—dijo Planchet—; jamás abandonaré a M. de Artagnan.

Y al mismo tiempo sintió éste que Planchet le deslizaba en la mano un billete.

Artagnan tenía vivos deseos de abrazar a Planchet: pero, temiendo que esta muestra de efusión hacia su criado en medio de la calle pudiera parecer extraña a algún transeúnte, se contuvo.

—Ya tengo el billete en mi poder—dijo a Athos y a sus amigos.

—Bien—dijo Athos—; entremos en casa, y lo veremos.

Parecíale a Artagnan que el billete le abrasaba la mano, y quiso apresurar el paso; pero Athos le tomó del brazo, y el joven se vió en la precisión de acomodarse al paso de su amigo.

Entraron por fin en el alojamiento, encendieron luz, y mientras que Planchet se mantenía a la puerta para evitar cualquier sorpresa, Artagnan rompió con mano trémula el sello, y abrió la carta tan esperada.

Sólo contenía media línea, escrita en inglés con una concisión enteramente espartana:

Thank you; be easy.

Lo que significa: gracias, estad tranquilo.

Athos tomó la carta de manos de Artagnan, la acercó a la llama del velón, y no la soltó hasta que la vió reducida a cenizas.

En seguida llamó a Planchet.

—Ahora—le dijo—puedes reclamar tus setecientas libras; pero no arriesgabas gran cosa con un billete como éste.

—No será porque no haya tenido que inventar lo que no es decible para guardarlo—dijo Planchet.

—Cuéntanos eso, Planchet—dijo Artagnan.

—Es muy largo de contar, señor.

—Tienes razón, Planchet, además que ya han tocado a retreta, y tal vez llamaría la atención que tuviéramos luz por más tiempo que los otros.

—Vaya, pues—dijo Artagnan—; acostémonos y que duermas bien, Planchet.

—A fe mía, señor, que será la primera vez que duerma desde que os dejé.

—¡Y yo también!—dijo Artagnan.

—¡Lo mismo digo!—añadió Porthos.

—¡Y yo, lo mismo!—dijo Aramis.

—¡Pues bien! ¿Queréis que os diga la verdad? Pues me hallo en el mismo caso—dijo Athos.

XLIX

FATALIDAD

En este tiempo milady, ciega de cólera y rugiendo como una leona sobre la embarcación, había tenido tentaciones de arrojarse al mar para ganar la costa, porque no podía acostumbarse a la idea de haber sido insultada por Artagnan y amenazada por Athos, y tener que abandonar a Francia sin haberse vengado de ellos. Tan insufrible llegó a hacerse para ella semejante idea, que, decidida a arrostrar todos los peligros, rogó al capitán que la desembarcara en la costa; pero el capitán, deseoso de salir cuanto antes de la falsa posición en que se hallaba, pues se veía entre cruceros ingleses y franceses como el murciélago entre las ratas y las aves, tenía suma prisa por llegar a Inglaterra, y se opuso obstinadamente a lo que llamaba un capricho de mujer, prometiendo no obstante a la viajera, que le estaba por otra parte muy particularmente recomendada, desembarcarla, si el tiempo y los franceses se lo permitían, en uno de los puertos de la Bretaña, bien fuese en Lorient o en Brest. Pero entretanto el viento era contrario y el mar estaba embravecido. La nave seguía con incierto rumbo y nueve días después de la salida del Charente, milady distinguió con rabioso pesar las azuladas costas del Finisterre.

Calculó milady que para atravesar este ángulo de Francia y volver a ver al cardenal necesitaba tres días por lo menos, que con otro indispensable para el desembarco formaban cuatro. Estos cuatro días, unidos a los nueve anteriores, formaban un total de trece días perdidos, trece días durante los cuales podían haber ocurrido en Londres sucesos de la mayor importancia. Imaginóse que el cardenal se pondría furioso al verla de regreso antes de haber desempeñado su comisión, y que, por consiguiente, acogería mejor las quejas que se dirigiesen en contra suya que no las acusaciones que ella hiciese a los otros. Así es que dejó pasar los puertos de Lorient y Brest sin insistir con el capitán en que la desembarcarse en ellos, y aquél, por su parte, se guardó muy bien de recordárselo. Milady continuó, pues, su viaje, y el día mismo en que Planchet se embarcaba en Portsmouth para volver a Francia, entraba triunfante en el puerto.

Reinaba en toda la ciudad un movimiento extraordinario, pues acababan de botarse al agua cuatro grandes buques construídos recientemente. En el muelle, y cubierto de oro de pies a cabeza, resplandeciente, como de costumbre, de diamantes y piedras preciosas, y adornada su elegante gorra con una pluma blanca que le caía sobre el hombro, veíase al duque de Buckingham rodeado de un estado mayor casi tan brillante como él.

Era uno de aquellos hermosos y poco frecuentes días de verano en que Inglaterra se acuerda de que existe un sol.

El astro, amarillo, pero magnífico a la par, se ocultaba en el horizonte tiñendo el cielo y el mar de ráfagas de fuego y arrojando sobre las torres y las antiguas casas de la ciudad un último rayo de luz que reflejaba en los vidrios como la llama de un incendio. Al respirar milady aquel aire del mar, más fuerte y balsámico a medida que se iba acercando a la tierra; al contemplar aquellos terribles aprestos que estaba encargada de destruir y la fuerza de aquel ejército que ella debía aniquilar por medio de algunas talegas de dinero, se comparó en su interior a Judit, la terrible israelita, cuando penetró en el campamento de los asirios y vió el inmenso conjunto de carros, caballos y guerreros que un pequeño movimiento de su brazo debía disipar como el humo.

Entraron en la rada; pero apenas se disponían a arrojar el áncora, cuando un *cutter* bien armado y pertrechado se acercó al buque mercante anunciándose como guardacostas y botó al agua su barquilla, que se dirigió al punto hacia la escalera. En la barquilla iban un oficial, un contramaestre y ocho marineros. Sólo el oficial subió a bordo, en donde fué recibido con toda la deferencia que inspira siempre el uniforme.

El oficial habló algunas palabras con el patrón del barco, enseñándole al propio tiempo algunos papeles de que era portador; después de haber hablado con él, toda la tripulación del buque, marineros y pasajeros, fueron llamados sobre el puente.

Luego que estuvieron todos reunidos, el oficial preguntó en alta voz la procedencia del brick, derrotero que había traído y puntos en que hubiese tocado; a todo lo que contestó el capitán sin vacilar. Entonces el oficial principió a pasar revista a todas las personas, examinándolas una por una, y deteniéndose delante de milady, la miró con mucha atención, pero sin dirigirle una palabra.

Habló en seguida algunas palabras al capitán, y como si desde aquel momento hubiera sido nombrado jefe del buque, mandó una maniobra que al momento fué puesta en ejecución. Entonces la embarcación continuó su viaje, escoltada siempre por el cutter que le presentaba las bocas de sus cinco cañones, mientras que la barquilla seguía detrás, ofreciendo un punto casi imperceptible en comparación del enorme volumen del buque.

Mientras duró el examen que el oficial hizo de milady, no se descuidó ésta, como es de presumir, en fijar en él sus miradas investigadoras; pero, por mucha que fuese la práctica que los ojos de fuego de aquella mujer tenían para leer en el corazón de las personas cuyo secreto le interesaba arrancar, tropezó esta vez con un rostro tan impasible, que sus pesquisas no obtuvieron el menor resultado. El oficial que se había detenido a su presencia, y que había estado examinándola con tan profunda atención, podría tener unos veinticinco a veintiséis años; de blanca tez, sus ojos, algún tanto hundidos, eran de color azul claro; su boca, pequeña y perfectamente delineada, no hacía el más ligero movimiento; y su barba, destacada con valentía, anunciaba aquella fuerza de voluntad que en el tipo vulgar británico no es ordinariamente más que indicio de tenacidad; a su frente, algo espaciosa, como suele ser la de los poetas, fanáticos y guerreros, apenas hacía sombra una cabellera corta y clara, que, igualmente que la barba, era de un hermoso color castaño obscuro.

Cuando entraron en el puerto era ya de noche. La nieblecilla que empezaba a levantarse, hacía mayor la obscuridad y formaba alrededor del faro un cerco semejante al que rodea a la luna cuando amenaza lluvia. El ambiente que se respiraba era triste, húmedo y frío.

Milady, a pesar de su presencia de ánimo, se hallaba sobrecogida de temor.

El oficial, informándose de los paquetes que pertenecían a milady, los hizo transportar a la barquilla, y luego que esta operación quedó ejecutada, la invitó a que bajase ella también, presentándole al efecto la mano.

Milady clavó su mirada en aquel hombre y se detuvo.

—¿Quién sois, caballero—le preguntó—, que así os ocupáis de mí con tanto cuidado?

—Podéis verlo, señora, en mi uniforme. Soy oficial de la Marina inglesa—respondió el joven.

—Pero ¿es acaso costumbre que los oficiales de la Marina inglesa se pongan a las órdenes de sus compatriotas cuando éstos llegan a un puerto de la Gran Bretaña y lleven su galantería hasta el extremo de acompañarlos a tierra?

—Sí, milady; hay costumbre, no por galantería, sino por precaución, de conducir en tiempo de guerra a los extranjeros a un sitio determinado, donde permanecen bajo la vigilancia del Gobierno hasta adquirir los informes necesarios acerca de sus personas.

Estas palabras fueron pronunciadas con la mayor finura y con la más completa serenidad; sin embargo, no lograron convencer a milady.

—¡Pero si yo no soy extranjera, caballero!—le dijo con el acento más puro que pudiera oírse desde Portsmouth a Mánchester—. Mi nombre es lady de Winter, y esa disposición...

—Esa disposición es general, milady, y en vano intentaríais substraeros a ella.

—Entonces, ya os sigo, caballero.

Y aceptando la mano del oficial, principió a bajar la escalera hasta llegar a la barquilla que los estaba esperando. El oficial la acompañó, y conduciéndola al cabo de popa, la invitó a que se sentara y en seguida se sentó él también al lado suyo.

—Bogad—dijo a los marineros.

Los ocho remos cayeron al punto al mar sin dar más que un solo golpe, y la barquilla parecía que volaba por la superficie de las aguas.

A los cinco minutos tocaba ya en tierra.

El oficial saltó al muelle y ofreció la mano a milady.

Un carruaje estaba esperando.

—¿Es este coche para nosotros?—preguntó milady.

—Sí, señora—contestó el oficial.

—Según eso, ¿el punto adonde vamos a parar está muy lejos?

—Al otro extremo de la ciudad.

—¡Vamos, pues!—dijo milady.

Y subió resueltamente al coche.

El oficial cuidó de que colocaran los paquetes y fardos a la trasera del carruaje, y terminada esta operación, se sentó al lado de milady y cerró la portezuela.

Inmediatamente, sin que se diese orden alguna, y sin necesidad de indicar la dirección, echó a andar el coche y se metió por las calles de la ciudad.

Un recibimiento tan extraño no podía menos de ofrecer a milady un vasto campo de reflexiones; y, viendo que el joven oficial no se hallaba de modo alguno dispuesto a entablar conversación, se recostó en el ángulo del coche y recorrió en su imaginación todas cuantas suposiciones pudo concebir.

Sin embargo, pasado como un cuarto de hora, y admirada de lo largo del camino, se asomó a la portezuela para ver por donde la conducían. No se distinguía ya casa alguna y sólo aparecían los árboles en las tinieblas como negros fantasmas que iban corriendo unas en pos de otras.

Milady se sobresaltó.

—Pero ya no estamos en la ciudad, caballero—le dijo.

El joven oficial no contestó.

—Os digo que no voy más lejos si no me decís antes el punto adonde pensáis conducirme.

Esta amenaza no obtuvo respuesta.

—¡Esto ya es demasiado!—exclamó milady—. ¡Socorro! ¡Socorro!

Nadie contestó, y el coche siguió corriendo con igual celeridad. El oficial parecía una estatua.

Milady le dirigió una de aquellas terribles miradas que daban a su rostro una expresión peculiar y que rara vez dejaban de producir su efecto. La cólera hacía brillar sus ojos en las tinieblas.

El joven permaneció impasible.

Milady quiso abrir la portezuela y precipitarse del carruaje.

—¡Cuidado con lo que hacéis, señora—le dijo el joven con la mayor frialdad—; si os tiráis, vais a mataros sin remedio!

Milady se volvió a su asiento bramando de coraje. El oficial se inclinó entonces para mirarla, y se quedó sorprendido al ver que un rostro, poco antes tan hermoso, estaba tan desfigurado por la rabia que casi parecía horrible. La astuta criatura conoció que se perdía si dejaba ver así lo que pasaba en su alma, y serenando sus facciones, dijo con voz lastimera:

—En nombre del Cielo, caballero, decidme si es a vos o a vuestro Gobierno, o a algún enemigo, a quien debo atribuir la volencia de que soy objeto en este momento.

—No sois víctima de ninguna medida violenta, señora; y lo que tal os parece no es más que el resultado de una simple precaución que nos vemos precisados a tener con todas las personas que desembarcan en Inglaterra.

—Conque, según eso, ¿no me conocéis?

—Es la primera vez que tengo el honor de veros.

—Y, bajo palabra de honor, ¿no tenéis motivo alguno de odio contra mí?

—Ninguno; os lo juro.

Había tanta serenidad y aun dulzura en la voz del joven, que milady se tranquilizó algún tanto.

Por último, después de una hora de camino, se detuvo el coche delante de una verja de hierro que daba paso a un camino que conducía a un palacio de severa arquitectura, edificio macizo y aislado. Como el coche rodaba entonces por una arena finísima, oyó milady un prolongado mugido, en el que reconoció al punto el ruido del mar, que venía a estrellarse contra una roca escarpada.

El carruaje pasó por debajo de dos bóvedas y se detuvo, al fin, en un patio sombrío y cuadrado. Inmediatamente se abrió la portezuela, y saltando el joven a tierra con la mayor presteza, presentó su mano a milady, la cual, apoyándose en ella, bajó con bastante serenidad.

—Al fin—dijo milady mirando a su alrededorr y fijando en seguida los ojos en el joven oficial con la sonrisa más graciosa del mundo—, al fin veo que estoy prisionera; pero confío en que no durará mucho mi arresto—añadió—, pues mi conciencia y vuestra cortesía me lo hacen creer así.

Aunque era bastante lisonjero este cumplimiento, y parecía que provocaba a una contestación, el oficial no contestó una palabra; sacó un pito de plata semejante al que usan los contramaestres en los buques de guerra, dió tres silbidos en tres diferentes tonos y aparecieron al punto una porción de hombres, que desuncieron los caballos fatigados y metieron el carruaje en una cochera.

El oficial, siempre con la misma finura, invitó a su prisionera a entrar en la casa, y ésta, siempre con la misma sonrisa, tomó su brazo y entró con él por una puerta baja y estrecha que daba entrada a un callejón iluminado tan sólo en el fondo, a cuyo final se encontraba una escalera de piedra, de caracol. Llegaron después a una enorme puerta maciza, que abrió el joven con una llave que llevaba, y, girando pesadamente las hojas sobre sus goznes, dieron entrada al aposento destinado para milady.

Una sola mirada bastó a la prisionera para escudriñar la habitación hasta en sus menores detalles.

Era un cuarto cuyo moblaje parecía a la vez muy elegante para una prisión, y muy modesto para habitación de una persona libre. Sin embargo, los hierros que había en las ventanas y los cerrojos a la parte exterior de la puerta, hacían que desde luego se conociera que era un encierro.

Por un momento aquella varonil criatura perdió toda su presencia de ánimo: se dejó caer sobre un sillón, y cruzándose de brazos y reclinando su cabeza sobre el pecho, esperaba a cada instante ver entrar algún juez que la sometería a riguroso interrogatorio.

Pero los únicos que entraron fueron dos o tres soldados de marina, que trajeron los cajones y maletas, y después de colocarlos en un áugulo de la habitación se retiraron sin hablar una palabra.

El oficial presidía aquellos actos con la misma serenidad que había tenido constantemente, y sin despegar siquiera los labios se hacía obedecer, bien con una señal hecha con la mano, bien con un silbido de su pito.

Nadie hubiera dicho sino que entre aquel hombre y sus inferiores el don de la palabra había llegado ser una cosa inútil.

Por último, milady no pudo contenerse ya por más tiempo, y rompió el silencio.

—En nombre del Cielo—exclamó—; ¿qué significa todo esto? Disipad mis dudas de una vez, caballero: tengo suficiente valor para arrostrar el peligro que pueda amenazarme o la desgracia que vea sobrevenir; pero ¿en dónde me encuentro? Si estoy libre, ¿a qué son estas rejas y cerrojos? Si prisionera, ¿qué crimen he cometido?

—Estáis en la habitación que os ha sido destinada, señora. Mis órdenes se reducían a ir a buscaros a la embarcación en que veníais y conduciros a este sitio: me parece que las he cumplido con toda la rigidez de un soldado y, al propio tiempo, con toda la cortesanía de un caballero. Aquí termina, al menos por ahora, la comisión que me ha sido confiada; lo demás corresponde a otra persona.

En aquel momento se oyó en la escalera un gran ruido de espuelas y un rumor de voces de varias personas que pasaban cerca de la habitación; poco después se dejaron sentir los pasos de un hombre solo, que se acercaba a la puerta.

—Esta otra persona aquí la tenéis, señora—continuó el oficial dirigiéndose hacia donde se oían los pasos, y cuadrándose en actitud de respeto y sumisión.

Casi al mismo tiempo se abrió la puerta y apareció un hombre sobre el umbral.

Llevaba descubierta la cabeza, su espada ceñida a la cintura y estrujaba un pañuelo entre las manos.

Milady creyó reconocer aquella sombra en las tinieblas, y apoyando una mano sobre el brazo del sillón en que estaba sentada, adelantó la cabeza, como para acabar de asegurarse de que no se había engañado.

Entonces se acercó con paso mesurado el que acababa de entrar, y conforme se adelantaba e iba iluminando su rostro la luz que producía la lámpara, iba milady retirándose involuntariamente.

Cuando ya no le quedó duda alguna,

—¡Cómo, hermano!—exclamó—. ¿Sois vos?

—Sí, hermosa mía—contestó lord Winter saludándola de un modo medio cortés y medio irónico—, el mismo soy.

—Pero, entonces, este palacio…

—Es mío.

—Y este cuarto…

—Es el vuestro.

—¿Conque soy vuestra prisionera?

—Casi, casi.

—Pero, hermano, esto es un horrible abuso de fuerza.

—Menos palabras inútiles; sentémonos y hablemos con toda la calma que conviene a dos hermanos.

Volvióse en seguida hacia la puerta, y viendo que el joven oficial esperaba sus órdenes,

—Bien—le dijo—; os doy las gracias, caballero Felton; podéis retiraros.

L

CONVERSACIÓN DE DOS HERMANOS

El tiempo que tardó lord Winter en cerrar la puerta, en entornar la ventana y en acercar una silla al taburete que ocupaba milady, lo empleó ésta en meditar sobre las causas de su prisión, y se figuró lo que ni aun siquiera había podido imaginarse mientras ignoraba entre qué personas estaba. Tenía a su cuñado por un cumplido caballero, cazador osado, intrépido jugador y emprendedor en punto a lances amorosos; pero le suponía de muy medianos alcances en materia de intrigas. ¿Cómo había podido descubrir su llegada y apoderarse de su persona? Y ¿cuál era el motivo que le impulsaba a obrar de esta manera?

Athos había proferido algunas expresiones que la convencían de que su conversación con el cardenal había sido escuchada por personas extrañas; pero no podía imaginarse que tan prontamente hubiese formado un plan de tal naturaleza; así es que se inclinó a creer que tal vez habrían sido descubiertas sus intrigas anteriores, y que, habiendo adivinado Buckingam que era ella la que había cortado los dos herretes, trataba de vengarse de aquella pequeña traición. Pero Buckingham era incapaz de dejarse llevar del menor exceso contra una mujer, mayormente si conocía que ésta había obrado impulsada por los celos.

Parecióle, pues, lo más probable que trataban de vengar lo pasado más bien que de prevenir lo futuro, y, de todos modos, se alegró más de haber caído en manos de su cuñado, a quien se figuraba que podía engañar fácilmente, que no en las de un enemigo hábil y astuto.

—Bien, hermano, hablemos—le dijo con cierta jovialidad, decidida como estaba a sacar de la conversación toda la luz necesaria para arreglar su conducta futura, por mucho que fuese el disimulo que lord Winter tratara de emplear.

—¿Conque habéis resuelto venir a Inglaterra—dijo lord

Winter—, a pesar de la determinación que repetidas veces me habéis manifestado en París de no volver a pisar el territorio de la Gran Bretaña?

Milady contestó a esta pregunta con otra.

—Ante todo, decidme: ¿cómo me habéis hecho espiar tan severamente, que os hallabais tan bien informado, no sólo de mi llegada, sino del día, hora y puerto en que debía desembarcar?

Lord Winter adoptó la misma táctica que milady, creyendo que, puesto que su cuñada la empleaba, ésta debía de ser, sin duda, la mejor.

—Pero decidme antes vos, querida hermana, lo que venís a hacer a Inglaterra.

—Vengo a veros—repuso milady, sin saber que confirmaba con su respuesta las sospechas que había infundido en el ánimo de su cuñado la carta de Artagnan, y tratando únicamente de atraerse la benevolencia de su interlocutor por medio de una mentira.

—¡Ah! ¿A verme?—dijo maliciosamente lord Winter.

—Sí, a veros. ¿Qué tiene eso de particular?

—Y vuestro viaje a Inglaterra, ¿no tiene ningún otro objeto?

—Ninguno.

—¿De manera que por mí solo os habéis tomado la molestia de atravesar el canal?

—Por vos sólo.

—¡Diablo, hermana, qué cariño tan extremado!

—Pero ¿no soy yo vuestra pariente más próxima?—preguntó milady con la más seductora ingenuidad.

—Y también mi única heredera, ¿no es verdad?—dijo lord Winter mirándola fijamente—; es decir, por vuestro hijo.

Por mucho que se dominara milady, no pudo menos de estremecerse; y como al pronunciar lord Winter sus últimas palabras había puesto su mano sobre el brazo de su hermana, no se le escapó aquel involuntario estremecimiento.

En efecto, el golpe la había herido directamente. La primera idea que se presentó a la imaginación de milady fué que había sido vendida por Ketty, y que ésta había participado al lord la aversión interesada que le profesaba, y de la que había dado imprudentes muestras en presencia de su doncella. También recordó la exclamación furiosa y poco discreta que dejó escapar contra Artagnan cuando le notificó que había salvado la vida a su cuñado.

—No os entiendo, milord—dijo a fin de ganar tiempo y

hacer hablar a su adversario—; ¿qué queréis decir? ¿Tendrán vuestras palabras algún oculto sentido?

—¡Oh, Dios mío! Nada de eso—dijo lord Winter con una aparente sinceridad—. Habéis tenido deseos de verme, y determinasteis venir a Inglaterra. Yo, que supe, o más bien adiviné vuestros deseos, a fin de evitaros las incomodidades de una llegada nocturna al puerto y las incomodidades de un desembarco, envié a uno de mis oficiales para que saliese a recibiros, y puse un carruaje a su disposición para que os condujera a este palacio, del que soy gobernador, al cual vengo todos los días, y en donde, para satisfacer nuestro mutuo deseo de vernos, os he hecho preparar una habitación. ¿Hay, por ventura, en esto alguna cosa extraña?

—No; lo que únicamente me admira es que estuviseis avisado de mi llegada.

—Y, sin embargo, es la cosa más sencilla, querida hermana. ¿No habéis reparado en que el capitán de la embarcación donde veníais, al entrar en la rada despachó una lancha con su libro de ruta y el rol de la tripulación? Pues bien: yo soy comandante del puerto, me han presentado ese registro y he visto en él vuestro nombre. Mi corazón me predecía lo que acaba de confirmarme vuestra boca, es decir, el objeto con que os exponíais a los azares de un mar tan peligroso, o por lo menos tan incómodo en este tiempo, y me he apresurado a mandaros mi *cutter* para lo que pudiese ocurrir. Ya sabéis lo demás.

Milady comprendió que lord Winter mentía, y se aumentó su agitación.

—Hermano mío—continuó la dama—, ¿es milord Buckingham el que estaba en el muelle cuando yo llegué?

—El mismo. ¡Oh!, no es extraño que os haya llamado la atención—repuso lord Winter—, pues venís de un país en que deben ocuparse mucho de él, y sé que el armamento que está disponiendo contra Francia ha alarmado a vuestro amigo el cardenal.

—¡A mi amigo el cardenal!—exclamó milady viendo que así en este punto como en el anterior parecía lord Winter hallarse al corriente de todo.

—¿Conque no es amigo vuestro?—repuso el barón con cierto aire de indiferencia—. ¡Ah!, perdonad, yo creía que lo era. Pero más tarde hablaremos; ahora sólo nos ocuparemos del giro sentimental que había tomado nuestra conversación. ¿Decíais que habíais venido a verme?

—Sí.

—Pues bien; ya os he manifestado que vuestros deseos quedarán enteramente cumplidos, y que tendremos el placer de vernos todos los días.

—¿Pues acaso debo permanecer aquí eternamente?—preguntó milady bastante asustada.

—¿Os hallaríais mal en esta habitación, hermana? Pedid lo que os falte, y yo haré que os lo traigan al momento.

—Ni tengo doncellas ni criados.

—Todo eso tendréis, señora; decidme bajo qué pie tenía puesta la casa vuestro primer marido, y, aun cuando soy cuñado vuestro, procuraré que estéis del mismo modo.

—¡Mi primer marido!—exclamó milady mirando a lord Winter con espanto.

—Sí, vuestro primer marido, el francés; no hablo de mi hermano. Pero, si acaso lo hubieseis olvidado, creo que, escribiéndole yo, porque todavía vive, no tendrá dificultad en suministrarme las noticias necesarias sobre el particular.

Un sudor frío bañaba la frente de milady.

—¡Os burláis!—dijo con sorda voz.

—¿Me creéis capaz de hacerlo, por ventura?—preguntó el barón levantándose y haciéndose un paso atrás.

—O mejor dicho, estáis insultándome—continuó milady apretando con sus manos crispadas los dos brazos del sillón y levantándose con furor reconcentrado.

—¡Insultaros yo!—dijo lord Winter con desprecio—. ¿Sería posible insultaros?

—Caballero—dijo milady—, sin duda que estáis loco o borracho. Salid, y enviadme mis criadas.

—¿Criadas? No, hermana mía; las mujeres son muy indiscretas. ¿No podría serviros yo mismo de doncella? De este modo nuestros secretos no saldrían de la familia.

—¡Insolente!—exclamó milady. Y, como impulsada por un resorte, dió un salto hacia el barón, el cual la aguardó con la mayor impasibilidad, aunque no sin poner antes una mano en el puño de su espada.

—¡Eh, eh!—exclamó—. Ya sé que tenéis la costumbre de asesinar; pero tened entendido que estoy resuelto a defenderme, aun cuando sea contra vos.

—¡Oh, sí, tenéis razón!—dijo milady—. Me parece que seríais bastante cobarde para poner vuestra mano sobre una mujer.

—Si llegara ese caso no me faltaría disculpa. Además, que no creo que sería yo el primer hombre que ha puesto su mano sobre vos.

Y al decir esto señalaba el barón con un movimiento pausado y amenazador el hombro izquierdo de milady, que casi llegó a tocar con el dedo.

Milady dió un rugido sordo y retrocedió hasta el extremo de la habitación, como una pantera que se prepara a acometer.

—¡Oh, rugid cuanto queráis!—exclamó lord Winter—. Pero no tratéis de morder, porque os aviso que podría costaros muy caro. Aquí no hay notarios que arreglen las herencias, ni caballeros andantes que vengan en auxilio de la hermosa dama que tengo prisionera en mi poder; pero hay jueces enérgicos que sabrán castigar a la mujer que ha tenido el atrevimiento de introducirse en la familia de lord Winter, mi hermano mayor, viviendo aún su primer marido, y que os enviarán a un verdugo para que os pongan los dos hombros iguales.

Los ojos de milady despedían centellas en tales términos, que, a pesar de ser hombre lord Winter y estar armado, sintió en presencia de aquella furia que el pavor se iba deslizando hasta lo íntimo de su alma; pero no por eso dejó de continuar con un furor cada vez más reconcentrado.

—Sí, lo comprendo: después de haber heredado a mi hermano, os hubiera sido muy grato heredarme a mí; pero, sabedlo de antemano: aun cuando me asesinarais o me hicieseis asesinar, tengo tomadas ya mis precauciones, y ni un solo penique de cuanto poseo pasará a vuestras manos ni a las de vuestro hijo. ¿No sois ya bastante rica con cerca de medio millón que poseéis? ¿No podíais deteneros ya en la fatal senda que habéis emprendido, si no cometierais el mal por sólo el gusto supremo e infinito de hacerlo? ¡Oh!, debéis tener presente que si la memoria de mi difunto hermano no fuera para mí una cosa sagrada, iríais a pudriros en una prisión de Estado o a servir de pasto en Tyburn a la grosera curiosidad de los marineros. Callaré, no obstante; pero, por lo que a vos toca, procurad también sufrir con paciencia vuestro cautiverio. Dentro de quince o veinte días salgo para la Rochela con el ejército; pero el día antes de mi partida vendrá a buscaros un barco, que yo mismo veré salir del puerto, y os conducirá a nuestras colonias del Sud, adonde iréis acompañada de otra persona, que os levantará la tapa de los sesos a la primera tentativa que hagáis para volver a Inglaterra o al continente.

Milady escuchaba con una atención que dilataba sus pupilas inflamadas por la rabia.

—Sí; pero por ahora — continó lord Winter — habitaréis este castillo: sus paredes son bastante gruesas; las puertas, en extremo sólidas; no es fácil limar los hierros y vuestra ventana cae sobre el mar. Mis marinos, en quienes tengo plena confianza, harán la guardia en esa parte del edificio, y vigilarán todas las salidas que conducen al patio; y aun cuando llagarais a él, todavía os faltaría atravesar tres verjas. La consigna es terminante: el menor paso, la menor tentativa, la palabra más insignificante que pronunciéis con objeto de evadiros, será un motivo suficiente para que os hagan fuego. Si os matan, confío en que la justicia inglesa me estará agradecida por haberle ahorrado ese trabajo. ¡Ah! ¡Vuestras facciones recobran su serenidad habitual y vuestro semblante vuelve a su antigua tranquilidad! ¡Diez días, decís, veinte días! ¡Bah! Yo tengo el genio travieso, y en todo ese tiempo ya ocurrirá alguna idea a mi infernal espíritu y acaso encuentre alguna víctima. De aquí a quince días ya estaré fuera de este sitio... Pues bien, intentadlo.

Milady, viendo que habían adivinado su pensamiento, se clavó las uñas en la carne para dominar todo movimiento que pudiese comunicar a su fisonomía otra expresión que no fuese la de la angustia.

Lord Winter continuó:

—Por lo que hace al oficial que manda aquí en mi ausencia, ya le habéis visto y creo que le habéis conocido. Sabe cumplir muy bien con las órdenes que se le dan, y no necesito advertíroslo, porque lo habréis echado de ver cuando habéis venido desde Portsmouth aquí sin conseguir hacerle hablar. ¿Qué os parece? ¿Habría estado más impasible y muda una estatua de mármol? Ya habéis ensayado el poder de vuestros atractivos y seducciones sobre infinitas personas y desgraciadamente con feliz éxito; pero tratad de hacerlo con éste, y si lo conseguís, declararé que sois el mismo demonio.

Dirigióse en seguida a la puerta y la abrió bruscamente.

—Que llamen a M. Felton—dijo—. Voy a recomendarle que os cuide bien.

Hubo un momento de silencio, durante el cual se oyó el ruido lento y acompasado que hacía una persona que se acercaba, y bien pronto en la sombra de la galería se dibujó una figura humana. El joven teniente con quien hemos hecho ya conocimiento se detuvo en el umbral esperando las órdenes del barón.

—Entrad, querido John — dijo lord Winter —; entrad, y cerrad la puerta.

El oficial entró.

—Ahora—continuó el barón—mirad bien a esa mujer; ya veis que es joven y bella, y que posee cuantos atractivos pueden adornar a una criatura humana. Pues bien; es un monstruo, que a los veinticinco años se ha hecho culpable de tantos crímenes como pueden contarse en la crónica anual de nuestros tribunales. Su voz previene en su favor; su belleza sirve de cebo a las víctimas, y acaso trate, no sólo de seduciros, sino hasta de asesinaros. Yo os he sacado de la miseria, Felton; he hecho que os nombraran teniente; os he salvado la vida en ocasión que no habréis olvidado, y soy para vos, no sólo un protector, sino un amigo; más bien que un bienhechor, un padre. Esta mujer ha venido a Inglaterra con el objeto de atentar contra mi vida, y tengo en mi poder a esta serpiente; pues bien, os llamo para deciros: amigo Felton, querido John, guárdame, y, sobre todo, guárdate de esa terrible sirena. ¡Jura por tu vida custodiarla para que sufra el castigo a que se ha hecho acreedora! ¡John Felton, fío en tu palabra y confío en tu lealtad!

—Milord—dijo el joven oficial concentrando en su mirada todo el odio que podía abrigar su corazón—; milord, os juro que vuestros deseos serán cumplidos.

Milady sostuvo aquella mirada con todo el aire de una víctima resignada: era imposible ver una expresión más sumisa que la que su hermoso rostro presentaba. Apenas lord Winter podía reconocer en ella a la fiera que un momento antes se aprestaba a combatir.

—No saldrá jamás de esta habitación. ¿Lo oís, John?—continuó el barón—. Ni aquí entrará nadie, ni hablará a ninguna otra persona más que a vos, si le hacéis el honor de dirigirle la palabra.

—Basta, milord; os lo he jurado.

—Y ahora, señora—dijo el barón—, procurad poneros bien con Dios, pues estáis ya juzgada por los hombres.

Milady dejó caer su cabeza como si se sintiese anonadada por esta sentencia, y lord Winter salió haciendo una seña a Felton, que le siguió, cerrando tras sí la puerta.

Un momento después se oían en la galería los monótonos pasos de un soldado de Marina, que con el hacha en la cintura y su mosquete al brazo estaba haciendo centinela.

Milady permaneció por algún tiempo en la misma postura, porque presumió que estarían observándola por la cerradura. Levantando después lentamente su vista, que había tomado una expresión terrible de amenaza y de furor, se acercó de puntillas a la puerta, donde se puso a escuchar por corto rato, asomóse en seguida a la ventana, y volviendo a sepultarse en el sillón, se quedó pensativa.

LI

¡OFICIAL!

El cardenal entretanto esperaba con impaciencia noticias de Inglaterra; pero no llegaban, y si se recibía alguna, era más bien desagradable que satisfactoria. Púsose sitio a la Rochela; pero, por muy seguro que pareciese el éxito, gracias a las precauciones tomadas, y especialmente al dique, que no dejaba penetrar barco alguno en la ciudad sitiada, todavía el bloqueo podía durar mucho tiempo, y ésta era una afrenta para las armas del rey y un gran disgusto para el cardenal, quien, si bien es verdad que no tenía que enemistar a Luis XIII con Ana de Austria, porque ya lo había conseguido, tenía que reconcilar a M. de Bassompierre con el duque de Angulema, entre quienes había serias desavenencias.

La ciudad, no obstante la rigidez y tesón de su gobernador, había intentado ensayar una especie de motín con objeto de entregarse; pero el gobernador había hecho ahorcar a los amotinados, y estas ejecuciones calmaron a las cabezas más ardientes, que se resignaron entonces a dejarse morir de hambre, género de muerte que les parecía más lento y menos seguro que el de la estrangulación.

Por su parte, los sitiadores cogían de vez en cuando a los emisarios despachados a Buckingham, o bien a los espías que éste enviaba a los rocheleses, y en uno y otro caso se instruía el proceso con admirable celeridad. El cardenal pronunciaba esta sola palabra: "¡Ahorcado!", y se invitaba al rey a que presenciara la ejecución. El rey, con su habitual displicencia, se ponía en el sitio más a propósito para ver la operación hasta en sus más minuciosos pormenores, lo cual le distraía algún tanto, y le hacía pasar el tiempo con alguna mayor paciencia; pero esto no le impedía fastidiarse en sumo grado y hablar a cada instante de volver a París; de suerte que si hubiesen faltado espías y mensajeros, su eminencia, a pesar de lo inagotable que era su imaginación para hallar recursos, se habría visto grandemente apurado.

Sin embargo, el tiempo se iba pasando; los rocheleses no se rendían, y el último emisario que había sido cogido era portador de una carta en que manifestaban aquéllos a Buckingham que la ciudad estaba en el mayor apuro. Pero en vez de añadir "Si vuestro socorro no llega antes de quince días, nos rendiremos", decía simplemente: "Si vuestro socorro no llega antes de quince días, moriremos todos de hambre.

Los rocheleses no tenían, pues, otra esperanza que Buckingham, y Buckingham era para ellos su Mesías. De consiguiente, en el momento que llegaran a saber de un modo indudable que no podían contar con Buckingham, era evidente que decaería su ánimo, perdiendo la esperanza.

Así es que el cardenal esperaba que le anunciasen de Inglaterra que Buckingham no vendría a socorrer a la ciudad.

La proposición de tomar ésta por asalto, discutida muchas veces en el Consejo del rey, había sido siempre desechada. En primer lugar, la Rochela parecía inexpugnable, y luego, el cardenal sabía muy bien el horror que causaría el derramamiento de sangre en un choque en que debían pelear franceses contra franceses, lo cual era imprimir a la política un movimiento retrógrado de sesenta años, y el cardenal era en aquella época lo que hoy se llama un hombre de progreso. En efecto, el saqueo de la Rochela y la muerte de tres o cuatro mil hugonotes, que se habrían dejado matar, se asemejaba mucho en 1628 a la jornada de Saint-Barthelèmy en 1572. Por último, sobre este medio, que debía adoptarse en caso extremo, y que no repugnaba lo más mínimo al cristianísimo rey, estaba siempre este otro argumento de los generales sitiadores: "La Rochela no puede tomarse sino por medio del hambre."

El cardenal no podía menos de temer por su terrible emisaria, porque había llegado a comprender muy bien las extraordinarias cualidades de aquella mujer, que era tan pronto serpiente como leona. ¿Le habría hecho traición? ¿Habría acaso perecido? La conocía demasiado para saber que en cualquier caso, ora fuese como amiga, o como enemiga, nunca permanecería quieta si no se lo imponían graves obstáculos. Pero, ¿de dónde provenían éstos? He aquí una pregunta a la cual no sabía qué responder.

Por lo demás, el cardenal contaba, y con razón, con milady. En la vida pasada de aquella mujer había llegado a traslucir ciertas cosas que sólo su manto cardenalicio podía encubrir, y conocía que, ya por un motivo o ya por otro, ella tenía necesidad de su protección, como del único medio que podía prestarle apoyo superior al peligro que la amenazaba.

Resolvió, pues, hacer la guerra por sí solo, sin confiar en un auxilio extraño sino como se confía en un acontecimiento casual que puede favorecer una combinación preparada; continuó haciendo construir el famoso dique que debía ocasionar el hambre en la Rochela, y dirigiendo entretanto sus miradas hacia la desgraciada ciudad que encerraba tantas miserias como virtudes, y recordando la expresión de Luis XI, su predecesor político, así como él lo era de Robespierre, se le vino a la memoria la máxima del compadre Tristán: "Dividir para reinar".

Cuando Enrique IV sitiaba a París, hacía arrojar por encima de las murallas pan y víveres: el cardenal hizo arrojar también unos papelitos, en que manifestaba a los rocheleses cuán injusta, egoísta y bárbara era la conducta de sus jefes. Estos jefes tenían trigo en abundancia y no querían distribuirlo, adoptando por máxima, pues también profesaban sus máximas, que importaba muy poco que las mujeres, niños y ancianos se muriesen de hambre con tal que se mantuviesen buenos y robustos los que habían de defender las murallas. Hasta entonces, bien fuese por patriotismo o porque no podían rechazar los efectos de semejante máxima, lo cierto era que, sin hallarse adoptada por la generalidad, se había establecido en la práctica, y los papelitos que se tiraron produjeron la agitación de los ánimos. Recordábase en ellos a los rocheleses que aquellos niños, mujeres y ancianos que dejaban morir de un modo tan cruel, eran sus hijos, sus esposas y sus padres, y que sería mucho más justo que todos sufrieran una misma suerte, a fin de que la igualdad de posición les hiciese tomar resoluciones unánimes.

Pero en el momento en que el cardenal iba a recoger el fruto de su astucia y se complacía con su obra, un habitante de la Rochela, que había podido atravesar después de mil peligros las líneas del campamento real (pues tan grande era la triple vigilancia que ejercían Bassompierre, Schomberg y Angulema, vigilados a su vez por el cardenal), un habitante de la Rochela, decimos, entró en la ciudad, procedente de Portsmouth, y anunció que había visto una magnífica flota dispuesta a hacerse a la vela antes de ocho días. Además, Buckingham decía al gobernador que estaba formada ya la gran liga contra Francia, y que el reino debía ser invadido muy pronto por las armas inglesas, imperiales y españolas. Esta carta fué leída públicamente en todas las plazas, fijándose copias de ella en las esquinas, y hasta los mismos que se hallaban dispuestos a entrar en negociaciones las interrumpieron, con ánimo de aguardar los socorros que tan pronto debían llegar.

Esta circunstancia imprevista sumergió a Richelieu en sus primeras inquietudes, y le obligó a dirigir de nuevo sus miradas al otro lado de los mares.

Entretanto, el ejército real, que no participaba de los cuidados de su único y verdadero jefe, pasaba una vida alegre, porque, no careciendo de víveres ni dinero, todos los Cuerpos rivalizaban en audacia y buen humor. Coger espías y ahorcarlos en seguida, hacer atrevidas excursiones sobre el dique o por el mar, imaginar locuras y ejecutarlas con la mayor sangre fría; tales eran los pasatiempos que divertían al ejército y le hacían pasar alegremente aquellos días tan eternos, no sólo para los rocheleses, acosados por el hambre y la ansiedad, sino para el cardenal mismo, que tan vivamente los sitiaba.

A veces, cuando su eminencia, cabalgando siempre como el último gendarme del ejército, dirigía sus pensativas miradas sobre aquellas obras que caminaban con tanta lentitud, atendida su impaciencia, y que construían por orden suya los ingenieros que hacía venir de todos los puntos de Francia; si encontraba por casualidad algún mosquetero de la compañía de Treville, lo examinaba con particular atención, y si no reconocía en él a ninguno de nuestros cuatro camaradas, volvía a otro lado sus miradas investigadoras y sus vastos pensamientos.

Un día en que, devorado el cardenal por el fastidio, sin esperanzas de entablar negociaciones con los sitiados y sin noticias de Inglaterra, había salido con el solo objeto de no estar en su alojamiento, acompañado únicamente de Cahusac y de La Houdinière, y seguía a lo largo de la playa uniendo en su imaginación la inmensidad de los mares a la inmensidad de sus pensamientos, llegó, al paso corto, a una colina, desde cuya altura divisó detrás de unos vallados, recostados sobre la hierba, a la sombra de unos árboles, a siete hombres, rodeados de botellas vacías. Tres de ellos, que eran nuestros mosqueteros, se disponían a escuchar la lectura de una carta que su otro compañero había recibido. Aquella carta debía de ser tan importante, que había hecho que dejaran a un lado la baraja y los dados.

Los otros tres eran los criados de nuestros caballeros, y se ocupaban en destapar un cántaro de vino de Collioure.

El cardenal, según se ha dicho, estaba de muy mal humor, y cuando se hallaba en tal estado nada exasperaba más su tedio que la alegría de los demás. Tenía además la singular preocupación de creer siempre que las causas de su tristeza excitaban la alegría de los extraños. Hizo seña a La Houdinière y a Cahusac de que se detuviesen, y apeándose del caballo, fué aproximándose hacia donde estaban los sospechosos mancebos, en la confianza de que, merced a la arena que ensordecía sus pasos y al vallado que le ocultaba, podría oír algunas palabras de aquella conversación, que le parecía muy interesante. A diez pasos no más del vallado distinguió el acento gascón de Artagnan, y como sabía que aquellos hombres eran mosqueteros, no dudó que los otros tres fuesen los que llamaban los inseparables, esto es, Athos, Porthos y Aramis.

Es fácil imaginar que en cuanto los conoció se aumentaría su deseo de oír la conversación. Sus ojos tomaron una expresión extraña, y con paso de gato montés fué acercándose poco a poco al vallado; pero apenas había podido percibir algunas palabras vagas e incoherentes, cuando una voz aguda y sonora le hizo estremecerse, llamando al propio tiempo la atención de los mosqueteros.

—¡Oficial!—gritó Grimaud.

—¿Cómo es que habláis, bergante?—dijo Athos incorporándose sobre uno de sus codos y dirigiendo a Grimaud una mirada aterradora.

Grimaud entonces, sin articular más palabra, se contentó con extender su dedo índice en dirección al vallado, denunciando de este modo al cardenal y a su escolta.

Los cuatro mosqueteros se pusieron en pie de un solo brinco y saludaron con respeto.

El cardenal estaba furioso al parecer.

—A lo que veo—dijo—, también los señores mosqueteros tienen su correspondiente guardia. ¿Es acaso porque temen que vengan los ingleses por tierra, o porque se consideran como jefes superiores?

—Monseñor—respondió Athos, que, en medio del asombro general, era el único que conservaba aquella calma y sangre fría de hombre de mundo que nunca perdía—, monseñor, los mosqueteros, cuando no están de guardia, beben y juegan a los dados, y son, además, jefes muy superiores con respecto a sus criados.

—Criados que tienen la orden de advertir a sus amos cuando pasa alguien—dijo por lo bajo el cardenal—no son criados, sino centinelas.

—Su eminencia ve, sin embargo, que si no hubiésemos tomado esta precaución, habríamos estado expuestos a dejarle pasar sin ofrecerle nuestros respetos y darle gracias por el favor que se digna hacernos habiendo venido a visitarnos—continuó Athos—. Vos, Artagnan, que hace poco nos habéis dicho que deseabais encontrar una ocasión de manifestar a monseñor vuestro agradecimiento, ahora se os presenta una, que podéis aprovechar muy oportunamente.

Estas palabras fueron pronunciadas con aquella calma imperturbable que distinguía a Athos en los momentos apurados, y con aquella extremada política que en ciertas ocasiones le hacía parecer como elegido para el trono más dignamente que los que le ocupan por nacimiento.

Artagnan se acercó y tartamudeó unas cuantas palabras de agradecimiento, que acabaron bien pronto al observar las miradas del cardenal.

—No importa, caballeros—continuó su eminencia sin demostrar que variaba su primera intención por el incidente que Athos había suscitado—, no importa; no me agrada que unos simples soldados, porque disfruten la ventaja de servir en un Cuerpo privilegiado, tengan el aparato de grandes señores, pues para todos es una misma la disciplina.

Athos dejó que el cardenal concluyese enteramente su frase, e inclinándose en señal de asentimiento, repuso a su vez:

—Creo, monseñor, que de ningún modo puede decirse que hayamos olvidado la disciplina. No estamos de servicio, y bajo este supuesto hemos juzgado que podíamos disponer de nuestro tiempo como mejor nos pareciese. Si somos tan dichosos que vuestra eminencia quiere ocuparnos, prontos estamos a obedecer, pues bien ve, monseñor—continó Athos fruciendo las cejas, porque aquel diálogo principiaba ya a impacientarle—, que, para hallarnos dispuestos al menor síntoma de alarma, hemos salido provistos de nuestras armas.

Y al decir esto enseñaba con el dedo al cardenal los cuatro mosquetes en pabellón.

—Crea vuestra eminencia—añadió Artagnan—que hubiésemos salido a recibirle si nos hubiéramos figurado que era monseñor el que se dirigía hacia nosotros con tan corto acompañamiento.

El cardenal se mordía los bigotes y alguna vez los labios también.

—¿Sabéis lo que parecéis reunidos, armados como os encuentro en este momento y guardados por vuestros lacayos?—dijo el cardenal—. Pues parecéis cuatro conspiradores.

—¡Oh, monseñor! Es la pura verdad—replicó Athos—; y

conspiramos de la manera que vuestra eminencia sabe que lo hicimos la otra mañana: sólo que es contra los rocheleses.

—Vamos, señores políticos—dijo el cardenal frunciendo a su vez las cejas—; acaso se encontraría en vuestras cabezas el secreto de muchas cosas si pudiera leerse en ellas tan fácilmente como leíais en esa carta que habéis ocultado cuando me visteis venir.

Encendiósele el rostro a Athos, y el mosquetero se adelantó un poco.

—No parece, monseñor, sino que sospecháis realmente de nosotros, y que estamos sufriendo un verdadero interrogatorio. Si es así, dígnese vuestra eminencia explicarse y sabremos al menos a qué atenernos.

—Y aun cuando fuese un interrogatorio—repuso el cardenal—; otros que son tanto o más que vos lo han sufrido, M. Athos, y, sin embargo, no se han negado a contestar.

—Por eso, monseñor, he dicho, si no me engaño, que no tenía más que preguntar vuestra eminencia, puesto que nosotros estamos dispuestos a responder.

—¿Qué carta es esa que ibais a leer, y que habéis guardado, caballero Aramis?

—Una carta de mujer, monseñor.

—¡Oh!—exclamó el cardenal—. Sé muy bien la reserva que merece esa clase de cartas; pero, no obstante, bien pueden manifestarse a un confesor, y ya sabéis que he recibido las Órdenes sagradas.

—Monseñor—dijo Athos con una calma tanto más terrible cuanto que acompañaba sus palabras con un movimiento muy significativo de cabeza—; monseñor, la carta es de mujer; pero no está firmada ni por Marión Delorme, ni por madama de Combalet, ni por madama de Chaulnes.

El cardenal se puso lívido, y sus ojos brillaron como un relámpago. Volvióse hacia Cahusac y La Houdinière como para darles alguna orden; pero Athos, que vió el movimiento, dió un paso hacia los mosquetes sobre los cuales tenían los tres amigos sus ojos fijos a manera de hombres que no estaban en ánimo de dejarse arrestar. El cardenal y los suyos no eran más que tres, y los mosqueteros con sus lacayos, siete; juzgó, pues, que la partida sería tanto más desigual, cuanto que entonces Athos y sus compañeros conspirarían realmente; así fué que, con uno de aquellos rápidos giros que tenía siempre a su disposición, toda su cólera la convirtió en una sonrisa.

—Vamos, vamos—dijo—; sois unos valientes mancebos, orgullosos en demasía, y fieles a toda prueba, y creo que no estará demás el velar uno sobre sí cuando tan bien se vela sobre los demás. Caballeros, no he olvidado todavía la noche en que me servisteis de escolta para ir al Palomar Rojo. Si tuviese que temer algún peligro por el camino que voy a seguir, os rogaría que me acompañaseis; pero como no lo hay, estaos quietos, acabad con vuestras botellas, vuestro juego y vuestra carta; y adiós, caballeros.

Y montando en su caballo, que Cahusac le había acercado, les hizo un saludo con la mano y se alejó.

Los cuatro amigos, de pie e inmóviles, los siguieron con la vista sin hablar una palabra hasta que desaparecieron.

Después se miraron unos a otros.

Su rostro expresaba la consternación, pues, a pesar de la amistosa despedida, conocían que el cardenal se había marchado con el corazón henchido de cólera.

Athos era el único que sonreía de un modo despreciativo y victorioso.

Cuando el cardenal estuvo a distancia en que no podía ya oír ni ver:

—¡Este Grimaud avisó tan tarde!—exclamó Porthos, que tenía vivos deseos de desahogar su mal humor en alguno.

Grimaud iba a responder para disculparse; pero Athos levantó el dedo y el criado permaneció mudo.

—¿Habríais entregado la carta, Aramis?—dijo Artagnan.

—Yo—dijo Aramis con su voz melodiosa—ya estaba decidido: si hubiera insistido en que le entregara la carta, se la habría presentado con una mano, mientras que con la otra le atravesaba con la espada de parte a parte.

—Ya me lo esperaba—dijo Athos—, y por eso me apresuré a interponerme entre vos y él. A la verdad que ese hombre es bien imprudente en hablar así a otros hombres: no parece sino que en toda su vida no ha tratado más que con mujeres y chiquillos.

—Querido Athos—dijo Artagnan—, admiro vuestro talento; pero no puedo menos de confesar que no nos hemos conducido bien.

—¿Cómo que no nos hemos conducido bien?—exclamó Athos—. Pues ¿a quién pertenece este ambiente que respiramos?; ¿a quién este océano sobre el que extendemos nuestra vista?; ¿a quién el suelo sobre que estamos recostados?; ¿a quién esa carta de vuestra amante? ¿Es, por ventura, al cardenal? ¡A fe mía, que ese hombre se figura que todo el mundo es suyo! ¡Ya se ve! Vos estabais ahí tartamudeando, estupefacto, anonadado, que nadie hubiera dicho sino que se levantaba ante vuestros ojos la Bastilla y que la gigantesca Medusa os había convertido en piedra. ¿Es acaso conspirar el estar enamorado? Amáis a una mujer a quien el cardenal ha hecho encerrar, y a quien vos queréis sacar de las manos del cardenal; esto es una partida que jugáis con su eminencia. Esta carta es vuestro juego: y ¿por qué lo habíais de enseñar a vuestro adversario? Que él lo adivine, enhorabuena; pero también nosotros adivinamos el suyo.

—Verdaderamente tenéis razón en lo que decís, Athos—repuso Artagnan.

—En ese caso, que no se vuelva a hablar más sobre lo que ha pasado y que Aramis siga la lectura de la carta de su prima en el punto en que fué interrumpida por el cardenal.

Aramis sacó la carta del bolsillo y los tres amigos se aproximaron entre sí, mientras que los lacayos se agruparon por segunda vez en torno del cántaro de vino.

—No habíais leído más que una línea o dos—dijo Artagnan—; volved a leer desde el principio.

—Con mucho gusto—dijo Aramis.

"Querido primo: Creo que al fin me decidiré a partir para Bethune, donde mi hermana ha hecho entrar en el convento de Carmelitas a nuestra doncella. Esta pobre niña lo ha llevado con resignación, pues sabe que en cualquiera otra parte corre gran peligro la salud de su alma. No obstante, si los asuntos de familia llegan a arreglarse como deseamos, me parece que, a riesgo de condenarse, volverá al lado de las personas que tanto echa de menos, y mucho más cuando sabe que continuamente están acordándose de ella. Entretanto, puedo aseguraros que no es muy desgraciada su suerte, y que lo que por ahora desea únicamente es una carta de su amigo. Bien sé que esta clase de mercancías pasan con dificultad a través de las rejas; pero, en último resultado, ya sabéis, querido primo, pues tenéis de ello bastantes pruebas, que no soy demasiado torpe, y me encargo, por consiguiente, de vuestra comisión. Mi hermana os da las más expresivas gracias por vuestros finos recuerdos: la pobre ha tenido momentos de mortales angustias; pero al fin se halla ahora algo más tranquila, habiendo enviado allá a su dependiente, a fin de que nada coja de improviso.

"Adios, querido primo. Enviadnos noticias vuestras lo más

frecuentes posible; es decir, siempre que creáis poder hacerlo con seguridad, y recibid un abrazo de

"MARÍA MICHÓN."

—¡Oh, cuánto os debo, Aramis!—exclamó Artagnan—. ¡Querida Constanza mía! ¡Al fin recibo noticias suyas! ¡Vive, y se halla en seguridad en el convento de Carmelitas de Bethune! ¿Hacia dónde cae Bethune, Athos?

—Está en la frontera del Artois y de Flandes; cuando se haya levantado el sitio, podremos dar la vuelta por ese lado.

—Y espero que no ha de tardar mucho—dijo Porthos—, porque esta mañana han ahorcado a un espía, el cual ha declarado que los rocheleses estaban ya manteniéndose con el cuero de sus zapatos. Suponiendo que después de haberse comido el cuero se coman también la suela, no veo de qué puedan echar mano en seguida, a menos que no se coman unos a otros.

—¡Pobres necios!—exclamó Athos echándose a pechos un vaso de excelente vino de Burdeos, que sin gozar en aquella época de la fama que tiene hoy día, no por eso la merecía menos—. ¡Pobres necios! ¡Como si la religión católica no fuese la más ventajosa y la mejor de todas las religiones! Es igual—añadió después de haber hecho sonar su lengua contra el paladar—; de todos modos, son unos valientes. ¿Pero qué diablos estáis haciendo, Aramis?—continuó Athos—. ¿Os guardáis esa carta en el bolsillo?

—Sí—dijo Artagnan—. Athos tiene razón; es preciso quemarla. ¿Y quién sabe si el cardenal no tiene algún secreto para descifrar las cenizas?

—Alguno debe de tener.

—Pero ¿qué queréis hacer de esa carta?—preguntó Porthos.

—Venid aquí, Grimaud—dijo Athos.

Grimaud se levantó y obedeció.

—En castigo de haber hablado sin mi permiso, amigo mío, vais a comeros este pedazo de papel, y en seguida, para recompensaros por el servicio que nos habéis hecho, os beberéis este vaso de vino. Tomad primero la carta, y mascad con buen ánimo.

Grimaud se sonrió, y fijando sus miradas en el vaso que Athos acababa de llenar hasta el borde, masticó el papel y se lo tragó.

—¡Bien, señor Grimaud!—dijo Athos—. Ahora vaya estotro... Perfectamente; os dispenso de que me deis las gracias.

Grimaud se bebió en silencio el vaso de vino de Burdeos;

pero durante todo el tiempo que duró esta dulce operación, sus ojos, elevados al cielo, hablaban un lenguaje que no por ser mudo era menos expresivo.

—Y ahora—dijo Athos—, a menos que no se le ocurra al cardenal la ingeniosa y peregrina idea de hacer abrir el vientre a Grimaud, me parece que podemos estar tranquilos.

Su eminencia, entretanto, continuaba su melancólico paseo tartamudeando entre dientes:

—¡Necesito a todo trance que esos cuatro hombres sean míos!

LII

PRIMER DÍA DE CAUTIVERIO

Volvamos a milady, a quien la ojeada que hemos dado sobre la costa de Francia nos ha hecho perder de vista por un momento.

Todavía la encontraremos en la situación desesperada en que la dejamos, y abismada en profundas reflexiones; infierno tenebroso a cuya puerta había dejado la esperanza, porque por la primera vez de su vida conocía el temor.

Serían como las ocho de la noche. Milady vió a un lado del aposento un lecho, y pensó que un descanso de algunas horas no solamente refrescaría sus ideas y su cabeza, sino que haría recobrar también la frescura a su tez. No obstante, antes de acostarse le ocurrió otra idea mejor. Habiendo oído hablar de comida, se imaginó que, puesto que hacía una hora que estaba en aquella habitación, no podían tardar mucho en servírsela. La prisionera resolvió, pues, no perder tiempo, y hacer desde aquella misma noche alguna tentativa para sondear el terreno, estudiando el carácter de las personas a quienes estaba confiada su custodia.

Distinguió a poco rato luz por bajo de la puerta, luz que le anunciaba la aproximación de sus carceleros.

Milady, que se había levantado, volvió a recostarse inmediatamente sobre el sillón, con la cabeza inclinada hacia atrás, la garganta medio descubierta bajo los encajes un tanto ajados estudiadamente, puesta una mano sobre el corazón y la otra colgando con abandono.

Descorrieron los cerrojos, gimió la puerta sobre sus goznes, y el ruido de pasos que resonaba en la habitación inmediata se fué acercando lentamente.

—Colocad allí esa mesa—dijo una voz, que la prisionera reconoció por la de Felton.

La orden fué ejecutada al momento.

—Traeréis luces y haréis relevar al centinela—continuó Felton. Y estas dos órdenes que el joven teniente dió a las mismas personas, hicieron conocer a milady que eran unos mismos sus guardas y servidores, esto es, que todos eran soldados.

Por lo demás, las órdenes de Felton fueron ejecutadas con una silenciosa prontitud, que daba una buena idea del estado floreciente en que mantenía la disciplina.

En fin, Felton, que aun no había mirado a milady, se volvió hacia ella.

—¡Ah!, ¡ah!—exclamó—. Está durmiendo. Bien; cuando se despierte podrá comer.

Y dió algunos pasos para marcharse.

—Pero, mi teniente—dijo un soldado menos estoico que su jefe, y que se había acercado a milady—, esta mujer no duerme. Está desmayada.

—Tenéis razón—dijo Felton, después de dirigir una mirada a milady desde el sitio mismo en que se encontraba, pero sin dar hacia ella el menor paso—. Id a avisar a lord Winter que su prisionera está desmayada, pues no habiéndose previsto este caso, no sé lo que he de hacer.

Salió el soldado a cumplimentar las órdenes de su teniente, mientras que éste, viendo un sillón que se hallaba por casualidad junto a la puerta, se sentó en él y se quedó aguardando sin hablar una palabra, ni hacer el más leve movimiento. Milady poseía en alto grado ese gran recurso, tan estudiado por las mujeres, de verlc todo por medio de un espejo, de un reflejo o de una sombra, y distinguió a Felton, que tenía vuelta hacia ella la espalda. Continuó mirándole por espacio de unos diez minutos, y durante este tiempo el impasible oficial ni siquiera volvió el rostro una sola vez.

Imaginó entonces que lord Winter no tardaría en venir e infundiría con su presencia una fuerza mayor a su carcelero; de modo que viendo frustrada su primera prueba, tomó al punto su partido, como mujer que cuenta con grandes recursos. Levantó, pues, la cabeza, entreabrió los ojos y dejó escapar un débil suspiro.

Al oír este suspiro se volvió Felton.

—¡Ah! Os habéis despertado, señora—dijo—. Nada me resta que hacer aquí. Si se os ofrece alguna cosa, podéis llamar.

—¡Oh, Dios mío! ¡Dios mío! ¡Cuánto he sufrido!—murmuró milady con aquella voz armoniosa que, semejante a la de las antiguas hadas, encantaba a todos aquellos a quienes intentaba perder.

E incorporándose sobre su sillón, tomó una postura aún más seductora y voluptuosa que la que tenía cuando se hallaba reclinada.

Felton se levantó.

—Se os servirá de esta manera tres veces al día, señora —le dijo—: por la mañana, a las nueve; luego, a la una, y por la noche, a las ocho. Si no os acomodase este arreglo, podéis manifestar las horas que mejor os convengan en lugar de las que he propuesto, pues sobre este punto tengo orden de conformarme a vuestros deseos.

—Pero ¿estaré siempre en este vasto y triste aposento? —preguntó milady.

—Ya se ha avisado a una mujer de estas cercanías, la cual habitará en este mismo edificio y vendrá siempre que la mandéis llamar.

—Mil gracias, caballero — replicó humildemente la prisionera.

Felton hizo un ligero saludo y se dirigió hacia la puerta; pero en el momento en que llegaba al umbral se presentó en la galería lord Winter, seguido del soldado que había ido a llevarle la noticia del desmayo de milady. En la mano traía un pomito de esencias.

—¡Vamos! ¿Qué sucede aquí?—preguntó con voz burlona, viendo en pie a la prisionera y a Felton, que se disponía a salir—. ¿Ha resucitado al fin la muerta? ¡Pardiez! Felton, hijo mío, ¿no has conocido que te tomaba por un novicio, y que está representando el primer acto de una comedia, cuyo argumento tendremos ocasión de ir siguiendo sin duda paso a paso?

—Ya lo he presumido, milord—dijo Felton—; pero como al fin la prisionera es una mujer, me ha parecido conveniente tener con ella los miramientos que todo hombre bien educado debe a las personas de su sexo, si no por ellas, al menos por consideración a sí propio.

Milady se estremeció de pies a cabeza. Estas palabras de Felton difundieron un hielo por todas las venas de su cuerpo.

—¿De modo—replicó lord Winter sonriéndose—que esos hermosos cabellos tan diestramente colocados, ese cutis tan blanco y tan suave y esas lánguidas miradas no han logrado todavía seducirte, corazón de mármol?

—No, milord—respondió el impasible joven—; y podéis estar seguro de que no son bastantes para corromperme los estudiados manejos y coquetería de todas las mujeres juntas.

—En ese caso, mi valiente John, dejemos a milady que busque otro arbitrio y vamos a comer. ¡Oh! Pierde cuidado; su imaginación es diabólicamente fecunda en recursos y no tardará en seguir el segundo acto de la comedia al primero.

Y diciendo estas palabras, pasó lord Winter su brazo por debajo del de Felton y se lo llevó riendo.

—¡Oh! Yo sabré encontrar lo que te hace falta—murmuró entre dientes milady—. ¡No lo dudes, pobre monje arrancado del claustro; pobre soldado convertido, que te has hecho un uniforme con los hábitos!

—A propósito—replicó Winter, deteniéndose en el dintel de la puerta—: no es necesario, milady, que este fracaso os quite el apetito. Probad este pollo y estos pescados, que, por mi honor, os aseguro que no los he hecho envenenar. Me sirve bastante bien mi cocinero y, como no ha de heredarme, tengo en él entera confianza. Haced como yo. Adiós, querida hermana.

Milady no podía resistir más: sus manos se crisparon sobre el sillón, sus dientes rechinaron sordamente, sus ojos siguieron el movimiento de la puerta que se cerraba detrás de lord Winter y Felton, y cuando se encontró sola fué presa de una nueva crisis de desesperación; fijó la vista sobre la mesa, vió brillar un cuchillo, se lanzó a él y lo cogió; pero su desengaño fué cruel: la hoja era de plata, redonda y flexible.

Una carcajada resonó tras la mal cerrada puerta, que volvió a abrirse de nuevo.

—¡Ah, ah!—exclamó lord Winter—. Ya ves, mi bravo Felton, lo que te había dicho; ese cuchillo era para ti, hijo mío, te habría matado; ésa es una de sus inclinaciones, desembarazarse de una u otra manera de las gentes que le estorban. Si yo te hubiese escuchado, el cuchillo hubiera sido puntiagudo y de acero; entoces, pobre Felton, te habría degollado, y después de ti a todo el mundo; ya ves qué bien sabe coger el cuchillo.

En efecto, milady tenía aún el arma ofensiva en su mano crispada; pero estas últimas palabras, este supremo insulto, debilitó sus manos, su fuerza y hasta su voluntad: el cuchillo cayó al suelo.

—Tenéis razón, milord—dijo Felton con un acento de profundo disgusto, que llegó hasta el fondo del corazón de milady—, tenéis razón; era yo el que estaba equivocado.

Y los dos salieron de nuevo.

Milady prestó atento oído y oyó sus pasos alejarse y extinguirse en el fondo del corredor.

—Estoy perdida—murmuró—; heme aquí en poder de unas gentes sobre las cuales no haré más efecto del que haría sobre estatuas de bronce o de granito, me conocen bien y están acorazados contra todos mis ataques. Sin embargo, es imposible que esto termine como ellos han decidido.

En efecto: como lo indicaba esta última reflexión, que era una vuelta instintiva a la esperanza, en aquel alma profunda el temor y los sentimientos de debilidad no dominaban largo tiempo. Milady se sentó a la mesa, comió de varios platos, bebió un poco de vino de España y sintió que renacía toda su resolución.

Antes de acostarse había ya comentado, analizado todas las fases, examinado todos los aspectos, las palabras, los pasos, los gestos, los signos y hasta el silencio de sus interlocutores, y de este estudio hábil y profundo concluyó que Felton era desde luego el más vulnerable de sus dos perseguidores.

Unas palabras sobre todo volvían con insistencia al espíritu de la prisionera: "Si yo te hubiese escuchado", había dicho lord Winter a Felton. Luego Felton había hablado en su favor, puesto que lord Winter no había querido escucharle.

—Débil o fuerte—repetía milady—, ese hombre tiene un fulgor de piedad en su alma; yo haré de ese fulgor un incendio que le devore. En cuanto al otro, me conoce, me teme y sabe lo que puede esperar de mí si alguna vez escapo de sus manos; es inútil intentar nada cerca de él. Pero Felton es otra cosa: es un hombre ingenuo, puro y parece virtuoso; hay medio de perderle.

Y milady se acostó y se durmió con la sonrisa en los labios; cualquiera que la hubiese visto durmiendo hubiérala creído una jovencita soñando con la corona de flores que debía poner sobre su frente en la próxima fiesta.

LIII

SEGUNDO DÍA DE CAUTIVERIO

Milady soñaba que tenía por fin a Artagnan en su poder, que asistía a su suplicio, y la vista de su sangre odiosa brotando bajo el hacha del verdugo era la que dibujaba en sus labios aquella encantadora sonrisa. Dormía como duerme un prisionero mecido por su primera esperanza.

A la mañana siguiente, cuando entraron en su cuarto, estaba aún en el lecho. Felton se hallaba en el corredor y conducía a la mujer de que había hablado la víspera y que acababa de llegar. Esta mujer entró y se aproximó al lecho de milady ofreciéndole sus servicios.

Milady estaba habitualmente pálida; el color de su tez podía, pues, engañar a una persona que la viese por vez primera.

—Tengo fiebre—dijo—, no he dormido un solo instante en toda esta larga noche y sufro horriblemente. ¿Seréis más humana que lo han sido ayer conmigo? Todo lo que pido, por lo demás, es el permiso de permanecer acostada.

—¿Queréis que se llame a un médico?—dijo la mujer.

Felton escuchaba este diálogo sin decir palabra. Milady reflexionaba que cuanto más se la rodease de gente, en tanta más gente tendría que despertar compasión y más redoblaría la vigilancia de lord Winter. Por otra parte, el médico podía declarar que la enfermedad era fingida, y milady, después de haber perdido la primera partida, no quería perder la segunda.

—¡Ir a buscar a un médico!—dijo ella—. Estos señores han declarado ayer que mi mal era una comedia; hoy pasaría sin duda lo mismo, pues desde ayer tarde han tenido tiempo de prevenir al doctor.

—Entonces—dijo Felton impaciente—, decidid vos misma, señora, qué tratamiento queréis seguir.

—¡Lo sé yo, Dios mío! Siento que sufro, y nada más; que me den lo que quieran darme poco importa.

—Id a buscar a lord Winter—dijo Felton, fatigado de aquellas eternas quejas.

—¡Oh, no, no!—exclamó milady—. No le llaméis, yo os lo suplico, estoy bien, no tengo necesidad de nada, no le llaméis.

Puso tan prodigiosa vehemencia, elocuencia tan arrebatadora en esta exclamación, que Felton arrastrado dió algunos pasos en el cuarto.

—Cae—pensó milady.

—Sin embargo, señora—dijo Felton—, si vos sufrís *realmente*, se enviará a buscar a un médico, y si nos engañáis, tanto peor para vos, pero al menos por nuestra parte nada tendremos que reprocharnos.

Milady no respondió nada; pero dejando caer su linda cabeza sobre la almohada, se deshizo en lágrimas y estalló en sollozos.

Felton la miró un instante con su impasibilidad ordinaria; después, viendo que la crisis amenazaba prolongarse, salió seguido de la mujer. Lord Winter no apareció.

—Creo que empiezo a ver claro—murmuró milady con alegría salvaje, sepultándose bajo las sábanas para ocultar a todos los que pudiesen espiarla aquel impulso de satisfacción interior.

Transcurrieron dos horas.

—Ya es tiempo de que la enfermedad cese—se dijo—; levantémonos y obtengamos algún éxito desde hoy; no me dejan más que diez días y esta tarde habrán pasado ya dos.

Al entrar por la mañana en el cuarto de milady le habían llevado su almuerzo y pensaba que no tardarían en venir a quitar la mesa; en aquel momento volvería a ver a Felton.

Milady no se engañaba; Felton reapareció, y sin reparar en si milady había o no tocado la comida, hizo una señal para que se llevasen fuera del cuarto la mesa, que venía de ordinario servida.

Felton se quedó el último; tenía un libro en la mano. Milady, recostada en un sillón cerca de la chimenea, bella, pálida y resignada, parecía una virgen esperando el martirio.

Felton se aproximó y le dijo:

—Lord Winter, que es católico como vos, señora, ha pensado que el veros privada de los ritos y ceremonias de vuestra religión podía seros penoso, y consiente en que leáis cada día vuestra misa, para lo que os traigo un libro que contiene el ritual.

Ante el aire con que Felton depositó el libro sobre la mesilla, cerca de la cual estaba milady, ante el tono con que pronunció las dos palabras *vuestra misa,* ante la sonrisa desdeñosa con que las acompañó, milady levantó la cabeza y miró más atentamente al oficial.

Entonces, en aquel severo tocado, en aquel traje de una sencillez exagerada, en aquella frente pulida como el mármol, pero dura e impenetrable como él, milady reconoció uno de aquellos sombríos puritanos que ella había solido tratar, tanto en la corte del rey Jacobo, como en la del rey de Francia, donde a pesar del recuerdo de la noche de San Bartolomé, llegaban algunas veces buscando un refugio.

Ella tuvo entonces una de esas inspiraciones súbitas, que sólo los seres geniales tienen en las grandes crisis, en los instantes supremos que han de ser decisivos para su fortuna o su vida.

Las dos palabras *vuestra misa,* y un simple golpe de vista

lanzado sobre Felton, le habían revelado toda la importancia de la respuesta que iba a dar.

Y con aquella lucidez intelectual que le era peculiar, la respuesta, apenas formulada, apareció en sus labios:

—Yo—dijo ella con un acento de desdén que armonizaba con el que había observado en la voz del joven oficial—. ¡*Mi misa*! Lord Winter, el católico corrompido, sabe muy bien que no soy de su religión, y esto es un lazo que quiere tenderme.

—¿Y qué religión es la vuestra, señora?—preguntó Felton con una admiración que a pesar de su imperio sobre sí, no pudo ocultar enteramente.

—Lo diré—exclamó milady con exaltación fingida—el día que haya sufrido por mi fe.

La mirada de Felton descubrió a milady toda la extensión del espacio que acababa de abrir ante sí con esa sola frase.

Sin embargo, el joven oficial permaneció mudo e inmóvil; sólo su mirada había hablado.

—Estoy en manos de mis enemigos—continuó ella con aquel tono de entusiasmo que sabía era familiar a los puritanos—. Pues bien, ¡que mi Dios me salve o que yo perezca por mi Dios! He ahí la respuesta que os ruego deis a lord Winter. Y en cuanto a ese libro—añadió señalándole con la punta del dedo, pero sin tocarle, como si hubiese debido avergonzarse de ese contacto—, podéis llevároslo y serviros de él vos mismo, pues sin duda sois doblemente cómplice de lord Winter, cómplice en su persecución y cómplice en su herejía.

Felton no respondió nada, y cogiendo el libro con el mismo sentimiento de repugnancia que había ya manifestado, se retiró pensativo.

Lord Winter llegó hacia las cinco de la tarde. Milady había tenido tiempo durante todo el día de trazarse su plan de conducta y le recibió como mujer que ha tomado ya todas sus posiciones.

—Parece—dijo el barón sentándose en un sillón colocado enfrente del que ocupaba milady y extendiendo negligentemente las piernas—, parece que hemos hecho una pequeña apostasía.

—¿Qué queréis decir, señor?

—Quiero decir que desde la última vez que nos hemos visto hemos cambiado de religión. ¿Os habréis quizá casado con un tercer marido protestante?

—Explicaos, milord—replicó la prisionera con majestad—,

pues os declaro que oigo vuestras palabras, pero no las comprendo.

—Entonces, es que no tenéis religión ninguna; lo prefiero así—respondió irónicamente lord Winter.

—Ciertamente, esto está más conforme con vuestros principios—dijo fríamente milady.

—¡Oh! Os confieso que eso me tiene perfectamente sin cuidado.

—Vos no confesaréis, milord, una indiferencia religiosa de la que dan fe vuestro libertinaje y vuestros crímenes.

—¡Hola! Habláis de libertinaje vos, Mesalina, lady Macbeth. ¡O yo he oído mal, o sois, por Dios, harto descarada!

—Habláis así porque sabéis que nos escuchan—respondió milady fríamente—; queréis interesar en contra mía a vuestros carceleros y a vuestros verdugos.

—¡Mis carceleros, mis verdugos! Señora, esta tarde tomáis las cosas de una manera poética, y la comedia de ayer se vuelve tragedia. Por lo demás, dentro de ocho días estaréis donde debéis estar y mi tarea habrá terminado.

—¡Tarea infame, tarea impía!—replicó milady con la exaltación de la víctima que provoca a su juez.

—Creo, palabra de honor—dijo Winter levantándose—, que la persona se transforma en loca. Vamos, vamos, calmaos, señora puritana, u os encerraré en el calabozo. ¡Pardiez! ¿Es mi vino de España el que se os sube a la cabeza? Tranquilizaos; esa embriaguez no es peligrosa y no tendrá consecuencias.

Y lord Winter se retiró jurando, cosa que era en aquella época costumbre de todo caballero. Felton estaba detrás de la puerta y no había perdido palabra de toda la escena; milady lo había adivinado.

—Sí, vete, vete—dijo—; las consecuencias contra lo que tú crees se aproximan; pero no las verás, imbécil, más que cuando no sea tiempo de evitarlas.

Se restableció el silencio, transcurrieron dos horas, llevaron la cena y encontraron a milady ocupada en hacer en voz alta sus plegarias, plegarias que había aprendido de un viejo servidor de su segundo marido, puritano de los más austeros. La prisionera parecía estar en éxtasis, y aparentemente no prestaba atención a lo que pasaba alrededor de ella. Felton hizo señal de que no la estorbasen, y cuando todo estuvo preparado salió, sin ruido, con los soldados.

Sabía milady que podían espiarla; continuó, pues, sus plegarias hasta el fin, y le pareció que el soldado que estaba de centinela a su puerta no marchaba con el mismo paso y parecía escuchar.

Por el momento no deseaba más; se levantó y, sentándose a la mesa, comió poco y no bebió más que agua.

Una hora después vinieron a quitar la mesa, y milady observó que esta vez Felton no acompañaba ya a los soldados. Temía, pues, verla demasiado a menudo.

Volvióse ella hacia la pared para sonreir, pues había en su sonrisa tal expresión de triunfo que hubiera bastado para denunciarla.

Milady dejó pasar todavía una media hora, y como en aquel momento todo era silencio en el viejo castillo y no se oía más que el eterno murmullo de las olas, inmenso alentar del Océano, con su voz pura, armoniosa y vibrante, dijo la primera estrofa del salmo, que alcanzaba entonces gran favor entre los puritanos:

Alguna vez, Señor, nos abandonas
por ver si somos fuertes cual debemos;
mas en seguida tu celeste mano
la ansiada palma otorga a nuestro esfuerzo.

Los versos no eran, por cierto, excelentes, ni hacía falta; sabido es que los puritanos no reparan mucho en la poesía.

Mientras cantaba, escuchaba milady atentamente; el soldado de guardia se había detenido como si se hubiera convertido en piedra. Milady pudo, pues, juzgar el efecto que había causado.

Entonces siguió cantando con un fervor y un sentimiento inexpresable; le pareció que los sonidos se extendían a lo lejos bajo las bóvedas e iban como un encanto mágico a endulzar los corazones de sus carceleros. Sin embargo, pareció que el soldado de centinela, celoso católico sin duda, sacudía el encanto, pues a través de la puerta dijo:

—Callaos, señora, vuestra canción es triste como un *De profundis,* y si sobre la gracia de estar de guarnición aquí es necesario aun escuchar tales cosas, no se va a poder vivir.

—¡Silencio!—dijo entonces una voz grave, que milady conoció ser la de Felton—. ¿A qué os mezcláis en ello? ¿Os han ordenado que impidáis cantar a esa mujer? ¿No se os ha dicho que la guardéis, que tiréis sobre ella si trata de huir? Guardadla; si huye, matadla, pero no cambiéis en nada la consigna.

Una expresión de alegría indecible iluminó el rostro de milady; pero esta expresión fué fugitiva como el fulgor de un relámpago, y sin parecer haber oído el diálogo, del que no había perdido una palabra, reanudó su canto dando a su voz toda la dulzura y toda la seducción que el demonio había puesto en ella:

Para todos mis duelos y mis lágrimas,
y para mi destierro y mis cadenas,
tengo mi juventud y mis plegarias,
y tengo a Dios que endulzará mis penas.

Aquella voz, de una extensión inaudita y de una pasión sublime, daba a la poesía ruda e inculta de tales salmos una magia y una expresión que los puritanos más exaltados encontraban raras veces en los cantos de sus hermanos, que se veían obligados a adornar con todos los recursos de su imaginación. Felton creyó oír cantar al ángel que consolaba a los tres hebreos en el horno.

Milady continuó:

En el día de la liberación
por nosotros vendrá Dios, justo y fuerte,
y si esta vez se engaña nuestro anhelo
nos quedan los martirios y la muerte.

Esta estrofa, en la cual la terrible encantadora se esforzó en poner toda su alma, acabó de trastornar el corazón del joven oficial, que abrió bruscamente la puerta, donde milady le vió aparecer pálido como siempre, pero con los ojos ardientes y casi extraviados.

—¿Por qué cantáis así, con esa voz?—dijo él.

—Perdón, señor—dijo milady con dulzura—; olvidaba que mis cantos no son propios de esta casa. Os he ofendido quizás en vuestras creencias, pero ha sido sin querer, os lo juro; perdonadme, pues, una falta, posiblemente grande, pero ciertamente involuntaria.

Milady estaba tan bella en aquel momento, el éxtasis religioso en que parecía sumergida daba tal expresión a su fisonomía, que Felton, aturdido, creyó ver al ángel que hacía pocos momentos había creído solamente oír.

—Sí, sí—respondió—; turbáis, agitáis a las gentes que habitan este castillo.

Y el pobre insensato no advertía la incoherencia de sus

palabras, mientras que milady clavaba sus ojos de lince en lo más profundo de su corazón.

—Me callaré—dijo milady bajando los ojos, con toda la dulzura que pudo dar a su voz, con toda la resignación que pudo imprimir a su actitud.

—No, no, señora—contestó Felton—; únicamente os pido que no cantéis en voz tan alta, sobre todo de noche.

Y después de estas palabras, comprendiendo Felton que no podría conservar por más tiempo su severidad ante la prisionera, se lanzó fuera de la estancia.

—Habéis hecho bien, mi teniente—dijo el soldado de guardia—; estos cantos trastornan el espíritu; pero con todo, concluye uno por acostumbrarse a ellos. ¡Tiene una voz tan bonita!

LIV

TERCER DÍA DE CAUTIVERIO

Felton había caído, pero faltaba todavía una cosa: era preciso retenerle, o mejor, era preciso que quedase allí solo con ella, y milady no veía aún más que obscuramente el medio que debía conducirla a tal resultado.

Se necesitaba más aún; era necesario hacerle hablar a fin de hablar ella también, pues milady sabía que su mayor seducción estaba en la voz, que recorría hábilmente toda la gama de sonidos, desde la palabra humana hasta el lenguaje celestial.

Y, sin embargo, a pesar de toda su seducción, milady podía fracasar, pues Felton estaba prevenido hasta contra el menor azar. Desde entonces ella veló sobre todas sus acciones, cuidó sus propias palabras, la más sencilla mirada de sus ojos, hasta el gesto, hasta la respiración que se podía interpretar como un suspiro. En fin, lo estudió todo, como lo hace un hábil comediante al que acaban de repartir un papel nuevo en el que no ha tenido la costumbre de trabajar.

Frente a lord Winter, su conducta era más fácil, como había experimentado la víspera. Permanecer muda y digna en su presencia; de cuando en cuando, irritarle con un desdén afectado, con una palabra despreciativa; llevarle a amenazas y violencias que contrastasen con su resignación; tal era su proyecto. Felton lo vería; quizá no dijese nada; pero lo vería.

Por la mañana, Felton llegó como de costumbre; pero milady le dejó preparar todos los preliminares del almuerzo sin dirigirle la palabra. En el momento en que iba a retirarse, tuvo ella un fulgor de esperanza y creyó que era él quien iba a hablarle; pero sus labios se movieron sin que ningún sonido saliese de su boca, y haciendo un esfuerzo sobre sí mismo, encerró en su corazón las palabras que iban a escapársele y salió.

Hacia el mediodía, lord Winter entró.

Hacía un bello día de invierno, y un rayo de ese pálido sol de Inglaterra que ilumina, pero que no calienta, pasaba a través de los barrotes de la prisión. Milady miraba por la ventana y al parecer no oyó la puerta que se abría.

—¡Ah, ah!—dijo lord Winter—. Después de haber hecho comedia y tragedia, ahora nos ponemos melancólicos.

La prisionera no respondió.

—Sí, sí—continuó lord Winter—, ya comprendo; os gustaría estar en libertad junto a esa orilla; querríais hendir sobre un buen navío las olas de ese mar verde como la esmeralda; querríais, ya en tierra, ya en el Océano, prepararme una de esas pequeñas emboscadas que sabéis combinar tan bien. Paciencia; dentro de cuatro días la orilla os será permitida, el mar se os abrirá más que quisierais, pues dentro de cuatro días Inglaterra se habrá desembarazado de vos.

Milady juntó las manos, levantó sus bellos ojos hacia el cielo y dijo con angélica suavidad de gesto y de entonación:

—¡Señor, Señor! Perdonad a este hombre como yo le perdono.

—Sí, reza, maldita—exclamó el barón—, tu plegaria es tanto más generosa cuanto que estás, yo te lo juro, en poder de un hombre que no te perdonará.

Y salió. En el momento en que salía, una mirada penetrante se deslizó por la puerta entreabierta y milady vió a Felton que se ocultaba rápidamente para no ser advertido por ella.

Entonces cayó de rodillas y se puso a orar.

—¡Dios mío, Dios mío!—dijo—. Vos, que sabéis por qué santa causa sufro, dadme fuerzas para sufrir.

La puerta se abrió dulcemente; la bella devota hizo como si no oyese el ruido y con voz llena de lágrimas continuó:

—¡Dios vengador, Dios de bondad! ¿Dejaréis que se cumplan los horribles proyectos de ese hombre?

Entonces únicamente fingió ella oír el ruido de los pasos de Felton, y levantándose, rápida como el pensamiento, rugió, como si se hubiese avergonzado de haber sido sorprendida de rodillas.

—No me gusta estorbar a los que rezan, señora—dijo gravemente Felton—; no os interrumpáis por mí, yo os lo suplico.

—¿Cómo sabéis que yo rezaba, señor?—dijo milady con voz sofocada por los sollozos—. Os engañáis, señor; yo no rezaba.

—¿Pensáis, pues, señora—respondió Felton con la misma voz grave, aunque con un acento más dulce—, que yo me creo con derecho para impedir a una criatura que se prosterne delante de su Creador? ¡Dios no lo permita! Por otra parte, el arrepentimiento sienta muy bien a los culpables; sea cualquiera el crimen que haya cometido, un culpable es para mí sagrado cuando está a los pies de Dios.

—¡Culpable yo!—dijo milady con una sonrisa que hubiese desarmado al ángel del juicio final—. ¡Culpable! ¡Dios mío, tú sabes si yo lo soy! Decid, señor, en buen hora, que estoy condenada; pero vos lo sabéis: Dios, que ama a los mártires, permite que algunas veces se condene a un inocente.

—Seáis condenada, seás mártir, razón de más para rogar —respondió Felton—, y yo mismo, por mi parte, os ayudaré con mis plegarias.

—¡Oh! Vos sois un justo—exclamó milady precipitándose a sus pies—. Ayudadme; no puedo tenerme por más tiempo y temo que me falten fuerzas en el momento que me sea necesario sostener la lucha y confesar mi fe. Escuchad, pues, la súplica de una mujer desesperada: os engañan, señor; pero no se trata de esto, no os pido más que una gracia, y si me la concedéis os bendeciré en este mundo y en el otro.

—Hablad al que pueda hacerlo, señora—dijo Felton—; felizmente yo no estoy encargado de perdonar ni de castigar. Más alto que yo está aquel sobre quien Dios ha echado tanta responsabilidad.

—Sólo a vos quiero hablar; escuchadme antes de contribuir a mi pérdida y a mi ignominia.

—Si habéis merecido, señora, esa ignominia y esa vergüenza, es necesario sufrir ofreciendo vuestros sufrimientos a Dios.

—¿Qué decís? ¡Oh, no me comprendéis! Cuando hablo de ignominia os figuráis que hablo de un castigo cualquiera, de la prisión o de la muerte. ¡Qué me importan a mí la muerte o la prisión!

—Sois vos quien no me comprende, señora.

—O vos hacéis por no entenderme, señor—respondió la prisionera con sonrisa de duda.

—No, señora, no os comprendo; os lo aseguro por mi honor de soldado, por mi fe de cristiano.

—¡Cómo! ¿Ignoráis los propósitos de lord Winter acerca de mí?

—Los ignoro.

—Imposible. ¡Vos su confidente!

—No miento nunca, señora.

—Sin embargo, él se oculta muy poco para que no se le adivine.

—No pretendo adivinar nada, señora; espero a que se me confíe, y fuera de lo que él me ha dicho delante de vos, nada me ha confiado.

—Luego—exclamó milady con increíble acento de verdad—vos no sois su cómplice, vos no sabéis que me destinan a una vergüenza que todos los castigos de la tierra no sabrían igualar en horror.

—Os engañáis, señora—dijo Felton rugiendo—; lord Winter no es capaz de tal crimen.

—Bien—se dijo milady—; sin saber de qué se trata, ya lo llama crimen.

Después añadió en voz alta:

—El amigo del infame es capaz de todo.

—¿A quién llamáis vos infame?—preguntó Felton.

—¿Hay, pues, en Inglaterra dos hombres a quien tal nombre pueda convenir?

—¿Queréis hablar de Jorge Villiers?—dijo Felton, cuyas miradas se inflamaron.

—Aquel a quien los paganos y los infieles llaman duque de Buckingham—replicó milady—. Yo no hubiera creído que hubiese un inglés en toda Inglaterra que tuviera necesidad de tan larga explicación para conocer a aquel de quien yo quiero hablar.

—La mano del Señor está extendida sobre él y no escapará el castigo que merece.

Felton no hacía más que expresar respecto del duque el sentimiento de execración que todos los ingleses dedicaban a aquel a quien los mismos católicos llamaban el exactor, el concusionario, el libertino, y los puritanos llamaban, sencillamente, Satán.

—¡Oh, Dios mío, Dios mío!—exclamó milady—. Cuando yo os pido que enviéis a ese hombre el castigo que le es debido, sabéis que no es mi propia venganza lo que persigo, sino la libertad que todo un pueblo implora.

—¿Le conocéis, pues?—preguntó Felton.

—Al fin me interroga—se dijo milady en el colmo de la alegría por haber llegado tan rápidamente a tan gran resultado. Luego añadió en voz alta: —¡Oh, si le conozco! Por mi desgracia, por mi desgracia eterna.

Y milady retorció los brazos como llegada al paroxismo del dolor. Felton sintió sin duda que las fuerzas le abandonaban y dió algunos pasos hacia la puerta. La prisionera, que no le perdía de vista, saltó en su persecución y le detuvo.

—¡Señor!—exclamó—, sed bueno, sed clemente, escuchad mi ruego, ese cuchillo que la fatal prudencia del barón me ha quitado porque sabía el uso que iba a hacer de él... ¡Oh, escuchadme hasta el fin! Ese cuchillo devolvédmelo un minuto solamente, ¡por gracia, por piedad! Yo abrazo vuestras rodillas; yo os pido a vos, el único ser justo, bueno y compasivo que he encontrado, a vos, mi salvador quizá. Ese cuchillo, ese cuchillo un minuto solamente y os lo devuelvo por debajo de la puerta; nada más que un minuto, señor Felton, y habréis salvado mi honor.

—¡Mataros!—exclamó Felton con terror, olvidándose de retirar sus manos de las manos de la prisionera—. ¡Mataros!

—Lo he dicho todo—murmuró milady bajando la voz y dejándose caer sobre el pavimento—. ¡He dicho mi secreto! ¡Lo sabe todo! ¡Dios mío, estoy perdida!

Felton permanecía de pie, inmóvil e indeciso.

—Duda todavía—pensó milady—; no he estado aún bastante verídica.

Se oyeron pasos en el corredor; milady reconoció la manera de andar de lord Winter; Felton le reconoció también y dió un paso hacia la puerta.

Milady se abalanzó a él y dijo:

—¡Oh! Ni una palabra, ni una palabra de todo lo que os he dicho, o estoy perdida, y sois vos, vos...

Después, como los pasos se aproximaban, ella se calló temiendo que se oyese su voz, poniendo con un ademán de terror infinito su bella mano sobre la boca de Felton. El rechazó dulcemente a milady, que fué a caer sobre un diván. Lord Winter pasó por delante de la puerta sin detenerse y se oyó el ruido de sus pasos que se alejaban. Felton, pálido como la muerte, permaneció algunos instantes escuchando con oído atento, y después, cuando el ruido se extinguió, respiró como hombre que sale de un sueño y se lanzó fuera de la estancia.

—¡Ah!—dijo milady escuchando a su vez el ruido de los

pasos de Felton que se alejaban en dirección opuesta a los de lord Winter—. ¡Por fin eres mío!

Después su frente se ensombreció.

—Si habla al barón—se dijo—estoy perdida, pues el barón, que sabe muy bien que yo no me mataré, me pondrá delante de él un cuchillo entre las manos, y entonces se verá que toda esta gran desesperación no era más que un juego.

Milady fué a colocarse delante de su espejo y se miró: jamás había estado tan bella.

—¡Oh!—dijo sonriendo—. No le hablará.

Por la noche, lord Winter entró a la hora de la cena.

—Señor—le dijo milady—, ¿vuestra presencia es accesorio obligado de mi cautiverio? ¿No podríais ahorrarme el colmo de torturas que me causan vuestras visitas?

—¿Cómo así, querida hermana?—dijo Winter—. ¿No me habíais vos anunciado sentimentalmente, con esa linda boca tan cruel hoy para mí, que veníais a Inglaterra con el solo fin de verme a vuestra comodidad, placer de cuya privación, según vos, os resentíais tanto que lo habíais arriesgado todo para satisfacerlo? ¡Cautividad! Pues, ea, aquí estoy; regocijaos. Por otra parte, esta vez hay motivo para mi visita.

Milady se estremeció y creyó que Felton había hablado. Nunca en su vida, tan llena de emociones poderosas y opuestas, experimentó quizá esta mujer una sensación que hiciese latir su corazón tan violentamente. Estaba sentada. Lord Winter cogió un sillón; arrastrándole un poco se sentó cerca de ella, y después, sacando del bolsillo un papel que desplegó lentamente, dijo:

—Mirad, quería mostraros esta especie de pasaporte que he redactado yo mismo y que os servirá en adelante de orden en la vida que consiento en dejaros.

Después, apartando sus ojos de milady para fijarlos en el papel, leyó:

—"Orden de conducir a..." El nombre está en blanco —interrumpió Winter—. Si tenéis alguna preferencia me la indicaréis, y con tal que sea cuando menos a mil leguas de Londres, se os complacerá. Continúo: "Orden de conducir a... la llamada Carlota Backson, infamada por la justicia del reino de Francia, pero libertada después del castigo. Vivirá en esta residencia sin apartarse de ella nunca más de tres leguas. En caso de tentativa de evasión se le aplicará la pena de muerte. Recibirá cinco chelines diarios para su alojamiento y manutención."

—Esa orden no me concierne—respondió fríamente milady—, puesto que no es mi nombre el que ahí se consigna.

—¡Vuestro nombre! ¿Es que tenéis alguno?

—Tengo el de vuestro hermano.

—Os engañáis; mi hermano no es más que vuestro segundo marido, y el primero vive aún; decidme su nombre y lo pondré en lugar del de Carlota Backson. ¿No? ¿No queréis? ¿Guardáis silencio? Está bien; seréis registrada con el nombre de Carlota Backson.

Milady permaneció silenciosa, y esta vez no era por afectación, sino por terror; creyó que la orden iba a ejecutarse en seguida; pensó que lord Winter había adelantado su partida; creyó que estaba destinada a marchar aquella misma tarde. Todo en su espíritu estuvo perdido durante un instante, cuando de repente se apercibió de que la orden no llevaba firma alguna. La alegría que sintió por el descubrimiento fué tan grande que no pudo ocultarla.

—Sí, sí—dijo lord Winter, que comprendió lo que ella pensaba—; buscáis la firma y os decís: "No está todo perdido, puesto que este documento no está firmado; me lo muestran para aterrorizarme, y nada más". Os engañáis; mañana se enviará esta orden a lord Buckingham; pasado mañana volverá firmada por su mano y autorizada con su sello, y veinticuatro horas después se pondrá en ejecución, os respondo de ello. Adiós, señora; eso es todo lo que tenía que deciros.

—Y yo os responderé, señor, que este abuso de poder, que este destierro con un nombre supuesto, son una infamia.

—¿Preferís ser ahorcada con vuestro verdadero nombre? Ya lo sabéis: las leyes inglesas son inexorables en lo referente al abuso que se haga del matrimonio. Explicaos francamente: aunque mi nombre, o mejor el nombre de mi hermano, se encuentre mezclado en todo esto, arriesgaré el escándalo de un proceso público para estar seguro de que de una vez me he desembarazado de vos.

Milady no respondió, pero se tornó pálida como un cadáver.

—¡Ah! Ya veo que preferís la peregrinación; maravilloso, señora; hay un viejo proverbio que dice que en los viajes se forma la juventud. Después de todo, no estáis equivocada; la vida es buena, y por eso me cuido yo de que no me la quitéis. Queda aún por arreglar el asunto de los cinco chelines; me muestro un poco tacaño, pero esto tiene por objeto que no corrompáis a vuestros guardianes. Por otra parte, siempre os quedarán encantos para seducirlos; podéis usarlos si vuestro fracaso con Felton no os ha curado del deseo de hacer tentativas de ese género.

—Felton no ha hablado—se dijo milady—; nada se ha perdido aún.

—Y ahora, señora, hasta la vista. Mañana vendré para anunciaros que mi mensajero ha marchado ya.

Lord Winter se levantó y salió, saludando irónicamente a milady. Ella respiró; tenía aún cuatro días por delante, cuatro días que serían suficientes para acabar de seducir a Felton.

Sin embargo, tuvo una idea terrible; quizá lord Winter enviaría al mismo Felton para llevar la orden a la firma de Buckingham, y de esta manera Felton se le escapaba, siendo necesaria, para que la prisionera triunfase, la magia de una seducción continua.

Sin embargo, como hemos dicho, había una cosa que la tranquilizaba, y era que Felton no había hablado. Ella, por su parte, no quiso aparecer emocionada por las amenazas de lord Winter; se sentó a la mesa y comió. Después, como había hecho la víspera, se puso de rodillas y repitió en voz alta sus preces. Como la víspera, el soldado cesó de caminar y se detuvo para escucharla. Pronto oyó ella pasos más ligeros que los del centinela que venían del fondo del corredor y se detenían delante de su puerta.

—Es él—se dijo.

Y comenzó el mismo canto religioso que la víspera había exaltado tan violentamente a Felton. Pero aunque su voz dulce, llena y sonora vibró más armoniosa y más desgarradora que nunca, la puerta permaneció cerrada. Le pareció a milady en una de las miradas furtivas que lanzó sobre el pequeño postigo, que a través de la mirilla se divisaban los ojos ardientes del joven; pero fuese esto ilusión o realidad, él tuvo sobre sí mismo el suficiente imperio para dominarse y no entrar.

Unicamente algunos instantes después, cuando hubo terminado su religioso canto, milady creyó oír un profundo suspiro y después los mismos pasos que antes oyera aproximarse, se alejaron lenta y cautelosamente.

LV

EL CUARTO DÍA DE CAUTIVERIO

A la mañana siguiente, cuando Felton entró en el cuarto de milady, la encontró de pie, subida encima de un sillón;

en las manos tenía una cuerda tejida con ayuda de algunos pañuelos de batista, deshilados y trenzados. Al ruido que hizo Felton abriendo la puerta, milady saltó ligeramente al suelo y trató de ocultar detrás de sí la improvisada cuerda que tenía en la mano.

El joven estaba aún más pálido que de costumbre y sus ojos, enrojecidos por el insomnio, indicaban que había pasado una noche terrible. Sin embargo, su frente estaba revestida de una severidad más austera que nunca.

Avanzó lentamente hacia milady, que se había sentado, y tomando un extremo de la trenza mortífera que por descuido o a cosa hecha había ella dejado al descubierto, preguntó fríamente:

—¿Qué es esto, señora?

—Nada—dijo milady sonriendo con aquella expresión dolorosa que ella sabía dar a su sonrisa—; el aburrimiento es el enemigo mortal de los prisioneros: me aburría y me he distraído trenzando esta cuerda.

Felton fijó los ojos en el lienzo de pared ante el cual había encontrado a milady de pie sobre el sillón donde estaba sentada ahora, y por encima de su cabeza se fijó en un clavo dorado hincado en el muro y que servía para colgar vestiduras o armas. Se estremeció, y la prisionera vió aquel estremecimiento, pues aunque tenía los ojos bajos, nada se le escapaba.

—¿Y qué hacíais de pie en el sillón?—preguntó él.

—¿Qué os importa?—respondió milady.

—Deseo saberlo—replicó Felton.

—No me interroguéis—dijo la prisionera—; sabéis muy bien que a nosotros, los verdaderos cristianos, nos está prohibido mentir.

—Pues yo—dijo Felton—voy a deciros lo que hacíais o mejor lo que ibais a hacer: ibais a llevar a término la obra fatal que alimentáis en vuestro espíritu; pensad en ello, señora: si nuestro Dios prohibe la mentira, prohibe más severamente aún el suicidio.

—Cuando Dios ve a una de sus criaturas perseguidas injustamente, colocada entre el suicidio y el deshonor, creedme, señor—respondió milady con tono de convicción profunda—, Dios le perdona el suicidio, pues entonces el suicidio es el martirio.

—Es demasiado o demasiado poco lo que decís. Hablad, señora; en nombre del cielo, explicaos.

—¿Que yo os cuente mis desgracias para que vos las tratéis de fábulas? ¿Que os diga mis proyectos para que vayáis a denunciarlos con mi perseguidor? No...; y..., por otra parte, ¿qué os importa la vida o la muerte de una infeliz condenada? Vos no respondéis más que de mi cuerpo, ¿no es eso?, y con tal que presentéis un cadáver que sea reconocido por el mío, no se os pedirá nada más y quizá hasta tendréis doble recompensa.

—¡Yo, señora, yo!—exclamó Felton—. ¡Suponer que aceptaría jamás el precio de vuestra vida! ¡Oh! No pensáis lo que decís.

—Dejadme hacer, Felton, dejadme hacer—dijo milady exaltándose—. Todo soldado debe ser ambicioso, ¿no es eso? Vos sois teniente; pues bien, seguiréis a mi entierro con el grado de capitán.

—Pero ¿qué os he hecho — dijo Felton quebrantado —, para que me carguéis con tal responsabilidad delante de los hombres y de Dios? Dentro de algunos días estaréis fuera de aquí, señora, vuestra vida no estará guardada por mí, y entonces—añadió con un suspiro—haréis lo que queráis.

—Así—exclamó milady como si no pudiese resistir a una santa indignación—, vos, hombre piadoso; vos, a quien llaman justo, no pedís más que una cosa: que no os molesten, que no os culpen por mi muerte.

—Debo velar por vuestra vida, señora, y velaré.

—Pero ¿comprendéis bien la misión que llenáis? Cruel ya en el caso de ser yo culpable, ¿qué nombre le daréis, qué nombre le dará el Señor, siendo como soy inocente?

—Soy soldado, señora, y cumplo las órdenes que he recibido.

—¿Creéis vos que en el día del juicio final Dios separará los verdugos ciegos de los jueces inicuos? Vos no queréis que yo mate mi cuerpo, y sois el agente del que quiere matar mi alma.

—Pero yo os repito—replicó Felton—que ningún peligro os amenaza y respondo de lord Winter como de mí mismo.

—¡Insensato!—exclamó milady—. ¡Insensato, que osa responder de otro hombre, cuando los más prudentes titubean en responder de sí mismos, y que se coloca de parte del más fuerte y del más afortunado para abrumar a la más débil y a la más desgraciada!

—¡Imposible, señora, imposible! — murmuró Felton, que sentía en el fondo de su corazón la justicia de aquel argumento—. Prisionera, no recibiréis de mí la libertad; viva, no perderéis por mí la vida.

—Sí—exclamó milady—, pero perderé lo que me es mucho más caro que la vida: perderé el honor, Felton, y es a vos a quien yo haré responsable, delante de Dios y delante de los hombres, de mi vergüenza y de mi infamia.

Felton, a pesar de su impasibilidad, real o fingida, no pudo resistir a la influencia secreta que ya se había apoderado de él. Sufrir a la vez el ascendiente del dolor y de la hermosura era demasiado para un cerebro minado ya por los ardientes ensueños de la fe contemplativa, y para un corazón devorado juntamente por el amor celestial, que inflama, y por el odio a los hombres, que aniquila.

Milady advirtió la turbación que se apoderaba del joven, penetrando con su perspicacia la llama de pasiones opuestas que ardían juntamente con la sangre en las venas del fanático; y semejante a un hábil general que, viendo próximo a retroceder al enemigo, cae sobre él arrojando un grito de victoria, se levantó, hermosa y radiante como una antigua sacerdotisa, inspirada como una virgen cristiana, y con el brazo extendido, descubierta la garganta, esparcidos los cabellos, y reteniendo con una mano el vestido pudorosamente recogido sobre el seno, e inflamados los ojos con aquel fuego que tenía ya trastornados los sentidos del joven puritano, se adelantó hacia él, exclamando con expresión vehemente y con aquella dulce voz, a la que sabía dar en ocasiones terrible acento:

¡Que devoren al mártir los leones;
Que Baal en su víctima se cebe:
Dios, que a su vez el universo mueve,
Sobre ti arrojará sus maldiciones!

Felton se quedó como petrificado.

—¿Quién sois? ¿Quién sois?—exclamó juntando sus manos—. ¿Sois ángel, o demonio? ¿Os llamáis Eloa, o Astarté?

—¿No me has reconocido, Felton? Ni soy ángel ni demonio, sino sólo una hija de la tierra, una hermana de la verdadera creencia.

—Sí, sí—dijo Felton—: yo dudaba todavía; pero ahora todo lo creo.

—¡Todo lo crees, y continúas siendo, no obstante, el cómplice de ese hijo de Belial a quien llaman lord Winter! ¡Todo lo crees, y, sin embargo, me dejas en poder de mis enemigos, del enemigo de Inglaterra, del enemigo de Dios! ¡Todo lo crees, y me entregas, a pesar de eso, al que cubre y mancha al orbe entero con sus herejías y desenfreno; a ese infame

Sardanápalo, a quien los ciegos llaman duque de Buckingham, y los creyentes designan como el Anticristo!

—¡Yo entregaros a Buckingham! ¿Qué estáis diciendo?

—¡Tienen ojos—exclamó milady—, y no ven, oídos, y no oyen!

—Sí, sí—dijo Felton pasándose las manos por la frente cubierta de sudor, como si tratara de echar fuera de sí el último resto de duda—; sí, reconozco la voz que me habla en mis ensueños; sí, reconozco las facciones del ángel que se me aparece todas las noches, y que grita a mi alma que no puede dormir: "¡Hiere, salva a Inglaterra; sálvate a ti propio, porque tú morirás si no has desagraviado a Dios!" Hablad, hablad—exclamó Felton con una exaltación profunda—; ahora... puedo comprenderos.

Un rayo de feroz alegría, pero rápido como el pensamiento, saltó de los ojos de milady.

—Pero no—continuó—; no estoy yo destinada a ser la Judit que liberte a Bethulia de este nuevo Holofernes; la espada del Señor es demasiado pesada para mi brazo. ¡Dejadme, pues, huir del deshonor por medio de la muerte; dejad que me refugie en el martirio! Yo no os pido ni la libertad, como lo haría una culpable, ni la venganza, como lo haría una pagana. ¡Lo único que os pido es que me dejéis morir! Esto es lo que os suplico de rodillas, prosternada a vuestros pies: ¡dejadme morir, y mi último suspiro será una bendición para mi salvador!

Al escuchar Felton aquella voz dulce y suplicante, al ver aquella mirada tan tímida como ingenua, se acercó. La hermosa encantadora había ido revistiéndose por grados de aquel mágico adorno que sabía tomar o dejar a su placer, y cuyo conjunto lo formaban a un tiempo la belleza, la dulzura, las lágrimas, y especialmente el irresistible atractivo de la voluptuosidad mística, la más seductora de todas las voluptuosidades.

—¡Ay!—exclamó Felton—; lo único que puedo hacer es compadeceros, si es cierto que sois una víctima. Pero lord Winter tiene crueles resentimientos contra vos. Sois cristiana, sois hermana mía en religión, y me siento arrastrado hacia vos. ¡Hablad, referidme vuestros pesares!

—¡Confiaros mi ignominia!—exclamó milady, teñido su semblante con la púrpura del pudor—. ¡Confiaros mi ignominia, yo que soy mujer, a vos que sois hombre! ¡Oh!—continuó, llevándose pudorosamente la mano a sus hermosos ojos—, ¡Jamás! ¡Nunca tendría fuerzas para hacerlo!

—¡Ni a mí, que soy vuestro hermano!—exclamó Felton.

Milady le miró por largo tiempo con una expresión que el joven tomó por la de la duda, pero que realmente no era otra que la de la observación y, principalmente, la de la voluntad de fascinar.

Felton juntó a su vez las manos en ademán de súplica.

—Pues bien—dijo milady—; quiero confiarme a mi hermano..., y lo haré.

En este momento se oyeron los pasos de lord Winter; pero esta vez el terrible cuñado de milady no se contentó con pasar por delante de la puerta y alejarse como había hecho la víspera, sino que, por el contrario, entró después de cambiar dos palabras con el centinela, deteniéndose un instante, que bastó a Felton para retroceder vivamente. Cuando lord Winter entró, el oficial estaba ya a algunos pasos de la prisionera.

El barón penetró lentamente y, fijando su mirada escrutadora en los dos interlocutores, dijo:

—Hace ya mucho tiempo que estáis aquí, Juan. ¿Esta mujer os ha contado sus crímenes? Si es así, comprendo que haya sido larga la entrevista.

Felton se estremeció y milady comprendió que estaba perdida si no acudía en socorro del desconcertado puritano.

—¡Ah!—dijo—. ¡Teméis que vuestra prisionera se os escape! Pues bien; preguntad a vuestro digno carcelero la gracia que yo solicitaba de él en este mismo instante.

—¿Os pedía una gracia?—dijo el barón, receloso.

—Sí, milord—respondió confuso el joven.

—¿Y qué gracia? Sepamos—preguntó lord Winter.

—Un cuchillo que ella me devolvería por el postigo un minuto después de haberlo recibido—respondió Felton.

—Entonces es que hay aquí alguien oculto a quien esta graciosa criatura quiere degollar—dijo lord Winter con su voz burlona y despreciativa.

—Era para mí—respondió milady.

—Os he dado a escoger, señora, entre América y el cadalso; escoged el cadalso, pues la cuerda es, creedme, aun más segura que el cuchillo.

Felton palideció y dió un paso hacia adelante pensando que en el momento en que él había entrado, milady tenía en sus manos una cuerda.

—Tenéis razón—dijo la prisionera—; ya había pensado en ello.

Luego añadió con voz sorda:

—Y volveré a pensar.

Felton sintió correr un estremecimiento hasta la medula de los huesos. Probablemente lord Winter se apercibió de este movimiento y dijo:

—¡Desconfía, Juan, amigo mío! ¡Guárdate! Estás prevenido y descanso en ti. Por otra parte, ten valor; dentro de tres días nos veremos libres de esta criatura, y donde yo la envío no hará daño a nadie.

—¡Ya lo oís!—exclamó milady con gesto magnífico, de una manera que el barón creyera que se dirigía al cielo y Felton comprendiese que se dirigía a él.

El oficial bajó la cabeza meditabundo y el barón, cogiéndole por un brazo, le condujo hasta la puerta, volviendo la cabeza para no perder de vista a milady.

Los dos salieron.

—Vamos, vamos—se dijo la prisionera cuando la puerta se hubo cerrado—; no estoy aún tan adelantada como creía. Winter ha cambiado su tontería ordinaria por una prudencia que nunca conocí en él. ¡Lo que es el deseo de la venganza, y cómo este deseo forma al hombre! En cuanto a Felton, titubea. ¡Ah! Felton no es un hombre como ese Artagnan maldito; un puritano no adora más que a las vírgenes, y las adora juntando las manos; un mosquetero ama a las mujeres, y las ama juntando los brazos.

Sin embargo, milady esperó con impaciencia, pues no dudaba que no pasaría el día sin que volviese a ver a Felton; y, en efecto, una hora después de la escena que acabamos de referir oyó que hablaban en voz baja junto a la puerta, que se abrió un momento después dando paso al oficial.

El joven avanzó rápidamente, dejando la puerta abierta y haciendo seña a milady de que callase; tenía el semblante trastornado.

—¿Qué me queréis?—dijo ella.

—Escuchad—respondió Felton en voz baja—; acabo de alejar al centinela para poder permanecer aquí sin que se sepa que he venido y para hablaros sin que se pueda oír lo que os digo: el barón acaba de contarme una historia terrible.

Milady adoptó una sonrisa de víctima resignada y sacudió la cabeza.

—O sois un demonio—prosiguió Felton—, o el barón, mi bienhechor, mi padre, es un monstruo. Cuatro días no más hace que os conozco, y diez años que amo y reverencio a mi protector; no extrañéis, pues, que vacile entre vos y él. Perdonadme lo que voy a deciros; pero necesito absolutamente que me convenzáis. Esta noche después de las doce vendré a este sitio, y espero que me convenceréis.

—No, Felton; no, hermano mío: el sacrificio es harto grande, y conozco que os cuesta demasiado. Ya que estoy yo perdida, no os perdáis conmigo. Mi muerte será mucho más elocuente que mi vida, y el silencio del cadáver os convencerá mucho mejor que las palabras de la prisionera.

—¡Callad, señora, por Dios—exclamó Felton—, y no me habléis de esa manera! Sólo he venido a que me prometáis por vuestro honor, a que me juréis por lo que respetáis como más sagrado, que no atentaréis a vuestra vida.

—No os lo prometo—dijo milady—, porque nadie respeta como yo la santidad del juramento; y si diera mi palabra, me vería precisada a cumplirla.

—Pues bien—dijo Felton—, prometedme sólo que no atentaréis a vuestros días hasta tanto que yo vuelva a veros. Si entonces persistís en vuestro propósito, quedaréis en libertad de hacerlo, y yo mismo os facilitaré el arma que habéis pedido.

—Consiento en ello—dijo milady—. Por vos esperaré.

—¡Jurádmelo!

—¡Lo juro por nuestro Dios! ¿Estáis satisfecho?

—Bien—dijo Felton—. Hasta la noche.

Y lanzándose fuera del aposento cerró la puerta y esperó fuera, con la pica del soldado en la mano y como si montase la guardia en su lugar.

Cuando volvió el soldado, Felton le devolvió su arma.

Entonces, a través del postigo al que se había aproximado, milady vió al joven persignarse con un fervor delirante, y marcharse por el corredor enajenado por la alegría.

En cuanto a ella, volvió a su sitio, y con una sonrisa de salvaje desprecio repitió blasfemando aquel nombre de Dios por el cual había jurado, sin haber aprendido jamás a conocerle.

—¡Dios mío!—dijo ella—. ¡Fanático insensato, me pertenece por completo y me ayudará a vengarme!

LVI

QUINTO DÍA DE CAUTIVERIO

Milady había llegado a la mitad del camino, y el éxito obtenido redoblaba sus fuerzas. No era difícil vencer, como hasta entonces había vencido, a hombres prontos a dejarse seducir, y a los que la educación galante de la corte arrastraba rápidamente hacia la trampa: milady era lo bastante bella para no encontrar resistencia por parte de la carne y lo bastante diestra para salvar todos los obstáculos que pudiese oponerle el espíritu. Pero esta vez tenía que luchar contra una naturaleza salvaje, concentrada, insensible a fuerza de austeridad: la religión y la penitencia habían hecho de Felton un hombre insensible a las seducciones ordinarias. Germinaban en su exaltada cabeza planes tan vastos, proyectos tan tumultuosos, que no quedaba sitio para ninguno de esos deseos del capricho o de la materia que se nutren en el ocio y crecen en la corrupción. Milady había abierto brecha con su falsa virtud en la opinión de un hombre terriblemente prevenido en contra suya, y con su belleza en el corazón y en los sentidos de un hombre casto y puro; había llegado a darse cuenta de toda la extensión de su poder, con aquella experiencia hecha sobre el sujeto más rebelde que la naturaleza y la religión pudiesen someter a su estudio.

Muchas veces, sin embargo, durante la noche, había desesperado de su suerte y de sí misma, olvidando a Dios, teniendo fe en el genio del mal, cuya inmensa soberanía se extiende a todos los detalles de la vida humana y que puede, como en la fábula árabe, con un grano de granada reconstruir un mundo perdido.

Milady, preparada para recibir a Felton, pudo disponer sus baterías para la mañana siguiente. Sabía que no le quedaban más que dos días, que una vez que estuviese la orden firmada por Buckingham (y Buckingham la firmaría con tanta mayor facilidad cuanto que la orden llevaba un nombre falso y no podría reconocer a la mujer de que se trataba), el barón la mandaría embarcar al momento, y sabía también que las mujeres condenadas a la deportación disponen de menos armas en sus seducciones que las presuntas mujeres virtuosas, cuya belleza ilumina el sol del mundo y dora con sus fulgores encantados un reflejo de aristocracia.

Que una mujer esté condenada a pena infamante no es obstáculo para que sea bella, pero sí lo es para que ejercite su perversidad. Como todas las personas de verdadero mérito, milady conocía el medio que convenía a su naturaleza; la tortura la repugnaba, porque con la abyección perdía dos terceras partes de su grandeza. Milady no era reina más que entre reinas; su dominación necesitaba el placer del orgullo satisfecho. Dominar a seres inferiores era para ella antes una humillación que un placer.

Verdaderamente, ella estaba segura de volver de su destierro; pero ¿cuánto tiempo podría éste durar? Para una naturaleza activa y ambiciosa como la de milady, los días en que no se gana algo son días nefastos; ¡busque el lector la palabra con que hay que calificar a los días que se pierden! Perder un año, dos, tres, es decir, una eternidad, volver cuando Artagnan y sus amigos dichosos y triunfantes hubieran recibido de la reina la justa recompensa de sus servicios, eran ideas abrumadoras que una mujer como milady no podía soportar. Por lo demás, la tempestad que rugía en su interior redoblaba su fuerza y hubiera hecho estallar los muros en su prisión si su cuerpo hubiera podido tomar un solo instante las proporciones de su espíritu.

Después, lo que la atormentaba más en medio de todo era el recuerdo del cardenal. ¿Qué pensaría, qué diría de su silencio aquel cardenal desconfiado, inquieto y suspicaz, aquel cardenal que era no sólo su apoyo y su único protector en el presente, sino el principal instrumento de su fortuna y de su venganza en lo porvenir? Ella le conocía y sabía que a su vuelta, después de un viaje inútil, sería ocioso hablar de la prisión y de las privaciones sufridas, pues el cardenal respondería con la calma burlona y escéptica que le era peculiar: "No haberse dejado coger".

Entonces milady apelaba a toda su energía, murmurando en el fondo de su pensamiento el nombre de Felton, que era la única luz que penetraba hasta el fondo de aquel abismo donde había caído, y como serpiente que enrosca y prepara sus anillos para darse cuenta de su fuerza, envolvía ella por anticipado a Felton en los mil pliegues de su imaginación.

Sin embargo, el tiempo transcurría, y las horas parecían venir unas tras otras a despertar a su paso la campana, y cada campanada repercutía en el corazón de la prisionera. A las nueve, lord Winter hizo la visita acostumbrada, miró la ventana y los barrotes, sondeó el piso y las paredes, examinó la chimenea y las puertas, y durante el largo y minucioso examen ni él ni milady pronunciaron una sola palabra. Sin duda los dos comprendían que la situación había llegado a ser demasiado grave para perder el tiempo en palabras inútiles y en cóleras sin efecto.

—Vaya, vaya—dijo el barón, marchándose—; esta noche no os escaparéis aún.

A las diez, Felton llegó a colocar un centinela; milady reconoció sus pasos. Ella le adivinaba como se adivina al amante, y, sin embargo, detestaba y despreciaba a la vez a aquel débil fanático.

No era aún la hora convenida, y Felton no entró.

Dos horas después el centinela fué relevado.

Era ya la hora, y milady esperó con impaciencia.

El nuevo centinela empezó a pasearse por el corredor. Al cabo de diez minutos llegó Felton. Milady escuchaba atentamente.

—Escucha—dijo el joven al centinela—: con ningún pretexto te alejes de esa puerta, pues tú sabes que la pasada noche milord impuso castigo a un soldado porque abandonó el puesto un instante, a pesar de haber sido yo quien durante su corta ausencia veló en su lugar.

—Ya lo sé—dijo el soldado.

—Te recomiendo, pues, la más exacta vigilancia. Yo voy a entrar por segunda vez en el cuarto de esta mujer, pues temo que tenga siniestros proyectos sobre sí misma y he recibido orden de vigilarla.

—Bien—murmuró milady—. He aquí al austero puritano mintiendo.

En cuanto al soldado, se limitó a sonreír, mientras contestaba:

—¡Peste, mi teniente! No sois desgraciado si os encargan con frecuencia semejantes comisiones, sobre todo si milord os ha autorizado para mirar hasta en su cama.

Felton enrojeció. En otra cualquier circunstancia hubiera reprendido severamente al soldado que se permitía tales bromas; pero su conciencia hablaba demasiado para que hablase su boca.

—Si te llamo—dijo—, vienes; y lo mismo si viene alguien, me llamas a mí.

—Sí, mi teniente—contestó el soldado.

Felton entró en el cuarto de milady, que al verle se puso de pie.

—¡Al fin habéis venido!—dijo ella mostrando mucha impaciencia.

—Os lo había prometido—replicó el joven—y aquí me tenéis.

—Otra cosa me habíais prometido también.

—¿Cuál, señora?

—Traer un cuchillo y dejármelo después de nuestra conferencia.

—No habléis de eso, señora—dijo Felton—; no hay situación, por terrible que sea, que autorice a una criatura de Dios para darse la muerte. He reflexionado que nunca debía yo hacerme cómplice de semejante atentado contra vos.

—¡Ah; habéis reflexionado!—dijo la prisionera volviendo a ocupar su asiento con una sonrisa de desprecio—. ¡Pues yo también!

—¿El qué?

—Que nada tengo que decir a un hombre que de ese modo falta a su palabra.

—¡Oh, Dios mío!—murmuró él—. Aquí está el arma.

—Entonces—dijo ella—, escuchadme.

El encargo era inútil, pues el joven oficial estaba de pie delante de ella esperando sus palabras para devorarlas.

—Felton—dijo milady en tono solemne, pero lleno de melancolía—; Felton, si vuestra hermana, si la hija de vuestro padre os dijese: "Joven todavía y bastante hermosa por desgracia, me tendieron un lazo, del cual supe librarme; multiplicaron después en torno mío las asechanzas, las violencias, pero a todo supe hacer frente; blasfemaron de la religión que yo profeso, del Dios a quien adoro, porque llamaba en auxilio mío a ese Dios y a esa religión, pero me mantuve firme en mi propósito. Entonces me prodigaron los mayores ultrajes, los más atroces insultos; y como vieron que no podían perder mi alma, trataron de marchitar para siempre mi cuerpo. Al fin..."

Milady se detuvo, y una amarga sonrisa se dibujó en sus labios.

—Al fin—dijo Felton—; al fin, ¿qué hicieron?

"—Al fin resolvieron paralizar una noche aquella obstinada resistencia que no podían vencer, mezclando un narcótico en el agua destinada a mi bebida. Apenas acabé de comer, sentí correr por todos mis miembros un entorpecimiento desconocido; y aun cuando no tenía la menor desconfianza, se apoderó de mí un vago temor, y traté de luchar contra el sueño. Me levanté inmediatamente, quise correr a la ventana y pedir socorro, pero mis piernas rehusaban conducirme, y me parecía que el techo se movía, amenazando desplomarse sobre mi cabeza. Extendí mis brazos, intenté hablar, y sólo pude arrojar sonidos inarticulados; un desfallecimiento irresistible se apoderaba de todo mi cuerpo, y me acerqué a un sillón, conociendo que no podía tenerme en pie. No fué suficiente este apoyo para mis débiles brazos, y caí de rodillas: quise hacer oración; pero mi lengua se quedó pegada al paladar. Sin duda, Dios no se dignó escucharme, pues caí en el suelo, agobiada bajo el peso de un sueño que se asemejaba a la muerte.

"Del tiempo que permanecí en ese estado no me ha quedado el menor recuerdo; sólo hago memoria de que al despertar me hallé en una habitación circular, cuyo moblaje era suntuoso, y a la cual daba luz una claraboya abierta en el techo. Por lo demás, ninguna puerta se veía que indicara la entrada de aquel aposento, que parecía una magnífica prisión.

"Largo tiempo estuve sin poder darme cuenta del lugar en que me hallaba ni de las circunstancias que os he referido: mi entendimiento luchaba inútilmente para sacudir las densas tinieblas de aquel sueño, a cuya mortífera influencia no podía substraerme; mi imaginación recordaba apenas ideas vagas de un espacio recorrido, del ruido de un carruaje; pero todo esto se representaba a mi pensamiento de una manera tan obscura y confusa, que me parecían esos acontecimientos pertenecientes a otra existencia distinta de la mía, a la cual se hallaban, sin embargo, unidos por una fantástica ilusión.

"Por algún tiempo me pareció tan extraordinario el estado en que me hallaba, que creí estar soñando. Con todo, la realidad se me fué presentando poco a poco en su terrible desnudez: conocí que no me hallaba ya en la casa que habitaba, y, a lo que podía juzgar por la luz que entraba por la claraboya, se habían pasado las dos terceras partes del día; la noche anterior fué cuando me acometió aquel pesado sueño; por consiguiente, hacía cerca de veinticuatro horas que estaba aletargada. ¿Qué era lo que había pasado durante todo este tiempo?

"Me levanté vacilante; todos mis movimientos, lentos y entorpecidos, indicaban que aun no se había disipado enteramente la influencia del narcótico. Por lo demás, mi nueva habitación estaba amueblada como para recibir a una dama, y la coqueta más refinada podía concebir el más ligero capricho, segura de que, dirigiendo sus miradas en derredor de aquel aposento, encontraría al punto con qué satisfacerlo.

"Ciertamente que no sería yo la primera cautiva que se vió encerrada en aquella dorada prisión; pero ya os haréis cargo, Felton, de que cuanto más espléndida fuera, tanto mayor sería mi espanto.

"Sí, era una verdadera prisión, pues en vano intenté salir de allí; y aun cuando golpeé alrededor en toda la pared para ver si descubría alguna puerta, mis golpes no produjeron más que un sonido lleno, como el del choque contra un cuerpo macizo y sólido.

"Di quizás por veinte veces la vuelta a aquel aposento, buscando una salida cualquiera, pero no la había. El terror y la fatiga me hicieron caer anonadada sobre un sillón.

"Entretanto, la noche se acercaba con espantosa rapidez, y con la noche se acrecentaban mis temores; no sabía si debería permanecer donde me hallaba sentada, y me pareció hallarme cercada de peligros ignorados, en los cuales temía caer a cada paso. Aun cuando desde el día anterior no había probado bocado alguno, mis temores me hacían olvidar el hambre.

"Ningún ruido exterior que pudiera indicarme la medida del tiempo llegaba a mis oídos, y únicamente presumí que fuesen las siete o las ocho, porque estábamos en el mes de octubre, y era ya enteramente de noche.

"De repente, el chirrido de una puerta que giraba sobre sus goznes me hizo estremecer. Descendiendo por la linterna del techo un globo iluminado, se llenó de una viva luz el aposento, y vi con espanto que a corta distancia de donde me hallaba estaba un hombre de pie.

"Una mesa con dos cubiertos y sus correspondientes manjares apareció como por encanto en medio de la habitación.

"Aquél hombre era el mismo que me perseguía hacía un año: había jurado mi deshonor, y a las primeras palabras que dejó escapar de sus labios me dió a entender que no me quedaba esperanza alguna de libertad.

—¡Infame!—murmuró Felton.

—¡Oh, sí! El infame...—continuó milady, viendo el interés que el joven oficial, cuya alma parecía estar pendiente de sus labios, tomaba en aquella extraña narración—. ¡Oh, sí! El infame creía que bastaba haberme hecho robar durante mi letargo para conseguir sus perversos fines, y venía con la esperanza de que, aceptando yo mi deshonra, puesto que ya estaba consumada, aceptaría también su fortuna en cambio de mi amor.

"Todos cuantos improperios, denuestos e injurias puede sugerir el corazón de una mujer ultrajada, otros tantos vomité con desdeñoso y colérico acento contra aquel hombre; pero sin duda debía de hallarse acostumbrado a semejantes insultos, porque me escuchó mudo, tranquilo, con la sonrisa en los labios y cruzados los brazos sobre el pecho. Cuando creyó que habría ya desahogado mi rabia, se acercó a mí para cogerme la mano; pero yo di súbitamente un salto hacia la mesa, y tomando un cuchillo apoyé su punta sobre mi pecho.

"—Dad un paso más—le dije—y, a más de mi deshonra, tendréis que echaros en cara mi muerte.

"Sin duda había en mi mirada, en mi voz y en toda mi persona aquella verdad de expresión y de acento que infunde la convicción hasta en las almas más perversas, porque aquel hombre se contuvo.

"—¿Vuestra muerte?—me dijo—. ¡Oh, no! Sois una prisionera demasiado bella y seductora para que yo consienta en perderos de esa manera. Adiós, hermosa mía; esperaré para repetir mi visita a que os halléis con mejores disposiciones.

"A estas palabras dió un silbido, y el globo luminoso que alumbraba mi habitación subió y desapareció. Quedé en una completa obscuridad. El ruido de una puerta que se abre y se cierra volvió a dejarse sentir un momento después, y, descendiendo otra vez el globo de luz, me encontré sola.

"Terrible fué aquel momento. Si alguna duda podía quedarme sobre mi desgracia, pronto se habría desvanecido ante aquella horrorosa realidad: me hallaba en poder de un hombre a quien no sólo aborrecía, sino despreciaba altamente; de un hombre que me había dado ya una prueba fatal de todo lo que sería capaz."

—Pero, ¿quién era ese hombre?—preguntó Felton.

Milady, sin responder a esta pregunta, continuó su narración:

"Pasé la noche en una silla, sobresaltándome al menor ruido, pues a las doce, sobre poco más o menos, se había apagado la luz y quedé en la más profunda obscuridad. No obstante, no volvió a aparecérseme mi perseguidor, y cuando llegó el día, vi que la mesa había desaparecido. Sólo conservaba todavía en la mano el cuchillo.

"Aquel cuchillo era toda mi esperanza.

"Me hallaba rendida de cansancio, el insomnio tenía abrasados mis ojos, y no me había atrevido a cerrarlos un solo instante. El día vino a calmar un tanto mis temores, y me arrojé sobre el lecho sin abandonar mi cuchillo libertador, el cual oculté bajo la almohada.

"Cuando desperté, encontré dispuesta una mesa con su correspondiente desayuno.

"Esta vez, a pesar de mis temores y a despecho de mis angustias, el hambre me aquejaba terriblemente, pues hacía cuarenta y ocho horas que no había tomado alimento alguno; tomé un poco de pan y alguna fruta, y acordándome del narcótico mezclado en el agua que había bebido, no probé siquiera la que me habían servido en la mesa, llenando mi vaso en una fuente de mármol que había incrustada en la pared, junto al tocador.

"A pesar de esta precaución, no dejé de sentir por algún tiempo una terrible agonía; pero mis temores no fueron esta vez fundados, y pasé el día sin experimentar la menor novedad.

"Tomé también la precaución de vaciar hasta la mitad de la vasija en que me trajeron el agua para que no echasen de ver mi desconfianza.

"Llegó la noche; pero, por muy densa que fuese la obscuridad, mis ojos principiaban a acostumbrarse a ella, y distinguí, en medio de las tinieblas, que la mesa se sumergía en el suelo. Un cuarto de hora después volvió a aparecer cubierta de nuevos manjares, y casi al propio tiempo quedó iluminada la habitación por medio del mismo globo de luz.

"Había resuelto no probar sino manjares a los cuales no fuera posible mezclar ningún narcótico: dos huevos cocidos y alguna fruta compusieron toda mi comida, y llenando en seguida un vaso con agua de la fuente, lo acerqué a los labios.

"A los primeros sorbos advertí que el agua tenía un sabor distinto al de por la mañana, y cruzando entonces una terrible sospecha por mi imaginación, me detuve; pero ya había bebido la mitad del vaso.

"Arrojé el resto con espanto, y aguardé temblando, bañada mi frente en sudor frío.

"Sin duda algún testigo oculto, que me había visto tomar agua de la fuente, se había aprovechado de mi propia confianza para mejor asegurar mi perdición, tan premeditadamente resuelta y tan cruelmente continuada.

"No se habría pasado aún media hora cuando volví a experimentar los mismos síntomas; pero, como no había bebido más que medio vaso, pude luchar por más tiempo, y en vez de quedar enteramente aletargada, caí en un estado de sonambulismo que me permitía conocer lo que pasaba en derredor mío, aunque me privó de fuerzas para huir.

"Arrastréme como pude hacia el lecho para buscar mi cuchillo salvador, único refugio que me quedaba; pero me fué imposible llegar hasta la cabecera de la cama, y caí de rodillas, asiéndome fuertemente a uno de sus pies."

Felton perdió enteramente el color, y un estremecimiento convulsivo corrió por todos los miembros de su cuerpo.

"—Lo que había de más horroroso para mí—continuó

milady con voz alterada, como si experimentara entonces la misma agonía que en aquel momento terrible—, era que aquella vez tenía el conocimiento íntimo del peligro que me amenazaba; que mi alma, por decirlo así, velaba dentro de mi cuerpo aletargado, y que veía y oía cuanto pasaba en torno mío. Verdad es que todo se me presentaba como en sueños, pero no por eso era menos espantoso.

"Vi a poco rato que la luz volvía a subir lentamente, dejándome poco a poco en las tinieblas. Después oí el ruido de la puerta, ruido bien conocido para mí, aun cuando sólo se había abierto dos veces desde que me hallaba prisionera.

"Luego conocí por instinto que se acercaban a mí, como dicen que siente el infeliz caminante extraviado en los desiertos de América la aproximación de la serpiente.

"Traté de hacer un esfuerzo sobre mí misma, y quise gritar; pero aun cuando por efecto de una increíble energía de voluntad logré levantarme, sólo fué para volver a caer inmediatamente."

—Pero ¿quién era vuestro infame perseguidor?—exclamó el joven oficial.

Milady conoció cuánto hacía sufrir a Felton deteniéndose en cada circunstancia de su narración; pero no quiso ahorrarle ni uno solo de aquellos tormentos. Cuanto más profundamente desgarrara su corazón, más segura podía estar de que se decidiría a vengarla. Continuó, pues, todavía como si no hubiese oído su exclamación, y como si creyera que aun no había llegado el momento oportuno de satisfacer su curiosidad.

"—Al acercarse a mí, le oí exclamar: ¡Diantre de puritanas! Bien sabía yo que se mostraban tenaces contra sus verdugos; pero nunca me figuraba que fuesen tan obstinadas contra sus seductores."

Felton escuchaba con la mayor ansiedad, dejando oír de vez en cuando un sordo rugido. El sudor corría por su frente de mármol, y con la mano oculta por entre la botonadura de la casaca, desgarraba su pecho en los accesos de rabia.

"—Mi primer movimiento al volver en mí—continuó milady—fué buscar bajo la almohada aquel cuchillo que antes no había podido coger, pues ya que no me había servido para la defensa podría, al menos, servirme para la expiación.

"Pero al tomar aquel cuchillo, Felton, me asaltó una idea terrible. He jurado confesároslo todo, y todo os lo confesaré; he prometido deciros la verdad, y os la diré, por más que pueda hacerme desmerecer en vuestro concepto."

—Os asaltó la idea de vengaros de aquel hombre, ¿no es así?—exclamó Felton.

—¡Pues bien, sí!—dijo milady—. Esa idea no era propia de una cristiana, lo conozco; pero sin duda el eterno enemigo de nuestra alma la imprimió con caracteres de fuego en mi corazón. ¿Qué más puedo deciros, Felton?—continuó milady con el acento de una mujer que se acusa de un crimen—. Esa idea me asaltó para no apartarse de mí ni un solo instante. ¡Tal vez ahora me hallo sufriendo el castigo de aquel pensamiento homicida!

—Proseguid, proseguid—dijo Felton—, que ansío veros llegar al momento de la venganza.

"—¡Oh! Resolví asegurarlo cuanto me fué posible, y lo aplacé para la noche inmediata. Por el día nada tenía que temer.

"Así fué que cuando me trajeron el desayuno no vacilé en comer y beber, pues había determinado aparentar por la noche que comía, y no probar cosa alguna. Debía, por consiguiente, prepararme por la mañana para el ayuno de la noche.

"El día se pasó sin otra novedad que la de afirmarme cada vez más en la resolución que había tomado, y sólo cuidé de que mi semblante no revelara el pensamiento de mi corazón, pues no dudaba de que me estuviesen observando. A veces sentía que la sonrisa asomaba a mis labios... Felton, no me atrevo a deciros la causa que la producía, pues acaso me miraríais con horror.

—¡Proseguid, proseguid!—dijo Felton—; ¡ya veis la ansiedad con que os escucho y el deseo que tengo de veros llegar a ese crítico momento!

"—Vino la noche—continuó milady—, y tuvieron lugar todos los acontecimientos de costumbre: sirviéronme la comida en la obscuridad, y luego que bajó la luz, me senté a la mesa.

"Probé solamente alguna fruta, y aparenté echar en mi vaso agua de la vasija que me sirvieron; pero sólo bebí de la que había guardado cuidadosamente, procurando hacer esta substitución de modo que no concibiesen mis espías, caso de tenerlos, la menor sospecha.

"Después de la comida manifesté los mismos síntomas de entorpecimiento que el día anterior; pero como si sucumbiese al exceso de fatiga, o como si me hubiese familiarizado con el peligro, aparenté quedarme aletargada.

"¡Oh! Aquella vez pude posesionarme del cuchillo, y, fingiendo hallarme dormida, apretaba convulsivamente entre mis manos el puño del arma homicida.

"Dos horas pasaron sin que ocurriese la menor novedad. Hasta llegué a temer, ¡Dios mío!, que no volviera mi perseguidor.

"Por fin vi que el globo de luz ascendía lentamente y desaparecía por la abertura del techo: mi cuarto se cubrió de tinieblas; pero hice un esfuerzo para penetrar con mi vista a través de la obscuridad.

"Unos diez minutos se pasaron sin oír otro ruido que el de los latidos de mi corazón. Yo rogaba fervorosamente al Cielo que viniese la persona que aguardaba.

"Oí, por último, el agudo rechinar de la puerta, que se abría y se cerraba; sentí, no obstante lo grueso del tapiz, unas pisadas que se deslizaban por el suelo, y vi, a pesar de las tinieblas, una sombra que se acercaba."

—¡Acabad, por Dios!—interrumpió Felton—. ¿No advertís que cada una de vuestras palabras me abrasa como plomo derretido?

"—Entonces—continuó milady—recogí todas mis fuerzas, recordé que el momento de la venganza, o más bien el de la justicia, había llegado, y me consideré otra Judit. Tenía mi cuchillo asido por el puño, y cuando le vi cerca de mí lancé un grito de dolor y desesperación, asestándole al mismo tiempo el acero al pecho.

"¡Ay!, el miserable todo lo había previsto, y el cuchillo resbaló por la cota de malla con que traía cubierto el pecho.

"—¡Ah, ah!—exclamó cogiéndome el brazo y arrancándome el arma que tan mal me había servido—. ¿Atentáis contra mi vida, hermosa puritana? Eso ya es más que odio; es una negra ingratitud. Vamos, vamos, serenaos, hija mía, pues a la verdad, creía que os hubieseis ablandado. No soy yo de esos tiranos que retienen por fuerza a las mujeres. ¿Conque no me amáis? Mi presunción me había hecho creer lo contrario; pero, puesto que ya me he convencido de que no es así, mañana quedaréis en libertad.

"Un solo deseo abrigaba en mi corazón, y era de que aquel hombre me matase.

"—Mirad lo que hacéis—le dije—, pues mi libertad será vuestra deshonra.

"—Explicaos, hermosa Sibila.

"—Sí; porque apenas salga de este infame recinto, diré todo cuanto en él pasa; publicaré la violencia que habéis empleado conmigo; clamaré contra el cautiverio en que me habéis tenido, y denunciaré a la execración pública este palacio de iniquidades. Sois poderoso, milord; pero temblad, porque superior a vos hay un rey, y superior a ese rey hay un Dios.

"Por mucho imperio que parecía tener sobre sí mismo mi perseguidor, dejó escapar un movimiento de cólera, y si bien yo no podía advertir la expresión de su semblante, sentí, no obstante, el estremecimiento de su brazo, sobre el cual tenía apoyada mi mano.

"—Entonces no saldréis de aquí—me dijo.

"—¡Enhorabuena!—exclamé—; entonces el lugar de mi suplicio será también el lugar de mi sepulcro. Aquí moriré, y veréis si un fantasma que acusa no es mil veces más terrible que un viviente que amenaza.

"—No se os dejará arma alguna.

"—Hay una que la desesperación ha puesto al alcance de todas las criaturas que tengan valor para servirse de ella. Me dejaré morir de hambre.

"—Vamos—dijo el miserable—; ¿no vale más la paz que una guerra semejante? Ahora mismo os devuelvo la libertad, y os proclamo como una virtud, como la *Lucrecia de Inglaterra.*

"—Y yo diré que sois un Tarquino; yo os denunciaré ante los hombres, como os he denunciado ante Dios; y si es preciso que selle mi acusación con mi sangre, la sellaré.

"—¡Hola, hola!—dijo mi enemigo en tono de mofa—. Entonces, es otra cosa. En último resultado, aquí no estaréis mal, pues yo cuidaré de que nada os falte; y si os dejáis morir de hambre, vuestra será la culpa.

"Al decir estas palabras, se retiró; sentí abrir y cerrar la puerta, y me quedé abismada, menos todavía en mi dolor, lo confieso, que en la vergüenza de no haberme vengado.

"Cumplió aquel hombre su palabra, y no pareció en todo el día ni en la noche siguiente; pero yo también se la cumplí por mi parte no probando un bocado ni bebiendo una gota de agua, pues, como había dicho, estaba resuelta a dejarme morir de hambre.

"Pasé el día y la noche en oración, confiando en que Dios me perdonaría el suicidio.

"A la noche siguiente sentí abrir la puerta: yo estaba tendida en el suelo, y las fuerzas principiaban a abandonarme.

"Al ruido, me incorporé sobre una mano.

"—¡Vamos!—me dijo una voz que resonaba de un modo

demasiado terrible en mis oídos para que no la reconociese al punto—; vamos, ¿se ha amansado ya mi hermosa leona en términos de que admita la libertad a cambio sólo de guardar silencio? Escuchad—añadió—: yo soy un buen príncipe, y aunque no me agradan los puritanos, les hago, no obstante, justicia, lo mismo que a las puritanas cuando son bellas. Vamos, haced un juramento sobre la cruz, y no os pido más.

"—¡Sobre la cruz!—exclamé levantándome, porque al sonido de aquella voz aborrecida había recobrado casi enteramente mis fuerzas—. Yo os juro por la cruz que ninguna promesa, ninguna amenaza, ningún tormento será capaz de sellarme los labios; yo os juro por la cruz acusaros ante el mundo entero como un asesino, como un infame, como un cobarde; y os juro por la misma cruz que, si llego a salir de aquí, clamaré al universo entero para que me vengue de vos.

"—¡Mirad lo que decís!—exclamó la voz con un acento de amenaza que hasta entonces no le había yo advertido—; pensad bien lo que hacéis, porque tengo en mi mano un medio eficacísimo, del cual, sin embargo, no me valdré sino en un caso extremo, para cerraros la boca, o impedir al menos que se os crea una sola palabra de cuanto podáis decir.

"Reconcentré todas mis fuerzas para responder con una terrible carcajada.

"Mi enemigo conoció que en adelante mediaba entre los dos una guerra a muerte.

"—Escuchad—me dijo—; todavía os concedo lo que falta de noche y el día de mañana para que reflexionéis. Prometedme el silencio, y consideración, riquezas, honores, nada os faltará; pero insistid en vuestro loco propósito de hablar, y os condeno a la infamia.

"—¡Vos!—exclamé—; ¡vos!

"—¡A una infamia eterna, indeleble!

"—¡Vos!—repetí con mayor fuerza—. ¡Os lo digo con toda ingenuidad, Felton, creía que estaba loco!

"—Sí, yo—repuso él.

"—¡Ah!—le dije—; dejadme salir de aquí, si no queréis que en vuestra presencia me estrelle la cabeza contra la pared.

"—Bien—repuso—; puesto que así lo queréis, hasta mañana a la noche.

"—Hasta mañana a la noche—le respondí dejándome caer, y mordiendo de rabia el tapiz que cubría el suelo..."

Felton tuvo que apoyarse contra uno de los muebles de la

habitación, y milady veía con una infernal alegría que tal vez le faltarían las fuerzas al joven oficial antes de concluir la narración.

LVII

UN RECURSO DE TRAGEDIA

Después de un momento de silencio que empleó milady en observar al joven que la escuchaba, continuó del modo siguiente:

—En muy cerca de tres días no comí ni bebí cosa alguna, sufriendo, por consiguiente, los más crueles tormentos. A veces sentía como una especie de nube que oprimía mi frente y me quitaba la vista, señal infalible de delirio.

"Llegó la noche. Mi debilidad era tan grande, que a cada instante me estaba desmayando; y cuando iba a perder el sentido, daba gracias a Dios, porque pensaba que era llegado mi último momento.

"En medio de uno de aquellos desmayos sentí abrir la puerta: el terror me hizo volver en mí.

"Mi perseguidor entró seguido de un hombre enmascarado, y él llevaba también puesto un antifaz; pero conocí al punto sus pasos, su voz, y aquel grave continente que el infierno dió a su persona para desgracia de la humanidad.

"—¡Y bien!—me dijo—; ¿estáis decidida a hacerme el juramento que os he pedido?

"—Vos lo habéis dicho: los puritanos no tenemos más que una palabra, y ya habéis oído la mía. ¡He prometido perseguiros sobre la tierra ante el tribunal de los hombres, y en el Cielo ante el tribunal de Dios!

"—¿Conque persistís en vuestro propósito?

"—Lo juro ante el Dios que nos está escuchando, y tomaré al mundo entero por testigo de vuestro crimen, hasta tanto que encuentre un vengador.

"—¡Sois una prostituta—dijo con una voz aterradora—, y sufriréis el castigo de las prostitutas!... Cuando os veáis marchita a los ojos de ese mundo que pensáis invocar, tratad de convencerle de que no sois criminal ni loca.

"Y dirigiéndose en seguida al hombre que le acompañaba,

"—¡Verdugo—le dijo—, haz tu deber!

—¡Oh! ¡Su nombre, su nombre!—exclamó Felton fuera de sí—; ¡decidme su nombre!

—Entonces, a pesar de mis gritos y a pesar de mi resistencia, pues principiaba a comprender que se trataba de alguna cosa peor para mí que la muerte, me cogió brutalmente el verdugo por el cuerpo, y, derribándome al suelo, en medio de ahogados gemidos, e invocando el nombre de un Dios que no me oía, di un grito terrible de dolor y de vergüenza: ¡el hierro candente y enrojecido del verdugo había impreso su infame sello sobre mi hombro!

Felton dejó escapar un rugido sordo y comprimido.

—Mirad—dijo milady levantándose con la dignidad de una reina—; mirad, Felton, cómo se ha inventado un nuevo martirio para la joven pura, víctima de la brutalidad de un malvado. Aprended a conocer el corazón de los hombres, y evitad haceros en adelante el dócil instrumento de sus venganzas.

Milady con un rápido movimiento apartó su vestido, desgarró la batista que cubría su hombro, y ruborizada, con una fingida cólera y con un pudor más falso todavía, mostró al joven la marca indeleble que deshonraba aquella hermosa parte de su cuerpo.

—¿No es una flor de lis la que estoy viendo?—exclamó Felton.

—Ved ahí precisamente en dónde está la infamia—respondió milady—. Si hubiesen impreso en mi cuerpo el sello de Inglaterra, habría sido preciso probar qué tribunal me lo había impuesto, y yo hubiera acudido a voz en grito a todos los tribunales del reino; ¡pero marcada con el sello de Francia!... ¡Oh! No me quedaba otro recurso que el de verme condenada a una eterna infamia.

Esto era más de lo que Felton podía sufrir.

Pálido, inmóvil, aterrado con aquella espantosa revelación; deslumbrado por la belleza sobrenatural de aquella mujer que se descubría a él con una impudencia que al joven le pareció sublime, acabó por caer de rodillas ante aquella diabólica criatura, como hacían los primeros cristianos ante las puras y santas vírgenes que la persecución de los emperadores entregaba en el circo a la sanguinaria lubricidad del populacho. A sus ojos desapareció el sello de la infamia, y sólo quedó la belleza.

—¡Perdón, perdón!—exclamó Felton—. ¡Oh, perdonadme!

Milady leyó en sus miradas: ¡amor, amor!

—¡Perdonaros! ¿Y de qué?—le preguntó.

—¡De haberme unido a vuestros perseguidores!

Milady le tendió la mano.

—¡Tan hermosa! ¡Tan joven!—exclamó Felton cubriendo de besos aquella linda mano.

Milady lanzó sobre el joven una de aquellas miradas capaces de convertir en rey a un esclavo.

Felton era puritano, y abandonó la mano para besarle los pies. No era amor, sino adoración lo que sentía hacia aquella mujer extraordinaria.

Cuando pasó de esta crisis, y milady pareció recobrar aquella sangre fría que no había perdido un solo momento,

—¡Ah!—exclamó Felton—. Ahora sólo me queda una cosa que pediros, y es que me digáis el nombre de vuestro verdadero verdugo; porque para mí no es más que uno, y sólo considero al otro como un miserable instrumento suyo.

—¡Pues qué, hermano mío!—exclamó milady—. ¿Será preciso que manche todavía mis labios con su nombre? ¿No lo has adivinado aún?

—¡Cómo!—repuso Felton—. ¡El..., todavía él... y siempre él!... ¡Cómo! ¿El verdadero criminal...?

—El verdadero criminal—continuó milady—es el azote de Inglaterra; el perseguidor de los verdaderos creyentes; el cobarde raptor del honor de tantas mujeres; el que, por un capricho de su corazón corrompido, va a hacer derramar torrentes de sangre a Inglaterra; el que hoy protege a los protestantes y los venderá mañana.

—¡Buckingham! ¡Conque es Buckingham!—exclamó Felton exasperado.

Milady ocultó el rostro entre sus manos, como si no pudiera sufrir la vergüenza que este nombre le recordaba.

—¡Buckingham, el verdugo de esta criatura angelical! —exclamó Felton—. ¡Y no le habéis confundido, Dios mío! ¡Y le habéis dejado noble, respetado y poderoso para que nos pierda a todos!

—Dios abandona al que a sí mismo se abandona—dijo milady.

—¡Pero ese hombre quiere atraer sobre su cabeza el castigo reservado a los precitos!—continuó Felton con una exaltación que cada vez iba en aumento—. ¡Sin duda quiere que la venganza humana se anticipe a la justicia divina!

—Los hombres le temen, y nada osan hacer en contra suya.

—¡Oh! ¡Yo no le temo—exclamó Felton—, y yo me atreveré!

Milady sintió bañada su alma en una alegría infernal.

—Pero ¿cómo es que lord Winter, mi protector, mi padre—repuso Felton—, se encuentra mezclado en todo eso?

—Escucha, Felton—replicó milady—: porque al lado de

hombres cobardes y despreciables se encuentran almas grandes y generosas. Yo estaba comprometida con un hombre a quien amaba y de quien era correspondida; un corazón como el vuestro; un hombre tan bueno como vos. Contéle cuanto me había pasado, y él, que me conocía, no vaciló un solo instante. Era hombre de distinción e igual en clase a Buckingham, y sin decir una sola palabra se ciñó la espada y, envolviéndose en su capa, se fué a Buckingham Palace.

—Sí, sí—dijo Felton—; ya comprendo. Pero con semejantes hombres no es la espada el arma que debe emplearse, sino el puñal.

—Buckingham había salido el día anterior para España, adonde había sido enviado como embajador, con encargo de pedir la mano de la infanta para el rey Carlos I, que no era entonces más que príncipe de Gales. Mi defensor volvió.

—Escuchad—me dijo—: ese hombre ha marchado y, por ahora, se substrae a mi venganza; aceptad mi mano, sin embargo, y cuando seáis mía, fiad a lord Winter la defensa de su honor y el de su esposa.

—¡Lord Winter!—exclamó Felton.

—Sí—dijo milady—, lord Winter; y ahora todo lo debéis comprender. Buckingham estuvo ausente cerca de un año, y ocho días antes de su regreso murió lord Winter repentinamente, dejándome por única heredera. ¿De dónde vino ese golpe? Dios, que nada ignora, lo sabrá seguramente; por mi parte a nadie acuso.

—¡Oh, qué abismo!—exclamó Felton—. ¡Qué abismo tan profundo!

—Lord Winter murió sin haber revelado a su hermano cosa alguna. El terrible secreto debía permanecer oculto para todos hasta tanto que se desplomara como un rayo sobre la cabeza del culpable. Vuestro protector había mirado con disgusto el matrimonio de su hermano con una joven sin bienes de fortuna. Conocí que nada podía esperar de un hombre defraudado en sus esperanzas de recoger una pingüe herencia, y marché a Francia resuelta a pasar en ella el resto de mi vida; pero todos mis bienes estaban en Inglaterra y, falta enteramente de recursos por haber cerrado la guerra toda comunicación entre ambas naciones, me fué preciso volver; seis días hace que llegué a Portsmouth.

—¿Y bien?—dijo Felton.

—Buckingham ha sabido sin duda mi regreso y, avistándose con lord Winter, prevenido ya en contra mía, le habrá dicho que su cuñada es una prostituta marcada con el sello de la infamia. La voz noble y pura de mi esposo no podía ya defenderme, y lord Winter habrá creído cuanto le hayan dicho, con facilidad tanto mayor cuanto que tenía un interés en creerlo. Así se explica el que me haya hecho arrestar y conducir aquí, poniéndome bajo vuestra custodia. Ya sabéis lo demás. Pasado mañana me destierra, me deporta, y pasado mañana iré a ser confundida entre las infames. ¡Oh! ¡La trama está perfectamente urdida, el plan está hábilmente combinado y mi honor quedará perdido para siempre! Ya veis, Felton, que no me queda otro recurso que la muerte... ¡Felton, dadme ese cuchillo!

Y al decir estas palabras, como si las fuerzas la hubiesen abandonado enteramente, se dejó caer débil y lánguida en los brazos del joven oficial.

—No, no—exclamó éste—. Tú vivirás, y vivirás honrada y pura. ¡Tú vivirás para triunfar de tus asesinos!

Milady le rechazó dulcemente con la mano, al paso que le atraía con sus miradas.

—¡Oh; la muerte, la muerte!—exclamó con voz apagada y medio cerrados sus párpados—. ¡Oh; la muerte antes que la infamia! Felton, hermano mío, amigo mío, yo te lo suplico.

—No—exclamó Felton—. ¡Tú vivirás y serás vengada!

—Felton, yo comunico la desgracia a todo cuanto me rodea. Felton, abandóname a mi estrella y déjame morir.

—¡Pues bien; moriremos juntos!—exclamó Felton.

A este punto llegaba la conversación, cuando sonaron fuertes y repetidos golpes en la puerta.

—Escucha—dijo milady—; nos han oído. ¡Sin duda vienen en busca nuestra, y somos perdidos!

—No—dijo Felton—; es el centinela que me avisa haber llegado alguna ronda.

—Entonces, corred a la puerta y abridla vos mismo.

Felton obedeció al momento, pues aquella mujer era ya su único pensamiento, su alma entera.

Hallóse frente a frente de un sargento que mandaba una patrulla del retén.

—Y bien, ¿qué hay?—preguntó el joven teniente.

—Como me encargasteis que entrara si os oía pedir socorro—dijo el centinela—y olvidasteis dejarme la llave de la puerta, al oíros gritar sin comprender lo que decíais, y viendo que la puerta estaba cerrada, he llamado al sargento.

—Y aquí me tenéis—dijo este último.

Felton, aturdido y casi loco, había perdido enteramente el habla.

Milady comprendió que a ella le tocaba hacerse dueña de la situación y, corriendo hacia la mesa, tomó el cuchillo que Felton había dejado.

—¿Y con qué derecho queréis impedir que yo muera?—exclamó milady con vehemencia.

—¡Gran Dios!—exclamó Felton viendo brillar el cuchillo en sus manos.

En aquel momento se oyeron en la galería unas estrepitosas carcajadas.

El barón, atraído por el ruido, se apareció en el umbral de la puerta, en bata, y con su espada bajo el brazo.

—¡Ah, ah!—exclamó—. Henos aquí en el último acto de la tragedia. Ya lo veis, Felton: el drama ha seguido todos los trámites que os tenía indicado; pero no tengáis cuidado, que no correrá la sangre.

Milady conoció que era perdida si no daba a Felton una prueba instantánea y terrible de su valor.

—Os equivocáis, milord; la sangre correrá, ¡y ojalá caiga gota a gota sobre la cabeza de los que la hayan hecho derramar!

Felton lanzó un grito y se precipitó hacia milady; pero ya era tarde, pues ésta había asestado el fatal cuchillo contra su pecho.

Pero afortunadamente, y mejor diríamos de propio intento, el acero del peto que en aquella época protegía como una coraza el pecho de las mujeres había hecho escurrir el arma, la cual, desgarrando el vestido, penetró oblicuamente por entre la carne y las costillas.

En un segundo la ropa de milady quedó teñida en sangre, y ella se dejó caer al suelo como si estuviese desmayada.

Felton arrancó de entre sus manos el cuchillo.

—Ya lo veis, milord—dijo con aire sombrío—. ¡Una mujer confiada a mi custodia se ha suicidado!

—Tranquilizaos, Felton—dijo lord Winter—, que no habrá muerto. Los demonios no mueren con tanta facilidad. Tranquilizaos e id a esperarme a mi cuarto.

—Pero, milord...

—¡Que os vayáis he dicho!

A esta intimación de su superior, obedeció Felton; pero al salir se guardó el cuchillo en el pecho.

Lord Winter, por su parte, se contentó con llamar a la

mujer que servía a milady, y, encomendándole la prisionera, que seguía aún desmayada, la dejó sola con ella.

Sin embargo, como al fin y al cabo, a pesar de sus sospechas, la herida podía ser de gravedad. despachó inmediatamente un hombre a caballo con encargo de que fuese a buscar un médico.

LVIII

UNA EVASIÓN

Según lord Winter se había imaginado, la herida de milady no era peligrosa; así fué que en cuanto se vió sola con la mujer a quien el barón había mandado llamar, y advirtió que se apresuraba a desnudarla, abrió los ojos.

Con todo, era preciso aparentar debilidad y dolor, cosas a la verdad no muy difíciles para una cómica tan consumada como milady. La pobre mujer fué, pues, completamente engañada por la prisionera, a quien, a pesar de sus repetidas instancias, se obstinó en velar toda la noche.

Pero la presencia de aquella mujer no impedía a milady el reflexionar.

No cabía la menor duda de que Felton estaba convencido de la injusticia de sus persecuciones. Felton era suyo. Aun cuando se le apareciese al joven un ángel para acusar a milady, en la disposición de ánimo en que se hallaba lo hubiera tomado por un enviado del demonio.

Milady se sonreía y gozaba en este pensamiento, porque Felton era ya su única esperanza y su solo medio de salvación.

Pero lord Winter podía haberlo sospechado, y Felton ser vigilado a su vez.

A eso de las cuatro de la madrugada llegó el médico; pero como desde que milady se había hecho la herida había transcurrido algún tiempo, aquélla se había cerrado enteramente. Así fué que el médico no pudo reconocer la dirección ni la profundidad de la herida, y sólo advirtió, por el pulso de la enferma, que el caso no era de gravedad.

Por la mañana, milady, bajo pretexto de que no había dormido en toda la noche y necesitaba descansar, despidió a la mujer que velaba al lado suyo.

Una sola esperanza le quedaba, y era que Felton vendría a la hora del desayuno; pero Felton no pareció.

¿Se habrían realizado sus temores? ¿Se habría hecho Felton sospechoso para el barón, e iría a faltarle aquél en el momento decisivo? Sólo podía contar ya con un día, pues lord Winter le había anunciado su embarque para el 23, y había llegado la mañana del 22.

Sin embargo, todavía esperó con bastante paciencia la hora de la comida.

Aun cuando no había tomado alimento alguno por la mañana, no trajeron aquélla hasta la hora acostumbrada, y entonces advirtió milady con espanto que el uniforme de los soldados que la guardaban era distinto.

Se atrevió a preguntar qué había sido de Felton, y le contestaron que el teniente había salido a caballo hacía una hora.

Informóse también de si el barón permanecía aún en el castillo, y respondiéndole el soldado afirmativamente, le manifestó asimismo que tenía orden de avisarle si la prisionera deseaba hablar con él.

Milady contestó que se hallaba muy débil todavía y que su único deseo era el de estar sola.

El soldado se marchó dejando puesta y servida la mesa.

Felton había partido, y los soldados de marina habían sido relevados; era evidente que Felton había perdido la confianza del barón.

Este era el único golpe que faltaba a la prisionera.

Habiéndose quedado sola milady, se levantó. Aquel lecho que guardaba para que la creyesen gravemente herida, la abrasaba como una hoguera. Dirigió una mirada hacia la puerta y vió que el barón había hecho clavar una tabla en la rejilla; sin duda temía que por medio de esta comunicación lograse seducir a sus guardas, empleando algún recurso diabólico.

Milady se sonrió de alegría, pues así podía entregarse a sus transportes con entera libertad. Recorrió el aposento con la exaltación de una loca furiosa o de una leona encerrada en su jaula, y seguramente, si hubiese tenido en su poder el cuchillo, habría pensado, no ya en matarse a sí propia, sino en asesinar al barón.

A las seis entró lord Winter armado hasta los dientes. Aquel hombre, en quien hasta entonces no había visto milady más que un cumplido y galante caballero, se había convertido en un astuto carcelero, que todo lo adivinaba y preveía, y a quien no se le escapaba cosa alguna.

Una mirada dirigida a milady le bastó para conocer lo que pasaba en su interior.

—Enhorabuena—le dijo—; pero no me mataréis tampoco por hoy; os faltan armas, y ya veis que estoy prevenido. Habíais principiado a seducir a mi pobre Felton, el cual sentía ya el influjo de vuestra infernal influencia; pero quiero salvarle y no os volverá a ver. Ya está resuelto: recoged vuestra ropa, pues mañana mismo debéis partir. Tenía fijado para el día 24 vuestra salida; pero he creído que cuanto más se anticipe ésta, será tanto más segura. Mañana al mediodía tendré en mi poder la orden de vuestro destierro firmada por Buckingham; si habláis una palabra a quienquiera que sea antes de embarcaros, mi sargento tiene orden de haceros saltar la tapa de los sesos; y si en la embarcación tratáis de entablar conversación con cualquiera sin permiso del capitán, ya ha quedado éste en arrojaros al mar. Conque hasta la vista, pues por hoy nada más tenía que deciros. Mañana vendré a daros el último adiós.

Y diciendo estas palabras se marchó el barón.

Milady había escuchado toda aquella sarta de amenazas con desdeñosa sonrisa, pero henchido de rabia el corazón.

Sirviéronle la comida, y milady sintió que necesitaba tomar fuerzas, pues no sabía lo que podía suceder en aquella noche, que se presentaba amenazadora. Densas nubes cubrían el cielo, y lejanos relámpagos anunciaban una próxima tempestad.

Las diez de la noche serían cuando descargó ésta en toda su fuerza. Milady experimentó un consuelo al ver que en la Naturaleza reinaba el mismo terrible desorden que en su corazón. El trueno rugía en los aires como la cólera en su pensamiento, y se le figuraba que el vendaval azotaba, al pasar, su frente, como los árboles cuyas ramas inclinaba, despojándolas de sus hojas. Sus alaridos iban a perderse en los que arrojaba la Naturaleza, la cual parecía también gemir y dar señales de desesperación.

De vez en cuando miraba una sortija que llevaba en el dedo, y que contenía en un secreto un activo veneno, su último y supremo recurso.

En esto oyó varios golpes por la parte de afuera en una de las vidrieras, y a la luz de un relámpago vió a través de los hierros el rostro de un hombre.

Corrió al momento a la ventana y la abrió.

—¡Felton!—exclamó—. ¡Oh! ¡Me he salvado!

—Sí—dijo Felton—; pero, ¡silencio! Necesito tiempo para limar estos hierros: cuidad por vuestra parte de que no os vean por la rejilla.

—¡Oh! El Señor nos protege, Felton: la han cerrado ellos mismos clavando por fuera una tabla.

—¡Bien!—exclamó Felton—. Dios los vuelve insensatos.

—Y ¿qué debo hacer yo?—preguntó milady.

—Nada, nada; cerrad la puerta únicamente. Acostaos vestida en el lecho, y cuando yo haya concluído llamaré a los vidrios. ¿Estáis en disposición de poder seguirme?

—¡Oh, sí!

—¿Vuestra herida...?

—Me molesta bastante, pero no me impide caminar.

—Pues hallaos dispuesta para la primera señal.

Milady volvió a cerrar la ventana y, apagando la luz, se metió en la cama, conforme se lo había aconsejado Felton. En medio del bramido de la tempestad oía el ruido que producía la lima al rozar con el hierro, y cada vez que un relámpago iluminaba el aposento, distinguía la sombra de Felton, que se destacaba detrás de los vidrios.

Una hora pasó sin respirar apenas, bañada la frente en sudor, y el corazón oprimido por una terrible angustia a cada movimiento que oía en las galerías.

Hay horas que duran siglos.

Transcurrida una hora, Felton volvió a llamar.

Milady saltó fuera de la cama y fué a abrir. Felton había quitado dos hierros, dejando un espacio capaz para pasar el cuerpo de un hombre.

—¿Estáis dispuesta?—preguntó.

—Sí. ¿Necesito llevar alguna cosa?

—Dinero, si por ventura lo tenéis.

—Afortunadamente, me han dejado el que traía.

—Tanto mejor, pues he empleado todo el que yo tenía para fletar un barco.

—Tomad—dijo milady, poniendo en manos de Felton un saco lleno de oro.

Felton tomó el saco y lo arrojó al pie de la muralla.

—Ahora—dijo—podéis venir cuando gustéis.

—Al momento.

Milady se subió sobre un sillón, y sacando el cuerpo fuera de la ventana, vió al joven oficial suspendido sobre el abismo por una escala.

Por la vez primera un movimiento de terror le recordó que era mujer.

Aquella inmensa elevación la asustaba.

—Ya lo presumía yo—dijo Felton.

—Esto no es nada—dijo milady—; bajaré con los ojos cerrados.

—¿Tenéis confianza en mí?—dijo Felton.

—¡Eso me preguntáis!

—Juntad vuestras dos manos y cruzadlas... Así está bien.

Felton le lió las muñecas con su pañuelo, y después sujetó éste con una cuerda.

—¿Qué estáis haciendo?—preguntó milady manifestando sorpresa.

—Pasad ahora vuestros brazos alrededor de mi cuello, y nada temáis.

—Pero así voy a haceros perder el equilibrio, y nos caeremos los dos.

—No tengáis miedo; soy marino.

No había un momento que perder; milady echó sus brazos al cuello de Felton y se dejó llevar.

Felton bajaba la escala con el mayor cuidado; pero, no obstante el peso que hacían los dos cuerpos, el ímpetu del huracán los balanceaba de un lado a otro.

De repente se detuvo Felton.

—¿Qué sucede?—preguntó milady.

—¡Silencio! ¡Me parece que siento pasos!

—¡Nos han descubierto!

Ambos guardaron silencio por un instante.

—No—dijo Felton—; no es nada.

—Pero ¿qué ruido es ése?

—El de la patrulla, que va a pasar por el camino de ronda.

—¿Dónde está ese camino?

—Debajo exactamente de nosotros.

—¡Dios mío! ¡Nos van a descubrir!

—No, a menos que nos ilumine algún relámpago.

—Pero tropezarán con el extremo de la escala.

—Afortunadamente se halla a una altura de seis pies.

—¡Ya están ahí! ¡Dios mío!

—¡Silencio!

Ambos permanecieron suspendidos, inmóviles y sin respirar, a veinte pies del suelo, mientras que los soldados pasaban por bajo de ellos hablando y riendo.

Los fugitivos tuvieron un momento de terrible agonía.

Pasó la patrulla, y el ruido de los pasos se fué alejando y apagándose poco a poco el murmullo de las voces.

—Ahora—repuso Felton—estamos ya en salvo.

Milady arrojó un suspiro y se quedó desmayada.

Felton continuó bajando, y al llegar al extremo de la escala, cuando sintió que le faltaba donde apoyar los pies, fué dejándose caer con el auxilio de las manos, hasta que, colgándose del último escalón, tocó con los pies en el suelo. Bajóse entonces, y recogiendo el saco de oro, le sujetó con los dientes.

Tomó en seguida en brazos a milady y se alejó apresuradamente en dirección opuesta a la que había seguido la patrulla. Pronto abandonó el camino de ronda, y bajando por entre las rocas llegó a la orilla del mar, donde lanzó un silbido.

Fué aquel silbido contestado con otro igual, y cinco minutos después se acercó una barca tripulada por cuatro hombres.

Aproximóse la embarcación cuanto le fué posible; pero no había fondo suficiente para que pudiese llegar hasta la misma orilla. Felton entonces se adelantó con el agua a la cintura, no queriendo confiar a nadie su preciosa carga.

Por fortuna, la tempestad empezaba a ceder; pero como el mar se hallaba todavía alborotado, la barquilla se balanceaba sobre las olas como si fuese una cáscara de nuez.

—¡Al *sloop*—dijo Felton—, y bogad a toda prisa!

Los cuatro hombres se pusieron al remo; pero el mar estaba demasiado agitado para que pudiesen avanzar mucho. De todos modos, iban alejándose del castillo, que era lo principal. La noche estaba sumamente obscura, y era ya casi imposible distinguir la costa desde la barca; por consiguiente, menos se podía divisar esta última desde la costa.

Un punto negro se descubría a lo lejos sobre el mar. Era el *sloop*.

Mientras que la barca se iba aproximando a fuerza de remos, Felton desataba la cuerda y el pañuelo que sujetaban las manos de milady.

Después, tomando agua del mar, le roció con ella el semblante; milady dió un suspiro y abrió los ojos.

—¿Dónde estoy?—dijo con voz débil.

—Estáis en salvo—contestó el joven oficial.

—¡Oh! ¡En salvo! ¡En salvo!—exclamó—. Sí; veo el firmamento; veo las aguas del Océano; y este aire que respiro es el aire de la libertad. ¡Ah!... ¡Gracias, Felton, gracias!

El joven la oprimió suavemente contra su corazón.

—Pero ¿qué tengo en las manos?—preguntó milady—. Parece que me las han tronchado.

En efecto, milady levantó los brazos y vió que tenía las muñecas amoratadas.

—¡Ay!—dijo Felton mirando aquellas manos tan preciosas y meneando tristemente la cabeza.

—¡Oh! ¡No es nada!—exclamó milady—. Ya me acuerdo.

Y en seguida dirigió sus ojos a su alrededor.

—Aquí está—dijo Felton dando con el pie en el saco de oro.

En esto se iban aproximando al *sloop*. El marinero que estaba de cuarto dió a la barca el grito de costumbre, y la barca contestó.

—¿Qué embarcación es ésa?—preguntó milady.

—La que he fletado para vos.

—Y ¿a dónde me conducirá?

—A donde queráis, siempre que a mí me dejéis en Portsmouth.

—¿Qué vais a hacer en Portsmouth?—preguntó milady.

—Dar cumplimiento a las órdenes de lord Winter—respondió Felton con siniestra sonrisa.

—¿Qué órdenes son ésas?—preguntó milady.

—¿No lo adivináis?

—No. ¡Explicaos, por Dios!

—Como él desconfía de mí, ha querido guardaros en persona, y me ha enviado en su lugar para que lleve a firmar a Buckingham la orden de vuestra deportación.

—Pero si desconfiaba de vos, ¿cómo os ha encargado semejante comisión?

—¿Acaso podía adivinar que estaba yo enterado de un secreto que no he sabido sino por vos?

—Tenéis razón. ¿Y vais ahora a Porstmouth?

—No tengo tiempo que perder: mañana estaremos a 23, y Buckingham debe partir ese día con la flota.

—¡Parte mañana! ¿Y para dónde?

—Para la Rochela.

—¡Pues es preciso que no salga!—exclamó milady, olvidando su acostumbrada presencia de ánimo.

—¡No saldrá!—respondió Felton—. ¡Perded cuidado!

A milady le costó trabajo contener su alegría, pues acababa de leer en lo íntimo del corazón del joven la muerte de Buckingham escrita en él con caracteres de sangre.

—¡Felton—le dijo—, sois grande cual otro Judas Macabeo! ¡Si morís, yo moriré juntamente con vos! Esto es cuanto puedo deciros.

—¡Silencio!—dijo Felton—. Ya hemos llegado.

En efecto, el esquife se hallaba ya casi tocando el *sloop*.

Felton subió el primero a la escala y dió la mano a milady mientras que los marineros la sostenían, porque el mar estaba aún bastante alborotado.

Un instante después se hallaban sobre el puente.

—Capitán—dijo Felton—, ésta es la persona de que os he hablado, y a la cual debéis transportar a Francia sana y salva.

—Mediante mil doblones—dijo el capitán.

—De los cuales os he dado ya quinientos.

—Así es—dijo el capitán.

—Aquí tenéis los quinientos restantes—dijo milady llevando su mano al saco de oro.

—No—dijo el capitán—; no tengo más que una palabra, y se la he dado ya a ese joven: los otros quinientos doblones no debo recibirlos hasta llegar a Boulogne.

—¿Y llegaremos?

—Con toda felicidad, si Dios quiere—dijo el capitán—; lo mismo que soy Jack Buttler.

—Pues bien—dijo milady—; si cumplís vuestra palabra, no os daré quinientos doblones, sino mil.

—¡Bendita sea esa boca, hermosa dama!—exclamó el capitán—. ¡Dios me envíe muchos parroquianos como vuestra señoría!

—Ahora—dijo Felton—, conducidnos a la bahía de Chichester, delante de Porstmouth; ya sabéis que eso es lo pactado.

El capitán por toda respuesta mandó la maniobra necesaria, y a eso de las siete de la mañana fondeaba la embarcación en la bahía designada.

Durante la travesía había contado Felton a milady cómo en vez de ir a Londres había fletado aquel barco y, regresando en seguida al castillo, había logrado escalar la muralla, metiendo cuñas en las junturas de las piedras a medida que iba subiendo, a fin de tener dónde apoyar los pies; y, finalmente, que habiendo llegado a la reja, había atado el extremo de la escala. Milady sabía lo demás.

Por su parte, milady trató de animar a Felton en su proyecto; pero a las primeras palabras que salieron de su boca, conoció que el joven fanático necesitaba más bien de que le contuvieran que no de otra cosa.

Convinieron en que milady esperaría a Felton hasta las diez, y si a esta hora no había vuelto aún se marcharía.

Entonces, bajo el supuesto de que Felton estuviese libre, iría a buscarla a Francia en el convento de Carmelitas de Bethune.

LIX

LO QUE PASABA EN PORTSMOUTH EL 23 DE AGOSTO DE 1628

Felton se despidió de milady besándole la mano, del propio modo que un hermano que va a dar un simple paseo se despide de su hermana.

Su continente parecía tranquilo y sereno como de costumbre, y sólo en sus ojos se advertía un fuego extraordinario, indicio de un estado febril; su frente estaba más descolorida que nunca; tenía los dientes fuertemente apretados y daba a sus palabras un acento breve y cortado: señales todas de que algún pensamiento siniestro se agitaba en su interior.

Mientras permaneció en la barca que le conducía a tierra, llevaba vuelto el rostro hacia milady, la cual, de pie sobre el puente, le seguía con la vista. Uno y otro estaban bastante tranquilos respecto al temor de ser perseguidos, pues jamás entraban en el cuarto de milady antes de las nueve y se necesitaban tres horas para atravesar la distancia del castillo a Londres.

Felton desembarcó y subió la pequeña cuesta que conducía a la parte más alta de la costa, saludó a milady por última vez y tomó el camino de la ciudad.

A los cien pasos, como el terreno iban en delive, no podía ya ver otra cosa que el mástil del *sloop*.

Apresuró el paso hacia Portsmouth, cuyas torres y casas veía dibujarse entre la niebla de la mañana a una media milla enfrente de él.

A la otra parte de Portsmouth el mar estaba cubierto de embarcaciones, cuyos mástiles, semejantes a una selva de álamos despojados de sus hojas, se balanceaban a merced del viento.

Felton, en su precipitado camino, iba repasando en su imaginación todas las acusaciones, falsas o verdaderas, que dos años de ascéticas meditaciones y una larga permanencia entre los puritanos le había sugerido contra el favorito de Jacobo VI y de Carlos I.

Cuando comparaba los crímenes públicos de aquel ministro, crímenes ruidosos y, por decirlo así, europeos, con los crímenes privados y no conocidos que había cometido contra milady, deducía que el más culpable de los dos individuos que podían considerarse en Buckingham era aquel cuya vida era ignorada del público. Y era que su amor, tan ardiente, tan nuevo y tan extraordinario, le presentaba las acusaciones infames e imaginarias de lady Winter como se ven a través de un microscopio, a manera de monstruos disformes, átomos imperceptibles realmente en comparación de una hormiga.

La rapidez con que caminaba encendía todavía más su sangre. La idea de que dejaba tras sí expuesta a una terrible venganza a la mujer que amaba, o más bien adoraba como una santa, sus emociones anteriores y su fatiga presente, todo contribuía a exaltar su alma de un modo sobrenatural.

Las ocho de la mañana eran cuando entró en Portsmouth, y encontró a toda la población en movimiento. Oíase el redoble del tambor en las calles y en el puerto, y las tropas destinadas a ser embarcadas bajaban hacia el mar.

Felton llegó cubierto de polvo y de sudor al palacio del Almirantazgo; su rostro, habitualmente pálido, estaba encendido por el calor y la rabia. El centinela quiso impedirle el paso; pero Felton llamó al comandante del puesto, y sacando del bolsillo la carta de que era portador,

—Un mensaje urgente de parte de lord Winter—dijo.

Al oír el nombre de lord Winter, que se sabía era uno de los amigos íntimos de su Gracia, dió orden el comandante de que dejaran pasar a Felton, el cual vestía, además, el uniforme de oficial de Marina.

Felton entró apresuradamente en el palacio.

En el momento en que llegaba al vestíbulo, penetraba también en el mismo un hombre todo cubierto de polvo y casi sin aliento, el cual había dejado a la puerta un caballo que, no pudiendo resistir la fatiga, se había dejado caer en el suelo.

Felton y el recién venido se dirigieron a un mismo tiempo a Patrick, el ayuda de cámara del duque. El primero nombró a lord Winter; pero el desconocido no quiso nombrar a persona alguna, pretendiendo que sólo al duque era a quien podía darse a conocer. Ambos a dos insistían en pasar con preferencia.

Patrick, que sabía que lord Winter traía entre manos asuntos del real servicio, y que le unían, además, relaciones de amistad con el duque, hizo entrar primero al que venía de parte de aquél. El otro tuvo, por consiguiente, que esperar, y era fácil conocer en su semblante las maldiciones que echaba interiormente por aquel retraso.

El ayuda de cámara hizo atravesar a Felton un gran salón en el cual estaban aguardando los comisionados de la Rochela, presididos por el príncipe de Soubise, y le introdujo en un gabinete, donde Buckingham, que acababa de salir del baño, concluía de peinarse y arreglarse, operación en la cual ponía siempre un esmero y cuidado sumamente prolijos.

—El teniente Felton—dijo Patrick—, de parte de lord Winter.

—¿De parte de lord Winter?—repitió Buckingham—. Que entre.

Felton entró. En aquel momento tiraba Buckingham encima de un canapé una rica bata de oro, para vestirse una ropilla de terciopelo azul bordada de perlas.

—¿Por qué no ha venido el barón en persona?—preguntó Buckingham—. Le esperaba hoy por la mañana.

—Me ha encargado hacer presente a vuestra Gracia—respondió Felton—que sentía mucho no tener ese honor; pero que se lo impedía la estrecha vigilancia que se veía precisado a guardar en el castillo.

—Sí, sí—dijo Buckingham—; ya sé que tiene una prisionera.

—Y precisamente de esa prisionera es de la que deseaba hablar a vuestra Gracia—repuso Felton.

—Pues bien; decid.

—Es que lo tengo que deciros no debe oírlo nadie más que vos, milord.

—Dejadnos solos, Patrick—dijo Buckingham—; pero quedaos a tal distancia que podáis oír la campanilla, pues os llamaré muy pronto.

Patrick salió.

—Ya estamos solos, caballero—dijo Buckingham—: podéis hablar.

—Milord—dijo Felton—, el barón lord Winter os ha escrito últimamente rogándoos que tuvieseis a bien firmar una orden de deportación relativa a una joven llamada Carlota Backson.

—Así es; y le contesté que me la trajera o me la enviara para firmarla.

—Aquí la tenéis, milord.

—¿A ver?—dijo el duque.

Y tomándola de manos de Felton, echó una rápida ojeada sobre el papel. Habiéndose asegurado de que era efectivamente la orden de que tenía aviso, la colocó sobre una mesa y, tomando una pluma, se dispuso a firmarla.

—Perdonad, milord—dijo Felton deteniendo al duque—. ¿Sabe vuestra Gracia que el nombre de Carlota Backson no es el nombre verdadero de aquella joven?

—Ya lo sé, caballero — respondió el duque mojando la pluma en el tintero.

—Entonces, ¿no ignora vuestra Gracia su verdadero nombre?—preguntó Felton concisamente.

—No, por cierto.

El duque acercó la pluma al papel y Felton perdió el color.

—Y sabiendo su verdadero nombre—repuso el joven oficial—, ¿no titubearéis en firmar?

—De ningún modo—dijo Buckingham—; antes hoy que mañana.

—No me atrevo a creer—continuó Felton en tono cada vez más breve y cortado—que vuestra Gracia sepa que se trata de lady Winter.

—Lo sé muy bien, aunque me extraña que vos lo sepáis.

—¿Y firmará vuestra Gracia esa orden sin el menor remordimiento?

Buckingham miró a Felton con aire de mal humor.

—A la verdad, caballero—le dijo—, ¿sabéis que me estáis haciendo preguntas bien extrañas y que soy yo muy simple en contestaros?

—Responded, milord—dijo Felton—; la situación es más grave de lo que tal vez podáis imaginaros.

Buckingham se figuró que el joven hablaba en nombre de lord Winter, de cuya parte venía, y se serenó algún tanto.

—Sin remordimiento alguno—respondió—. El barón sabe tan bien como yo que lady Winter es una gran criminal y que es hacerle casi un favor el limitar su castigo a la deportación.

El duque colocó la pluma sobre el papel.

—No firmaréis esa orden, milord—dijo Felton adelantando un paso hacia el duque.

—¿Que no firmaré esta orden?—dijo Buckingham—. ¿Y por qué no?

—Porque volveréis en vos mismo y haréis justicia a milady.

—El modo de hacerle justicia sería enviarla a Tyburn —dijo Buckingham—: milady es una infame.

—Milord, milady es un ángel; bien lo sabéis, y yo os pido su libertad.

—¡Por fuerza habéis perdido el juicio, cuando me habláis así!

—Perdonadme, milord. Yo hablo como puedo, y procuraré contenerme; pero pensad bien lo que vais a hacer y no colméis la medida.

—¿De veras?... ¡Dios me perdone—exclamó el duque—; pero casi estoy por creer que este hombre se atreve a amenazarme!

—No, milord; todavía os suplico que reflexionéis que una sola gota basta para hacer derramar el agua contenida en el vaso, y que una ligera falta puede ser suficiente para hacer caer el castigo sobre una cabeza que hasta ahora ha logrado salvarse, a pesar de sus muchos crímenes.

—Caballero Felton—dijo Buckingham—, ahora mismo vais a salir de aquí y os constituiréis arrestado de orden mía.

—Y vos, milord, vais a escucharme hasta el fin. ¡Habéis seducido a esa joven, la habéis ultrajado, la habéis injuriado horriblemente! Reparad vuestros crímenes para con esa débil criatura, y no exigiré más de vos.

—¡Y no exigiréis más de mí!—repitió Buckingham mirando con sorpresa a Felton y recalcando cada una de las palabras que éste había pronunciado.

—¡Milord!—continuó Felton exaltándose más y más a medida que iba hablando—. ¡Milord, toda Inglaterra está ya cansada de vuestras iniquidades! ¡Milord, habéis abusado terriblemente del poder real, que casi tenéis usurpado! ¡Milord, el mundo entero, y hasta Dios mismo, os mira con horror! Dios os castigará más tarde; pero yo pienso castigaros en este momento.

—¡Vamos, esto ya es demasiado!—exclamó Buckingham dando un paso hacia la puerta.

Felton le detuvo interponiéndose.

—Os lo suplico con la mayor humildad: firmad la orden de libertad en favor de lady Winter. Pensad en que es la mujer a quien habéis deshonrado.

—Salid de aquí, caballero—dijo Buckingham—, si no queréis que llame y os haga arrojar por mis criados.

—¡No llamaréis! — dijo Felton interponiéndose entre el duque y la campanilla, que estaba sobre un velador incrustado de plata—. Mirad lo que hacéis, milord, pues habéis caído en las manos de Dios.

—¡En las manos del diablo, querréis decir! — exclamó Buckingham levantando la voz para atraer gente, pero sin llamar directamente.

—¡Firmad, milord; firmad la libertad de lady Winter!—dijo Felton presentando un papel al duque.

—¿Os burláis acaso? ¡Hola! ¡Patrick!

—¡Firmad, milord!

—¡Nunca!

—¿Nunca?

—¡Hola! ¡Criados!—gritó el duque precipitándose al mismo tiempo hacia su espada.

Pero Felton no le dió tiempo para desenvainarla. Bajo el vestido medio desabrochado llevaba oculto el cuchillo con que milady se había herido, y de un salto se puso al lado del duque.

En aquel momento entraba Patrick en el gabinete gritando:

—¡Milord, una carta de Francia!

—¡De Francia! — exclamó Buckingham, olvidándose de todo con la idea de la persona que le enviaba la carta.

Felton se aprovechó de aquel momento de distracción y le sepultó el cuchillo hasta el mango en un costado.

—¡Ah, traidor!—gritó Buckingham—. ¡Me has asesinado!

—¡Al asesino!—principió a vocear Patrick.

Felton dirigió una rápida mirada en torno suyo para huir y, viendo la puerta franca, se precipitó en el salón inmediato, donde se hallaban, como hemos dicho, los comisionados de la Rochela. Atravesó por medio sin cesar de correr y se abalanzó a la escalera; pero en la primer grada se encontró a lord Winter, quien, al verle pálido, desencajado, lívido y manchado de sangre en la mano y en el rostro, le sujetó por el cuello, exclamando:

—¡Ya me lo figuraba yo! ¡Ya lo había adivinado! ¡Llego tarde quizás, por desgracia! ¡Oh, desventurado, desventurado de mí!

Felton no opuso la menor resistencia. Lord Winter le entregó en manos de los guardias, quienes le condujeron, hasta nueva orden, a un pequeño terrado que caía hacia el mar, y en seguida se precipitó en el gabinete de Buckingham. Al grito que había dado el duque llamando a Patrick, el hombre a quien Felton encontró en la antecámara se lanzó también al gabinete y vió a Buckingham recostado sobre un sofá, apretándose la herida con su mano, ya crispada.

—¡Laporte!—dijo el duque con voz moribunda—. ¡Laporte! ¿Vienes de parte suya?

—Sí, monseñor — respondió el fiel servidor de Ana de Austria—; pero demasiado tarde, quizás.

—¡Silencio, Laporte, que podrían oíros! Patrick, no dejéis entrar a nadie. ¡Oh! ¿Y no podré saber lo que me dice? ¡Dios mío!... ¡Ay! ¡Yo muero!...

El duque se desmayó.

Entretanto, lord Winter, los comisionados de la Rochela, los jefes de la expedición y los dependientes de la casa de

Buckingham habían invadido la habitación, y por todas partes no se oían más que lamentos y gritos de desesperación. La catástrofe, que había cubierto de luto el palacio, se divulgó muy pronto por toda la ciudad.

Un cañonazo anunció que acababa de suceder alguna cosa extraordinaria e imprevista.

Lord Winter se mesaba los cabellos.

—¡Llegar tarde por un minuto!—exclamaba—. ¡Por un minuto! ¡Oh, Dios mío, Dios mío! ¡Qué desgracia!

En efecto, a las siete de la mañana habían venido a avisarle que se hallaba colgada una escala de una de las ventanas del castillo. Corrió al momento al aposento de milady, y lo encontró vacío, abierta la ventana y limados los hierros. Recordó al punto la recomendación verbal que Artagnan le había transmitido por medio de su mensajero y, temiendo por la vida del duque, montó sobre el primer caballo que encontró dispuesto en la cuadra, por no perder el tiempo en hacer preparar el suyo, y a todo escape llegó a Portsmouth, donde, apeándose en el patio del palacio del Almirantazgo, subió precipitadamente la escalera, en cuya primera grada había encontrado a Felton, según tenemos dicho.

Sin embargo, el duque no había muerto. Poco a poco fué volviendo en sí, y abriendo los ojos hizo renacer la esperanza en el corazón de todos los que le rodeaban.

—Caballeros—dijo—, dejadme solo con Patrick y Laporte... ¡Ah; sois vos, Winter! ¡Valiente loco me habéis enviado esta mañana! ¡Mirad el estado en que me ha puesto!

—¡Oh, milord!—exclamó el barón—. ¡Milord, nunca podré consolarme de semejante desgracia!

—Y harás mal, querido Winter—dijo Buckingham, tendiéndole la mano—. No conozco hombre alguno que merezca ser llorado durante toda la vida por otro hombre. Ten la bondad de dejarme solo.

El barón, prorrumpiendo en amargos sollozos, salió de la habitación.

No quedaron en el gabinete más que el duque, Laporte y Patrick. Sin embargo de que habían mandado a buscar a toda prisa un médico, no le hallaban.

—¡Viviréis, milord, viviréis!—repetía arrodillado delante del sofá el mensajero de Ana de Austria.

—¿Qué me escribe ella?—preguntó Buckingham con voz débil, vertiendo sangre por su herida, y conteniendo, para hablar de la que amaba, los más atroces dolores—. ¿Qué me escribe ella? Léeme su carta.

—¡Oh, milord!—exclamó Laporte.

—¡Vamos, Laporte; ya ves que no tengo tiempo que perder!

Laporte rompió el sello y aproximó la carta a los ojos del duque; pero Buckingham se esforzó en vano para distinguir la letra.

—Lee: vamos, lee, ¡que yo no veo! Lee pronto, porque acaso dentro de breves instantes tampoco podré oír, y entonces moriré sin saber lo que me ha escrito.

Laporte obedeció, y leyó lo siguiente:

"Milord:

"Por todo cuanto he sufrido por vos y para vos, os suplico, si es que estimáis en algo mi reposo, que suspendáis los grandes armamentos que estáis preparando contra Francia, y evitéis una guerra a que de público se dice servir de pretexto la religión, pero de la que privadamente se divulga ser causa oculta vuestro amor hacia mí. Esta guerra puede acarrear, no sólo terribles catástrofes a Francia y a Inglaterra, sino también a vos, milord, infinitas desgracias, de las cuales no me consolaría jamás.

"Velad por vuestra vida, que se halla amenazada, y que me será sumamente apreciable desde el momento en que no me vea obligada a ver en vos un enemigo.

"Vuestra afectísima,

ANA."

Buckingham recogió los últimos alientos de su vida para escuchar la lectura de aquella carta, y después de terminada, como si hubiese recibido un amargo desengaño,

—¿No tenéis alguna otra cosa que decirme de viva voz, Laporte?—preguntó.

—Sí, monseñor; la reina me encargó que os dijese que velarais por vuestra vida, porque había recibido aviso de que trataban de asesinaros.

—¿Y es eso todo? ¿No hay más?—repuso Buckingham con impaciencia.

—También me ha encargado deciros que os ama siempre.

—¡Ah!—exclamó Buckingham—. ¡Dios sea mil veces bendito! ¡Al menos, mi muerte no será para ella como la de un extraño!

Laporte prorrumpió en amargas lágrimas.

—Patrick—dijo el duque—, tráeme el cofrecillo donde estaban los herretes de diamantes.

Patrick trajo al punto el cofrecillo que se le había pedido, el cual reconoció Laporte por haberle visto en poder de la reina.

—Dame ahora la bolsita de raso blanco que tiene bordada su cifra en perlas.

Patrick obedeció al momento.

—Toma, Laporte—dijo Buckingham—; aquí tienes las únicas prendas suyas que conservo: este cofrecillo de plata y estas dos cartas. Devuélveselas a S. M., y como último recuerdo... (en esto se puso a buscar a su alrededor algún objeto precioso) añadirás...

Siguió buscando aún; pero sus ojos, que iba ya cubriendo el denso velo de la muerte, no tropezaron más que con el cuchillo que se había caído de las manos de Felton, y cuya hoja estaba teñida en sangre humeante todavía.

—Añadirás... este cuchillo—continuó el duque, apretando la mano a Laporte.

Pudo todavía colocar la bolsita en el fondo del cofrecillo, y, dejando caer dentro también el cuchillo, hizo seña a Laporte de que ya no podía hablar. Una postrera convulsión, que esta vez no tuvo fuerzas para combatir, le hizo rodar desde el sofá al suelo.

Patrick lanzó un agudo grito de dolor.

Buckingham quiso sonreírse aún por última vez; pero la muerte paralizó su pensamiento, el cual quedó grabado en sus labios y en su frente como un último adiós de amor.

En aquel momento llegó desalado el médico del duque, al cual había sido preciso ir a buscar a bordo del buque almirante.

Acercóse al duque, y tomándole la mano, que mantuvo por algún tiempo entre la suya, la volvió a dejar caer.

—Todo es inútil—dijo—: ¡es ya cadáver!

—¡Ha muerto! ¡Ha muerto!—exclamó Patrick.

A los gritos del ayuda de cámara entró la multitud en el gabinete, y el tumulto y la consternación reinaron por todas partes.

En cuanto vió lord Winter que Buckingham había expirado, corrió a Felton, a quien los soldados seguían custodiando en el terrado del palacio.

—¡Miserable!—dijo al joven, que desde la muerte de Buckingham había recobrado la calma y sangre fría que no debían abandonarle más—. ¡Miserable! ¿Qué has hecho?

—¡Me he vengado!—dijo.

—¡Tú!—dijo el barón—. Di más bien que has servido de

instrumento a aquella maldita mujer; pero te juro que ese crimen será el último que cometa.

—No sé lo que me queréis decir—replicó tranquilamente Felton—, ni menos de quién queréis hablar, milord; he asesinado al duque de Buckingham porque os ha rehusado nombrarme capitán. No he hecho más que castigarle por su injusticia.

Winter miraba atónito a los que estaban atando a Felton, y no sabía qué pensar de una insensibilidad semejante.

Una sola cosa había, no obstante, que obscurecía como una nube la frente de Felton: el inocente puritano a cada paso que sentía y a cada voz que llegaba a sus oídos, creía estar oyendo los pasos y la voz de milady, que venía a arrojarse en sus brazos para acusarse y perderse juntamente con él.

De repente se estremeció, pues al clavar su vista en un punto del mar, había reconocido con aquella mirada del águila de marino, en lo que otro no habría visto sino una gaviota meciéndose en las aguas, la vela del *sloop*, que se dirigía a las costas de Francia.

Se llevó la mano al corazón, que sentía desgarrarse dentro de su pecho, y comprendió toda la traición.

—Concededme un último favor—dijo al barón.

—¿Cuál?—preguntó éste.

—¿Qué hora es?

—Las nueve menos diez minutos.

Milady había anticipado su partida. En cuanto oyó el cañonazo que anunciaba el fatal acontecimiento, había dado orden de que la embarcación se hiciese a la vela. El buque bogaba bajo la azul bóveda del cielo a gran distancia de la costa.

—¡Dios lo ha querido así!—dijo Felton con resignación, pero sin poder apartar su vista de aquella embarcación a cuyo bordo creía distinguir el blanco fantasma de la mujer a quien iba a ser sacrificado.

Winter, siguiendo su mirada, conoció los tormentos del joven, y lo adivinó todo.

—Sufre por ahora *tú solo* el castigo, miserable—dijo a Felton, que se dejaba conducir sin apartar un momento sus ojos del mar—; pero te juro por la memoria de mi hermano que tu cómplice no quedará impune.

Felton bajó la cabeza sin pronunciar una sola palabra.

Lord Winter bajó apresuradamente la escalera y se dirigió al puerto.

LX

A FRANCIA

El primer temor que le asaltó al rey de Inglaterra, Carlos I, al saber la muerte de Buckingham fué el de que un acontecimiento tan terrible desanimase a los rocheleses. Trató, dice Richelieu en sus Memorias, de ocultárselo por el mayor tiempo que le fuese posible, haciendo cerrar los puertos en todos sus reinos, y no permitiendo que saliese embarcación alguna hasta que hubiese partido el ejército que Buckingham tenía aprestado, y cuya marcha se encargó de activar él en persona.

Llevó el rigor de aquella orden hasta el extremo de retener en Inglaterra al embajador de Dinamarca, que tenía ya su licencia para marchar, y al embajador ordinario de Holanda, que debía conducir al puerto de Flesinga las naves de las Indias que Carlos I había hecho restituir a las provincias unidas.

Pero como no pensó en dar semejante orden sino cinco horas después del suceso, esto es, a cosa de las dos de la tarde, habían salido ya del puerto dos barcos, uno de los cuales conducía a milady, que, previendo lo que iba a suceder, se afirmó más en su creencia al ver enarbolar el pabellón negro en el navío almirante.

Respecto del otro barco, ya diremos más adelante a quién conducía y cómo salió del puerto.

En todo este tiempo nada había ocurrido de particular en el campamento de la Rochela. Unicamente el rey, que seguía, como siempre, acometido de su habitual fastidio, resolvió ir de incógnito a pasar las fiestas de San Luis en Saint-Germain, y pidió al cardenal que le preparase una escolta de veinte mosqueteros.

El cardenal, que participaba del fastidio del rey, concedió licencia a su real teniente, el cual prometió estar de vuelta para el 15 de septiembre.

M. de Treville, avisado por su eminencia, arregló su equipaje, y como sabía el ardiente deseo que tenían sus amigos de volver a París, los designó para que formasen parte de la escolta.

Los cuatro jóvenes supierorn la noticia un cuarto de hora después que M. de Treville, pues fueron los primeros a quienes se les comunicó. Entonces fué cuando Artagnan tuvo ocasión de apreciar el favor que le había otorgado el cardenal trasladándole al Cuerpo de mosqueteros, pues sin esta circunstancia se habría visto precisado a quedarse en el campamento.

Más adelante veremos que su impaciencia por volver a París era debida al peligro que debía correr madama Bonacieux al encontrarse en el convento de Bethune frente a frente con milady, su mortal enemiga. Aramis había escrito a María Michón, aquella costurera de Tours que tenía tan buenas relaciones, para que obtuviese de la reina una autorización en favor de madama Bonacieux, a fin de que pudiera salir del convento y retirarse a Lorena o a Bélgica. La contestación no se hizo esperar: ocho días después recibió Aramis la carta siguiente:

"Querido primo: Adjunta os remito la autorización de mi hermana para que pueda salir del convento de Bethune nuestra apreciable criadita, a quien creéis le son perjudiciales aquellos aires. Mi hermana tiene sumo placer en enviaros dicha autorización, porque profesa mucho cariño a nuestra joven, a la cual espera poder ser útil más adelante.

"Recibid un abrazo de vuestra prima,

"María Michón."

A esta carta acompañaba una autorización, concebida en estos términos:

"La superiora del convento de Bethune entregará a la persona que le presente este billete la novicia que ha entrado en su convento por recomendación mía y bajo mi protección.

"En el Louvre a 10 de agosto de 1628.

"Ana."

Fácil es de conocer que estas relaciones de parentesco entre Aramis y una costurera que llamaba a la reina hermana suya no dejarían de excitar la jovialidad y los dichos más o menos picantes de nuestros amigos; pero Aramis rogó a sus amigos que no insistiesen sobre este punto, declarando que, de lo contrario, no se valdría más de su prima como intermediaria en aquella clase de asuntos. No se volvió, pues, a hablar entre los cuatro mosqueteros de María Michón, con tanto más motivo cuanto que ya tenían en su poder la autorización para sacar a madama Bonacieux del convento de Carmelitas de Bethune. Verdad es que la autorización no podía servirles de mucho mientras permaneciesen en el campamento de la Rochela; pero precisamente cuando Artagnan se disponía a solicitar una licencia de M. de Treville, resuelto a confiarle sin rodeos la importancia de su partida, fué cuando se les comunicó la noticia de que el rey iba a marchar a París con una escolta de veinte mosqueteros, de la cual debían ellos formar parte.

El cardenal acompañó a S. M. desde Surgères a Mauzé, en cuyo punto se despidieron el rey y su ministro con grandes demostraciones de amistad.

Sin embargo, el rey, que deseaba distraerse sin dejar de caminar con la mayor celeridad posible, porque quería estar en París el 23, se detenía de vez en cuando para cazar urracas. De los veinte mosqueteros que iban, dieciséis se alegraban infinito siempre que ocurría una parada de aquella especie; pero los otros cuatro se ponían de mal humor. Artagnan especialmente tenía un continuo zumbido en los oídos, lo cual explicaba Porthos de este modo:

—Una dama distinguida me ha enseñado que eso significa que una persona ausente está hablando de vos.

Por último, la escolta atravesaba a París en la noche del 23. El rey dió las gracias a M. de Treville y le permitió que concediese licencias por cuatro días, bajo condición de que ninguno de los favorecidos se presentase en lugar público, so pena de ser encerrado en la Bastilla.

Las cuatro primeras licencias que se concedieron fueron para nuestros cuatro amigos. Y hubo más, pues Athos obtuvo de M. de Treville seis días en vez de cuatro, haciendo incluir en ellos dos noches más, porque partieron el 24 a las cinco de la tarde, y Treville, por complacencia, había firmado la licencia con fecha del 25.

—Vamos —decía Artagnan, que jamás se apuraba por nada—; veo que nos creamos dificultades para la cosa más sencilla del mundo. En dos días, y reventando dos o tres caballos (lo cual no me importa, pues tengo dinero), me planto en Bethune, entrego a la superiora del convento la carta de la reina y conduzco el precioso tesoro en cuya busca voy, no a Lorena ni a Bélgica, sino a París, donde podrá permanecer oculto mucho mejor. Después que vuelva de la campaña, espero que, ya sea por la protección de su prima, ya también por lo que personalmente hemos hecho en favor de la reina, conseguiremos de ésta lo que deseamos. Quedaos, pues, aquí, y no queráis pasar fatigas inútilmente. Yo y Planchet bastamos para una expedición tan sencilla.

A esto respondió Athos con su calma habitual:

—Nosotros tenemos dinero también, pues yo no me he bebido todavía el resto del diamante, ni Porthos ni Aramis se han comido tampoco su parte: de consiguiente, lo mismo podemos reventar cuatro caballos que uno. Pero reflexionad—añadió con voz tan sombría que su acento hizo estremecerse al joven—que Bethune es una ciudad donde el cardenal tiene dada cita a una mujer que dondequiera que va lleva consigo la desgracia. Si no tuvieseis que habéroslas más que con cuatro hombres, os dejaría marchar solo. Pero para aquella mujer debemos ir los cuatro, y quiera Dios que con nuestros cuatro criados seamos aún en número suficiente.

—¡Me asustáis, Athos!—exclamó Artagnan—. ¿Qué teméis, Dios mío?

—¡Todo!—respondió Athos.

Artagnan examinó los rostros de sus camaradas, los cuales manifestaban señales de una profunda inquietud, y continuaron su camino a todo el correr de los caballos, sin añadir ninguna otra palabra.

El 25 por la tarde, al entrar en Arras, no bien había echado Artagnan pie a tierra en la posada del Rastrillo de Oro para beber un vaso de vino, cuando vió a un caballero que salía del patio de la casa de postas, en donde se había detenido para mudar de caballo, y que tomaba a todo galope el camino de París. En el momento en que salía a la calle entreabrió el viento la capa en que iba embozado y le dejó caer el sombrero, que el viajero logró retener y se encasquetó al punto en la cabeza.

Artagnan, que había fijado su vista en aquel hombre, perdió el color y dejó caer el vaso que tenía en la mano.

—¿Qué tenéis, señor?—dijo Planchet—. ¡Oh! ¡Aquí, aquí, caballeros, que mi amo se ha puesto malo!

Acudieron los tres amigos inmediatamente, y viendo que Artagnan, lejos de manifestar que sentía la menor indisposición, corría a tomar su caballo, le detuvieron en el umbral de la puerta.

—¿Qué es eso? ¿A dónde vas de esa manera?—le gritó Athos.

—¡Él es!—exclamó Artagnan, pálido de cólera—. ¡Él es! Dejadme que le alcance.

—Pero ¿a quién?—preguntó Athos.

—¡A él! ¡A aquel hombre!

—¿Quién es ese hombre?

—Ese maldito genio del mal que me persigue por todas

partes y a quien he visto siempre que alguna desgracia me amenazaba; el que acompañaba a aquella infernal mujer cuando la vi por primera vez; el que yo andaba buscando cuando provoqué a nuestro amigo Athos; el que vi la mañana misma del día en que fué robada madama Bonacieux; el hombre de Meung, en fin. Le reconocí en cuanto el viento entreabrió su capa.

—¡Diantre!—exclamó Athos pensativo.

—¡A caballo, señores, a caballo, y sigámosle, que no tardaremos en alcanzarle!

—Querido—dijo Aramis—, tened presente que lleva una dirección opuesta a la que nosotros seguimos, que monta un caballo de refresco, que los nuestros están fatigados y que no lograremos más que reventarlos, sin tener siquiera la probabilidad de alcanzarle.

—¡Eh, caballero!—gritó un mozo de cuadra que salió corriendo en seguimiento del desconocido—. ¡Este papel que se os ha caído del sombrero!

—Amigo mío—dijo inmediatamente Artagnan—, toma medio doblón por ese papel.

—¡Ah, con mil amores, caballero! Aquí lo tenéis.

El mozo, gozoso en extremo, se volvió otra vez adentro, mientras que Artagnan desdoblaba el papel.

—¿Y bien?—preguntaron sus amigos prestando la mayor atención.

—¡No hay más que una palabra!—dijo Artagnan.

—Sí—dijo Aramis acercándose—; pero esa palabra es un nombre de ciudad.

—*Armentières*—leyó Porthos—. No sé lo que es eso.

—¡Y está escrito de su mano!—exclamó Athos.

—Vamos, vamos; guardemos cuidadosamente este papel —dijo Artagnan—, que acaso no habré perdido mi medio doblón. ¡A caballo, amigos, a caballo!

Y los cuatro camaradas siguieron al galope el camino de Bethune.

LXI

EL CONVENTO DE CARMELITAS DE BETHUNE

Los grandes criminales llevan consigo cierta predestinación que parece allanarles los obstáculos y salvarlos de los peligros, hasta el momento en que, cansada la Providencia, hunde para siempre su impía fortuna.

Así le sucedía a milady, la cual pasó por en medio de los cruceros de entrambas naciones y llegó a Boulogne con toda felicidad. Al desembarcar en Portsmouth se había dado a conocer como una inglesa a quien las persecuciones de Francia arrojaban de la Rochela, y en Boulogne se hizo pasar por una francesa a quien los ingleses vejaban en Portsmouth, víctima del odio que profesaban a Francia. Milady llevaba además el más eficaz de todos los pasaportes, a saber: su belleza y la generosidad con que derramaba sus doblones. Exceptuada de las formalidades de costumbre por la afable sonrisa y galantes modales de un veterano gobernador del puerto que le besó la mano, no se detuvo en Boulogne sino el tiempo necesario para escribir y poner en el correo una carta concebida en estos términos:

"*A su eminencia monseñor cardenal de Richelieu, en su campamento al frente de la Rochela.*

"Monseñor: Vuestra eminencia puede estar enteramente tranquilo, pues su Gracia el duque de Buckingham no saldrá para Francia.

"Boulogne, el 25 por la tarde.

"Lady de***."

"P. D. De conformidad con los deseos de vuestra eminencia, salgo inmediatamente para el convento de Carmelitas de Bethune, donde esperaré vuestras órdenes."

En efecto, en aquella misma tarde partió, y le sorprendió la noche en el camino. Detúvose en una posada, y a las cinco de la mañana siguiente emprendió otra vez su marcha, llegando tres horas después a Bethune.

Hízose dar las señas del convento de Carmelitas, y se presentó en él. La superiora bajó al punto, y mostrándole milady la orden del cardenal, hizo aquélla que le preparasen un aposento y que le sirviesen el desayuno.

Lo pasado había desaparecido completamente a sus ojos, y, fija su vista en lo porvenir, no pensaba más que en la considerable fortuna que le reservaba el cardenal, a quien había servido tan cumplidamente, sin necesidad de que se hubiese mezclado su nombre en aquel sangriento drama. Las pasiones que la consumían daban a su vida la apariencia de las nubes que se elevan en los aires reflejando, ora las tintas azules, ora las rojas del fuego, ora las negras de la tempestad, y que no dejan tras sí otras huellas que la devastación y la muerte.

Milady quería agradar a la abadesa, cosa a la verdad muy fácil para una mujer que tenía realmente una superioridad incontestable. Trató de aparecer amable, y estuvo encantadora hasta tal punto, que sedujo a la superiora con su amena conversación y con las gracias esparcidas en toda su persona. La abadesa, que era de noble familia, gustaba sobremanera de aquellas historias de corte que apenas consiguen alguna vez atravesar las paredes de los conventos, ante cuyas puertas vienen a expirar los rumores del mundo.

Milady se hallaba muy al corriente de todas las intrigas aristocráticas, en medio de las cuales había vivido por espacio de cinco años; de modo que describió a la buena abadesa las costumbres mundanas de la corte de Francia, que hacían un notable contraste con las extrañas devociones del rey. Trazó la crónica escandalosa de los caballeros y damas de la corte, a quienes la abadesa conocía de nombre, y tocó ligeramente los amores de la reina y de Buckingham.

Pero la abadesa se contentó simplemente con escuchar y sonreír, sin responder una palabra; sin embargo, como milady veía que este género de conversación le agradaba, continuó hablando del cardenal.

Hallábase, no obstante, en grande apuro por ignorar si la abadesa era realista o cardenalista; trató, pues, de mantenerse en un término medio. Pero la abadesa guardó por su parte una reserva todavía mayor, contentándose con hacer una inclinación de cabeza siempre que milady pronunciaba el nombre de su eminencia. Milady principió a creer que se aburriría en aquel convento, y resolvió arriesgar alguna cosa para saber a punto fijo a qué atenerse. Queriendo ver hasta dónde llegaba la discreción de la abadesa, empezó a hablar mal, con mucho disimulo en un principio y después con toda claridad, del cardenal, refiriendo los amores del ministro con madama de Aiguillón y con algunas otras damas de la época.

La abadesa prestó mayor atención, y animándose un poco, se sonrió.

—¡Bueno!—dijo para sí milady—. Si es cardenalista, no es por lo menos de las más exaltadas.

En seguida pasó a hablar de las persecuciones que hacía el cardenal a sus enemigos, y la abadesa se contentó con persignarse, sin manifestar aprobación ni desaprobación a su conducta. Esto la confirmó en su opinión de que la abadesa era más bien realista que cardenalista, y prosiguió, cargando cada vez más la mano.

—Estoy muy poco enterada en esa clase de asuntos—dijo

al fin la abadesa—; pero, por extrañas que seamos a los intereses del mundo, no nos faltan ejemplos bastante tristes de la verdad de lo que estáis diciendo. Precisamente tenemos en el convento una pensionista a quien la venganza del cardenal ha perseguido cruelmente.

—¿Una pensionista?—exclamó milady—. ¡Oh, Dios mío! ¡Pobre mujer! ¡La compadezco de todas veras!

—Y con justo motivo, porque es muy digna de lástima. Prisiones, amenazas, malos tratamientos; por todo ha pasado. Pero ¿quién sabe?—añadió—. Acaso haya tenido el cardenal razones legítimas para proceder de esa manera, y aunque ella tenga toda la figura de un ángel, no debemos fiarnos de las apariencias.

—¡Bueno!—volvió milady a decirse a sí misma—. Puede que descubramos aquí alguna cosa.

Y dando a su rostro todo el aire del mayor candor.

—¡Ay!—dijo—. ¡Bien sé que no puede fiarse en las fisonomías! Pero ¿de qué se fiará una entonces, si no puede dar crédito a la obra más perfecta y acabada del Señor? Por mi parte, aunque me vea expuesta a ser engañada toda mi vida, siempre me fiaré de una persona cuya fisonomía llegue a inspirarme simpatías.

—¿De modo que os inclináis a creer—dijo la abadesa—que nuestra joven será inocente?

—El cardenal no castiga más que los crímenes—dijo milady—; pero hay ciertas virtudes que persigue con mayor severidad todavía que algunos delitos.

—Permitidme, señora, que os manifieste mi sorpresa—dijo la abadesa.

—¿Y por qué?—preguntó milady con sencillez.

—Por el modo con que os expresáis.

—Pues ¿qué halláis de extraño en mi lenguaje?

—Vos debéis ser amiga del cardenal, puesto que os envía aquí, y sin embargo...

—Y sin embargo, hablo mal de él. ¿Es eso?

—Al menos, no habláis muy bien de su eminencia.

—¡Ay! Es que no soy yo su amiga—replicó milady, dejando escapar un suspiro—, sino su víctima.

—Pero esa carta en que os recomienda a mí...

—Es una orden para mantenerme en una especie de prisión hasta tanto que me haga sacar de ella por medio de algunos de sus satélites.

—Entonces, ¿por qué no habéis huído?

—¿Y a dónde? ¿Creéis que haya un lugar sobre la tierra a

que no pueda llegar el cardenal, si quiere extender su brazo? Si yo fuese hombre, podría librarme de sus persecuciones; pero ¿qué queréis que haga una mujer? La joven pensionista a quien tenéis aquí, ¿ha tratado por ventura de huír?

—No; pero el caso es distinto, pues, a mi parecer, es algún amor lo que la tiene detenida en Francia.

—Entonces—dijo milady con un suspiro—, si ama, no es del todo desgraciada.

—Conque, según eso—dijo la abadesa mirando a milady con un interés que cada vez iba en aumento—, ¿tengo delante de mí otra nueva víctima?

—¡Ay! Sí. ¡Por desgracia!—dijo milady.

La abadesa dirigió a milady una mirada de inquietud, como si le hubiese asaltado un nuevo pensamiento.

—¿Supongo que no seréis enemiga de nuestra santa fe? —dijo al fin después de un momento de silencio.

—¡Yo!—exclamó milady—. ¡Oh, no! Pongo a Dios por testigo de que soy fervorosa católica.

—Entonces, señora—dijo sonriéndose la abadesa—, tranquilizaos. La casa en que os halláis no será una prisión demasiado dura para vos. Haremos lo posible para que se os haga llevadero el cautiverio. También podéis acompañaros con la joven pensionista, a quien persiguen sin duda a consecuencia de alguna intriga. Es muy amable y graciosa y os agradará seguramente.

—¿Cómo se llama?

—Me ha sido recomendada por una persona de alta categoría con el nombre de Ketty, y no he tratado de averiguar si tiene otro nombre.

—¡Ketty!—exclamó milady—. ¿Cómo? ¿Estáis segura?

—¿De que se llama así? Sí. ¿La conoceríais acaso?

Milady se sonrió con la idea de que aquella joven fuese su antigua camarera, y mezclándose a este recuerdo un impulso de cólera y un deseo de venganza, se alteraron algún tanto sus facciones, que muy pronto volvieron a recobrar su expresión tranquila y afable.

—¿Y cuándo podré ver a esa joven, hacia la cual siento ya las más vivas simpatías?—preguntó milady.

—Esta misma noche; pero vos, según me habéis dicho, lleváis cuatro días de viaje, y esta mañana os habéis levantado a las cinco. Debéis tener necesidad de descanso. Acostaos y dormid, pues ya cuidaremos de que se os despierte a la hora de comer.

Aunque milady hubiera podido pasarse todavía sin dormir, sostenida como estaba por las excitaciones que una nueva aventura hacía experimentar a su corazón deseoso de intrigas, no dejó de aceptar la oferta de la abadesa. En los últimos quince días había sufrido tan diversas emociones, que si su cuerpo de hierro podía aún soportar la fatiga, su alma necesitaba de reposo.

Despidióse de la abadesa y se acostó tranquilamente, mecida por las ideas de venganza que le había inspirado el nombre de Ketty. Recordaba la promesa que le había hecho el cardenal si salía bien con su empresa, y, satisfecha del éxito que había tenido, pensó que podría vengarse de Artagnan.

Una sola cosa la asustaba, y era el recuerdo del conde de la Fère, a quien había creído muerto y que reaparecía en Athos, el mejor amigo de Artagnan. También conocía que si era amigo de Artagnan había debido prestarle auxilio en los manejos por cuyo medio había logrado la reina desbaratar los proyectos de su eminencia; y si era amigo de Artagnan, sería enemigo del cardenal, y podría tal vez envolverle en la venganza que maquinaba contra el joven mosquetero.

Todas estas esperanzas eran otros tantos pensamientos agradables para milady, la cual, mecida en ellos, se durmió bien pronto.

La despertó la dulce voz de la abadesa, que se le acercó acompañada de una joven de blondos cabellos y fina tez que fijaba sobre ella una mirada de afable curiosidad. Aquella joven le era enteramente desconocida, y una y otra se examinaron mutuamente con escrupulosa atención, sin dejar de cambiar entre sí los cumplimientos de estilo. Ambas eran bellas, pero de belleza diferente; milady se sonrió de placer al notar que le era superior en majestad y en modales aristocráticos. Verdad es que el hábito de novicia que vestía la última no era el más a propósito para sostener una comparación de esta especie.

La abadesa las presentó una a otra, y después dejó solas a entrambas jóvenes.

La novicia, viendo acostada a milady, quiso seguir a la superiora; pero milady la detuvo.

—¿Cómo, señora?—le dijo—. Apenas he tenido el gusto de veros, y ya queréis privarme de vuestra presencia, con la cual contaba para el tiempo que debo pasar aquí.

—No, señora—respondió la novicia—; pero temo que sea mala ocasión, pues debéis estar fatigada.

—¿Qué podía desear sino que me despertasen tan agradablemente? Ya que he tenido esa satisfacción, dejadme gozar de ella a mi placer.

Y tomándola de la mano, la atrajo hacia un sillón que estaba junto a la cabecera de la cama.

La novicia tomó asiento y dijo:

—¡Dios mío! ¡Qué desgracia la mía! Hace seis meses que estoy aquí sin una sombra de distracción, y ahora que habéis venido y que vuestra presencia debía ser para mí en extremo agradable, de un momento a otro me veré en la precisión de abandonar el convento.

—¿Cómo?—exclamó milady—. ¿Vais a marcharos?

—Así lo espero—contestó la novicia con una expresión de alegría que no trató de ocultar.

—Tengo entendido que habéis sufrido persecuciones de parte del cardenal—continuó milady—, y eso sería un motivo más de simpatía entre las dos.

—¿Conque es cierto lo que me ha dicho nuestra buena madre, que también sois vos una víctima del cardenal?

—¡Silencio!—dijo milady—. Ni aun aquí hablemos de él de esa manera; todas mis desgracias provienen de haber hablado así delante de una mujer que me ha vendido. ¿También vos sois víctima de alguna traición?

—No—dijo la novicia—, sino de mi afecto a una mujer a quien amaba y por quien hubiese dado mi vida.

—Y que os ha abandonado, ¿no es verdad?

—He sido bastante injusta para creerlo así; pero hace dos o tres días que he recibido pruebas de lo contrario, y doy gracias a Dios por ello. Difícil se me hacía creer que me hubiese olvidado. Pero vos, señora—continuó la novicia—, sois libre, a lo que tengo entendido, y me parece que si quisierais huir nadie os lo impediría.

—¿A dónde queréis que vaya, sin amigos, sin dinero, en un territorio que no conozco y en donde...?

—¡Oh!—dijo la novicia—. Amigos no os faltarán dondequiera que vayáis: ¡parecéis tan buena y sois tan bella!

—Eso no impide—añadió milady con una sonrisa angelical—que me encuentre sola y perseguida.

—Escuchad—dijo la novicia—: es preciso tener confianza y esperar en la Providencia, pues nunca deja de llegar un momento en que el bien que hayamos hecho defienda nuestra causa ante el Tribunal de Dios. Puede que haya sido una fortuna para vos el haberme encontrado, porque si salgo de aquí no será difícil que halle algunos amigos que puedan interesarse en favor vuestro.

—Cuando he dicho que estaba sola—dijo milady esperando hacer hablar a la novicia—no es porque carezca de relaciones de bastante influjo; pero las personas a quienes conozco tiemblan todas al solo nombre del cardenal. La reina misma no se atreve a luchar con el terrible ministro, y me consta que S. M., no obstante su buen corazón, se ha visto más de una vez obligada a abandonar a la cólera de su eminencia a personas que le habían prestado grandes servicios.

—Creedme, señora: las apariencias podrán hacer creer que la reina tiene abandonadas a esas personas; pero es preciso no juzgar sólo por apariencias. Cuanto más perseguidas se hallan, tanto más piensa en ellas, y sucede a veces que cuando más creídas están de que las ha olvidado, reciben una prueba de lo contrario.

—¡Ay!—dijo milady—. ¡Lo creo! ¡Es tan buena la reina!

—Pues qué, ¿conocéis a nuestra hermosa y noble reina? —exclamó la novicia con entusiasmo.

—No tengo el honor de conocerla personalmente; pero sí conozco a muchos de sus más íntimos amigos, tales como M. de Putange, en Inglaterra; M. Dujart, y también a M. de Treville.

—¿M. de Treville? ¿Conocéis a M. de Treville?

—Sí tal, y mucho.

—Vamos—exclamó la novicia—, vais a ver cómo resulta que somos conocidas y hasta amigas casi. Si conocéis a M. de Treville, debéis haber estado alguna vez en su casa.

—No alguna, muchas—repuso milady, que viendo que la mentira iba produciendo su efecto, quería llevarla adelante hasta el fin.

—En su casa debéis haber visto a algunos de sus mosqueteros.

—A todos los que suelen ir frecuentemente—respondió milady, para quien la conversación iba tomando un interés real y verdadero.

—Nombradme alguno de los que conocéis, y veréis que son también amigos míos.

—Conozco—dijo milady algún tanto apurada—a M. de Souvigny, y a M. Courtivron, y a M. de Ferussac...

La novicia la dejó hablar, y viendo que se detenía,

—¿No conocéis—le dijo—a un caballero que llaman Athos?

Milady se puso más blanca que las sábanas en que se hallaba acostada, y, por muy dueña que fué de sí misma, no pudo menos de lanzar un grito y coger la mano de su interlocutora, a quien parecía querer devorar con la vista.

—¡Dios mío! ¿Qué os sucede?—preguntó la pobre joven—. ¿Habré tenido la desgracia de decir alguna cosa que os haya incomodado?

—No, sino que ese nombre me ha afectado bastante, porque yo también he conocido a ese caballero, y me sorprende, sin saber por qué, el que haya otra persona que le conozca.

—¡Oh, y mucho que le conozco! No solamente a él, sino también a los caballeros Porthos y Aramis.

—¿Sí? Pues yo también—exclamó milady, que sintió helársele la sangre en las venas.

—Pues bien: si los conocéis, debéis saber que son unos buenos y bravos camaradas. ¿Por qué no acudís a ellos si tenéis necesidad de auxilio?

—Porque no tengo con ellos la suficiente confianza—tartamudeó milady—y sólo los conozco de haberlos oído nombrar a un amigo suyo llamado M. de Artagnan.

—¡Conocéis a M. de Artagnan!—exclamó la novicia, tomando a su vez las manos de milady y devorándola con los ojos.

Después, notando la joven la extraña expresión de la mirada de milady,

—Perdonad—le dijo—. ¿A título de qué le conocéis?

—¿A cuál queréis que sea?—repuso milady sorprendida—. A título de amigo.

—¡Oh; me engañáis, señora!—dijo la novicia—. Vos habéis sido su amante.

—Vos sí que lo habéis sido, señora—dijo milady a su vez.

—¡Yo!—exclamó la novicia.

—Sí, vos; y ahora os conozco perfectamente: vos sois madama Bonacieux.

La joven retrocedió sobrecogida de sorpresa y de terror.

—¡Oh! No lo neguéis y respondedme—repuso milady.

—¡Pues bien, señora, le amo! ¿Somos rivales, por desgracia?

El semblante de milady se animó con un fuego tan feroz, que en cualquiera otra circunstancia hubiera huído madama Bonacieux llena de espanto; pero en aquel momento se hallaba enteramente dominada por los celos.

—Decidme, señora—continuó la joven con una energía de que nadie la hubiera creído capaz—: ¿habéis sido su amante?

—¡No!—exclamó milady con un acento que no dejaba lugar a la menor duda—. ¡Nunca! ¡Nunca!

—Os creo, señora—dijo madama Bonacieux—; pero entonces, ¿por qué os habéis sorprendido de esa manera?

—Pues qué, ¿no lo adivináis?—repuso milady, que se había recobrado ya de su turbación y hablaba con entera serenidad.

—¿Cómo queréis que lo adivine, si nada sé?

—¿No presumís que, siendo amiga de M. de Artagnan, era muy fácil que me tomase por confidente suya?

—¡Ciertamente!

—¿Y no comprendéis ahora que me hallo enterada de todo, de vuestro rapto de la casa de Saint-Germain, de su profunda desesperación, de la de sus amigos y de las investigaciones que hicieron desde aquel momento? ¿Cómo queréis que no me sorprenda al encontrarme, cuando menos lo esperaba, al lado vuestro, al lado de la persona a quien ama él con todo su corazón, y a quien me ha hecho amar antes de que tuviese el gusto de conocerla? ¡Ah, querida Constanza! Al fin tengo el singular placer de hallaros y de daros un abrazo.

Y milady tendió los brazos a madama Bonacieux, la cual, convencida con lo que acababa de oír, no vió ya en aquella mujer, en quien poco antes había creído encontrar una rival, más que una amiga sincera y desinteresada.

—¡Oh! ¡Perdonadme! ¡Perdonadme!—exclamó, dejándose caer en los brazos de milady—. ¡Le amo tanto!

Aquellas dos mujeres se mantuvieron abrazadas por cortos momentos. Seguramente que si las fuerzas de milady hubiesen sido tan grandes como su odio, habría salido ahogada de entre sus brazos madama Bonacieux.

Pero no pudiendo ahogarla, se contentó con sonreírla.

—¡Oh, hermosa mía, querida mía!—dijo milady—. ¡Cuánto me alegro de veros! Dejadme que os mire a mi satisfacción. (Y al decir estas palabras parecía efectivamente querer devorarla con los ojos.) Sí, no me cabe la menor duda de que sois vos; y por las señas que él me ha dado, os reconozco ahora perfectamente.

La pobre joven no podía ni aun sospechar siquiera lo que había de terrible y cruel bajo aquella pura frente y bajo aquellos brillantes ojos, en donde no se leía más que interés y compasión.

—Entonces, debéis saber lo que he sufrido—dijo madama Bonacieux—, puesto que os ha dicho lo mucho que él sufría. Pero sufrir por él lo considero una felicidad.

Milady repitió maquinalmente:

—Sí, una felicidad.

Otra cosa era lo que estaba pensando.

—Y además—continuó madama Bonacieux—, mi suplicio toca ya a su término; mañana, o acaso esta tarde, tendré la dicha de verle, y entonces lo pasado quedará borrado enteramente de mi memoria.

—¡Esta tarde! ¡Mañana!—exclamó milady, a quien estas palabras hicieron volver de su distracción—. ¿Qué decís? ¿Esperáis alguna noticia suya?

—Le espero a él.

—¿A él en persona? ¡Artagnan aquí!

—Sí, señora.

—¡Pero si eso no puede ser! Ahora debe estar en el sitio de la Rochela con el cardenal, y no volverá a París hasta después de tomada la ciudad.

—Podéis tener razón; pero ¿hay por ventura alguna cosa imposible para mi noble y leal Artagnan?

—¡Vamos, no puedo creerlo!

—¡Pues bien, leed!—dijo la malaventurada joven en el exceso de su orgullo y su alegría, presentando una carta a milady.

—¡La letra es de madama de Chevreuse!—se dijo milady a sí misma—. ¡Ah, ya estaba yo segura de que había secretas inteligencias por este lado!

Y leyó con avidez las siguientes líneas:

"Querida hija mía: Hallaos dispuesta, pues *nuestro amigo* debe veros muy pronto, y no con otro objeto que el de sacaros de la prisión en que vuestra seguridad exigía que estuvieseis oculta. Preparaos, pues, a partir, y descansad en nuestro afecto.

"Nuestro gascón se ha mostrado ahora, como siempre, valiente y fiel. Decidle que no falta quien le está sumamente reconocido por el aviso que ha comunicado."

—Sí, sí—dijo milady—; la carta no puede ser más terminante. ¿Y sabéis qué aviso es ése?

—No. Sólo presumo que habrá puesto en conocimiento de la reina alguna nueva maquinación del cardenal.

—Sí; eso debe ser—dijo milady devolviendo la carta a madama Bonacieux y dejando caer pensativa la cabeza sobre el pecho.

En aquel momento se oyó el galope de un caballo.

—¡Oh!—exclamó madama Bonacieux precipitándose hacia la ventana—. ¿Sería ya él?

Milady se había quedado como petrificada en la cama. Se agolpaban a un tiempo tantos sucesos inesperados, que por primera vez perdió la cabeza.

—¡Él, él!—murmuraba entre dientes—. ¡Sería él!—Y permanecía en su lecho con los ojos fijos.

—¡Ay, no!—dijo madama Bonacieux—. Es un hombre a quien no conozco... ¡Y parece que viene aquí!... Sí, en este momento llega a la puerta y llama.

Milady se lanzó fuera de la cama.

—¿Estáis bien segura de que no es él?—le dijo.

—¡Oh, sí, segurísima!

—Acaso hayáis visto mal.

—¡Oh, no! Me basta ver sólo la pluma de su sombrero o el extremo de su capa para reconocerle al punto.

Milady seguía vistiéndose a toda prisa.

—No importa. ¿Decís que ese hombre viene aquí?

—Sí; ya ha entrado.

—¿Y viene por vos o por mí?

—¡Dios mío, qué agitada estáis!

—Sí, lo confieso; no tengo tanta confianza como vos, y lo temo todo del cardenal.

—¡Silencio!—dijo madama Bonacieux—. Alguien se acerca.

En efecto, la puerta se abrió y entró la abadesa.

—¿Sois vos la que ha llegado de Boulogne?—preguntó a milady.

—Sí; yo soy—respondió ésta. Y tratando de recobrar su serenidad: —¿Quién me busca?—añadió.

—Un hombre que no ha querido decir su nombre, pero que viene de parte del cardenal.

—Y qué, ¿desea hablarme?—preguntó milady.

—Desea hablar a una señora que ha venido de Boulogne.

—Entonces, hacedme el favor de que entre, señora.

—¡Oh, Dios mío, Dios mío! — exclamó madama Bonacieux—. ¿Si será alguna mala noticia?

—Mucho lo temo.

—Os dejo, pues, con el recién venido; pero, si me lo permitís, volveré tan luego como se haya marchado.

—No sólo os lo permito, sino que os lo suplico.

La superiora y madama Bonacieux salieron de la habitación.

Milady se quedó sola, con los ojos fijos en la puerta. Un instante después oyó un ruido de espuelas que sonaba por la escalera; los pasos se fueron aproximando; la puerta se abrió y apareció un hombre en el umbral.

Milady lanzó un grito de alegría. Aquel hombre era el conde de Rochefort, el alma maldita del cardenal.

LXII

DOS ESPECIES DE DEMONIOS

—¡Ah!—exclamaron a un tiempo Rochefort y milady—. ¡Sois vos!

—Sí, yo soy.

—¿Y venís...?—preguntó milady.

—De la Rochela. ¿Y vos?

—De Inglaterra.

—¿Buckingham...?

—Muerto o gravemente herido. Al tiempo de regresar yo sin haber podido conseguir de él la menor cosa, le asesinó un fanático.

—¡Ah!—exclamó Rochefort con una sonrisa—. Ved ahí una casualidad muy oportuna y que no dejará de causar suma satisfacción a su eminencia. ¿Se lo habréis avisado?

—Le he escrito desde Boulogne. Pero ¿cómo es que os halláis aquí?

—Su eminencia, inquieto por vuestro silencio, me ha enviado a buscaros.

—Pues no he llegado aquí hasta ayer.

—¿Y qué habéis hecho desde ayer?

—No he perdido el tiempo.

—¡Oh, ya me lo figuro!

—¿Sabéis a quién he hallado en este convento?

—No.

—A ver si lo adivináis.

—¿Cómo queréis que lo adivine?

—A aquella joven que la reina sacó de la prisión...

—¿A la amante del joven Artagnan?

—Sí; a madama Bonacieux, cuyo paradero ignoraba el cardenal.

—¡Perfectamente!—dijo Rochefort—. Ved otra casualidad que puede correr parejas con la anterior. Verdaderamente que el cardenal es un hombre privilegiado.

—Ya os haréis cargo de mi asombro al hallarme frente a frente con semejante mujer.

—¿Os conoce?

—No.

—Entonces, supongo que os tendrá por una extranjera.

Milady se sonrió.

—Soy su mejor amiga.

—A fe mía—dijo Rochefort—que no hay otra persona como vos, querida condesa, para hacer milagros.

—Y mucha cuenta que nos ha tenido, caballero—dijo milady—; porque, ¿sabéis lo que pasa?

—No.

—Pues van a venir a buscarla mañana o pasado mañana con una orden de la reina.

—¿De veras? ¿Y quién?

—Artagnan y sus amigos.

—¡Canario! Tanto irán haciendo, que será preciso enviarlos a la Bastilla.

—Lo que yo no comprendo es cómo no se ha hecho ya eso.

—¡Qué queréis! Si no se ha hecho ha sido porque el cardenal tiene hacia esos hombres unas deferencias que no acierto a explicarme.

—¿Eso tenemos? Pues bien, Rochefort; decidle que nuestra conversación en la venta del Palomar Rojo ha sido oída por esos cuatro hombres; decidle que después que él se marchó, subió uno de ellos y me arrancó violentamente el salvoconducto que me había facilitado; que habían dado aviso a lord Winter de mi viaje a Inglaterra, y que esta vez también han estado a punto de desbaratar mi comisión, como desbarataron la de los herretes; añadidle que de esos cuatro hombres, sólo dos hay temibles, que son Artagnan y Athos, y que el tercero, llamado Aramis, es el amante de madama de Chevreuse. Es preciso dejar a este último, pues sabemos su secreto, y esta circunstancia puede sernos útil. Por lo que hace al cuarto, M. Porthos, es un simple, un necio y un fatuo, que no merece siquiera la pena de que se ocupen de él.

—Pero esos cuatro hombres deben hallarse actualmente en el sitio de la Rochela.

—Así lo creía yo también; pero una carta que madama Bonacieux ha recibido de madama de Chevreuse, y que ha tenido la imprudencia de enseñarme, me hace creer que esos hombres están ya en camino para venir a llevársela.

—¡Diantre! ¿Y qué hemos de hacer?

—¿Qué os ha dicho el cardenal con respecto a mí?

—Que tome vuestras noticias por escrito o verbalmente y vuelva en posta sin pérdida de tiempo. Cuando él sepa lo que hayáis hecho, ya os avisará lo que debáis hacer.

—¿Conque debo permanecer aquí, según eso?

—Aquí o en las inmediaciones.

—¿No podéis llevarme en vuestra compañía?

—No; la orden es terminante. En las cercanías del campamento podríais quizás ser reconocida, y ya comprenderéis que vuestra presencia comprometería terriblemente a su eminencia; sobre todo después de lo que ha sucedido allá. Decidme solamente dónde pensáis aguardar noticias del cardenal, a fin de que yo sepa siempre dónde he de hallaros.

—Escuchad: es muy probable que yo no pueda permanecer aquí.

—¿Por qué?

—¿Olvidáis que mis enemigos pueden llegar de un momento a otro?

—Tenéis razón; pero entonces la joven se va a escapar de las manos de su eminencia.

—¡Bah!—dijo milady con una sonrisa que le era peculiar—. ¿No os he dicho que soy su mejor amiga?

—¡Ah! Es cierto. Conque, respecto de nuestra joven, puedo decir al cardenal...

—Que no tenga cuidado.

—¿Y nada más? ¿Entenderá lo que eso quiere decir?

—Ya lo adivinará.

—Y ahora, ¿qué me resta hacer?

—Regresar inmediatamente; me parece que las noticias que lleváis bien merecen ir en posta.

—Es que la silla que yo traía se ha roto al entrar en Lilliers.

—¡Perfectamente!

—¿Cómo perfectamente?

—Porque la necesito yo.

—Y entonces, ¿cómo he de partir?

—A caballo.

—¡Muy pronto lo habéis dicho! ¡Ciento ochenta leguas nada menos!...

—¿Y qué es eso?

—Bien, se andarán. ¿Y después?

—Cuando lleguéis a Lilliers me enviaréis la silla de posta, con encargo a vuestro criado de que se ponga a mi disposición.

—Está bien.

—¿Supongo que llevaréis alguna orden del cardenal?

—Tengo sus plenos poderes.

—Pues mostradlos a la abadesa, diciéndole al mismo tiempo que hoy o mañana vendrán a buscarme y que tengo que seguir a la persona que se presente en vuestro nombre.

—Quedo enterado.

—No os olvidéis de tratarme con dureza cuando habléis de mí a la abadesa.

—¿Y a qué fin?

—No perdáis de vista que soy una víctima del cardenal. Necesito inspirar entera confianza a la pobre madama Bonacieux.

—Ya comprendo. ¿Queréis darme una nota de todo cuanto ha pasado?

—¿No os he referido ya los acontecimientos? Vuestra memoria es bastante feliz. Repetidlos conforme os los he contado, pues un papel es fácil de perder.

—Tenéis razón. Ahora decidme dónde podré hallaros, a fin de que no pierda inútilmente el tiempo en buscaros por las cercanías.

—Muy bien; esperad.

—¿Queréis un mapa?

—¡Oh, conozco perfectamente este país!

—¿Vos?

—Como que me he criado en él.

—¿De veras?

—Ya veis que siempre sirve de algo el haberse criado una en alguna parte.

—¿Conque me aguardaréis...?

—Dejadme reflexionar un instante... ¡Ah! ¡Ya!... En Armentières.

—¿Y qué es Armentières?

—Una pequeña población situada sobre el Lys. Con sólo atravesar el río me encuentro en país extranjero.

—Perfectamente; pero contamos con que no pasaréis el río sino en caso de peligro.

—Eso, por supuesto.

—Y en ese caso, ¿cómo podré yo saber donde encontraros?

—¿Necesitáis de vuestro criado?

—No.

—¿Es hombre fiel?

—A toda prueba.

—Pues bien, dejádmelo; no es persona conocida y podré dejarle en el sitio que abandone para que os conduzca al en que yo me halle.

—¿Y decís que me esperáis en *Argentières*?

—En Armentières.

—Escribidme ese nombre en un pedazo de papel, no sea

que se me olvide. Un nombre de ciudad no es cosa que pueda comprometer, ¿no es verdad?

—¡Eh! ¿Quién sabe! No importa—dijo milady escribiendo la palabra en una hoja pequeña de papel—: paso por el compromiso.

—Bien—dijo Rochefort tomando de manos de milady el papel, que dobló y metió en el forro de su sombrero—. Además, que no tengáis cuidado, pues para el caso de que el papel se pierda, voy a ir repitiendo, como los chicos, ese nombre por todo el camino. ¿Y no hay más?

—Me parece que no.

—Veamos: Buckingham, muerto o gravemente herido; vuestra conversación con el cardenal, oída por los cuatro mosqueteros; lord Winter, avisado de vuestra marcha a Portsmouth; Artagnan y Athos, a la Bastilla; Aramis, amante de madama Chevreuse; Porthos, un necio; el hallazgo de madama Bonacieux; enviaros la silla lo más pronto posible; poner mi criado a vuestra disposición; haceros pasar por una víctima del cardenal, a fin de no despertar sospechas en la abadesa, y Armentières, en la ribera del Lys. ¿No es esto?

—A la verdad, caballero, que sois un prodigio de memoria... A propósito, podéis añadir una cosa.

—¿Cuál?

—He visto unos amenos bosquecillos que lindan con el jardín del convento. Decid que me permitan pasear por ellos, pues acaso tenga necesidad de salir por alguna puerta excusada.

—En todo pensáis.

—Y a vos se os olvida una cosa.

—¿Cuál?

—El preguntarme si necesito dinero.

—Tenéis razón. ¿Cuánto queréis?

—Todo el oro que tengáis.

—Tengo unos quinientos doblones.

—Y yo, otros tantos. Con mil doblones ya puede hacerse frente a todo. Vaciad vuestra bolsa.

—Aquí la tenéis.

—Muy bien. ¿Y vais a partir?

—Dentro de una hora, que es el tiempo suficiente para tomar un bocado y enviar a que me busquen un caballo de posta.

—Perfectamente. Adiós, conde.

—Adiós, condesa.

—Recomendadme al cardenal.

—Y vos recomendadme a Satanás.

Milady y Rochefort cambiaron entre sí una sonrisa y en seguida se separaron.

Una hora después partió Rochefort a galope, y a las cinco horas de haber salido pasaba por Arras.

Ya saben nuestros lectores cómo a su paso por dicha ciudad fué reconocido por Artagnan, y cómo, habiendo inspirado este reconocimiento serios temores a los cuatro mosqueteros, les había hecho comunicar mayor actividad a su viaje.

LXIII

UNA GOTA DE AGUA

Apenas salió Rochefort, volvió a entrar madama Bonacieux, la cual encontró a milady con risueño semblante.

—Al fin—dijo la joven—sucedió lo que temíais: esta tarde o mañana vendrán por vos de parte del cardenal, ¿no es así?

—¿Cómo lo sabéis?

—Porque lo he oído de la propia boca del mensajero.

—Tomad asiento a mi lado.

—Con mucho gusto.

—Esperad que me cerciore de que nadie nos escucha.

—¿Y para qué son esas precauciones?

—Vais a saberlo.

Milady se levantó, y dirigiéndose a la puerta la abrió; miró a uno y otro lado del pasillo, y volvió a sentarse junto a madama Bonacieux.

—Veo—continuó—que ha hecho perfectamente su papel.

—¿Quién?

—El que se ha presentado a la abadesa como enviado del cardenal.

—¿Conque era un mensaje fingido?

—Sí, hija mía.

—Según eso, aquel hombre no era...

—Aquel hombre—dijo milady bajando la voz—es mi hermano.

—¡Vuestro hermano!—exclamó madama Bonacieux.

—Vos sois la única persona que sabe este secreto, hija mía; si lo confiáis a cualquier otro, me perderéis y os perderéis acaso vos misma también.

—¡Oh, Dios mío!

—Escuchad y sabréis lo que pasa: mi hermano, que venía

en mi auxilio para sacarme de aquí a la fuerza si era necesario, encontró al emisario del cardenal que venía a buscarme. Fué siguiéndole, y así que llegó a un sitio solitario y apartado, tiró de la espada e intimó al mensajero que le entregase los papeles de que era portador. El mensajero trató de defenderse, pero mi hermano le mató.

—¡Dios mío!—exclamó aterrada madama Bonacieux.

—Reflexionad que no había otro camino. Entonces resolvió mi hermano substituir la astucia a la fuerza, y, apoderándose de los papeles, se ha presentado aquí como emisario del cardenal. Dentro de una hora o dos debe venir un carruaje para llevarme de parte de su eminencia.

—Ya comprendo: ¿vuestro hermano es quien envía ese carruaje?

—Justamente; pero no es eso todo. La carta que habéis recibido y que suponéis de madama de Chevreuse...

—¡Y bien!

—Es falsa.

—¿Cómo falsa?

—Como lo oís; es un lazo que os han armado para que no hagáis resistencia cuando vengan a buscaros.

—¡Pero si el que ha de venir es Artagnan!

—Artagnan y sus amigos se hallan detenidos en la Rochela.

—¿Cómo lo sabéis?

—Mi hermano ha encontrado en el camino a varios emisarios del cardenal en traje de mosqueteros. Estos deben haceros salir hasta la puerta, y en la persuasión de que no dudaréis en poneros en manos amigas, robaros y conduciros a París.

—¡Dios mío! Mi cabeza se confunde en ese caos de iniquidades, y conozco—repuso madama Bonacieux llevándose las manos a la frente—que si esto durara mucho me volvería loca.

—Escuchad. Oigo las pisadas de un caballo; sin duda es el de mi hermano que se ausenta. Quiero darle un último adiós. Venid.

Milady abrió la ventana e hizo seña a madama Bonacieux de que se acercase. La joven se aproximó.

Rochefort pasaba a galope.

—¡Adiós, hermano!—gritó milady.

El caballero levantó la cabeza, y viendo a las dos jóvenes, hizo sin parar de correr un saludo amistoso a milady, que en seguida volvió a ocupar su silla, como si se hallara entregado a reflexiones puramente personales.

—Querida señora—dijo madama Bonacieux—, pero ¿qué me aconsejáis que haga? Tenéis más experiencia que yo, y vuestras advertencias serán para mí de gran peso.

—En primer lugar—dijo milady—, puede muy bien suceder que yo me equivoque y que Artagnan y sus amigos vengan realmente en vuestro auxilio.

—¡Oh! ¡Esa sería una felicidad demasiado grande para mí!

—Entonces, ya podéis figuraros que esto no es más que una cuestión de tiempo, una especie de carrera en la que hay que ver quién llega el primero. Si vuestros amigos se llevan la palma en ligereza, estáis salvada; pero si son los satélites del cardenal los que vencen, sois perdida.

—¡Oh, sí! ¡Y perdida sin remedio! ¿Qué he de hacer? ¡Dios mío! ¿Qué he de hacer?

—Un camino se presenta bastante sencillo y natural.

—¿Cuál? Decidme.

—El de esperar oculta en estas cercanías, y asegurarse de este modo de la clase de personas que vengan a buscaros.

—Pero ¿dónde podré ocultarme?

—¡Oh! En eso no hay dificultad. Yo misma tengo que permanecer escondida a pocas leguas de aquí hasta tanto que mi hermano venga a reunírseme. Veníos conmigo; podremos ocultarnos y esperar juntas.

—Pero será difícil que me dejen salir, pues estoy aquí casi como prisionera.

—Como están en la persuasión de que yo parto por orden del cardenal, no creerán que tenéis muchos deseos de seguirme.

—¿Y qué?

—El carruaje estará a la puerta; salís a despedirme, y subís en el estribo para darme un abrazo. Entonces el criado de mi hermano que vendrá a buscarme, y que estará prevenido de antemano, hace una seña al postillón y partimos al galope.

—Pero ¿y si viene Artagnan?

—¿No podemos saberlo, por ventura?

—¿Cómo?

—Nada hay más fácil. Enviamos a Bethune al criado de mi hermano, de quien ya os he dicho que podemos fiarnos con toda seguridad; toma un disfraz cualquiera y se sitúa enfrente del convento. Si los que vienen son los emisarios del cardenal, se está quieto, y si son M. Artagnan y sus amigos, los conduce donde nosotras estemos.

—¡Oh! Sí, sí, tenéis razón; así podrá arreglarse todo perfectamente. Pero no nos alejemos mucho de aquí.

—En siete u ocho horas cuando más, nos ponemos en las fronteras, y al primer síntoma de alarma, salimos de Francia.

—Y hasta entonces, ¿qué hemos de hacer?

—Esperar.

—¿Y si llegan entre tanto mis enemigos?

—El carruaje de mi hermano llegará antes que ellos.

—¿Y si estoy lejos de vos cuando vengan a buscaros? Suponed que esté almorzando o comiendo.

—Podéis hacer una cosa.

—¿Cuál?

—Decid a nuestra buena superiora que os permita comer conmigo.

—¿Y accederá a ello?

—¿Qué inconveniente puede tener?

—¡Oh! Bien, muy bien! De ese modo no nos separaremos ni un solo instante.

—Pues id a su cuarto a pedirle permiso, que yo me siento con una terrible pesadez de cabeza, y voy a dar un paseo por el jardín, donde os espero.

—¡Oh! ¡Qué buena sois y cuán agradecida debo estaros!

—¿Cómo no había de interesarme por vos, aun cuando no fueseis tan bella y encantadora, siendo la amiga de uno de mis mejores amigos?

—¡Querido Artagnan! ¡Cuántas gracias tendrá que daros!

—Así lo espero. Conque, ya que todo está arreglado, bajemos.

—Seguid este pasillo, y encontraréis una escalera estrecha que os conducirá al jardín.

—Muy bien; gracias.

Y las dos mujeres se separaron, dirigiéndose mutuamente una encantadora sonrisa.

Milady había dicho la verdad, pues los proyectos que, todavía en desorden, rodaban por su cabeza la tenían atontada y como envuelta en un caos. Necesitaba quedar sola para poner algún arreglo en sus ideas, porque si bien divisaba, aunque vagamente, el porvenir, le era preciso un poco de quietud y de silencio para dar a sus ideas, aun confusas, una forma distinta y un plan meditado.

Lo que consideraba más urgente era llevarse a madama Bonacieux, ponerla en un sitio seguro, y, en caso de contratiempo fortuito, tenerla allí como en rehenes. Milady principiaba ya a tener el desenlace de aquel terrible duelo en que sus enemigos ponían tanta perseverancia como ella obstinación y empeño.

Presentía además, como se siente la aproximación de una tempestad, que aquel desenlace estaba próximo, y que no podía menos de ser terrible.

Lo principal para ella era tener en su poder a madama Bonacieux, que era la vida de Artagnan, y más todavía que su vida, pues era la de la persona a quien amaba. Esto sería para todo evento un medio de negociar y de obtener condiciones favorables.

Este punto lo tenía ya decidido. Madama Bonacieux la seguiría sin la menor desconfianza, y, una vez oculta en Armentières, sería fácil hacerle creer que Artagnan no había ido a Bethune. Dentro de quince días, a lo más tardar, estaría de vuelta Rochefort, y durante este tiempo ya determinaría lo que había de hacer para vengarse de los cuatro amigos. No se aburriría, a Dios gracias, porque tenía el más agradable pasatiempo que los acontecimientos podían proporcionar a una mujer de su carácter: el de combinar y perfeccionar una venganza.

A medida que se paseaba entregada a sus reflexiones, dirigía los ojos a su alrededor, e iba reteniendo en su memoria la topografía del jardín. Milady era como un hábil general, que prevé así la victoria como la derrota, y que se halla dispuesto, según las vicisitudes de la guerra, a marchar adelante o a pronunciarse en retirada.

Pasada una hora oyó que la llamaba madama Bonacieux. La buena abadesa había consentido en todo, y para dar principio iban las dos jóvenes a comer juntas.

Al llegar al patio oyeron el ruido de un carruaje que se paró a la puerta. Milady prestó atención.

—¿Oís?—dijo.

—Sí; el ruido de un carruaje.

—Es el que nos envía mi hermano.

—¡Oh, Dios mío!

—Vamos, ¡valor!

Llamaron a la puerta del convento: milady no se había engañado.

—Subid a vuestro cuarto—dijo a madama Bonacieux—. ¿No tenéis alguna cosa que llevar?

—Tengo sus cartas.

—Pues bien; id a buscarlas y venid a mi cuarto, donde comeremos lo más pronto posible: acaso tengamos que caminar una parte de noche, y es necesario tomar fuerzas.

—¡Dios mío!—dijo madama Bonacieux llevándose la mano al pecho—; tengo oprimido el corazón y no puedo siquiera andar.

—¡Valor, hija mía, valor! ¡Pensad que dentro de un cuarto de hora estaréis en salvo, y que lo que vais a hacer lo hacéis solamente por él!

—¡Oh; sí, todo por él! Me habéis devuelto mi valor con esa sola palabra. Subid, que pronto voy a buscaros.

Milady subió apresuradamente a su cuarto, en donde encontró al criado de Rochefort, y le dió las instrucciones. Debía éste aguardar a la puerta: si por casualidad se presentaban los mosqueteros, partiría el carruaje a galope, e iría a esperar a milady en una aldea situada al otro lado del bosque. En este caso atravesaría milady el jardín y se iría a pie a la aldea, pues ya hemos dicho que conocía perfectamente el terreno que pisaba. Si los mosqueteros no parecían, madama Bonacieux subiría en el carruaje, a pretexto de darle el abrazo de despedida, y se la llevaría consigo.

Madama Bonacieux llegó en aquel momento, y para quitarle toda sospecha, caso de que alguna tuviese, repitió milady en su presencia al criado la última parte de sus instrucciones.

Muy equivocada estaba milady al creer que madama Bonacieux hubiese concebido sospechas, pues la pobre muchacha era demasiado sencilla para suponer en otra mujer una perfidia semejante. Además, el nombre de la condesa de Winter, que había oído pronunciar a la abadesa, le era sumamente desconocido, y hasta ignoraba que hubiese una mujer que tuviera una parte tan principal en los desgraciados acontecimientos de su vida.

—Ya lo veis—dijo milady luego que se marchó el criado—; todo está dispuesto. La abadesa nada sospecha, y cree que viene a buscarme de parte del cardenal. Este hombre va a dar ya sus últimas órdenes: conque así, tomad pronto un bocado, bebed un poco de vino, y marchemos.

—Sí—dijo madama Bonacieux—; marchemos.

Milady le hizo seña de que se sentase enfrente de ella, y llenándole un vasito con vino de España, le sirvió una pechuga de gallina.

—Todo nos favorece—le dijo—; la noche se acerca, y al amanecer el día de mañana nos hallaremos ya en nuestro retiro, que nadie podrá siquiera adivinar. Vamos, tened valor, y tomad alguna cosa.

Madama Bonacieux se llevó maquinalmente por dos o tres

veces los manjares a la boca, y humedeció los labios en el vaso.

—Vamos, hija, vamos—dijo milady acercándose el suyo a los labios—; haced como yo.

Pero en el momento en que lo llevaba a la boca se quedó su mano paralizada, pues había oído un ruido lejano como de caballos que se aproximasen a galope por el camino, y casi al mismo tiempo le pareció sentir el relinchar de los animales. Aquel ruido la sacó de su alegría, como el bramido de una tempestad despierta al que se halla entregado a un dulce sueño. Perdió el color, y dirigióse a la ventana, mientras que madama Bonacieux, levantándose toda trémula, se apoyaba en el respaldo de su silla para no caer. Nada se veía aún, y sólo se oía más distintamente el ruido que hacían los caballos al galope.

—¡Oh, Dios mío!—exclamó madama Bonacieux—. ¿Qué ruido es ése?

—El de nuestros amigos o el de nuestros enemigos—dijo milady con una terrible sangre fría—. Quedaos aquí, que pronto podré decíroslo.

Madama Bonacieux permaneció de pie, muda, inmóvil y pálida como una estatua. Entretanto el ruido iba siendo cada vez más fuerte; los caballos no debían estar a más de ciento cincuenta pasos, y si todavía no se divisaban era porque el camino hacía un recodo. De todos modos, el ruido era tan distinto, que se podían contar los caballos por el sonido destacado de sus herraduras.

Milady miraba con toda la atención de que era capaz; aun había la suficiente claridad para poder distinguir a los que venían. De repente vió aparecer por el recodo del camino un grupo de hombres que llevaban sombreros galoneados, cuyas plumas se mecían en el aire. Primero contó dos caballeros; luego, cinco, y después, hasta ocho, uno de los cuales precedía a los demás a distancia como de dos caballos. Milady lanzó un rugido, pues en el que iba al frente había reconocido a Artagnan.

—¡Oh, Dios mío, Dios mío!—exclamó madama Bonacieux—. ¿Quiénes son?

—Llevan el uniforme de los guardias del cardenal, y no hay un momento que perder—exclamó milady—. ¡Huyamos, huyamos!

—Sí, sí, huyamos!—repitió madama Bonacieux, clavada en su sitio por el terror.

En esto se oyó a los caballos que pasaban por debajo de la ventana.

—¡Pero, vamos, venid!—exclamaba milady, pugnando por llevarse a la joven del brazo—. Afortunadamente podemos huir por el jardín, pues yo tengo la llave; quizás dentro de cinco minutos sea ya demasiado tarde.

Madama Bonacieux intentó caminar; pero a los dos pasos que dió cayó en tierra de rodillas. Milady trató de levantarla y llevarla consigo; pero no lo pudo conseguir. En aquel momento se oyó el ruido del carruaje, que a la vista de los mosqueteros partía al galope. A aquel ruido sucedió una descarga de tres o cuatro tiros.

—Por última vez, ¿queréis venir?—dijo milady.

—¡Oh, Dios mío, Dios mío! ¡Ya veis que me faltan las fuerzas y que no puedo dar ni un solo paso! Huíd sola.

—¡Huír sola! ¡Dejaros abandonada! ¡Oh, no, jamás!—exclamó milady.

Un súbito relámpago iluminó los ojos de milady, y, dirigiéndose apresuradamente hacia la mesa, vació en el vaso de madama Bonacieux el secreto de la sortija que llevaba, el cual abrió con una presteza sin igual. Lo que contenía era un grano rojizo, que se deshizo inmediatamente en el líquido.

Tomando después el vaso con segura mano,

—Bebed—dijo—; este vino os dará fuerzas. Bebed.

Y acercó el vaso a los labios de la joven, la cual bebió maquinalmente.

—¡Ah, no es así como quería vengarme!—dijo milady volviendo a colocar con infernal sonrisa el vaso sobre la mesa—; pero, ¡cómo ha de ser! Cada cual hace lo que puede.

Y en seguida se lanzó fuera de la habitación. Madama Bonacieux se quedó mirando cómo huía, sin poder seguirla, pues se hallaba como el que sueña que va alguien en su persecución y trata en vano de correr. Algunos minutos pasaron, y un ruido horroroso resonaba a la puerta del convento. A cada instante esperaba madama Bonacieux ver aparecer de nuevo a milady; pero milady no volvía.

Muchas veces el terror, sin duda, hacía subir un sudor helado a su ardorosa frente. Por último, oyó el rechinar de las verjas al abrirse, el ruido de botas y espuelas que sonaban en la escalera, y el murmullo de voces que se iban acercando, y entre las cuales le parecía oír su nombre. De repente arrojó un grito de alegría y se precipitó hacia la puerta. Había reconocido la voz de Artagnan.

—¡Artagnan! ¡Artagnan!—exclamó—. ¿Sois vos? ¡Vos aquí!

—¡Constanza! ¡Constanza!—respondió el joven—. ¿Dónde estás? ¡Oh, Dios mío!

Casi al mismo tiempo la puerta de la habitación cedió al empuje, más bien que se abrió. El cuarto se llenó instantáneamente de hombres. Madama Bonacieux se había dejado caer en un sillón sin poder hacer el menor movimiento. Artagnan arrojó una pistola todavía humeante que llevaba en la mano, y se prosternó de rodillas ante su amante. Athos se colocó la suya en la cintura, y Porthos y Aramis, que tenían desenvainadas las espadas, las volvieron a envainar.

—¡Oh, Artagnan, querido Artagnan! ¡Has venido al fin, y no me habías engañado! ¡Eres tú!

—Sí, Constanza, sí. ¡Ya estamos reunidos!

—¡Oh; a pesar de que *ella* me decía que tú no vendrías, mi corazón te esperaba, y no he querido huir! ¡Oh! ¡Qué bien he hecho, y qué feliz soy!

Al oír la palabra *ella*, Athos, que estaba tranquilamente sentado, se levantó de repente.

—*¡Ella!* ¿Quién es *ella?*—preguntó Artagnan.

—Mi compañera, la que por amor mío quería substraerme a mis perseguidores, y que, tomándoos por guardias del cardenal, acaba de huir.

—¡Vuestra compañera!—exclamó Artagnan quedándose más blanco que la toca de su amante—. ¿De qué compañera queréis hablar?

—De la dueña del carruaje que estaba a la puerta, de una mujer que dice ser amiga vuestra, y a quien todo se lo habéis confiado.

—¡Su nombre!—exclamó Artagnan—. ¡Dios mío! ¿No sabéis por ventura su nombre?

—Sí, le he oído pronunciar delante de mí: esperad; pero es extraño... ¡Ah, Dios mío! Mi cabeza se turba... Nada veo...

—¡Corred, amigos, corred; sus manos están heladas!—exclamó Artagnan—. ¡Se pone mala!... ¡Dios mío! ¡Ha perdido el conocimiento!

Mientras que Porthos pedía auxilio con todas sus fuerzas, Aramis fué a la mesa por un vaso de agua; pero se detuvo al ver la horrible alteración de las facciones de Athos, que en pie delante de la mesa, erizados sus cabellos y helado de espanto el semblante, contemplaba uno de los vasos, y parecía fluctuar en una terrible duda.

—¡Oh!—decía Athos—. ¡Oh, no; no es posible! ¡Dios no habría permitido un crimen semejante!

—¡Agua! ¡Agua!—gritaba Artagnan—. ¡Venga agua!

—¡Oh! ¡Pobre mujer, pobre mujer!—murmuraba Athos con acento desgarrador.

Madama Bonacieux volvió a abrir los ojos al sentir los besos que Artagnan estampaba en su mano.

—¡Ya vuelve en sí!—exclamó el joven—. ¡Oh, Dios mío! ¡Dios mío! ¡Yo te bendigo!

—Señora—dijo Athos—; señora, en nombre del Cielo: ¿a quién pertenece ese vaso vacío?

—A mí, caballero—respondió la joven con voz desfallecida.

—Pero ¿quién ha echado el vino que contenía?

—*¡Ella!*

—¿Y quién es *ella?*

—¡Ah, ya recuerdo—dijo madama Bonacieux—: la condesa de Winter.

Los cuatro amigos lanzaron un grito a un mismo tiempo; pero el de Athos dominó a todos los demás.

En aquel momento el rostro de madama Bonacieux se puso lívido; un dolor sordo se apoderó de todos sus miembros, y en medio de las mayores angustias se dejó caer entre los brazos de Porthos y Aramis. Artagnan cogió las manos de Athos con una expresión de agonía imposible de describir.

—¡Cómo!—le dijo—. ¿Crees tú...?

Un sollozo sofocó su voz.

—¡Todo lo creo!—dijo Athos mordiéndose los labios hasta hacerles brotar sangre.

—¡Artagnan!—exclamó madama Bonacieux—; ¿dónde estás? No te apartes de mí; ¡ya ves que estoy próxima a dar el último suspiro!

Artagnan soltó las manos de Athos, que aun tenía entre las suyas crispadas, y corrió hacia la moribunda joven, cuyo hermoso semblante estaba enteramente demudado: sus ojos vidriosos carecían ya de animación; un temblor convulsivo agitaba sus miembros, y un sudor helado le corría por la frente.

—¡En nombre del Cielo, corred, Porthos! ¡Llamad gente, Aramis! ¡Pedid socorro!

—Es inútil—dijo Athos—, completamente inútil; para el veneno que ella usa no hay contraveneno que valga.

—¡Sí, sí! ¡Socorro, socorro!—murmuró madama Bonacieux—. ¡Socorro!

Y reuniendo todas sus fuerzas, cogió entre sus manos la

cabeza del joven, le miró un instante como si su alma entera fuese envuelta en aquella mirada, y, dejando escapar un ligero quejido, apoyó sus labios sobre los de su amante.

—¡Constanza! ¡Constanza!—exclamó Artagnan.

Un suspiro que entreabrió los labios de madama Bonacieux pasó rozando apenas junto a los de Artagnan. Este suspiro era aquella alma, tan pura y amorosa, que se desprendía hacia el Cielo. Artagnan no abrazaba más que a un cadáver.

El joven lanzó un grito y cayó junto a su amante, tan descolorido y helado como ella. Porthos vertió lágrimas, Aramis levantó al Cielo sus manos y Athos hizo la señal de la cruz.

En aquel momento se presentó un hombre a la puerta, con el semblante tan pálido como el de los que estaban dentro de la habitación, y, dirigiendo una mirada a su alrededor, vió muerta a madama Bonacieux y desmayado a Artagnan. Llegaba precisamente en aquel instante de estupor que sigue siempre a las grandes catástrofes.

—¡No me había engañado!—dijo—, pues veo aquí a M. de Artagnan, y vosotros sois sus tres amigos, los caballeros Athos, Porthos y Aramis.

Estos, que oyeron pronunciar sus nombres, miraban al recién venido con sorpresa. Los tres creían reconocerle.

—Caballeros—repuso el nuevo interlocutor—, veo que vais, como yo, en busca de una mujer que—añadió con una terrible sonrisa—ha debido pasar por aquí, puesto que veo un cadáver.

Los tres amigos permanecieron mudos, y únicamente la voz, del mismo modo que el rostro, les recordaba una persona a quien habían visto, pero sin hacer memoria de cuándo ni en qué circunstancias.

—Caballeros—continuó el recién venido—, puesto que no reconocéis a un hombre que probablemente os debe la vida por dos veces, será preciso que diga mi nombre: soy lord Winter, el hermano político de esa mujer.

Los tres amigos arrojaron un grito de sorpresa. Athos le tendió la mano.

—Seáis bien venido, milord—le dijo—; vos sois de los nuestros.

—He salido de Portsmouth cinco horas después que ella —dijo lord Winter—, y he llegado a Boulogne tres horas después: por cosa de veinte minutos no la he alcanzado en Saint-Omert; y, por último, en Lilliers he perdido sus huellas. Caminé entonces al acaso, preguntando a todo el mundo, y os vi pasar al galope. Reconocí a M. de Artagnan, y os llamé; pero, sin duda, no me oísteis. Entonces intenté seguiros; mas mi caballo estaba tan fatigado, que no podía ir al mismo paso que los vuestros. Veo, sin embargo, que, a pesar de vuestra diligencia, habéis llegado demasiado tarde.

—Ya lo veis—dijo Athos señalando a madama Bonacieux, muerta, y a Artagnan, a quien Porthos y Aramis procuraban hacer volver en sí.

—¿Conque los dos han muerto?—preguntó lord Winter.

—No, por fortuna—respondió Athos—. M. de Artagnan sólo está desmayado.

—¡Ah! Del mal, el menos—dijo lord Winter.

En efecto, en aquel momento abría Artagnan los ojos. Desprendióse de los brazos de Porthos y Aramis, y fué a arrojarse como un loco sobre el cadáver de su amada. Athos le abrazó tiernamente. Después, como le viese prorrumpir en sollozos, le dijo con su voz tan noble como persuasiva:

—Amigo, acuérdate de que eres hombre. Las mujeres lloran a los muertos, pero los hombres los vengan.

—¡Oh, sí!—dijo Artagnan—. Estoy dispuesto a seguirte.

Athos aprovechó aquel momento de energía que la esperanza de vengarse comunicaba a su desgraciado amigo, para hacer señas a Porthos y Aramis de que fuesen a llamar a la superiora. Encontráronla aquéllos en el pasillo, toda turbada y confundida con tantos acontecimientos. La abadesa llamó a algunas religiosas, las cuales, contra los usos y costumbres monásticos, se hallaron en presencia de cinco hombres.

—Señora—dijo Athos pasando el brazo de Artagnan por debajo del suyo—, abandonamos a vuestros piadosos cuidados el cuerpo de esa desgraciada joven. Fué un ángel sobre la tierra antes de serlo en el Cielo. Consideradla como si fuese hermana vuestra, que algún día volveremos a llorarla sobre el sepulcro.

Artagnan ocultó su rostro en el pecho de su amigo y prorrumpió en sollozos.

—¡Llora—dijo Athos—; llora, corazón lleno de amor, de juventud y de vida! ¡Ay! Yo quisiera también poder llorar como tú.

Y diciendo esto se llevó a su amigo, con la ternura de un padre, con la consoladora benevolencia de un sacerdote y con la grandeza de ánimo propia de un hombre que ha sufrido mucho. Los cinco, seguidos de sus criados, que llevaban los caballos de la mano, se adelantaron entonces hacia la ciudad de Bethune y se detuvieron delante de la primer posada que encontraron.

—¿Pero no seguimos a esa mujer?—dijo Artagnan.

—Ya la seguiremos—dijo Athos—; tengo que tomar antes ciertas disposiciones.

—¡Va a escapársenos!—repuso el joven.

—Respondo de ella—dijo Athos. .

Artagnan tenía tal confianza en la palabra de su amigo, que bajó la cabeza y entró en la posada sin replicar una palabra. Porthos y Aramis se miraban mutuamente sin comprender cosa alguna de la seguridad que Athos manifestaba. Lord Winter creía que hablaba así para mitigar el dolor de Artagnan.

—Ahora, caballeros—dijo Athos después de haberse informado de que había cinco habitaciones disponibles en la posada—, retirémonos cada cual a su cuarto. Artagnan necesita quedar solo para desahogar su dolor, y vosotros, para dormir. Yo me encargo de todo; perded cuidado.

—Me parece, no obstante—dijo lord Winter—, que si hay que tomar algunas disposiciones contra la condesa, eso me corresponde a mí, pues al fin soy su cuñado.

—Y yo... ¡su marido!—exclamó Athos.

Artagnan miró expresivamente a su amigo, pues comprendió que Athos debía estar seguro de su venganza cuando revelaba un secreto semejante. Porthos y Aramis se miraron también, perdiendo el color, y lord Winter creyó que Athos estaba loco.

—Retiraos, pues—dijo Athos—, y dejadme hacer; ya veis que eso me corresponde a mí como marido. Unicamente, Artagnan, si no lo habéis perdido, entregadme el papel que se cayó del sombrero de aquel hombre, y en el que había escrito un nombre de ciudad.

—¡Ah!—dijo Artagnan—. Ya comprendo: esa palabra escrita de su mano...

—¡Ya ves—dijo Athos—como hay un Dios en el Cielo!

LXIV

EL HOMBRE DE LA CAPA COLORADA

A la desesperación de Athos había sucedido un dolor reconcentrado, que hacía resplandecer más todavía las brillantes cualidades de aquel hombre extraordinario. Consagrado enteramente a un pensamiento único, el de la promesa que había hecho y la responsabilidad que había tomado sobre sí, se retiró el último a su cuarto, rogó al posadero que le facilitase un mapa de la provincia, se puso a contemplarlo puesto el codo encima de la mesa y apoyada la cabeza sobre la mano, consultó las líneas trazadas, y después de haberse enterado de los cuatro caminos diferentes que conducen desde Bethune a Armentières, hizo llamar a los criados.

Planchet, Grimaud, Mosquetón y Baucín se presentaron inmediatamente, y recibieron las órdenes claras, precisas y graves de Athos. Debían aquéllos partir al amanecer del día siguiente y dirigirse a Armentières, cada cual por diferente camino. Planchet, el más avisado de los cuatro, debía seguir el que había tomado el carruaje sobre el cual habían hecho fuego los mosqueteros y que, según puede recordarse, iba acompañado del criado de Rochefort.

Athos se valió de los criados, primero, porque había reconocido en cada uno de ellos cualidades recomendables, y, después, porque unos criados que preguntan inspiran más confianza que sus amos a las personas a quienes se dirigen. Por último, milady conocía a los amos, al paso que los criados le eran enteramente desconocidos. Y, por el contrario, los criados conocían muy bien a milady.

Los cuatro debían hallarse a las once de la mañana siguiente en el sitio indicado. Si habían descubierto el sitio donde se ocultaba milady, se quedarían tres de ellos guardándola, y el cuarto volvería a Bethune para avisar a Athos y servir de guía a sus tres amigos.

Tomadas estas disposiciones, se retiraron los criados.

Athos se levantó entonces de la silla, se ciñó la espada y, embozándose en su capa, salió de la posada. Eran, con corta diferencia, las diez de la noche, y sabido es que a estas horas en provincias se hallan las calles casi enteramente desiertas. Athos, sin embargo, buscaba, a no dudarlo, alguna persona a quien poder dirigir una pregunta. Por fin encontró a un transeúnte, y acercándose a él, le dijo algunas palabras. El hombre a quien se había dirigido retrocedió espantado; pero, sin embargo, contestó con una indicación. Athos ofreció al hombre medio doblón para que le acompañase, pero aquél lo rehusó.

Athos entró en la calle que le había indicado; pero al llegar a una plaza se detuvo visiblemente perplejo. Sin embargo, como aquella plaza, más que otro sitio cualquiera, le ofrecía la probabilidad de encontrar a alguien, se detuvo en ella. En efecto, a muy poco rato pasó un sereno. Athos le repitió la misma pregunta que había hecho al hombre a quien se había dirigido primeramente; mas el sereno, manifestando el mismo terror, se negó también a acompañar a Athos y le indicó el camino que debía seguir. Athos tomó aquella dirección y llegó al arrabal situado al extremo de la ciudad, opuesto a aquel por el cual habían entrado él y sus camaradas. Allí volvió a encontrarse también perplejo, y se detuvo por tercera vez.

Afortunadamente pasó un mendigo, que se acercó a Athos para pedirle limosna. Athos le ofreció un escudo para que le acompañase a donde pensaba ir. El mendigo titubeó un momento; pero al ver la moneda de plata que brillaba en la obscuridad, se decidió al fin y echó a andar delante de Athos. Al llegar a la esquina de una calle le enseñó de lejos un edificio pequeño, aislado, solitario y triste, al cual se dirigió Athos, mientras que el mendigo se alejaba a todo correr. Ninguna luz se divisaba por las rendijas de las ventanas, ni el más leve ruido podía hacer suponer que estuviese habitada aquella casa, que se levantaba muda y sombría como un sepulcro. Llamó Athos por tres veces, sin que nadie le contestara; pero al tercer golpe sintió un ruido de pisadas que se acercaban, se entreabrió la puerta, y apareció un hombre de elevada estatura, de pálida tez y de barba y cabellos negros. Athos y él cambiaron algunas palabras en voz baja, después de lo cual el hombre de elevada estatura hizo seña al mosquetero de que podía entrar. Athos se aprovechó inmediatamente del permiso, y se cerró tras él la puerta.

El hombre a quien Athos había ido a buscar tan lejos, y que tanto trabajo le había costado hallar, le introdujo en un laboratorio, donde estaba ocupado en unir por medio de alambres los huesos de un esqueleto. Todo el tronco estaba ya compuesto, y únicamente le faltaba la cabeza, la cual tenía puesta sobre una mesa.

Lo restante del moblaje indicaba que la persona en cuya casa estaba se dedicaba al estudio de las ciencias naturales, pues se veían vasijas llenas de serpientes clasificadas según sus especies, y lagartos disecados, que brillaban como esmeraldas pulimentadas en grandes cuadros de madera negra. También colgaban del techo manojos de hierbas silvestres, odoríferas y dotadas sin duda de virtudes desconocidas para la generalidad de los hombres. Por lo demás, ni había familia ni criados en aquella casa, que estaba habitada únicamente por el hombre de elevada estatura.

Athos dirigió una mirada fría e indiferente sobre los objetos que acabamos de describir, y a una invitación del hombre a quien había ido a buscar, se sentó a su lado. Explicó en seguida el motivo de su visita y el servicio que exigía de él; pero apenas lo hubo expuesto, cuando el desconocido retrocedió espantado y rehusó hacer lo que se le pedía. Entonces sacó Athos del bolsillo un papel en que había escritas dos líneas, acompañadas de un sello y de una firma, y se lo presentó al hombre que tan prematuramente había dado muestras de una marcada repugnancia. No bien hubo éste leído las dos líneas, visto la firma y reconocido el sello, se inclinó en señal de que se hallaba dispuesto a prestar obediencia. Athos no exigió otra cosa, y, levantándose en seguida, volvió a tomar el camino que había traído, regresó a la posada y se encerró en su cuarto.

Al amanecer entró Artagnan en su habitación y le preguntó si tenía que hacer alguna cosa.

—Esperar—le respondió Athos.

Algunos momentos después la superiora del convento dió aviso a los mosqueteros de que a las doce debía tener lugar el entierro de la víctima de milady; en cuanto a la envenenadora, no se había podido adquirir noticia alguna. Unicamente se presumía que debió escaparse por el jardín, cuya puerta estaba cerrada, y sobre cuya arena se distinguía la huella de sus pisadas. La llave había desaparecido.

A la hora indicada, lord Winter y los cuatro amigos se fueron al convento. Las campanas hacían oír su fúnebre redoble; la iglesia estaba abierta, y sólo la verja del coro estaba cerrada. En medio de él se veía de cuerpo presente el cadáver de la víctima, revestido con el hábito de novicia. A uno y otro lado del coro, y detrás de las verjas que comunicaban con el convento, se hallaba toda la comunidad de carmelitas, que escuchaba desde allí el oficio divino y mezclaba su cántico al de los sacerdotes, sin ver a los profanos, ni ser tampoco vista por ellos.

A la puerta de la iglesia sintió Artagnan que le faltaba de nuevo el valor, y se volvió para buscar a Athos; pero Athos había desaparecido. Consecuente con su promesa, y fijo en la idea de la venganza, se había hecho conducir al jardín, y, siguiendo los ligeros pasos de aquella mujer, que había dejado en todas partes por donde había pasado una sangrienta huella, llegó hasta la puerta que daba al bosque, hízola abrir, y se internó en la selva.

Confirmáronse entonces sus sospechas al ver que el camino por donde había desaparecido el carruaje rodeaba el bosque. Siguió Athos por algún tiempo este camino, fijos los ojos en el suelo, y notó que se hallaba sembrado de unas ligeras manchas de sangre. A unos tres cuartos de legua encontró una mancha de sangre mayor que las demás, y observó que el suelo estaba escarbado por los caballos. Un poco más allá de donde estaba removida la tierra se notaban las mismas ligeras huellas que en el jardín. El carruaje se había detenido allí.

Milady había salido del bosque por aquel sitio y había subido al coche.

Satisfecho con este descubrimiento, que confirmaba todas sus conjeturas, volvió Athos a la posada, y encontró a Planchet que le estaba aguardando con la mayor impaciencia. Todo había sucedido como Athos lo tenía previsto.

Planchet había seguido su camino, y observado, como Athos, las manchas de sangre. También había reconocido el sitio en que los caballos debieron pararse; pero, como había ido más lejos todavía, al detenerse a echar un trago en la aldea de Festubert había sabido que el día anterior, a las ocho y media de la noche, un hombre herido que acompañaba a una señora que viajaba en silla de posta, se vió precisado a detenerse por no poder seguir adelante. El hombre había quedado en la aldea; pero la mujer hizo mudar caballos, y continuó su camino.

Planchet corrió a buscar al postillón que había conducido la silla, y, habiéndole encontrado, supo que había llegado con la señora a Fromelles, desde cuyo punto había partido aquélla para Armentières. Planchet tomó un atajo, y a las siete de la mañana se hallaba ya en esta población. No había en toda ella más que una posada, que era la de postas. Se presentó al dueño como un criado que buscaba colocación. Supo que había llegado a las once de la noche una mujer sola, la cual pidió un cuarto y, habiendo llamado al dueño, le había dicho que deseaba permanecer por algún tiempo en las cercanías.

Planchet no necesitaba saber más, y corriendo al lugar de la cita, encontró a los otros tres criados, que habían acudido exactamente. Púsolos de centinelas en cada una de las salidas de la posada y se volvió a buscar a Athos, que acababa de recibir los anteriores informes de Planchet cuando llegaron sus amigos.

Los rostros de todos ellos tenían una sombría expresión;

hasta el afable Aramis, bien contra su costumbre, parecía hondamente preocupado.

—¿Qué hemos de hacer?—preguntó Artagnan, cuya impaciencia no se calmaba.

—Esperar—dijo Athos—. No hay que hacer sino esperar con calma.

Cada cual se retiró a su cuarto.

A las ocho de la noche dió Athos orden de ensillar los caballos, e hizo avisar a lord Winter y a sus amigos que se dispusieran para la expedición que iban a emprender seguidamente.

En un instante se aprestaron todos, después de haber reconocido y examinado sus respectivas armas. Athos bajó el último, y encontró a Artagnan que, lleno de impaciencia, esperaba ya a caballo.

—Un poco de paciencia—dijo Athos—, pues aun falta alguna otra persona, que no tardará en venir, y cuya presencia ha de sernos absolutamente necesaria.

Los cuatro caballeros miraron con sorpresa en torno suyo, pues buscaban inútilmente en su imaginación quién pudiera ser la persona que faltaba. En aquel momento llegó Planchet con el caballo de Athos, y el mosquetero saltó ligeramente sobre la silla diciendo a sus compañeros, sorprendidos por aquella inesperada marcha:

—Esperadme, que pronto vuelvo.

Y partió a galope.

Un cuarto de hora después volvió, efectivamente, acompañado de un hombre cubierto con una máscara y embozado en una ancha capa colorada. Lord Winter y los tres mosqueteros se interrogaron mutuamente con una mirada; pero ninguno pudo informar a los otros, pues todos ignoraban quién fuese aquel hombre. Imaginaron, no obstante, que todo debía pasar así, puesto que había sido hecho por orden de Athos, en cuyo acierto confiaban ciegamente.

A las nueve, la pequeña cabalgata, guiada por Planchet, se puso en marcha tomando el camino que había seguido el carruaje. Triste era el aspecto que ofrecían aquellos seis hombres caminando en silencio, entregados a sus pensamientos, melancólicos como la desesperación, sombríos como la venganza.

LXV

EL JUICIO

La noche era obscura y tempestuosa. Densas nubes vagaban por los aires interceptando la claridad de las estrellas, y la luna no debía salir hasta la media noche. A veces, a la luz de un relámpago que brillaba en el horizonte, se distinguía el camino blanco y solitario; y extinguido aquél, volvía todo a la más profunda obscuridad. A cada paso invitaba Athos a Artagnan, que siempre se adelantaba a la cabeza del grupo, a que volviese a ocupar su puesto; pero un momento después volvía aquél a abandonarlo de nuevo. Un solo pensamiento le dominaba: llegar cuanto antes, y por eso quería caminar a medida de su pensamiento, aguijoneado por un ardor que le consumía.

Atravesaron en silencio la aldea de Festubert, donde se había quedado el criado herido, y rodearon en seguida el bosque de Richebourg. Así que Planchet, que iba sirviendo de guía, llegó a Herlier, torció a mano izquierda. Muchas veces, ya lord Winter, ya Porthos o ya Aramis, intentaron dirigir la palabra al hombre de la capa colorada; pero a cada pregunta que le hacían sólo respondía aquél con una inclinación de cabeza. Los viajeros se figuraron entonces que habría alguna razón para que el desconocido guardase silencio, y cesaron de hacerle preguntas. La tempestad, por otra parte, iba siendo cada vez más amenazadora; los relámpagos se sucedían unos a otros con extraordinaria rapidez; los truenos principiaban a dejar oír su terrible rugido, y el viento, precursor del huracán, silbaba en la llanura con espantosa velocidad.

La cabalgata apresuró el paso. Un poco más allá de Fromelles descargó la tempestad. Cubriéronse los caballeros con sus capas, y las tres leguas que aun tenían que andar las hicieron azotados por la lluvia, que caía a torrentes. Artagnan se quitó el sombrero y no se puso la capa, pues sentía un placer en dejar correr el agua por su frente abrasada, y por su cuerpo, agitado por febriles estremecimientos. Nada conseguía apagar su fiebre devoradora.

En el momento en que la pequeña tropa acababa de dejar a Goskal, e iba a llegar a la casa de postas, un hombre oculto bajo un árbol se separó del tronco, con el cual parecía confundido en la obscuridad, y se adelantó al medio del camino con un dedo puesto sobre la boca. Athos reconoció a Grimaud, que había notado la llegada de los viajeros y les salía al encuentro.

—¿Qué sucede?—exclamó Artagnan acercándose apresuradamente a Grimaud—. ¿Ha abandonado, por ventura, a Armentières?

Grimaud hizo con la cabeza una señal afirmativa, y a Artagnan, presa de un furor violento, le rechinaron los dientes.

—¡Silencio, Artagnan!—dijo Athos—. Yo me he encargado de todo, y, por consiguiente, a mí me corresponde preguntar a Grimaud.

—¿Dónde está—preguntó Athos—la mujer de cuya vigilancia os he encargado?

Grimaud extendió el brazo señalando en la dirección del Lys.

—¿Sabes si se ha marchado muy lejos de aquí?—preguntó Athos.

Grimaud presentó a su amo el dedo índice encorvado.

—Vosotros la habréis visto partir, puesto que estabais encargados de seguir todos sus pasos. ¿Ha marchado sola? —preguntó Athos.

Grimaud contestó por señas que sí.

—Caballeros—dijo Athos—, se halla a media legua de aquí, en la dirección del río.

—Está bien—dijo Artagnan—: condúcenos allá, Grimaud.

Grimaud se echó fuera del camino, sirviendo de guía a la cabalgata. A cosa de unos quinientos pasos encontraron un arroyo, que vadearon fácilmente, y a la luz de un relámpago divisaron la aldea de Enguinghem, que no estaba muy distante.

—¿Está allí?—preguntó Artagnan.

Grimaud contestó haciendo con la cabeza una señal negativa.

—¡Silencio, pues!—dijo Athos.

Y la cabalgata continuó su camino sin que se interrumpiera el silencio en un buen rato.

Brilló un nuevo relámpago. Grimaud extendió el brazo, y, a la claridad azulada que despidió aquella serpiente de fuego, distinguieron una pequeña casa aislada a la orilla del río y, como a cien pasos, una barca. Por una de sus ventanas se veía luz, único indicio de hallarse habitada la solitaria vivienda.

—Ya hemos llegado—dijo Athos—. Ahí es donde se encuentra esa mujer.

En aquel momento se levantó un hombre que estaba oculto en un barranco: era Mosquetón, el cual dirigió su dedo hacia la ventana iluminada, lo mismo que poco antes había hecho Grimaud.

—Allí está—dijo.

—¿Y Baucín?—preguntó Athos.

—Mientras yo vigilo la ventana, está él vigilando la puerta, a fin de que no pueda escapársenos sin ser vista por alguno.

—Bien—dijo Athos—; sois unos fieles servidores, y habéis cumplido exactamente mis órdenes.

Athos echó pie a tierra, y, dejando el caballo a Grimaud, se adelantó hacia la ventana, después de haber hecho seña a los otros de que fuesen por el lado en que estaba la puerta, con el fin de sorprender por todos lados a la mujer perseguida.

La casita estaba rodeada de un vallado de unos dos o tres pies de altura. Athos salvó el vallado y llegó hasta la ventana, que no tenía puertas de madera, pero sí unas cortinillas enteramente corridas. A fin de poder mirar por encima de ellas, se subió sobre el friso de piedra.

A la luz de una lámpara vió a una mujer envuelta en un manto de color sombrío y sentada en un escabel junto a un fuego mortecino. Tenía los codos puestos sobre una mezquina mesa, y apoyada la cabeza sobre las manos, blancas como el marfil.

No podía vérsele el semblante, pero una siniestra sonrisa se pintó en los labios de Athos. A no dudarlo, era aquélla la persona a quien buscaba.

En aquel momento se oyó el relincho de un caballo. Milady levantó la cabeza y, viendo a través de los vidrios el rostro pálido de Athos, lanzó un grito. Athos advirtió que le había reconocido y, empujando la ventana con las manos y la rodilla, la hizo ceder: rompiéronse los vidrios, y, semejante al espectro de la venganza, se puso de un salto en medio de la habitación. Milady corrió hacia la puerta y la abrió; pero más pálido aún y desencajado que Athos, se encontró con Artagnan. Milady retrocedió dando un grito. Artagnan, creyendo que todavía tendría algún medio para escapar, y temiendo que en efecto lo hiciese, sacó una pistola de su cintura y apuntó fríamente a la cabeza de milady. Pero Athos levantó la mano.

—Vuelve ese arma a su sitio, Artagnan—le dijo—: conviene que esta mujer sea juzgada, y no asesinada. ¡Ten un poco de paciencia, Artagnan, y quedarás satisfecho! Todas sus cuentas quedarán pronto saldadas. ¡Entrad, caballeros!

Artagnan obedeció, porque Athos tenía el acento grave y el ademán imponente de un juez enviado por el mismo Dios. Detrás de Artagnan entraron Porthos, Aramis, lord Winter y el hombre de la capa colorada. Los cuatro criados se quedaron guardando la puerta y la ventana. Milady se había dejado caer otra vez sobre su asiento, y tenía los brazos extendidos, como queriendo conjurar aquella terrible aparición. Al divisar a su cuñado lanzó otro grito terrible, en el que expresaba un inmenso furor.

—¿A quién buscáis?—exclamó milady con ojos centelleantes.

—Buscamos—dijo Athos—a Ana de Breuil, que se tituló en un tiempo condesa de la Fère y, después, lady Winter, baronesa de Scheffield.

—Yo soy—murmuró milady con resolución—. ¿Qué me queréis?

—Queremos juzgaros según vuestros crímenes—dijo Athos—; justificaos si podéis. Caballero Artagnan, a vos os corresponde acusar el primero, puesto que sois el más recientemente ofendido.

Artagnan se adelantó al centro de la sala y, extendiendo su mano derecha hacia milady,

—Ante Dios y ante los hombres—dijo—acuso a esta mujer de haber envenenado a Constanza Bonacieux, que murió ayer por la noche a presencia de los señores que nos acompañan.

Y al decir esto se volvió hacia Porthos y Aramis, que permanecían en el fondo de la habitación.

—Nosotros somos testigos—dijeron casi a un mismo tiempo los dos mosqueteros.

Artagnan continuó impasiblemente:

—Ante Dios y ante los hombres acuso a esta mujer de haber querido envenenarme con un vino que me envió desde Villeroy, con una carta falsificada, para hacerme creer que el vino me lo regalaban mis amigos. Dios me ha salvado; pero en lugar mío ha muerto un hombre llamado Brisemont, que había buscado en aquel tósigo un medio de restaurar sus fuerzas.

—También atestiguamos ese hecho criminal, que hemos presenciado por nosotros mismos—dijeron otra vez Porthos y Aramis.

—Ante Dios y ante los hombres—prosiguió Artagnan—

acuso a esta mujer de haberme incitado a asesinar al conde de Wardes, con quien creía tener algunos motivos de resentimiento; y como nadie hay aquí que pueda atestiguar este hecho, por no ser conocido más que de mí, yo mismo lo atestiguo. He concluído.

Y Artagnan pasó al otro lado de la habitación, donde estaban Porthos y Aramis.

—Ahora os toca a vos, milord—dijo Athos—. Formulad vuestras acusaciones.

El barón se acercó a su vez a milady, aterrada ya por aquella escena terrible.

—Ante Dios y ante los hombres—dijo—acuso a esta mujer de haber hecho asesinar al duque de Buckingham.

—¡El duque de Buckingham, asesinado!—exclamaron a un tiempo todos los concurrentes, sorprendidos por tan inesperada noticia.

—¡Sí—dijo el barón—, asesinado! A consecuencia del aviso que me comunicasteis, había hecho arrestar a esta mujer, y confiádola para su custodia a un leal servidor. Ella ha seducido a aquel hombre; le puso el puñal en la mano, le arrastró a asesinar al duque, y acaso en estos momentos estará pagando Felton el crimen que esta furia infernal le indujo a cometer prevaliéndose de la influencia satánica que logró ejercer, no sé por qué especie de maleficios, sobre mi desventurado amigo.

Al oír semejante revelación, todos los jueces se estremecieron de espanto ante la ferocidad que tales hechos revelaban en aquella infernal y seductora criatura.

—No es esto todo—continuó lord Winter dirigiéndose a milady—; mi hermano, que os ha dejado por heredera, murió en tres horas de una enfermedad particular que cubrió todo su cuerpo de manchas moradas. ¡Hermana! ¿Cuál ha sido la causa de la muerte secreta de vuestro marido?

—¡Qué horror!—exclamaron aterrados Porthos y Aramis.

—¡Asesino de Buckingham, asesino de Felton, asesino de mi hermano, yo pido justicia contra vos, y declaro que si no se me hace la tomaré por mi propia mano!

Y lord Winter fué a colocarse al lado de Artagnan, dejando libre el puesto a otro acusador. Milady dejó caer la frente entre sus manos y trató de coordinar sus ideas, confundidas por un vértigo mortal.

—Ahora me toca a mí—dijo Athos, temblando como tiembla el león al aspecto de una serpiente—. Yo me desposé con esta mujer cuando era todavía de tierna edad, y me desposé con ella contra la voluntad de mi familia. Le di mis bienes, le di mi nombre, y un día llegué a descubrir que tenía marcada en el hombro izquierdo una flor de lis: ¡era una infame!

—¡Oh!—dijo milady levantándose—. ¡Que se me diga el tribunal que ha pronunciado contra mí esa sentencia de infamia; que se me presente el hombre que la ha ejecutado!

—¡Silencio!—dijo una voz—. A eso me toca a mí responder.

Y el hombre de la capa colorada se acercó a su vez a milady.

—¿Quién es ese hombre?—exclamó milady, desencajada por el terror y erizándosele los cabellos en su lívida cabeza como si estuviesen vivos.

Todos volvieron sus ojos hacia aquel hombre, porque a todos, a excepción de Athos, les era enteramente desconocido el misterioso personaje que hasta aquel momento no había desplegado los labios.

Hasta el mismo Athos le miraba casi con tanto asombro como los demás, porque ignoraba cómo podía hallarse mezclado en el horrible y sangriento drama cuyo fatídico y pavoroso desenlace parecía ir tocando a su término.

Después de haberse acercado a milady con paso mesurado y solemne, hasta el punto de hallarse uno y otro separados sólo por la mesa, el desconocido se quitó el antifaz. Milady examinó por algún tiempo y con un terror cada vez mayor aquel rostro pálido, rodeado de cabellos y patillas negras, cuya expresión dominante era la de una fría impasibilidad. Después, como herida por un rayo, y reconociendo súbitamente a aquel hombre que surgía ante ella como un espectro,

—¡Oh, no; no!—exclamó levantándose y retrociendo hasta la pared—. ¡No; ésta es una aparición infernal! ¡No es él!—exclamó con ronca voz y volviéndose hacia la pared como si hubiese querido abrirse paso con las manos a través de ella para huir de aquella sombra que se levantaba ante ella para acusarla también.

—Pero ¿quién sois?—exclamaron todos los testigos de aquella escena, sorprendidos del efecto causado en milady por la presencia de aquel testigo inesperado.

—Preguntadlo a esa mujer—dijo el hombre de la capa colorada—, pues ya veis que me ha reconocido inmediatamente.

—¡El verdugo de Lille! ¡El verdugo de Lille!—exclamó

milady dominada por un terror frenético, y agarrándose a la pared para no caer, pues se sentía próxima a perder el conocimiento.

Todo el mundo se separó, y el hombre de la capa colorada quedó solo, en pie en medio de la habitación, en actitud imponente.

—¡Oh! ¡Misericordia! ¡Misericordia! ¡Perdón!—exclamó la miserable, cayendo de rodillas delante del hombre, fúnebre y sombrío como el espectro de la venganza.

El desconocido aguardó un momento a que se restableciera el silencio. Después, con una voz vibrante, en la que se descubría cierta emoción,

—Ya os decía que me había reconocido—repuso—. Sí; soy el verdugo de la ciudad de Lille, y mi historia es la siguiente.

Fijáronse al punto los ojos de todos en aquel hombre misterioso, cuyas palabras aguardaban con la mayor ansiedad.

—Esta mujer era hace algunos años tan hermosa como lo es en el día, y era, además, religiosa en el convento de Benedictinas de Templemar. Un joven sacerdote, crédulo y de sencillo corazón, servía la iglesia del convento, y habiendo esta mujer intentado seducirle, lo consiguió.

"¡Era capaz de seducir a un santo! Los votos de ambos eran sagrados e irrevocables, y sus relaciones no podían durar por mucho tiempo sin que uno y otro se viesen perdidos. La joven obtuvo de su amante que abandonaran juntos el país. Pero para hacer esto y trasladarse a otro punto de Francia, donde pudiesen vivir tranquilos y no ser conocidos, necesitaban dinero. Ninguno de ellos lo tenía, y el sacerdote robó los vasos sagrados y los vendió. Cuando se disponían ya a huir fueron ambos arrestados. Ocho días después había logrado la joven seducir al hijo del carcelero, y se escapó de la prisión.

"El sacerdote fué condenado a diez años de presidio y a ser marcado. Yo era entonces verdugo de la ciudad de Lille, como ha dicho esa mujer; me vi obligado a estampar el sello de infamia sobre el criminal. ¡El criminal, señores, era mi hermano!

"Juré entonces que aquella mujer que le había perdido, y que era más todavía que cómplice suyo, puesto que le arrastró a cometer el crimen, había de sufrir al menos su parte de castigo. Yo sospechaba el sitio donde podía estar oculta; la perseguí, la hallé, y, sujetándola a la fuerza, le imprimí la misma marca que había estampado en el hombro de mi hermano. Al día siguiente de mi regreso a Lille logró mi hermano evadirse, y habiéndoseme acusado de complicidad me condenaron a quedar preso hasta tanto que se presentara el fugado.

"Mi pobre hermano, que ignoraba esta sentencia, se había reunido a esta mujer, con la cual huyó a Berry, en donde, habiendo obtenido un pequeño curato, la hizo pasar por hermana suya. El señor de las tierras en que se hallaba situada la iglesia vió a la supuesta hermana, y se enamoró de ella hasta tal punto, que le ofreció su mano. Entonces ella abandonó al que ya había perdido por el que debía perder, y llegó a ser la condesa de la Fère."

Miraron a la sazón todos los circunstantes a Athos, cuyo verdadero nombre acababa de ser pronunciado, y éste hizo un movimiento de cabeza en señal de que era verdad cuanto el verdugo estaba diciendo.

"—Entonces—continuó éste—mi pobre hermano, loco, desesperado, y decidido a deshacerse de una existencia a la que todo habían arrebatado, honor y felicidad, volvió a Lille, donde, habiendo tenido noticia de la sentencia que me habían condenado en lugar suyo, se constituyó prisionero y se ahorcó aquella misma noche de la ventana de su calabozo. Por lo demás, debo hacer justicia: los que me condenaron cumplieron su palabra. En cuanto se justificó la identidad del cadáver, me pusieron en libertad. Este es el crimen de que acuso a esa mujer odiosa, y ésta es la causa por la cual yo la he marcado con mis propias manos."

—Caballero Artagnan—dijo Athos—, ¿qué pena reclamáis contra esta mujer en castigo de los crímenes que ha cometido?

—¡Pido contra ella la pena de muerte!—repuso Artagnan.

—Milord Winter—continuó Athos—, ¿qué pena reclamáis vos contra esta mujer en castigo de los crímenes que ha cometido?

—¡Pido contra ella la pena de muerte!—respondió lord Winter.

—Caballero Porthos, y vos, caballero Aramis—repuso Athos—, vosotros que sois jueces, ¿qué pena imponéis a esta mujer en castigo de los crímenes que ha cometido?

—¡También nosotros pedimos contra ella la pena de muerte!—respondieron con voz sorda ambos mosqueteros.

Milady lanzó un terrible rugido y dió algunos pasos hacia sus jueces, arrastrándose sobre sus rodillas.

Athos extendió hacia ella la mano.

—¡Ana de Breuil, condesa de la Fère, milady de Winter

—dijo—, vuestros crímenes han apurado el sufrimiento de los hombres en la tierra, y el de Dios en el Cielo! ¡Si sabéis alguna oración, decidla, porque estáis sentenciada, y vais a morir ahora mismo para expiar todas las maldades de vuestra vida!

Al escuchar estas palabras, que no le dejaban la menor esperanza, milady se levantó en ademán altivo y quiso hablar, pero le faltó la voz. Sintió que una mano poderosa e implacable la asía por los cabellos y la arrastraba en pos de sí, como la fatalidad arrastra al hombre; y sin hacer la más leve resistencia se dejó llevar fuera de la casa.

Lord Winter, Artagnan, Athos, Porthos y Aramis salieron detrás; sus criados los siguieron, y la habitación quedó desierta, con la ventana rota, la puerta abierta y la luz moribunda, que despedía una débil y triste claridad sobre la mesa.

LXVI

LA EJECUCIÓN

Iba a ser muy pronto media noche: la luna, que ocultaba parte de su disco y aparecía ensangrentada a consecuencia de la tempestad, se levantaba detrás de la población de Armentières, haciendo destacar con su pálida luz el contorno sombrío de sus edificios y el esqueleto de su gigantesca torre. Enfrente corrían las aguas del Lys, semejantes a un río de estaño derretido, mientras que a la otra orilla se veía el grupo negro de los árboles que se perfilaban ante un cielo tempestuoso, cubierto de nubes cobrizas, formando una especie de crepúsculo en medio de la noche. A la izquierda se elevaba un pequeño molino antiguo y abandonado, cuyas aspas estaban inmóviles, y sobre cuyas ruinas hacía oír un mochuelo su grito agudo, periódico y monótono. De trecho en trecho, en la llanura, y a derecha e izquierda del camino que seguía el fúnebre cortejo, se divisaban algunos árboles bajos y espesos, que parecían disformes enanos en acecho de las personas que pasaran a aquella siniestra hora de la noche. De vez en cuando un prolongado relámpago o una deslumbradora culebrina cortaba el horizonte en toda su extensión, y serpenteando por encima de la masa negra de los árboles, venía a hendir el cielo y el agua en dos partes como una terrible cimitarra. Ni una ráfaga de viento se advertía en la pesada atmósfera; un silencio sepulcral reinaba en toda la Naturaleza; el suelo estaba húmedo y resbaladizo a consecuencia de la lluvia que acababa de caer, y la hierba, reanimada con el agua, despedía sus perfumes con mayor fuerza.

Dos criados llevaban a milady, cada uno de un brazo, y el verdugo iba detrás. Lord Winter, Artagnan, Athos, Porthos y Aramis seguían al verdugo, y Planchet y Baucín cerraban la marcha. Los dos criados conducían a milady del lado del río.

La boca de milady estaba muda; pero sus ojos hablaban con inexplicable elocuencia, suplicando a aquel de los dos a quien dirigía sus miradas. Una vez que se encontró algo apartada del cuerpo de la cabalgata, dijo a los criados:

—Podéis contar con mil doblones cada uno si protegéis mi fuga; pero si me entregáis a vuestros amos, no faltarán aquí cerca personas que me venguen y que os harán pagar cara mi muerte, a la cual contribuís sin conocer que es injusta.

Grimaud titubeaba; a Mosquetón le temblaba todo su cuerpo. Athos, que había oído la voz de milady, sospechando un intento de corrupción, se acercó inmediatamente, y lord Winter hizo otro tanto.

—Separad a esos criados—dijo—; ella les ha hablado y no podemos ya fiarnos de su lealtad, porque esa mujer corrompe aun con el aliento.

Se llamó a Planchet y a Baucín, los cuales ocuparon el lugar de Grimaud y de Mosquetón. Cuando llegaron a la orilla del río, el verdugo se acercó a milady y le ató las manos y los pies. Entonces rompió ella el silencio, y se puso a gritar:

—Sois unos cobardes, sois unos miserables asesinos, que os reunís en número de diez para degollar a una débil mujer. Mirad lo que hacéis, tened en cuenta los peligros que llamáis sobre vosotros, pues si ahora no acuden en mi auxilio, no quedaré sin venganza.

—Es que vos no sois mujer—dijo Athos con frialdad—, ni pertenecéis a la especie humana. Sois un demonio escapado del infierno, y a quien vamos a hacer entrar otra vez en sus dominios, a los que hace tiempo que debierais haber vuelto.

—Vosotros, los que os preciáis de caballeros—dijo milady—, tened presente que el que toque a un solo cabello de mi cabeza será a su vez un asesino, y merecerá la misma suerte.

—El verdugo puede muy bien matar sin que por eso se le califique de asesino, señora—dijo el hombre de la capa—; en último resultado, el verdugo es el último juez. *Nachrichter*, como dicen nuestros vecinos los alemanes.

Y como al decir estas palabras se pusiese a atar a milady, lanzó ésta dos o tres gritos salvajes, que hicieron un efecto siniestro y extraño al perderse en el silencio de la noche, entre las concavidades del bosque solitario y rodeado de sombras.

—Pero si soy culpable, si he cometido en efecto los crímenes de que me acusáis—decía milady con voz alterada—, conducidme ante un tribunal: vosotros no sois jueces para condenarme, ni tenéis derecho para ocultar vuestros deseos de venganza con el manto de la justicia.

—Ya os propuse que fueseis a Tyburn—dijo lord Winter—. ¿Por qué no habéis aceptado? Ahora os parece menos dura la suerte que os reservaba.

—¡Porque no quiero morir!—exclamó milady haciendo esfuerzos para desasirse—; ¡porque soy muy joven todavía para morir!

—La mujer a quien habéis envenenado en Bethune era aún más joven que vos, señora, y, sin embargo, ha muerto villanamente a vuestras manos—dijo Artagnan con una voz llena de lágrimas.

—Entraré en el claustro; me haré religiosa—dijo milady.

—¡Religiosa erais!—dijo el verdugo—cuando os escapasteis del convento para perder a mi hermano y sacrificarle a vuestra liviandad!

Milady lanzó un grito de terror y cayó de rodillas desesperada.

El verdugo la levantó en sus brazos para conducirla a la barca.

—¡Oh, Dios mío!—gritó—. ¡Dios mío! ¿Vais a arrojarme al agua?

Tenían aquellos gritos un acento tan desgarrador, que el mismo Artagnan, que era el que más encarnizadamente perseguía a milady en un principio, tuvo que arrimarse a un árbol y taparse los oídos con ambas manos, sin embargo de lo cual oía todavía los gritos y amenazas. Artagnan era el más joven de todos aquellos hombres, y le faltó el valor para presenciar con serenidad aquel suplicio.

—¡Oh, yo no puedo sufrir un espectáculo tan horroroso! —exclamó—. ¡Yo no puedo consentir que esta mujer muera de ese modo!

Milady, que había oído estas últimas palabras, dió entrada en su corazón a un rayo de esperanza, e hizo una nueva tentativa.

—¡Artagnan! ¡Artagnan!—gritó—. ¡Acuérdate de que te he amado!

El joven volvió la cabeza y dió un paso hacia milady; pero Athos se levantó y, tirando de su espada, se interpuso en el camino deteniendo al generoso y noble mancebo.

—¡Artagnan—le dijo—, si dais un paso más, medimos nuestras espadas!

Artagnan cayó de rodillas, dirigiendo al cielo una mirada de dolor.

—¡Concluyamos!—dijo Athos—. ¡Verdugo, haz tu deber!

—Estoy pronto, monseñor—dijo el verdugo—; pues tan cierto como que soy buen católico, creo firmemente obrar en justicia ejerciendo mi triste ministerio en esta mujer.

—Está bien.

Athos dió un paso hacia milady.

—Os perdono—le dijo—el mal que me habéis causado; os perdono el porvenir que me habéis arrebatado, mi honor perdido, mi amor profanado y mi felicidad, que habéis comprometido para siempre con la desesperación en que me habéis sumergido; os lo perdono todo. ¡Morid en paz!

Lord Winter se adelantó a su vez.

—Os perdono—dijo—el envenenamiento de mi hermano y el asesinato de su Gracia lord Buckingham; os perdono la muerte del pobre Felton, y os perdono todas vuestras tentativas contra mi propia persona. ¡Morid en paz!

—Y a mí, señora—dijo Artagnan—, perdonadme el haber provocado vuestra cólera por medio de una supercheria indigna de un caballero, y, en cambio, os perdono el asesinato de mi pobre amiga y vuestra cruel venganza contra mi persona. Os perdono y lloro vuestra muerte. ¡Morid en paz!

—*I am lost!* (¡Soy perdida!)—murmuró milady en inglés—. *I must die!* (¡Es preciso morir!)

Entonces se levantó por sí misma y dirigió en torno suyo una de aquellas miradas penetrantes que parecían salir de unos ojos de fuego. ¡Nada vió!

Púsose a escuchar, y nada oyó. No encontraba a su alrededor más que enemigos.

—¿Dónde he de morir?—preguntó.

—En la ribera opuesta—contestó el verdugo.

Hízola entrar en la barca y, al ir a poner el pie en la misma para seguirla, le entregó Athos una cantidad de dinero.

—Tomad—dijo—; éste es el precio de la ejecución: es preciso portarnos como jueces.

—Está bien—dijo el verdugo—. Y ahora, que sepa esta mujer que no ejerzo mi oficio, sino que cumplo con mi deber.

Y arrojó el dinero al río.

—¡Ahí tenéis!—dijo Athos—. Esa mujer es madre de un niño, y, sin embargo, ni una palabra ha dicho que se refiera a él.

La barca se alejó hacia la orilla izquierda del Lys, conduciendo a la culpable y al ejecutor. Todos los demás quedaron en la ribera derecha y se hincaron de rodillas. La embarcación se deslizaba lentamente a lo largo de la cuerda, y al reflejo de una pálida nube, que daba a la sazón a las aguas un color plomizo, viósela llegar a la opuesta orilla, y los personajes que en ella iban se destacaban como sombras negras sobre un horizonte enrojecido.

Durante la travesía había llegado milady a desatar la cuerda que le sujetaba los pies, y al tocar casi la orilla, saltó ligeramente en tierra y quiso huir. Pero la tierra estaba húmeda, y apenas llegó a la altura de la ribera, se escurrió y cayó de rodillas. Le asaltó en aquel momento una idea supersticiosa, y, creyendo que el Cielo le negaba su auxilio, permaneció en la actitud en que se hallaba, inclinada su cabeza y juntas las manos.

Entonces, desde la opuesta orilla se vió al verdugo levantar lentamente sus dos brazos, reflejándose la luna en la hoja de su ancho alfanje. Volvieron a caer los brazos, y a un mismo tiempo se oyó el silbido de la cimitarra y el gemido de la víctima. Un momento después quedó tendido en el suelo un tronco sin cabeza.

Extendió entonces el verdugo su capa sobre la tierra, y, colocando encima el cuerpo y la cabeza, la anudó por sus cuatro puntas. Cargó aquel peso sobre sus hombros, y volvió a entrar con él en la barca. Así que llegó a la parte media del río, detuvo la embarcación, y, suspendiendo el cadáver sobre las aguas,

—¡Abrid paso a la justicia de Dios!—gritó en alta voz.

Lo dejó caer en lo profundo del río, y volvieron las aguas a cerrarse.

Tres días después entraban los mosqueteros en París, regresando dentro del término que se les había prefijado en sus licencias, y en la misma noche de su llegada se apresuraron a hacer a M. de Treville la acostumbrada visita.

—Y bien, caballeros—les preguntó el bravo capitán—, ¿os habréis divertido mucho, de seguro, en vuestra excursión?

—¡Oh, muchísimo!—respondió Athos en nombre suyo y en el de sus camaradas.

CONCLUSION

El 6 del siguiente mes, el rey, cumpliendo la promesa que había hecho al cardenal de volver a la Rochela, dejaba a París, aturdido todavía con la noticia que había circulado en toda la ciudad de que Buckingham había sido asesinado. Aunque la reina estaba avisada de que el hombre a quien amaba tanto corría grave peligro, cuando le anunciaron su muerte no quiso creerla, y aun llevó su imprudencia hasta exclamar:

—¡Es falso! ¡He recibido carta suya!

Pero al día siguiente no pudo menos de dar crédito a aquella fatal noticia, pues Laporte, detenido como todo el mundo en Inglaterra a consecuencia de las órdenes del rey Carlos I, llegó conduciendo el último y triste recuerdo que Buckingham le había dado para la reina.

La alegría del rey fué excesiva, y no se tomó siquiera el trabajo de disimularla. Delante de la reina, especialmente, la manifestó con marcada afectación, pues Luis XIII, como todos los corazones débiles, carecía de generosidad. Pero no tardó mucho en volver a su habitual taciturnidad y mal humor. Su frente no era de aquellas que permanecen despejadas por mucho tiempo, y aun cuando conocía que volviendo al campamento iba a caer otra vez en su pesada tutela, sin embargo, volvía. El cardenal era para él una serpiente fascinadora, y él el pájaro que revoloteaba de rama en rama, sin poder librarse de su poderosa influencia.

Así es que el regreso a la Rochela fué sumamente triste. Nuestros cuatro amigos, especialmente, causaban profunda admiración a sus camaradas, pues viajaban juntos con el aspecto sombrío y la cabeza baja. Sólo Athos levantaba de vez en cuando su ancha frente; sus ojos brillaban como un relámpago; una amarga sonrisa entreabría sus labios, y después volvía a caer, como sus demás camaradas, en sus profundas meditaciones. En cuanto llegaba la escolta a una ciudad, luego que dejaban al rey en su alojamiento, se retiraban los cuatro amigos, bien a los suyos o bien a una apartada taberna, donde ni bebían ni jugaban, sino hablaban en voz baja, mirando siempre con el mayor cuidado si alguno los escuchaba.

Un día que el rey había mandado hacer alto en el camino para correr las urracas, y que los cuatro amigos, según costumbre, en vez de seguir la caza, habían entrado en una venta que estaba a un lado del camino, un caballero que venía a todo correr de la Rochela se detuvo a la puerta para beber un vaso de vino, y dirigió sus miradas al interior del aposento donde estaban los cuatro mosqueteros sentados silenciosamente alrededor de una mesa.

—¡Hola!—dijo—. ¿Es el caballero Artagnan a quien tengo el honor de ver en este sitio?

Artagnan levantó la cabeza y lanzó un grito de alegría. El hombre que le llamaba era su fantasma, su desconocido de Meung, de la calle del Fussoyeurs y de Arras. Tiró de la espada y se lanzó a la puerta. Pero esta vez el desconocido, en vez de huir, se arrojó del caballo y salió al encuentro de Artagnan.

—¡Ah, caballero!—dijo el joven—. Al fin logro encontraros, y ahora espero que no os escaparéis de mis manos, como, bien a mi pesar, os habéis escapado tantas veces.

—Es que tampoco pensaba yo escaparme, caballero, porque vengo en busca vuestra. En nombre del rey, daos preso.

—¿Cómo? ¿Qué decís?—exclamó Artagnan.

—Digo que me entreguéis ahora mismo vuestra espada, y sin la menor resistencia. Os advierto que os va en ello la cabeza.

—Pero ¿quién sois vos?—preguntó Artagnan bajando su espada, aunque sin entregarla todavía a su interlocutor.

—Soy el caballero de Rochefort—respondió el desconocido—, escudero de monseñor el cardenal Richelieu, y tengo orden de conduciros en seguida ante su eminencia.

—Precisamente vamos adonde está su eminencia, caballero—dijo Athos adelantándose—, y espero que os bastará la palabra de M. de Artagnan de que se dirigirá en línea recta a la Rochela, sin tratar de eludir la orden que le habéis comunicado.

—Debo entregarle en poder de los guardias que han de conducirle al campamento.

—¡Nosotros nos constituiremos en escolta suya bajo palabra de caballeros! Pero bajo la misma palabra os aseguro —dijo Athos frunciendo el entrecejo—que M. de Artagnan no se separará de nosotros y marchará en nuestra compañía.

Rochefort dirigió una mirada a sus espaldas, y viendo que

Porthos y Aramis se habían colocado entre él y la puerta, conoció que se hallaba enteramente a merced de aquellos cuatro hombres, completamente resueltos a cumplir su voluntad.

—Caballeros—dijo—, si M. de Artagnan quiere entregarme su espada y unir su palabra a la vuestra, me daré por satisfecho con la promesa que me habéis hecho de conducir a M. de Artagnan al cuartel de monseñor el cardenal.

—Os doy mi palabra, caballero—dijo Artagnan—, y aquí tenéis mi espada.

—Esto me acomoda tanto más—añadió Rochefort—cuanto que necesito continuar mi viaje sin pérdida de momento.

—Si es para reuniros con milady—dijo Athos con frialdad—, es inútil, pues desde luego os comunico que no la encontraréis.

—Pues ¿qué ha sido de ella?—preguntó con viveza Rochefort.

—Volved al campamento y lo sabréis.

Rochefort se quedó por un instante pensativo, y como no se hallaba más que a distancia de una jornada de Surgères, hasta donde debía venir el cardenal para salir a recibir al rey, resolvió seguir el consejo de Athos y regresar juntamente con ellos. Esta determinación le ofrecía además la ventaja de vigilar por sí mismo a su prisionero, siquiera no temiese que intentara fugarse, contando como contaba con su palabra de presentarse al cardenal.

Pusiéronse en camino, y a las tres de la tarde del siguiente día llegaron a Surgères, donde el cardenal estaba aguardando al rey Luis XIII. El ministro y el rey se hicieron mutuamente las mayores demostraciones de cariño, y se felicitaron por el venturoso y casual acontecimiento que libraba a la Francia del poderoso y terrible enemigo que excitaba y conmovía a la Europa entera en contra suya. En seguida el cardenal, avisado por Rochefort de que Artagnan había sido arrestado, y deseoso de interrogarle, se despidió del rey, invitándole a que fuese al día siguiente a visitar la obra del dique, que estaba ya concluida, y por la cual se mostraba justamente envanecido y orgulloso.

Al volver por la tarde a su alojamiento del puente de piedra, encontró el cardenal, de pie, delante de la puerta de la casa que habitaba, a Artagnan, sin espada, y a los otros tres mosqueteros armados. Los miró con serenidad, haciendo señas con los ojos y las manos a Artagnan de que le siguiese. Artagnan obedeció en el acto la orden de su eminencia.

—Te esperamos, Artagnan—dijo Athos en voz bastante alta para que el cardenal lo oyese.

Su eminencia arrugó la frente y se detuvo un instante. En seguida continuó su camino sin pronunciar una sola palabra. Artagnan entró detrás del cardenal, y Rochefort detrás de Artagnan, quedando guardada la puerta. Su eminencia se dirigió al aposento que le servía de despacho, e hizo seña a Rochefort de que introdujera al joven mosquetero. Rochefort obedeció y se retiró.

Artagnan quedó solo en presencia del cardenal. Aquélla era la segunda entrevista que tenía con Richelieu, y confesó después que iba bien convencido de que sería la última. Richelieu estaba de pie, apoyado contra la chimenea, y entre él y Artagnan había una mesa.

—Caballero—dijo el cardenal—, habéis sido arrestado por orden mía.

—Así me lo han dicho, monseñor.

—¿Sabéis por qué?

—No, monseñor; porque la única cosa por la cual podía merecer ser arrestado la ignora todavía vuestra eminencia.

Richelieu miró fijamente al joven.

—¡Hola!—dijo—. ¿Qué queréis decir con eso?

—Si monseñor tiene a bien decirme primero los crímenes que se me imputan, manifestaré después lo que he hecho.

—Se os imputan crímenes que han hecho rodar cabezas mucho más elevadas que la vuestra—dijo el cardenal.

—¿Y cuáles son, monseñor?—preguntó Artagnan con una serenidad que dejó admirado al cardenal.

—Se os acusa de haber estado en correspondencia con los enemigos del reino, de haber sorprendido secretos de Estado y de haber intentado hacer abortar los planes de vuestro general.

—¿Y quién me imputa todo eso, monseñor?—dijo Artagnan, que presumía que la acusación venía de parte de milady—. Una mujer marcada con la justicia del país; una mujer que se ha casado en Francia con un hombre y después con otro en Inglaterra viviendo su primer marido; una mujer que ha envenenado a su segundo esposo y que ha tratado también de envenenarme a mí mismo.

—¿Qué estáis diciendo, caballero?—exclamó admirado el cardenal—. No os comprendo. ¿De qué mujer queréis hablar?

—De milady de Winter—respondió Artagnan—; sí, de milady de Winter, cuyos crímenes sin duda ignoraba vuestra eminencia cuando ha tenido a bien honrarla con su confianza.

—Caballero—dijo el cardenal—, si milady de Winter ha cometido en efecto los crímenes que decís, será severamente castigada.

—Ya lo está, monseñor.

—¿Y quién la ha castigado?

—Nosotros.

—¿Está presa?

—No, monseñor; muerta.

—¡Muerta!—repitió el cardenal, que no podía creer lo que estaba oyendo—. ¡Muerta! ¿Habéis dicho que estaba muerta?

—Por tres veces ha intentado asesinarme, y se lo he perdonado; pero ha dado muerte a la mujer a quien yo amaba, y entonces mis amigos y yo la hemos cogido, juzgado y condenado.

Artagnan contó a renglón seguido el envenenamiento de madama Bonacieux en el convento de Carmelitas, el juicio de la casa aislada y la ejecución a orillas del Lys. Un estremecimiento circuló por todo el cuerpo del cardenal, sin embargo de que no era hombre muy fácil de alterarse. Pero súbitamente, como si un mudo pensamiento le comunicara su influencia, la fisonomía del cardenal, sombría hasta entonces, se fué componiendo poco a poco, hasta que llegó a adquirir la más completa serenidad.

—¿De modo—dijo con una voz cuya dulzura formaba un contraste singular con la dureza de sus palabras—que os habéis constituído en jueces, sin advertir que los que no tienen derecho para castigar, y sin embargo castigan, son también asesinos?

—Monseñor, os juro que no he tenido ni por un solo instante el pensamiento de defender mi cabeza, y por consiguiente, estoy dispuesto a sufrir el castigo que vuestra eminencia tenga a bien imponerme. No tengo tanto aprecio a la vida que me haga temer lo más mínimo la muerte.

—Ya sé, caballero, que sois hombre de valor—dijo el cardenal con acento casi afectuoso—, y, por lo tanto, puedo deciros de antemano que seréis juzgado y condenado.

—Cualquiera otro podría muy bien contestar a vuestra eminencia que tiene su perdón en el bolsillo; pero yo me contento con deciros: mandad, monseñor, que estoy pronto a obedeceros.

—¡Vuestro perdón!—dijo sorprendido el cardenal.

—Sí, monseñor—dijo Artagnan.

—¿Firmado por el rey?

El cardenal pronunció estas palabras con una expresión particular de desprecio.

—No; por vuestra eminencia—contestó Artagnan.

—¡Por mí!... ¡Vaya, estáis loco, caballero!

—Creo que monseñor no tendrá dificultad en reconocer su letra.

Y Artagnan presentó al cardenal el importante documento que Athos arrancó a milady, y que Athos había entregado a Artagnan para que le sirviese de salvaguardia. Su eminencia tomó el papel y leyó con voz lenta y acentuando marcadamente cada sílaba:

"Por orden mía, y para bien del Estado, ha hecho el portador de la presente lo que ha hecho.

5 de agosto de 1628.

RICHELIEU."

El cardenal, después de haber leído estas dos líneas, cayó en una profunda distracción; pero no devolvió el papel a Artagnan.

—Sin duda está reflexionando el género de suplicio de que piensa hacerme morir—dijo para sí Artagnan—. ¡Pues bien, verá cómo sabe morir un caballero!

El joven mosquetero se hallaba en las mejores disposiciones para abandonar este mundo heroicamente.

Richelieu seguía entregado a sus reflexiones, doblando y desdoblando el papel entre sus manos. Levantó, por último, la cabeza, y fijando su mirada de águila sobre aquella fisonomía leal, franca e inteligente, leyó en aquel rostro surcado por las lágrimas todos los padecimientos que había sufrido durante un mes, y pensó por tercera o cuarta vez en el porvenir que prometía aquel joven de veinte años y en los recursos que su actividad, su valor y su talento podían ofrecer a un hombre que supiera dirigirle. Por otra parte, los crímenes y el genio infernal de milady le habían asustado más de una vez, y sentía como una especie de secreta alegría al verse libre para siempre de una cómplice tan peligrosa. Al fin hizo pedazos lentamente el papel que Artagnan le había entregado con tanta generosidad.

—¡Soy perdido!—se dijo Artagnan a sí mismo.

Y se inclinó profundamente ante el cardenal como diciendo: "¡Señor, hágase tu voluntad!" El cardenal se acercó a lamesa y escribió sin sentarse algunas líneas sobre un pergamino, del que estaban ya llenas las dos terceras partes. En seguida estampó al pie su sello.

—Esa es mi sentencia—se dijo Artagnan—; sin duda quiere ahorrarme el aburrimiento de la Bastilla y las interminables detenciones de un proceso. ¡Siempre es una atención de su parte!

—Tomad, caballero—dijo el cardenal al joven—; os he tomado un papel firmado de mi mano y os devuelvo otro. Falta el nombre a este despacho; ponedlo vos mismo.

Artagnan tomó el papel y pasó por encima la vista.

Era una tenencia en el Cuerpo de mosqueteros.

Artagnan se arrojó a los pies del cardenal.

—Monseñor—dijo—, mi vida es vuestra; disponed de ella en adelante. Pero no merezco el favor que me hacéis: tengo tres amigos que son mucho más dignos que yo...

—Sois un valiente joven, Artagnan—interrumpió el cardenal dándole familiarmente en el hombro y gozoso por haber vencido aquel carácter rebelde—. Haced de este despacho el uso que más os acomode, puesto que el nombre se halla en blanco. Acordaos únicamente de que ha sido a vos a quien lo he dado.

—No lo olvidaré jamás—respondió Artagnan—; vuestra eminencia puede estar seguro de ello.

El cardenal se volvió y dijo en alta voz:

—¡Rochefort!

El caballero, que se hallaba sin duda junto a la puerta, entró al momento.

—Rochefort—dijo el cardenal—, aquí tenéis al caballero Artagnan, a quien cuento en el número de mis amigos. Abrazaos, pues, y que haya prudencia si en algo se estiman las cabezas.

Rochefort y Artagnan se abrazaron como por ceremonia; pero el cardenal estaba allí para espiar sus movimientos. A un mismo tiempo salieron uno y otro del gabinete.

—¡Espero que volveremos a encontrarnos, caballero—dijo Rochefort.

—Siempre que gustéis—repuso Artagnan.

—Ya se presentará ocasión—añadió Rochefort.

—¡Hum!—exclamó Richelieu abriendo la puerta.

Los dos hombres se dirigieron una mutua sonrisa y, apretándose las manos, saludaron a su eminencia.

—Ya principiábamos a impacientarnos—dijo Athos.

—Pues aquí me tenéis, amigos míos—respondió Artagnan.

—¿Libre?

—No sólo libre, sino con favor.

—¿Cómo ha sido eso?

—Ya lo sabréis a la noche; pero por ahora separémonos.

En efecto, aquella misma noche se presentó Artagnan en el alojamiento de Athos, a quien encontró en disposición de trasegar a su estómago una bótella de vino de España, ocupación a que se entregaba religiosamente todas las noches. Contóle cuanto había pasado entre el cardenal y él, y, sacando el despacho del bolsillo,

—Tomad, querido Athos—le dijo—, pues a vos os corresponde naturalmente.

Athos se sonrió con su apacible y encantadora sonrisa.

—Amigo—dijo—, para Athos es demasiado; para el conde de la Fère es muy poco. Guardaos, pues, ese despacho, que vuestro es. ¡Oh, Dios mío! ¡Harto caro os ha costado!

Artagnan salió de la habitación de Athos y entró en la de Porthos. Hallóle vestido con un magnífico traje cubierto de ricos bordados y mirándose a un espejo.

—¡Ah! ¡Ah!—exclamó Porthos—. ¿Sois vos, querido amigo? ¿Cómo os parece que me sienta este traje?

—A las mil maravillas—dijo Artagnan—; pero vengo a proponeros otro, que os sentará mejor todavía.

—¿Cuál?

—El de teniente de mosqueteros.

Artagnan refirió a Porthos su entrevista con el cardenal, y, sacando el nombramiento del bolsillo,

—Tomad, querido—le dijo—; escribid vuestro nombre en ese hueco y sed un buen jefe para mí.

Porthos pasó la vista por el despacho y se lo devolvió a Artagnan, con gran admiración de éste.

—Sí—dijo—; indudablemente, eso me lisonjearía en extremo; pero no me quedaría mucho tiempo para disfrutar de este favor. Durante nuestra expedición de Bethune ha muerto el marido de mi duquesa; de modo, querido, que, como el arcón del difunto está tendiéndome los brazos, voy a casarme con la viuda. Mirad: ahora estaba probándome el traje de boda. Guardad para vos la tenencia, querido.

Y entregó el despacho a Artagnan.

Nuestro joven entró en el alojamiento de Aramis, que estaba arrodillado en un reclinatorio y tenía apoyada su frente sobre un breviario abierto. Refirióle su entrevista con el cardenal, y, sacando por tercera vez el despacho del bolsillo,

—Vos, que sois nuestro amigo, nuestro guía, nuestro protector invisible—le dijo—, aceptad este nombramiento, pues lo habéis merecido mejor que ninguno por vuestra prudencia y por vuestros consejos, coronados siempre de un feliz resultado.

—¡Ay, querido amigo!—dijo Aramis—. Nuestras últimas aventuras me han hecho mirar con tedio la vida militar. Esta vez tengo ya tomada mi resolución irrevocablemente. Concluído el sitio, voy a entrar en la religión de San Lázaro. Guardaos ese despacho, Artagnan, pues el servicio de las armas os cuadra perfectamente. Con el tiempo llegaréis a ser un sabio y valiente capitán.

Artagnan, con los ojos humedecidos de agradecimiento y rebosándole en el pecho la alegría, volvió al lado de Athos, a quien encontró junto a la mesa, mirando a través de la luz el último vaso de vino de Málaga.

—También ellos lo han rehusado—dijo.

—Es que ninguno, querido amigo, es más digno de él que vos.

Y tomando una pluma escribió en el despacho el nombre de Artagnan y se le devolvió.

—¡Conque ya no tendré amigos—exclamó el joven—, y sólo me quedarán mis tristes recuerdos!

Y dejó caer su cabeza entre las manos, mientras que dos gruesas lágrimas corrían por sus mejillas.

—Sois joven todavía, Artagnan—respondió Athos—; vuestros amargos recuerdos tienen tiempo suficiente para trocarse en recuerdos agradables.

EPILOGO

Privada la Rochela del socorro de la flota inglesa y de la división prometida por Buckingham, se entregó después de un año de sitio, y el 28 de octubre 1628 se firmó la capitulación. El rey hizo su entrada en París el 23 de diciembre del mismo año, y se le recibió con fiestas reales, como si viniese triunfante de un enemigo extraño y no de los franceses. Entró por la puerta de Saint-Jacques bajo arcos formados de verde hierba.

Artagnan tomó posesión de su nuevo grado. Porthos dejó el servicio y se casó en el siguiente año con madama Coquenard. El arcón tan deseado contenía ochocientas mil libras. Mosquetón vistió una magnífica librea y gozó de la satisfacción que había ambicionado toda su vida: la de ocupar la trasera de un dorado carruaje.

Aramis, después de un viaje a Lorena, desapareció de repente, dejando de escribir a sus amigos. Después se supo por madama de Chevreuse que había tomado el hábito en un convento de Nancy. Baucín entró también de lego en el mismo.

Athos siguió de mosquetero a las órdenes de Artagnan hasta 1631, en cuya época, a consecuencia de un viaje que hizo al Turena, abandonó también el servicio a pretexto de que acababa de adquirir una pequeña herencia en el Rousillón. Grimaud siguió a Athos.

Artagnan se batió por tres veces con Rochefort, y le hirió otras tantas.

—Probablemente os mataré a la cuarta vez—le dijo tendiéndole la mano para ayudarle a levantarse.

—Entonces, será mejor para vos y para mí que no pasemos adelante—repuso el herido—. Por vida mía que soy amigo vuestro más tal vez de lo que pensáis, pues desde nuestro primer encuentro hubiera podido haceros cortar la cabeza con sólo decir una palabra al cardenal.

Abrazáronse en seguida uno y otro; pero esta vez fué de todo corazón y sin rencor alguno.

Planchet obtuvo de Rochefort el grado de sargento en el regimiento del Piamonte.

M. Bonacieux vivía con la mayor tranquilidad del mundo, ignorando completamente lo que había sido de su mujer y sin inquietarse por ello lo más mínimo. Un día tuvo la imprudencia de recordar al cardenal sus antiguos servicios, y el cardenal le contestó que procuraría que nada le faltase en adelante. En efecto: habiendo salido M. Bonacieux a las siete de la tarde del día siguiente para ir al Louvre, no volvió a aparecer por su casa de la calle de Fossoyeurs. La opinión de las personas que se creían mejor informadas fué que estaba mantenido y alojado en algún edificio real a expensas de la *generosidad* de su eminencia.

FIN DE LOS TRES MOSQUETEROS